Kelly Oram

Starburst Effect

Weitere Titel der Autorin:

Cinder & Ella
Cinder & Ella – Happy End. Und Dann?
V is for Virgin
A is for Abstinence
Girl at heart
Das Avery Shaw Experiment
Das Libby Garrett Projekt
If we were a movie

KELLY ORAM

STAR BURST EFFECT

Übersetzung aus dem amerikanischen Englisch von
Stephanie Pannen

Dieser Titel ist auch als E-Book und Hörbuch-Download erschienen

Die Bastei Lübbe AG verfolgt eine nachhaltige Buchproduktion. Wir verwenden Papiere aus nachhaltiger Forstwirtschaft und verzichten darauf, Bücher einzeln in Folie zu verpacken. Wir stellen unsere Bücher in Deutschland und Europa (EU) her und arbeiten mit den Druckereien kontinuierlich an einer positiven Ökobilanz.

Titel der amerikanischen Originalausgabe:
»The Starburst Effect«

Für die Originalausgabe:
Copyright © 2022 by Kelly Oram
Published by arrangement with Bookcase Literary Agency

Für die deutschsprachige Ausgabe:
Copyright © 2023 by Bastei Lübbe AG, Köln
Umschlaggestaltung: Manuela Städele-Monverde unter Verwendung von Motiven von © popovartem.com/shutterstock
Satz: 3w+p GmbH, Rimpar
Gesetzt aus der Adobe Caslon Pro
Druck und Einband: GGP Media GmbH, Pößneck

Printed in Germany
ISBN 978-3-8466-0166-2

5 4 3 2 1

Sie finden uns im Internet unter one-verlag.de
Bitte beachten Sie auch luebbe.de

Eins

Es dauert nur fünf Minuten, bis der Streit beginnt. Fünf kurze Minuten, nachdem Dad zur Tür hereingekommen ist und Mom damit anfängt, ihm wegen des verpassten Abendessens die Hölle heißzumachen. Er erwidert schnippisch, dass er schließlich arbeiten gehen muss, um besagtes Abendessen auf den Tisch zu bringen, und dann geht alles seinen gewohnten Lauf. Mom dreht durch. Ich wünschte, sie würden sich in ihrem Schlafzimmer weiterstreiten. Ich hatte heute genug eigenes Drama. Ich brauche nicht noch ihres dazu.

Ich räume den Tisch ab und beginne mit dem Abwasch. Ich bin zwar an diesem Abend laut Aufgabenplan nicht dran, aber Mom wird es in absehbarer Zeit nicht erledigen. Sie ist viel zu sehr mit Streiten beschäftigt. Ich stelle gerade die Teller in die Spülmaschine, als in meiner Hosentasche der Klingelton für meine beste Freundin ertönt. Sie sollte eigentlich gerade bei der Arbeit sein, und es gibt nur einen Grund, warum sie mich von dort aus anrufen würde. »Warum haben gerade Tyler und *Nicole* eine Bestellung bei mir aufgegeben?«, fragt sie statt einer Begrüßung.

Ich seufze. »Weil sie hungrig sind, nehme ich an.«

»Und wie genau erklärt das die Tatsache, dass sie sich in die *Knutschecke* gesetzt haben und sich einen Ice Cream Sunday teilen?«

Mir dreht sich der Magen um. Die Knutschecke ist die hinterste Sitzecke in Maria's Bistro, ein bisschen vom Rest der Sitzplätze entfernt. Junge und alte Paare – aber hauptsächlich junge – reservieren sich diese Ecke, weil man dort seine Privatsphäre hat. Sie ist perfekt geeignet, um während eines Dates herumzumachen. »Sie sitzen in der Knutschecke?« Es gelingt mir nicht, die Abscheu aus meiner Stimme zu halten.

Ihr Tonfall verliert etwas von ihrer Wut und wird mitfühlender. »Du weißt also davon? War er wenigstens nett, als er mit dir Schluss gemacht hat?«

Ich muss schlucken, und meine Augen brennen. »Er hat gar nicht Schluss gemacht. Zumindest nicht persönlich. Ich hab es nach der Schule herausgefunden, als sie händchenhaltend bei der Schülerzeitungs-AG aufgetaucht sind. Nicole hat keine Zeit vergeudet, mich wissen zu lassen, dass Tyler sie zum Homecoming-Ball eingeladen hat. Sie konnte gar nicht mehr aufhören, mir zu erzählen, wie sehr sie sich freut, und dass sie es kaum glauben kann, dass er sie gefragt hat.«

Zoeys Wut kommt in Form eines harten Schnaubens zurück. »Und wo war Tyler, während sie dir Salz in die Wunde gerieben hat?«

Ich räume die Spülmaschine fertig ein und stelle sie an. Als Nächstes widmete ich mich den Arbeitsflächen. »Hat uns vom anderen Ende des Raums aus beobachtet. Konnte mich nicht mal ansehen, der Feigling.« Meine Augen beginnen zu brennen, und ich atme tief durch. »Ich weiß, wir haben nie ausgeschlossen, uns mit anderen zu treffen. Offiziell waren wir noch kein Paar, aber ich meine, inoffiziell schon. Ich hab mir das doch nicht eingebildet, oder? Mehr hineininterpretiert, als da war?«

»Nein«, erwidert Zoey entschieden. »Alle sind davon ausgegangen. Darum musste Nicole ja auch so vor dir angeben. Weil sie sich durch dich bedroht fühlt.«

»Und weil sie gemein ist.«

Zoey lacht auf. »Das auch.«

Als sie mich schniefen hört, wird sie wieder ernst. Ich versuche nicht loszuheulen. Es ist ja nicht so, als wäre ich richtig in Tyler verliebt gewesen. Trotzdem tut es weh.

»Lily …«, beginnt sie mit sanfter Stimme. »Tu das nicht. Weine nicht um ihn. Er ist es nicht wert.«

»Ich weiß.« Wieder schniefe ich und wische mir ein paar Tränen aus den Augen. »Es ist einfach nur so, dass ich ihn echt mochte.«

Mir entgehen Zoeys tröstende nächste Worte, weil sich meine Eltern plötzlich viel lauter anbrüllen. Es ist so schlimm, dass man sie wahrscheinlich bis auf die Straße hören kann. Ich verlasse die Küche und gehe hinaus in den Vorgarten, um ihnen zu entkommen. Die Veranda ist nicht weit genug entfernt, also gehe ich Richtung Straße und setze mich auf den Bürgersteig. Die Wärme des Bodens dringt durch die Sohlen meiner Flipflops, und es dauert einen Moment, bis sich der Zement nicht mehr durch den Stoff meiner Jeans brennt. Es ist bereits nach achtzehn Uhr, aber immer noch unglaublich heiß. Wir haben Anfang September. Arizona wird erst in etwa anderthalb Monaten kühler werden.

»Deine Eltern mal wieder?«, fragt Zoey. Nur dass es keine Frage ist und sie die ständigen Streitereien meiner Eltern ebenso leid zu sein scheint wie ich.

»Das können sie einfach am besten. Ich kann es kaum abwarten, von hier wegzukommen. Ich hab mich heute bei der USC beworben.«

»Meinst du das mit Kalifornien wirklich ernst?«

»Ja. Ich will diesen Staat verlassen. Ich brauche Abstand zwischen meinen Eltern und mir, und die USC hat eines der besten Journalistikprogramme des Landes.«

Ein Seufzen dringt durch die Leitung. »Meinetwegen. Lass mich ruhig zurück. Ich verstehe das. Willst du heute bei mir pennen? Ich mache früher Schluss. Wenn du willst, hole ich dich ab, und wir machen eine kleine Nintendo-und-Eiscreme-Therapie, während wir dir einen anderen Kerl suchen, mit dem du zum Ball gehen kannst. Wenn du willst, frag ich Jensen. Der kennt bestimmt ein paar Typen im Fußballteam, die noch keine Verabredung haben.«

Unwillkürlich muss ich lächeln. Zoey ist die Beste. »Das klingt toll, aber ich muss heute zum Spiel gehen. Ich bin doch dieses Jahr für die Football-Berichterstattung zuständig.«

Zoey stöhnt. »Müssen wir?«

Meine beste Freundin ist wirklich großartig. Zoey hasst Football, aber trotzdem hat sie mich zu jedem einzelnen Spiel der Saison begleitet, weil sie mich lieb hat. Mir macht es nichts aus, aber ich bin auch nicht besessen davon. Wenn ich nicht müsste, würde ich bestimmt nicht zu jedem Spiel gehen. Es ist schwer, Interesse an etwas zu heucheln, in dem man schlecht ist. Und ich bin die un-

sportlichste Person, die man sich vorstellen kann. Ungeschickt bin ich nicht, aber Athletik ist einfach nicht meins.
»Ja, wir müssen. Aber die halbe Schule wird da sein. Vielleicht finden wir ja Jensen und seine Fußballkumpel. Wenn ich einen Begleiter für den Ball finde, werde ich bestimmt vergessen, dass mich Tyler abserviert hat.«
»Stimmt«, sagt Zoey langsam. Dann fügt sie etwas munterer hinzu: »Und wenigstens können wir ein paar Stunden damit verbringen, deinen heißen Nachbarn anzuschmachten.«
Nun bin ich es, die schnaubt. Noah Trask ist heiß, das stimmt. Und niemand weiß das besser als ich. »Zoey, warum musst du auf den narzisstischsten, arrogantesten Idioten der ganzen Schule stehen?«
»Ähm, weil er scharf ist.«
Ich kann es ihr nicht mal verdenken. Noah sieht wirklich unglaublich gut aus – groß, breite Schultern, ein Sixpack, eindringliche bernsteinfarbene Augen, dichtes goldbraunes Haar, Wangenknochen, mit denen man Glas schneiden könnte, und Lippen, die einen davon träumen lassen, sie zu küssen. Außerdem ist er ein wandelndes Klischee. Er ist der Star-Quarterback, der mit der Anführerin der Cheerleaderinnen zusammen ist, der beliebteste Junge der Schule, arrogant, unhöflich, selbstverliebt und ein echter Tyrann.
»Er ist ein Mistkerl.« Besonders zu mir. Wir sind Nachbarn, seit wir neun waren, und ich nehme an, die Vertrautheit sorgt dafür, dass es ihm doppelten Spaß macht, mich zu foltern.
»Er ist ein scharfer Mistkerl. Ich mag ihn nicht, aber ich mag es, ihn anzusehen.«

Ich verdrehe die Augen. »Du kannst ihn mit all der Schutzpolsterung und dem Helm doch gar nicht erkennen.«

»Aber diese enge Hose.«

Ich muss lachen. Wenn sie Noah Trask braucht, um das Footballspiel zu genießen, sollte ich ihr die Schwärmerei nicht verübeln. »Okay. Meinetwegen. Ich gebe dir die offizielle Erlaubnis, heute Abend meinen Nachbarn anzuschmachten.«

Genau in diesem Moment hält mit quietschenden Reifen ein Wagen vor meinem und Noahs Haus und hupt zweimal. Ich muss zurück in meinen Vorgarten springen, um nicht erwischt zu werden. Leider besteht dieser Garten hauptsächlich aus Steinen, und ich fasse aus Versehen sogar in einen Kaktus. »Hey!«, rufe ich. »Passt doch auf!«

Noahs bester Freund Austin und seine Freundin Brooke steigen aus. Dabei lachen sie hysterisch, als ob mein Beinahetod das Unterhaltsamste sei, das sie je gesehen haben. »Oh, tut mir leid, *Lilith*«, erwidert Austin lachend. Er benutzt meinen vollen Namen, weil er weiß, dass ich das hasse. »Hab dich gar nicht gesehen. Hängst du öfter im Rinnstein ab?«

Wieder brechen Brooke und er in Gelächter aus. Ich ignoriere sie und klopfe mir den Schmutz ab. Ich habe mehrere Kratzer, die ein Pflaster benötigen, und in meiner Hand stecken ein paar Kaktusnadeln. Nachdem ich sie herausgezogen habe, hebe ich mein Handy auf, das mir bei meiner Flucht vor dem herannahenden Auto aus der Hand gefallen ist. Das Display ist natürlich kaputt. Großartig. Könnte dieser Tag noch schlimmer werden?

Während ich den Schaden an meinem Handy begutachte, kommt Noah in seinen Sportsachen und mit einer Tasche über den Schultern aus seinem Haus. Er sieht mich mit meinen Kratzern und dem kaputten Handy auf dem Boden sitzen und grinst. Dann geht er an mir vorbei und packt seine Sachen in den Kofferraum. Bevor alle in Austins funkelnden teuren SUV steigen, beginnen meine Eltern wieder damit, sich anzuschreien. Das Geräusch von zerbrechendem Glas ertönt in der ansonsten so ruhigen Nachbarschaft. Ein Poltern, gefolgt von einem weiteren, lässt mich zusammenzucken.

Dann stürmt mein kleiner Bruder aus unserem Haus und läuft zu mir. Ich stehe schnell auf, da schlingt er auch schon seine Arme um mich und vergräbt sein tränenüberströmtes Gesicht in meinem Bauch. »Alles okay dadrin, Kumpel?«, frage ich leise.

Er schluckt schwer und sieht mit feuchten Augen zu mir auf. »Mom wirft mit Geschirr.«

Ich hasse es, meinen Bruder weinen zu sehen. Er ist erst neun, also klein genug, um Angst vor den Streits meiner Eltern zu haben, aber auch alt genug, um sich dafür zu schämen. Manchmal, wenn Mason so ist, hasse ich meine Eltern. Ich gebe ihm eine dicke Umarmung und streiche ihm die Haare aus dem Gesicht. »Ist schon okay, Mason. Die regen sich bald wieder ab. Versprochen.«

Noahs höhnisches Schnauben lässt mich zusammenzucken. Ich hatte vergessen, dass er und seine Freunde überhaupt noch hier sind. Sie alle starren auf mein Haus. Als Noah bemerkt, dass ich ihn ansehe, schüttelt er angewidert den Kopf. »Eure Familie sollte lieber in den Wohnwagenpark umziehen«, sagt er. »Da gehört Müll wie ihr hin.«

Ich schließe die Augen vor der Scham, die seine Worte

in mir aufsteigen lassen. Seine Freunde bekommen sich vor Lachen kaum noch ein. »Sitzt du deswegen hier draußen?«, fragt Brooke kichernd. »Damit dich die Müllabfuhr abholen kann?«

Mason sieht mich stirnrunzelnd an. In seinem Blick liegen Verwirrung und Schmerz. Ich werfe meinen Mitschülern einen bösen Blick zu und drehe meinen Bruder wieder zum Haus um. Hinter uns ertönt erneut Lachen, dann das Zuschlagen von Autotüren. »Bis später, *Trash*«, ruft Noah, dann fährt der SUV davon.

Als sie weg sind, bleibt Mason stehen. »Warum haben sie uns so genannt?«

Meine Augen beginnen zu brennen, aber ich darf nicht weinen. Nicht vor Mason. Er hat schon genug Angst. »Weil sie gemein sind. Mach dir keine Gedanken um sie.« Er klammert sich immer noch an mich, also drücke ich ihn erneut. »Willst du dir heute Abend mit Zoey und mir das Football-Spiel ansehen?«

Er nickt begeistert und wirkt sichtlich erleichtert. Wir setzen uns vor die Haustür, weil wir keine Lust haben reinzugehen. Ich staube mein kaputtes Handy ab und rufe Zoey zurück. »Lily!«, ruft sie hektisch. »Alles okay? Was ist passiert?«

Ich werfe einen Blick zu meinem Bruder. »Erzähle ich dir später. Kannst du Mason und mich abholen?«

Sie muss nicht fragen, ob er uns heute zum Spiel begleitet. Und sie muss auch nicht nach dem Grund fragen. Sie kennt ihn. Ihre Stimme klingt traurig, als sie sagt: »Bin in fünf Minuten da.«

*

Als wir an der Schule ankommen, steigt Masons Laune. Ich fühle mich ebenfalls ein bisschen besser. Auch wenn ich den Sport nicht liebe, hat selbst ein Highschool-Spiel etwas Aufregendes an sich. Die vielen Zuschauer, die freudige Erwartung, die aufgeladene Atmosphäre. Alle Fans haben ein gemeinsames Interesse, ein gemeinsames Ziel. Es macht einfach nur Spaß.

Wir erreichen den Eingang, wo meine Englischlehrerin an der Kasse sitzt. »Hallo, Lily und Zoey!«

»Hallo, Mrs Porter«, erwidern wir.

Mrs Porter ist eine gute Lehrerin. Sie ist Ende vierzig und macht das schon lange, aber sie brennt immer noch für ihren Beruf. Sie kann gut mit Schülern umgehen und ist eine meiner Lieblingslehrerinnen.

»Wie nett von euch, unser Team zu unterstützen.«

Ich ziehe meinen Ausweis von der Schülerzeitungs-AG heraus, der mir freien Eintritt verschafft. »Ich übernehme dieses Jahr die Football-Berichterstattung. Ich werde also die ganze Saison hier sein.«

Zoey legt mir einen Arm um die Schulter. »Und die Beste-Freundinnen-Pflicht besagt natürlich, dass ich sie zu all diesen aufregenden Abenden begleite.«

Die Ironie in ihrer Stimme bringt Mrs Porter zum Schmunzeln. »Beste-Freundinnen-Pflicht ist wichtig.« Sie nimmt die drei Dollar Eintritt von Zoey entgegen, dann richtet sie ihre Aufmerksamkeit auf meinen Bruder. »Und wer ist das?«

»Mein Bruder Mason. Er liebt Football.«

»Spielst du auch?«

Mason nickt schüchtern. »Aber erst mal nur Flag Football.«

»Das ist doch toll.« Mrs Porter nimmt sein Eintrittsgeld entgegen und winkt uns durch. »Dann sucht euch mal einen schönen Platz.«

»Danke, Mrs Porter.«

Sie schenkt uns ein Lächeln, und wir gehen weiter. Es ist noch früh, also erwischen wir tolle Sitze und machen es uns bequem. Auf dem Feld vor uns wärmt sich das Team gerade auf. Ich stelle meine Handtasche ab und schnappe mir mein Aufnahmegerät. »Ich werde mal sehen, ob ich für meinen Artikel ein Zitat vom Coach bekomme.« Ich lächle Mason zu. »Kannst du vielleicht so lange auf Zoey aufpassen?«

Er verdreht die Augen, weil er weiß, dass es eigentlich eine Bitte an Zoey war, ihn im Auge zu behalten. »Ich bin kein Baby mehr. Ich komme ein paar Minuten ohne dich klar.«

Ich grinse. Er ist einfach klüger, als gut für ihn ist. Ich habe ihn sehr lieb. »Das mag schon sein«, erwidere ich. »Aber wenn du nicht für mich auf Zoey aufpasst, wandert sie wahrscheinlich herum, landet bei einer Gruppe süßer Jungs, und wir sehen sie nicht wieder.«

»Warum sollte ich das tun, wenn der süßeste doch schon hier ist?« Zoey drückt Mason fest und zerzaust ihm die Haare.

»Igitt! Lass mich los!«

Mason drückt Zoey weg, aber es ist ein halbherziger Versuch, der mir das Herz bricht, weil ich sehen kann, dass er nur so tut, als würde er es hassen. Insgeheim gefällt ihm die Aufmerksamkeit aber. Ich bin so dankbar, dass es Zoey nie etwas ausmacht, wenn er mitkommt. Mason ist ein guter Junge. Er verdient etwas Besseres von unseren

Eltern. Ich foltere ihn noch ein bisschen mehr, indem ich ihm einen Kuss auf den Kopf gebe. Er kreischt und duckt sich weg.

»Bin gleich wieder da.«

Ich gehe die Zuschauertribüne herunter aufs Spielfeld. Als ich an den Cheerleaderinnen vorbeigehe, starren sie mich an und beginnen zu tuscheln. Das Footballteam beendet das Aufwärmen, und ein paar kommen herüber, um ihre Cheerleader-Freundinnen zu begrüßen. Auch sie zeigen auf mich und lachen.

Ich gehe an ihnen vorbei, als wenn mich das nicht interessieren würde, aber es gefällt mir ganz und gar nicht, so von ihnen beachtet zu werden. Meistens nehmen sie mich gar nicht wahr. Mit Ausnahme von Noah und seinen Freunden werde ich normalerweise von niemandem belästigt. Es ist nicht so, dass ich eine totale Außenseiterin wäre, die von jedem in ihrem Leben gemobbt wird. Ich bin einfach Durchschnitt, wie die meisten Schüler an der McClintock High.

Ich sehe nicht schlecht aus. Gut genug, um ab und an ein Date zu bekommen, aber auch nicht so hübsch, dass die Jungs an unserer Schule über mich reden würden. Ich habe kinnlange blonde Haare, in die ich ein paar lilafarbene Strähnen gefärbt habe, um es interessanter zu machen, und große blaue Augen. Ich bin durchschnittlich groß, habe eine passable Oberweite und ein nettes Lächeln, dank der Klammer, die erst letztes Jahr entfernt wurde.

Und ich weiß, wie man gesellig ist. Dank meiner Arbeit für die Schülerzeitung habe ich Bekannte in allen möglichen AGs und Sozialgruppen. Auch wenn Zoey meine einzige richtige Freundin ist, bin ich nett und aufgeschlossen genug, dass die meisten meiner Mitschüler freundlich zu mir sind und mich in ihren Cliquen akzeptieren. Noah mobbt mich nur, weil er das mit jedem macht, der unter seiner Stufe der Schul-Hierarchie steht, und seine Freunde folgen seinem Beispiel.

Noah bemerkt mich, als er hinter Brooke auftaucht und seine Arme um sie legt. »Was machst du denn hier? Auf dem Spielfeld ist Müll abladen verboten.«

Alle Spieler und Cheerleaderinnen brechen in schallendes Gelächter aus. Ich gerate ins Stolpern. Mir schießen Tränen in die Augen, und Noah kommt einen Schritt auf mich zu. »Du heulst doch jetzt nicht etwa los, Trash?«

»Ha! *Trash!*«, ruft einer von den Spielern, dessen Name ich nicht mal kenne, und zeigt auf mich. »Echt gut, Noah.«

Die anderen lachen erneut. Damit habe ich jetzt wohl einen neuen Spitznamen, der mich wahrscheinlich für den Rest des Abschlussjahrs begleiten wird. *Vielen Dank auch, Noah.*

Ich beiße die Zähne zusammen. Auf keinen Fall darf ich vor diesen Idioten weinen. Als ich davoneile, ohne etwas zu erwidern, fangen sie erneut an zu lachen. Mir ist schlecht. Plötzlich ist die Football-Berichterstattung das Schlimmste, was ich mir vorstellen kann.

Ich will einfach nur hier weg und suche schnell den Trainer. »Entschuldigen Sie, Coach Rivera?«

Der große Mann mit der beginnenden Glatze, der für Mitte fünfzig immer noch recht kräftig ist, wirkt ziemlich einschüchternd. Wahrscheinlich, weil er immer so grimmig dreinblickt. Er sieht mich an und runzelt die Stirn, also zeige ich schnell meinen Presseausweis und hebe mein

Aufnahmegerät. »Ich bin dieses Jahr für die Football-Berichterstattung zuständig und habe gehofft, dass Sie mir sagen können, wie Ihre Pläne für die kommende Saison aussehen.«

Der Trainer entspannt sich sichtlich. »Meine Erwartungen sind diese Saison ziemlich hoch. Wir haben eine richtig starke Verteidigung und natürlich Trask im Angriff.« Er sieht sich um, bis er Noah entdeckt. »Trask! Komm mal her!«

Noah läuft zu uns rüber. Seinen Schutzhelm trägt er in der Hand. »Ja, Coach?«

Er bemerkt erst, dass ich da bin, als der Trainer auf mich zeigt. Sein Lächeln bekommt einen misstrauischen Ausdruck. Er muss denken, dass ich ihn verpetzt habe. Coach Rivera bemerkt die Spannung zwischen uns nicht, sondern schlägt Noah gut gelaunt auf die Schulter. »Noah ist dieses Jahr mein Star. Er wird uns in die States-Meisterschaften bringen. Trask, gib diesem Mädchen eine Stellungnahme für die Schülerzeitung.«

Noah ist die Erleichterung anzusehen, und sein finsterer Blick wird zu einem Grinsen. »Schreibst du einen Artikel über mich, Lily?«

Ich gebe es nicht gern zu, aber wenn ich gute Artikel über die Spiele dieser Saison schreiben will, die die Schülerschaft interessieren, brauche ich viele Zitate von Noah, und wahrscheinlich werde ich auch früher oder später wirklich einen Artikel nur über ihn schreiben müssen. »Es wäre nett, ein Zitat von unserem Quarterback zu bekommen.«

Er sieht mich amüsiert an. Er weiß, wie sehr ich ihn hasse und wie sehr es mich von innen auffressen muss, mich gerade jetzt bei ihm einschmeicheln zu müssen. »Ich kann es kaum erwarten, dass diese Saison beginnt«, sagt er. »Und ich habe vor, der beste Quarterback zu sein, den diese Schule jemals gesehen hat, wenn ich das in aller Bescheidenheit sagen darf.«

Wenn er bescheiden ist, bin ich ein Supermodel.

»Ich verspreche, die Schule nicht im Stich zu lassen. Ich weiß, dass alle auf mich zählen.« Wahrscheinlich hat er sogar recht damit, dennoch fällt es mir schwer, nicht die Augen zu verdrehen. »Wir werden diese Saison rocken, Baby!«

Ich lächle gezwungen. »Das ist perfekt. Danke.«

Er zwinkert mir höhnisch zu. Ich würde gleichzeitig gern im Boden versinken und ihn erwürgen. Doch ich zwinge mich, ruhig zu bleiben, und schenke dem Trainer ein aufrichtiges Lächeln. »Vielen Dank, Coach.«

»Jederzeit, Miss …«

»Lily Rosemont, Sir.«

Das Stirnrunzeln verschwindet, und Coach Rivera schenkt mir ein seltenes Lächeln. »Dann werden wir dich diese Saison wohl häufiger zu Gesicht bekommen. Schnapp dir ruhig nach jedem Spiel meine Spieler oder sprich mich an. Wir unterstützen die Schülerzeitung sehr gern.«

Noah legt einen Arm um meine Schulter. »Ja, wir *lieben* es, die Schülerzeitung zu unterstützen.«

Na sicher. Was könnte ein Narzisst mehr wollen, als dass die ganze Schule etwas über ihn lesen kann?

»Achte nur darauf, dass mein Name richtig geschrieben wird, und prahle mit all meinen tollen Eigenschaften. Wir wollen doch meine Fans nicht enttäuschen.«

Diesmal kann ich mich nicht zurückhalten. Ich verdrehe die Augen und murmle: »Wenn du irgendwelche tollen Eigenschaften hättest, wüsste ich das.«

Noah erstarrt neben mir, und ich befreie mich von seinem Arm. Dann lächle ich dem Trainer ein letztes Mal zu. »Vielen Dank. Dann lasse ich Sie jetzt mal wieder in Ruhe. Viel Glück!«

Ich eile davon, doch Noah holt mich ein. Er hält mich am Arm fest und zwingt mich, ihn anzusehen. Sein amüsiertes Grinsen ist wie weggewischt. »Du lässt mich besser nicht schlecht aussehen«, warnt er mich. »Wenn doch, werde ich dir dein Leben auf dieser Schule zur Hölle machen.«

Ich reiße mich aus seinem Griff los und sehe ihn wütend an. »Anders als du weiß ich, wie man sich professionell verhält, du Mistkerl.«

Wieder starrt er mich wütend an, doch seine Anspannung lässt ein wenig nach. »Das ist deine einzige Warnung.«

Er deutet auf mich, dann läuft er zu seinem Team zurück. Wütend kehre ich zu meinem Platz zurück und lasse mich neben Mason auf den Sitz fallen. »Ich hasse ihn so sehr.«

Zoey folgt meinem Blick zu unserem kostbaren Quarterback. »Was hat er gesagt?«

Ich schnaube. »Außer dass er einen Haufen Mist darüber erzählt hat, wie unglaublich bescheiden er ist und dass das ganze Team auf ihn zählt, meinst du?« Zoey schnaubt. »Zuerst hat er mich vor seiner ganzen Mannschaft und den Cheerleaderinnen *Trash* genannt. Dieser Spitzname wird sich garantiert verbreiten. Dann hat er gedroht, mir das restliche Schuljahr zur Hölle zu machen, wenn ich ihn schlecht dastehen lasse.«

Zoey schüttelt den Kopf. »Was für ein Idiot.«

Mein Bruder blinzelt mich an. »War das Noah? Warum ist er so gemein zu dir?«

Ich seufze. »Ich schätze, weil er es kann. Einige Leute brauchen keinen Grund, um gemein zu sein. Sie sind es einfach.« Ich lege meinen Arm um Mason, und er schüttelt mich nicht ab, während ich ihn umarme. »Ignorier ihn einfach. Das mache ich auch. Leute wie er spielen keine Rolle. Früher oder später werden sie bekommen, was sie verdient haben. Das nennt man Karma.«

Mason runzelt die Stirn, sagt aber nichts mehr.

»Ich besorge uns was zum Knabbern«, sagt Zoey und springt auf. »Wollt ihr was?«

Mason und ich schütteln beide den Kopf. Zoey nickt mir zu, dann sieht sie zu Mason und sagt: »Ich glaube, du hast Lust auf Zuckerwatte.«

Mason grinst sie an, und ich sage lautlos Danke. Sie zwinkert mir zu und verschwindet. Als sie schließlich mit Nachos, einer großen Limonade und einer riesigen Tüte Zuckerwatte zurückkehrt, hauen wir rein und genießen das Spiel.

In der letzten Minute der ersten Hälfte liegen wir zwei Touchdowns vorn. Die Stimmung auf der Tribüne ist ausgelassen, und selbst Zoey kann sich dem nicht entziehen. Darum ist die Wirkung auf die Menge auch so enorm, als Noah von einem Gegner zu Fall gebracht wird und nicht mehr aufsteht.

Die Zuschauer erstarren und sehen mit angehaltenem Atem zu, wie Trainer und Sanitäter aufs Spielfeld rennen.

Gemurmel breitet sich aus, einige Leute schnappen sogar erschrocken nach Luft. »Mann, den hat es aber hart erwischt«, sagt Mason. »Ihm ist sogar der Helm weggeflogen.«

»Was hast du gerade noch eben über Karma gesagt?«, murmelt Zoey.

»Hör auf«, erwidere ich. »Er könnte sich schwer verletzt haben. Ich kann ihn nicht leiden, aber ich wünsche ihm auch nichts Schlechtes.«

Zoey verdreht die Augen. »Der kommt schon wieder in Ordnung. Wahrscheinlich hat er nur eine leichte Gehirnerschütterung. Dann sitzt er ein paar Spiele auf der Ersatzbank, bekommt dafür aber die Aufmerksamkeit all seiner Fans.«

Ich hoffe, sie hat recht. Aber ich ahne nichts Gutes, als Noah auf einer Trage vom Spielfeld geholt wird und dabei immer noch bewusstlos wirkt.

Zwei

Die zweite Hälfte des Spiels ist anders als die erste. Alle sind abgelenkt. Niemand ist mehr so engagiert wie vorher. Unsere Mannschaft gewinnt, aber es ist knapp. Die andere Schule hat aufgeholt, nachdem Noah vom Platz getragen wurde. Unser Ersatz-Quarterback hat gute Arbeit geleistet, aber er ist nicht Noah, und die anderen Teammitglieder wirken ebenso abgelenkt wie die Zuschauer.

Als Zoey Mason und mich nach Hause bringt, ist im Haus der Nachbarn alles dunkel. »Sie sind noch nicht wieder zu Hause«, sagt Zoey mit einem Blick auf Noahs Haus. »Und sie haben vor dem Ende des Spiels auch keine Durchsage gemacht. Man sollte doch meinen, sie würden uns Bescheid sagen wollen, dass er in Ordnung ist.«

»Wahrscheinlich«, stimme ich zu und starre ebenfalls auf das Haus, als könne es uns Antworten liefern. »Vielleicht wissen sie einfach noch nichts.«

»Denkst du, er ist okay?«, fragt Mason.

Ich schenke ihm ein Lächeln. »Ich bin mir sicher, dass es ihm gut geht. Im Krankenhaus dauert es immer ewig. Außerdem hat er wahrscheinlich eine Gehirnerschütterung, und ich glaube, dafür behalten sie einen über Nacht da. Morgen ist er bestimmt wieder zurück, um uns zu quälen.«

Wir drei schauen noch einen Moment länger auf das Nachbarhaus, bevor ich mich von dem Anblick losreiße und die Wagentür öffne. »Danke, dass du mitgekommen bist, und danke fürs Fahren.«

Zoey schenkt mir ein breites Lächeln. »Mach ich doch gern für dich und meinen Lieblingskerl.«

Sie zwinkert Mason zu. Er verdreht zwar die Augen, wird aber rot.

Als Mason und ich unser Haus betreten, ist alles ruhig. Nur in der Küche ist Licht an, und Moms Stimme ruft uns aus dieser Richtung. »Lily? Mason? Könnt ihr mal bitte herkommen?«

Wir gehen in die Küche, wo Mom am Tisch sitzt. Sie wirkt abgekämpft. Ich weiß nicht, wie ich es anders beschreiben soll. Sie starrt ins Leere und sieht aus, als hätte sie jegliche Lebensfreude verlassen. Um ehrlich zu sein, wirkt sie schon eine Weile so, aber jetzt gerade ist es noch schlimmer. Sie ist völlig fertig.

Als Mason leise und fragend ihren Namen sagt, reißt sie sich zusammen und setzt ein gezwungenes Lächeln auf. Sie will stark wirken, doch ihre Hände zittern, und ihre Augen sind gerötet und geschwollen. Ihre gespielte gute Laune täuscht Mason genauso wenig wie mich. »Könnt ihr euch mal für einen Moment zu mir setzen?«

Wir nehmen Platz. Alles wirkt normal. Das zerbrochene Geschirr wurde weggeräumt.

»Mom?«, flüstert Mason erneut, der zwischen uns sitzt. Seine Hand greift unterm Tisch nach meiner, als ob er sich gegen schlechte Neuigkeiten wappnet. Ich drücke sie aufmunternd.

Mom nimmt seine andere Hand und schenkt ihm ein weiteres falsches Lächeln. »Es ist alles okay, Mason. Aber ich muss mit euch über etwas sehr Wichtiges sprechen.«

Man muss kein Genie sein, um zu ahnen, worum es geht. »Ihr lasst euch scheiden, oder?«

Mason atmet hörbar ein, und Mom wirft mir einen bösen Blick zu. Es tut mir leid, dass es einfach so aus mir herausgeplatzt ist, aber nur wegen Mason. »Ja«, sagt Mom betont ruhig. »Euer Vater und ich lassen uns scheiden.«

Das überrascht mich nicht. Ich hab mich immer gefragt, wann es so weit sein würde. Oft habe ich mir sogar gewünscht, dass sie es endlich hinter sich bringen würden. Sie lieben einander seit Jahren nicht mehr, zumindest soweit ich sagen kann. Ich dachte immer, dass ich glücklich sein würde, wenn es passiert, und fühle mich tatsächlich ein bisschen erleichtert, doch die Traurigkeit, die in mir aufsteigt, überrascht mich. Meine Eltern werden sich vielleicht nicht mehr ständig streiten, aber eine Scheidung bedeutet auch, dass meine Familie auseinandergerissen wird.

Mom sieht Mason an. »Verstehst du, was das bedeutet?«

Er schluckt schwer und nickt, sagt aber nichts. Er ist aufgewühlt, will es sich aber nicht anmerken lassen, sondern versucht, stark zu sein. Erneut drücke ich seine Hand, und er drückt fest zurück. »Zieht Dad aus? Werden wir ihn weiter sehen? Müssen wir umziehen?«

Mom steigen Tränen in die Augen, doch sie weint nicht. »Er wird nicht weit weg ziehen«, verspricht sie. »Er sucht sich eine Wohnung in der Nähe. Ihr werdet bei mir leben, aber ihr könnt ihn besuchen, wann immer ihr wollt. Und nein, wir müssen hier nicht weg. Allerdings werde ich jetzt Vollzeit arbeiten müssen, also werdet ihr ein paar mehr Pflichten übernehmen müssen. Aber ich verspreche euch, dass wir das schaffen.«

Mason sieht sich um und runzelt die Stirn. »Wo ist er? Packt er oben seine Sachen?«

Als Mom nur ihre Augen schließt und tief durchatmet, weiß ich, was kommt. »Er ist schon weg«, schnaube ich. Verbitterung und Wut drohen mich zu überwältigen. »Wie nett von ihm, sich zu verabschieden.«

»Er ist weg?« Masons Stimme bricht.

Wieder wirft mir Mom einen bösen Blick zu, dann versucht sie für Mason zu lächeln, doch seine Bestürzung lässt ihre Unterlippe zittern. »Er ist nicht *weg*, mein Schatz. Du wirst ihn morgen sehen. Er hat versprochen, euch zum Mittagessen abzuholen, um in aller Ruhe darüber zu reden. Es kommt alles wieder in Ordnung. Du wirst schon sehen.«

Ich weiß nicht, ob sie das wirklich glaubt oder sich das nur einreden will.

Mom lässt Masons Hand los und tätschelt sie. »Es ist spät. Geh doch schon mal duschen und mach dich bettfertig. Ich möchte noch kurz mit deiner Schwester allein reden.«

Mason sieht mich fragend an. Dass er mich um meine Zustimmung bittet, bevor er auf Mom hört, macht mich traurig. Er vertraut mir mehr als unseren Eltern. Mom bemerkt es ebenfalls, und schließlich beginnen ihr doch noch Tränen über die Wangen zu laufen. Ich nicke ihm zu. »Schon in Ordnung.«

Er sieht unsicher zwischen Mom und mir hin und her, dann nickt er schließlich und verlässt den Raum. Mom und ich lauschen seinen leisen Schritten auf der Treppe, dann sieht sie mich streng an. »Wo seid ihr gewesen?«

Ihr anklagender Tonfall gefällt mir ganz und gar nicht. Es mag ihr gerade nicht gut gehen – wahrscheinlich steht sie noch unter Schock, aber ich werde mich von ihr nicht anmeckern und als Sündenbock für ihre eigenen Probleme hinstellen lassen. Unverwandt erwidere ich ihren Blick. »Wir waren bei dem Football-Spiel. Ich muss dieses Jahr für die Zeitung darüber berichten. Das habe ich erzählt.«

»Du hast deinen Bruder mitgenommen, ohne mir Bescheid zu sagen. Ich wusste nicht, wo ihr seid.«

Ich werde mir von ihr kein schlechtes Gewissen einreden lassen. »Du hast meine Handynummer.«

Sie starrt mich wütend an. Ihr gefällt nicht, dass ich Widerworte gebe. Aber das ist mir egal. Sie versucht erneut, mich zu provozieren. »Er konnte sich nicht mal von seinem Vater verabschieden.«

Ich verschränke die Arme und erwidere ihren wütenden Blick. »Und wessen Schuld ist das? Ihr habt so laut gestritten, dass er weinend aus dem Haus gelaufen kam. *Mit Geschirr werfen?* Ernsthaft, Mom? Was würdest du sagen, wenn ich so was machen würde?«

Sie zuckt zusammen, als hätte ich sie geschlagen. Es fühlt sich nicht gut an, aber ich kann auch nicht aufhören. »Mason hatte *Angst*, Mom. Ich konnte ihn doch nicht wieder reinschicken, während Dad und du euch an die Gurgel geht. Lass deine Wut nicht an mir aus. Dass wir uns von Dad nicht verabschieden konnten, ist *eure* Schuld. Ich wette, ihr habt erst viel später gemerkt, dass wir weg sind. Und ehrlich gesagt glaube ich nicht, dass Dad überhaupt daran gedacht hat, sich von uns zu verabschieden. Bestimmt ist er einfach mit seinem Koffer rausgestürmt, ohne auch nur einen Gedanken an uns zu verschwenden. Euch beiden ist überhaupt nicht klar, wie sehr ihr uns seit *Jahren* verletzt. Dafür wart ihr viel zu sehr mit eurer kaputten Beziehung beschäftigt.« Bei meinen Worten beginnt Mom zu schluchzen. Ich weiß, dass das, was ich zu ihr gesagt habe, hart war, aber ich bin so wütend. Ich bin seit Jahren wütend, und heute Abend habe ich das Ende meiner Geduld erreicht. »Ich will mich nicht mit dir streiten, Mom. Mason ist schon erschüttert genug. Er braucht nicht auch noch mitzubekommen, wie wir uns anschreien.« Ich stehe vom Tisch auf. »Ich gehe jetzt ins Bett.«

Als ich an meiner Mutter vorbeigehe, greift sie nach meinem Handgelenk. »Lily, es tut mir so leid, Schatz.«

Meine Wut verraucht und lässt mich leer und erschöpft zurück. »Ich weiß.« Ich gebe ihr einen Kuss auf den Kopf. »Gute Nacht.« Dann steige ich die Treppen hinauf und sehe nach meinem Bruder. Er ist in seinem Zimmer, das komplett dunkel ist. Statt zu duschen und sich umzuziehen, hat er sich einfach angezogen auf dem Bett zusammengerollt. Ich habe den Verdacht, dass er nur so tut, als würde er schlafen. Es bricht mir zwar das Herz, aber ich lasse ihn in Ruhe. Ich ziehe ihm nur schnell seine Schuhe aus und decke ihn zu. Als ich ihm einen Kuss auf die Schläfe gebe, schnieft er und murmelt ein schwaches »Ich hab dich lieb, Lily«.

»Ich dich auch, Mase. Es kommt alles wieder in Ordnung.«

Er nickt und schnieft erneut. Ich seufze. »Wenn du

heute Nacht nicht allein sein willst, kannst du bei mir schlafen.«

Er öffnet die Augen und sieht mich empört an. »Ich bin kein Baby mehr, Lily. Ich schlafe doch nicht bei meiner großen Schwester.«

Ich lache auf. »Gut. Du hättest ohnehin nur mein Bett mit deinem ekligen Jungengeruch verpestet.«

Er starrt mich böse an, hält es aber nicht lange durch. Ich zerzause ihm die Haare, und er schlägt meine Hand weg. »Gute Nacht, Mase.«

»Gute Nacht, Lily.«

*

Das Essen mit meinem Dad am Samstag ist unangenehm. Er sagt Mason und mir, dass er weiterhin für uns da ist und jetzt alles besser wird, weil Mom und er nicht glücklich miteinander waren. Er verspricht uns, dass sich nichts ändern und er in unserem Leben bleiben wird, aber ich weiß, dass er das nicht so meint. Aber es ist mir auch egal. Er ist schon seit Jahren mit einem Fuß aus der Tür gewesen. Mason hingegen wird es verletzen, wenn Dad langsam aus unserem Leben verschwindet.

Am Sonntag kommt er nach Hause, um den Rest seiner Sachen zu holen. Er hat eine Wohnung am anderen Ende der Stadt gefunden, in die er sofort einziehen kann. Während wir sein Zeug zusammenpacken, bewegen wir uns alle wie auf rohen Eiern, besonders meine Eltern. Nur so gelingt es ihnen, nicht wieder zu streiten. Ich habe keine Ahnung, wann es dazu gekommen ist, dass die beiden nicht mal mehr im gleichen Raum sein können, aber diese ständige Anspannung werde ich bestimmt nicht vermissen.

Am Sonntagabend erzähle ich Zoey alles am Telefon, und am Montagmorgen, als wir uns endlich vor meinem Spind in der Schule treffen, drückt sie mich fest. Ich erwidere die Umarmung und bin für meine beste Freundin sehr dankbar. Zu Hause muss ich mich wegen meines Bruders zusammenreißen, aber Zoey macht es nichts aus, wenn ich auseinanderbreche. Dann sammelt sie einfach die Teile auf und setzt mich wieder zusammen.

Als ob sie spüren würde, wie zerbrechlich ich gerade bin, hält sie mich für eine volle Minute und leiht mir ihre Stärke. Verzweifelt sauge ich auf, was ich kann. »Ich hab dich lieb, Lily. Was brauchst du?«

Ich löse mich aus ihrer Umarmung und öffne meinen Spind. »Ganz ehrlich? Nur das hier. Dich, die Schule, die Schülerzeitung. Alles, wodurch ich mich normal fühle und was mich von diesem ganzen Drama ablenkt.« Ich lächle. »Ein heißer Begleiter für den Homecoming-Ball, den ich Tyler unter die Nase reiben kann, wäre auch nicht schlecht.«

Zoey grinst. »Gut. Denn ich habe mit Jensen geredet. Er sagt, Bryce hat noch keine Begleitung. Er wird mit ihm reden.«

Und sofort habe ich bessere Laune. Nicht weil ich in Bryce verknallt wäre oder so etwas. Sondern weil Zoey die beste Freundin ist, die man sich vorstellen kann. »Bryce ist echt süß.«

»Ich weiß, oder? Tyler wird vor Eifersucht platzen!«

Wir kichern. Ich nehme die Bücher aus dem Spind, die ich für meine Fächer heute brauche, stecke sie in meinen

Rucksack und will gerade den Reißverschluss zuziehen, als mich Zoey mit dem Ellbogen anstößt. »Wenn man vom Teufel spricht«, flüstert sie aufgeregt.

Ich drehe mich um und sehe, wie Jensen und Bryce in unsere Richtung kommen. »Hallo, ihr Hübschen«, ruft Jensen.

Ich grinse, und Zoey zwinkert Jensen zu. »Gleichfalls, du heißer Typ.«

Jensen und sie eiern schon eine Weile umeinander herum. Zwischen ihnen stimmt die Chemie, und Jensen ist ein echt toller Kerl. Ich wünschte, er würde Zoey endlich fragen, ob sie mal mit ihm ausgehen will. Andererseits flirten beide gern, also vielleicht wollen sie auch einfach nur Freunde bleiben. So oder so hoffe ich, dass er Zoey bittet, sie zum Homecoming-Ball zu begleiten. Wenn wir vier zusammen gehen würden, wäre es bestimmt ein Riesenspaß.

Ich versuche, mich normal zu benehmen und nicht rot zu werden, als ich sie begrüße. »Hey, Jensen. Bryce.«

»Was läuft bei euch so?«, fragt Jensen und legt einen Arm um Zoeys Schulter. »Habt ihr am Wochenende was Schönes gemacht?«

Ich denke an mein furchtbares Wochenende zurück und versuche die negativen Gedanken wegzuschieben. »Wir waren beim Spiel. Das hat Spaß gemacht.«

Bryce sieht mich an. »Du stehst auf Football?«

Ich lächle. »Football ist okay, aber Fußball mag ich lieber. Ich hab letztes Jahr alle eure Spiele gesehen. Ihr wart echt super.«

Bryce richtet sich stolz auf, und sein Lächeln wird noch

ein bisschen selbstbewusster. »Du warst bei all unseren Spielen?«

Ich nicke. »Ich hab in der Schülerzeitung darüber berichtet. Jeder in der Redaktion muss eine Sportart übernehmen. Dieses Jahr hab ich Football erwischt, also werde ich diese Saison jedes Spiel miterleben.«

Jensen grinst breit und stößt Bryce mit dem Ellbogen an. »Echt cool. Wir gehen auch gern zu den Football-Spielen. Vielleicht treffen wir euch ja dort mal und hängen zusammen ab. Vielleicht bei einem gewissen Heimspiel.«

Plötzlich habe ich Schmetterlinge im Bauch. Er meint bestimmt den Homecoming-Ball. Sein Versuch, Bryce und mich zu verkuppeln, ist so offensichtlich, dass wir beide rot werden. Vielleicht ist Bryce ein bisschen schüchtern. Hätte ich nie vermutet. Wir stehen noch einen Moment herum, während Bryce seinen Mut zusammennimmt, um mich zu fragen, ob ich ihn zum Ball begleiten will. Es ist ihm genau anzusehen, und ich finde es echt süß.

Plötzlich wird die Stille von einem Schluchzen unterbrochen. Wir alle drehen uns um und sehen Brooke in unsere Richtung kommen. Sie heult wie ein Schlosshund. Ihre Freunde versuchen sie zu trösten, darunter Austin und ein paar andere Jungs aus dem Footballteam. Alle wirken geschockt. »Was ist los?«, flüstere ich.

Zoey, Jensen und Bryce blicken genauso ratlos wie ich auf die Gruppe der Beliebten. »Keine Ahnung«, sagt Jensen.

»Es muss um Noah gehen«, sage ich. »Er ist letztes Wochenende nicht wieder nach Hause gekommen.«

Beide Jungs schauen mich verwirrt an, bis Jensen meine

Verbindung zu Noah wieder einfällt. »Ach stimmt. Ihr seid ja Nachbarn.«

»Leider«, murmle ich.

Zoey runzelt die Stirn. »Meinst du, er ist immer noch im Krankenhaus?«

Ich zucke mit den Schultern. »Warum sonst sollten sie alle so bestürzt wirken? Brooke könnte übertreiben, sie ist schließlich eine Dramaqueen, aber Austin und die anderen Jungs? Sie wirken völlig am Boden zerstört.«

Als würde Austin unsere Blicke spüren, sieht er zu uns. Als er merkt, dass wir ihn beobachten, ruft er wütend: »Was glotzt du denn so, Trash?«

Ich schnappe nach Luft und drehe mich schnell um. »Meint er dich?«, murmelt Bryce.

»Ja, ich rede mit ihr«, schnauzt Austin. »Denn sie ist Trash.«

Er beschimpft mich, weil er sich Sorgen um Noah macht und ich ein leichtes Ziel bin. Eigentlich weiß ich das. Dennoch wird mir ganz schlecht. Ich schließe die Augen. Meine Wangen brennen vor Scham. Die beliebten Schüler lachen. Brooke, die inzwischen nicht mehr weint, wirft mir einen höhnischen Blick zu, dann sagt sie zu Bryce: »Ich würde nicht mit Müll wie ihr abhängen, Bryce. Du willst dich doch nicht schmutzig machen.«

Ich weiß nicht, was schlimmer ist, dass alle im Gang, die die Szene mitbekommen, mich anstarren, tuscheln, auf mich zeigen und sogar lachen, oder die Tatsache, dass Bryce ein wenig vor mir zurückweicht, als hätte ich eine ansteckende Krankheit. Die beliebten Schüler brechen in schallendes Gelächter aus und gehen fröhlich ihrer Wege.

Es dauert einen Moment, bis die anderen auch weitergehen. Mir ist total schlecht, und ich schäme mich so sehr, dass ich weder Bryce noch Jensen ansehen kann. »Meine Güte«, murmelt Jensen. »Sind die immer so zu dir?«

Ich zwinge mich, ihn anzusehen, und verziehe das Gesicht. »Erst seit Kurzem.«

»Tut mir echt leid, Lily. Das ist scheiße.«

Ich zucke nur mit den Schultern, denn was kann ich schon tun? Ich werde nicht vor den Jungs in Tränen ausbrechen. Das würde mich nur noch erbärmlicher aussehen lassen.

Die Schulglocke rettet uns vor dem peinlichen Schweigen. Es versetzt mir einen weiteren Stich ins Herz, als ich sehe, wie erleichtert Bryce darüber wirkt, gehen zu können. »Wir sollten besser los«, sagt er. »Mr Johnson hasst es, wenn man zu spät kommt.«

»Ja, wir sehen uns später«, stimmt Jensen zu, und sie gehen zu ihren Klassen.

Ich schließe die Augen und lehne meine Stirn gegen den Spind. »Tja, so viel dazu. Jetzt werden sie uns nicht mehr wegen des Balls fragen.«

»Wenn nicht, ist es ihr Verlust«, knurrt Zoey und starrt finster den Gang entlang. »Wenn sie zu viel Angst haben, mit uns abzuhängen, weil irgendwelche beliebten Leute gemein zu uns sind, wollen wir eh nicht mit ihnen gehen. Wir verdienen etwas Besseres.«

Ein Anflug von Selbstmitleid überkommt mich. »Es ist trotzdem bescheuert. Erst Tyler, jetzt Bryce und Jensen. Was, wenn ich zur totalen Außenseiterin werde? Vielleicht solltest du besser auch nicht mehr mit mir abhängen. Ich will nicht, dass du mit mir nach unten gezogen wirst.«

Ich starre an die Decke und zwinge mich dazu, ruhig zu bleiben. Viel mehr kann ich aber nicht ertragen.

Zoey legt mir ihre Hände auf die Schultern und sieht mich so entschlossen an, dass es fast wütend wirkt. »Hör sofort auf, Lily. Ich weiß, dass du gerade das wahrscheinlich schlimmste Wochenende deines Lebens hattest, aber hör auf, dich selbst zu bemitleiden. Ich lass dich nicht im Stich. Scheiß auf Noahs Freunde und auf jeden, der bei ihnen mitmacht oder sich distanziert, weil er Angst hat, gemobbt zu werden. Wir brauchen die nicht. Wir haben einander, und das reicht völlig.«

Ich werfe meine Arme um Zoey und bin dankbarer als jemals zuvor, dass wir Freundinnen sind. Sie erwidert meine Umarmung. »Es kommt alles wieder in Ordnung, Lily. Versprochen.«

Ich schlucke und atme tief ein. »Danke.«

Drei

Zoey knallt ihr Essenstablett mit einem lauten Stöhnen neben meines auf den Tisch. »Ugh! Ich hasse Mr Holmans Unterricht. Er ist so langweilig, und ständig lässt er unangekündigte Tests schreiben. Warum konnte ich nicht Mrs Porter bekommen? Warum hast du so viel Glück gehabt?«

Ich grinse. »Dafür habe ich Mr Z in Geografie.« Ich tue so, als würde ich gähnen.

»Stimmt. Das ist genauso schlimm.«

Mit gerümpfter Nase beginnt Zoey, ihre Spaghetti zu essen. Da ich dem Kantinenessen nicht traue, ziehe ich die braune Papiertüte aus meiner Tasche, in der sich ein Truthahnsandwich, Kartoffelchips und eine Orange befinden.

»Haben dich diese Idioten noch weiter belästigt?«

Ich schüttle den Kopf. »Sie waren zu sehr mit der Aufmerksamkeit beschäftigt, die sie von allen anderen bekommen. Und ich hab mich von ihnen ferngehalten.«

Wir werfen einen Blick auf die andere Seite der Cafeteria, wo Austin und Brooke mit ihrer restlichen Clique sitzen. Sie wirken ziemlich betrübt. Ich glaube nicht, dass sie nur so tun. Würde ich auch nicht, wenn ich erfahren hätte, dass mein bester Freund im Koma liegt. Zoey sieht mich an, und ich weiß, dass sie das Gleiche denkt. Wir lächeln einander schwach zu, dann wechselt sie das Thema. »Hast du gehört, dass Jensen und Bryce zwei Mädchen aus dem Fußballteam zum Homecoming-Ball eingeladen haben?«

Ich seufze. »Hab ich. Dann lassen wir ihn eben ausfallen.«

Zoey ist mit ihren Spaghetti fertig und wendet sich ihrem verwelkten Salat zu. Ich weiß wirklich nicht, wie sie dieses Zeug runterbekommt. »Wir finden schon noch Begleiter. Oder wir gehen allein«, sagt sie. »Das ist doch nicht der Abschlussball. Viele Leute gehen allein zum Homecoming-Ball. Zumindest haben wir einen guten Vorwand, um uns schick zu machen. Wir werden so scharf aussehen, dass es allen Jungs, die uns nicht wollten, so richtig leidtun wird.«

Jemand räuspert sich. Zoey und ich drehen uns um. Ausgerechnet Tyler steht hinter uns und wirkt sichtlich unbehaglich. »Hi, Lily.« Dann sieht er zu Zoey und begrüßt auch sie, doch schnell kehrt seine Aufmerksamkeit zu mir zurück. Er windet sich unter meinem vorwurfsvollen Blick, und er beginnt sich verlegen den Nacken zu reiben. »Hast du mal einen Moment?«

Ich drehe mich auf der Bank richtig zu ihm um, und Zoey tut das Gleiche. Ihr Blick ist noch schlimmer als meiner, und sie verschränkt die Arme vor der Brust. Er seufzt. »Es tut mir leid. Ich hätte dich wegen Nicole und mir vorwarnen sollen.«

Nicole und mir. Dann sind sie also jetzt offiziell ein Paar. Wie nett. »Ja, das hättest du.« Ich imitiere Zoeys abweisende Geste und verschränke ebenfalls die Arme. »Oder du hättest mich nicht erst küssen und dann am nächsten Tag ein anderes Mädchen zum Ball einladen sollen.« Er verzieht schuldbewusst das Gesicht, aber so einfach lasse ich ihn nicht vom Haken. »Wenn du nicht auf mich stehst, hättest du mir keine falschen Hoffnungen machen sollen. Und wenn schon, hättest du wenigstens den Anstand haben müssen, mir das mit Nicole persönlich zu sagen, anstatt zuzulassen, dass sie es mir bei der Schülerzeitung unter die Nase reibt.«

Er schluckt. »Du hast recht. Das war mies von mir.«

»Und feige«, ergänzt Zoey.

Seine Wangen werden rot, und er reibt sich erneut den Nacken. Es ist irgendwie befriedigend, den schuldbewussten Blick in seinen Augen zu sehen. Und eine Entschuldigung ist besser als nichts. Ich entscheide mich, sie anzunehmen. »Wie auch immer. Wir waren ja nicht richtig zusammen. Also bist du auch nicht fremdgegangen oder so. Was das Hintergehen angeht, war das also noch relativ glimpflich.«

Er reißt die Augen auf. »Ich hab dich doch nicht hintergangen.«

Ich ziehe herausfordernd die Augenbrauen hoch, und er zuckt zusammen. »Ich meine, ich wollte dich nicht hintergehen. Es ist nur so, dass ich schon seit einem Jahr in Nicole verknallt bin. Ich wusste bis Freitag nicht, dass sie an mir interessiert ist. Ich schwöre, dass ich dich wirklich mag.«

Zoey schnaubt. »Du magst Nicole einfach nur mehr. Schon klar. Genau das ist dein Problem. Sie ist eine ziemliche Zicke, also viel Glück damit. Erwarte nur nicht, dass Lily dich zurücknimmt, wenn dir klar wird, dass du einen Fehler gemacht hast.«

Tyler wirft ihr einen wütenden Blick zu. Als sie den Mund öffnet, um ihn weiter zu beschimpfen, lege ich ihr beschwichtigend eine Hand aufs Knie. Ich weiß zu schätzen, dass sie mich unterstützt, aber ich will das hier nicht zu einer großen Sache machen. »Schon gut«, sage ich und meine es teilweise auch. »Ich hab dich auch wirklich gemocht, aber es ist okay. Ich bin drüber weg.«

Er wirkt überrascht. »Gemocht? Jetzt nicht mehr?«

Es gelingt mir gerade so, nicht die Augen zu verdrehen. »Tja, das Mögen verschwindet eben, wenn man jemanden so behandelt wie du mich.«

Er wirft mir einen gequälten Blick zu und setzt sich neben mich auf die Bank. »Tut mir wirklich leid. Ich wollte nicht, dass das so läuft. Aber wir sind schon so lange befreundet. Können wir das nicht weiter sein?«

Ich hasse es, ihn nach so langer Zeit in die Wüste zu schicken, aber ich will nicht mehr mit ihm befreundet sein. Er hat mir wehgetan. Durch die Schülerzeitung sind wir vor drei Jahren Freunde geworden. Nach den Redaktions-Treffen haben wir immer noch Zeit miteinander verbracht und gemeinsam an vielen Artikeln gearbeitet. Ich war überglücklich, als er mich letzten Monat endlich gefragt hat, ob ich mit ihm ausgehen will, und es hat sich so richtig angefühlt, als er mich geküsst hat. Obwohl ich jetzt weiß, dass er das nicht aus Bosheit getan hat und Nicole schon länger mochte, will ich nicht dauernd an diese Sache erinnert werden.

Aber ich kann ihm zumindest verzeihen. Da er dieses Jahr auch noch der Chefredakteur der Schülerzeitung ist, werde ich ihn oft sehen und mit ihm zusammenarbeiten müssen. »Ich vergebe dir, Tyler. Und ich kann professionell sein und mit dir zusammenarbeiten. Aber ich glaube nicht, dass wir noch befreundet sein können.« Als er die Stirn runzelt, füge ich schnell hinzu: »Du hast doch jetzt eh eine Freundin. Sie wird bestimmt nicht wollen, dass du Zeit mit dem Mädchen verbringst, mit dem du vor ihr was hattest. Ich will einfach nur, dass es in der Schülerzeitung nicht unangenehm wird.«

Er sieht mich enttäuscht an. »Tut mir leid, dass ich es verbockt habe.«

»Mir auch. Aber ich weiß deine Entschuldigung zu schätzen.«

Ich will mich wieder zum Tisch drehen, um aufzuessen, bevor die Pause zu Ende ist, aber Tyler hält mich auf. »Da war eigentlich noch was anderes, worüber ich mit dir reden wollte.«

Ich atme tief durch und stehe so kurz davor, meine Geduld zu verlieren. Aber ich habe ihm versprochen, dass ich mich zusammenreißen werde, also setze ich ein freundliches Lächeln auf und nicke. Er fährt sich durchs Haar und schaut zu der Gruppe von Footballspielern und Cheerleaderinnen. »Hast du das von Noah gehört?«

Ich folge seinem Blick und nicke. »Ich war Freitagabend beim Spiel. Es hat ihn zwar ziemlich heftig erwischt, aber ich kann nicht fassen, dass er immer noch nicht wieder aufgewacht ist.«

»Genau. Na ja, das ist eine ziemlich große Geschichte, und ich dachte, da du dieses Jahr für die Berichterstattung des Footballteams zuständig bist, dachte ich, dass du ihn vielleicht mal im Krankenhaus besuchen solltest, um zu sehen, ob seine Familie mit ein paar Informationen herausrückt.«

Ich erbleiche. »Du willst, dass ich einen Artikel über Noah schreibe?«

Er wirkt ein bisschen schuldbewusst, nickt aber.

»Ist das nicht ziemlich geschmacklos, seine Familie zu belästigen? Noah liegt im *Koma*.«

»Und alle an der Schule machen sich Sorgen um ihn. Wenn du das seinen Eltern erklärst, reden sie sicher mit dir.«

Ugh. Ich finde es völlig unangebracht, kann es aber irgendwie auch verstehen. Journalisten müssen zumindest versuchen, an eine Story zu kommen, und ob es mir nun gefällt oder nicht, Noah ist gerade ein heißes Thema. Doch ihn im Krankenhaus zu besuchen und seinen Eltern vorzuspielen, ich sei die besorgte Mitschülerin ausgerechnet des Jungen, der mich in meinem Abschlussjahr an der Highschool zu einer Zielscheibe für Mobbing gemacht hat, ist das Letzte, was ich tun will.

Ich schüttle den Kopf. »Ich weiß zu schätzen, dass du mir diese Story geben willst, aber ich glaube, ich verzichte lieber. Noah und ich kommen nicht gut miteinander aus. Das ist ein Interessenkonflikt. Ich bin sicher, dass jemand anders den Artikel liebend gern übernehmen würde.«

»Aber …«

»Er ist ein Mistkerl«, sagt Zoey und lehnt sich über meine Schulter, um Tyler einen bösen Blick zuzuwerfen. »Er ist gemein zu Lily. Wir hassen ihn. Such dir jemand anderen.«

»Sie hat recht. Er hasst mich. Warum schreibst du den Artikel nicht selbst?«

Tyler denkt darüber nach, dann schüttelt er den Kopf und sieht mich flehend an. »Noah liegt im Koma. Er wird gar nicht merken, dass du da bist, und du bist die einzige in der Schülerzeitung, die eine Verbindung zur Familie hat.«

Ich ziehe die Augenbrauen hoch. »Eine Verbindung?«

»Ihr seid doch Nachbarn«, erklärt er. »Ich denke, dass sie sich eher jemandem öffnen werden, der kein vollkommen Fremder ist.«

»Aber das bin ich doch praktisch für sie«, erwidere ich mit klopfendem Herzen. Ich will das wirklich nicht tun. »Wir verstehen uns nicht mit ihnen. Noah hat mich immer gehasst, und meine Eltern geben keine regelmäßigen Grillpartys oder so was. Ich bezweifle, dass sie und Noahs Eltern je mehr Kontakt hatten, als sich mal im Vorbeigehen zuzuwinken.« *Ganz zu schweigen davon, dass sie seit Jahren die lautstarken Streitereien in unserem Haus ertragen müssen. Wahrscheinlich halten sie mich für genauso asozial, wie Noah das tut.*

Plötzlich ist mein Mund ganz trocken, und mir dreht sich der Magen um. Ich will nicht mit diesen Leuten reden. Besonders nicht, wenn ich Informationen über ihren Sohn entlocken soll, der fast gestorben wäre.

»Aber zumindest kennen sie dich«, sagt Tyler.

Genau deshalb hab ich ja Angst.

»Du bist unsere größte Chance. Außerdem kannst du gut mit Leuten. Und du bist einfühlsam. Du wirst nicht einfach reinstürmen und Informationen verlangen, wie Nicole das tun würde.«

Okay. Damit hat er recht. Ich habe wirklich mehr Taktgefühl als die anderen Mitglieder der Schülerzeitung.

Tyler nimmt meine Hand. »Bitte? Ich will diese Story niemandem sonst anvertrauen. Und Lily, wenn du wirklich ein Stipendium willst, dann brauchst du diesen Artikel. Es wird der wichtigste dieses Jahres sein.«

»Also gut«, sage ich kapitulierend. »Ich werde sehen, was ich tun kann.«

»Bist du sicher, Lily?«, fragt Zoey besorgt.

Ich schenke ihr ein resigniertes Lächeln. »Er hat recht. Ich bin die logischste Wahl für diese Story, und ich könnte sie wirklich brauchen, wenn ich ein Stipendium fürs College will.«

Tyler seufzt erleichtert. »Du wirst das toll machen, Lily. Ich hab vollstes Vertrauen in dich.« Da ist er der Einzige.

Vier

Krankenhäuser mochte ich noch nie. Sie versuchen einladend zu wirken, aber die allgemeine Stimmung ist einfach nur traurig. Die Menschen darin sind entweder völlig niedergeschlagen oder sie versuchen zu sehr, eine tapfere Fassade aufrechtzuerhalten. Mrs Trask ist ein wenig von beidem. Sie ist so angespannt, dass ich es bereits spüre, als ich an der offenen Tür von Noahs Zimmer ankomme.

Vom Gang aus ist der Blick auf sein Bett mit einem Vorhang verhüllt, aber die leisen Stimmen dahinter sind dennoch gut zu hören. Die traurige weibliche Stimme ist offensichtlich Noahs Mutter, und die viel kräftigere männliche muss ein Arzt sein. Ich will nicht stören, also trete ich beiseite und lehne mich draußen neben der Tür gegen die Wand. Ich will warten, bis der Arzt gegangen ist, bevor ich klopfe.

»Sein letztes MRT sieht gut aus.« Der Arzt ist klar zu verstehen. Ich weiß, dass ich gehen und später wiederkommen sollte. Doch die Versuchung, zu lauschen, ist stärker.

»Wie Sie hier sehen können, hat die Blutung aufgehört, und die Schwellung ist außergewöhnlich schnell zurückgegangen.«

Die Frau, die ich für Mrs Trask halte, fragt mit brüchiger Stimme: »Er wird es also schaffen?« Sie klingt so hoffnungsvoll, dass es mir einen Stich ins Herz versetzt.

Es folgt eine kurze Pause, bevor der Arzt antwortet. »Sie wissen, dass ich nichts garantieren kann. Aber es ist inzwischen sehr viel wahrscheinlicher, dass er wieder aufwacht. Seine Chancen, es zu überstehen, sehen sehr gut aus.«

Mrs Trask schluchzt erleichtert. »Hörst du das, Noah? Du kommst wieder in Ordnung.«

»Wahrscheinlich wird er wieder aufwachen«, korrigiert der Arzt vorsichtig. »Aber zum jetzigen Zeitpunkt kann niemand sagen, in welchem Zustand er dann sein wird. Sein Gehirn hat beträchtlichen Schaden genommen. Wenn er aufwacht, wird er wahrscheinlich nicht mehr die gleiche Person sein wie vorher.«

»Was meinen Sie damit?«

»Persönlichkeitsveränderungen kommen bei Gehirnverletzungen häufig vor. Erinnerungslücken, Wahrnehmungsprobleme, Gefühlsausbrüche, Stimmungsschwankungen, Erschöpfungszustände, Kopfschmerzen ... die Liste der möglichen Symptome ist endlos.«

Zwei Personen in OP-Kitteln gehen an mir vorbei. Sie lächeln, als wäre nichts ungewöhnlich, dennoch bekomme ich Herzklopfen. Ich sollte nicht lauschen. Ich fühle mich schrecklich. Aber was ich höre, ist auf morbide Weise so faszinierend, dass ich einfach nicht gehen kann.

»Aber warum?«, fragt Mrs Trask. »Wie kann ein einziger Schlag auf den Kopf so viel Schaden anrichten?«

»Wir nennen es den Starburst-Effekt«, sagt der Arzt.

»Was ist das?«

»Stellen Sie sich vor, jemand schlägt mit einem Baseballschläger auf eine Windschutzscheibe ein. Dort, wo der Schläger das Glas trifft, ist ein hochkonzentrierter Schadensbereich, doch von dort aus breiten sich wie ein Strahlenkranz viele weitere Risse aus. So ist es auch bei Noahs Gehirn. Dort, wo sein Gehirn gegen den Schädelknochen geprallt ist, haben wir starke Schäden festgestellt, aber von dort aus erstrecken sich Hunderte winzige Risse im Gewebe. Diese Risse in seinem Gehirn machen es uns unmöglich, genau zu sagen, wie groß die Beeinträchtigung ist oder wie sich die Verletzungen zeigen werden.« Er seufzt und sagt leise: »Sie werden sich auf einen langen und schwierigen Heilungsprozess gefasst machen müssen.«

Wieder schluchzt Mrs Trask laut auf, dann atmet sie tief ein, und ihre Stimme klingt entschlossen. »Das spielt keine Rolle. Noah ist stark. Er wird das durchstehen.«

»Mit der Unterstützung seiner Familie und seiner Freunde wird er das bestimmt.«

Sie reden noch ein, zwei Minuten weiter, aber ich höre nicht mehr zu. Mir schwirren die Informationen im Kopf herum, die ich gerade gehört habe. Noah hat einen Hirnschaden. Einen schweren, so wie es klingt. Die Liste der möglichen Symptome, die der Arzt erwähnt hat, war lang. Ich kann mir nicht vorstellen, wie das für Noah werden wird, wenn er aus dem Koma erwacht. *Falls* er daraus erwacht.

Ich erschrecke mich, als der Arzt das Zimmer verlässt, doch er lächelt mich freundlich an. »Noch mehr Besuch?« Er schmunzelt. »Ich glaube, Noah ist einer unserer beliebtesten Patienten.«

Seine Worte sorgen dafür, dass ich mich ein wenig entspanne. Wenn Noah so viele Besucher hat, wirkt es nicht ganz so seltsam, dass ich hier bin. »Also ist es okay, dass ich hier bin?«

»Ich bin mir sicher, dass es ihn freuen würde«, antwortet er mitfühlend.

Ich bin mir da nicht so sicher, aber ich zwinge mich dazu, sein Lächeln zu erwidern. »Danke.«

Der Arzt geht weiter. Wahrscheinlich hat er schon seinen nächsten Patienten im Sinn. Ich warte einen Moment, bevor ich klopfe. Ich rede mir ein, dass ich Mrs Trask etwas Zeit geben will, um sich nach dem Gespräch mit dem Arzt wieder zu beruhigen, doch in Wahrheit dauert es so lange, bis ich meinen Mut zusammengenommen habe. Ich sollte wirklich nicht hier sein.

Schließlich klopfe ich leise an der offenen Tür. Ich höre einen zittrigen Atemzug, dann ruft mich Mrs Trask herein.

Ich trete hinter den Vorhnag und habe ein wenig Angst vor dem, was ich sehen werde. Mrs Trask sitzt bleich und erschöpft neben Noahs Krankenbett. Sie wiegt sich kaum merklich vor und zurück und hält die Hand ihres Sohns, während sie am Daumennagel ihrer anderen kaut. Aus ihrem Handy kommt leise das Lied einer Boyband aus den Neunzigern. Sie summt mit.

Fast mache ich auf dem Absatz kehrt, doch in diesem Moment setzt sich Mrs Trask aufrecht hin und beginnt breit zu lächeln. »Hallo, Süße. Komm rein. Das ist okay.«

Damit ist es entschieden. Ich kann nicht mehr fliehen. Stattdessen atme ich tief durch und trete richtig in den Raum. Er ist klein, aber hübsch. Durch ein großes Fenster kommt Tageslicht. Es gibt ein Sofa, das sich wahrscheinlich zu einem Bett ausziehen lässt, und das Zimmer ist voller Blumen, Luftballons und Genesungskarten.

Mrs Trask steht auf, um mich am Fuß von Noahs Bett zu begrüßen. »Danke für deinen Besuch, Süße«, sagt sie. »Bitte setz dich doch.«

Sie versucht definitiv zu sehr, fröhlich zu wirken, aber ich glaube dennoch, dass sie aufrichtig froh ist, dass jemand vorbeikommt. Dadurch fühle ich mich wegen meines unangekündigten Besuchs ein bisschen besser.

Ich betrachte all die Genesungswünsche, Ballons, Blumensträuße und Geschenkkörbe, dann den Teddybär in meiner Hand. Wie es scheint, bin ich die Einzige, die ein Stofftier mitgebracht hat. Als ich es gekauft habe, hat es sich richtig angefühlt, doch jetzt komme ich mir ein bisschen dämlich vor, ein so kindisches Geschenk dabei zu haben. Verlegen halte ich den Teddybär Mrs Trask hin. »Ich bin wohl nicht die erste Besucherin.«

Mrs Trask nickt eifrig. Es hat fast etwas Verzweifeltes an sich. »Ja, ich kann gar nicht glauben, wie viel Liebe und Unterstützung Noah bekommt. Das bedeutet uns so viel.« Sie nimmt mir den Bär ab, dann umarmt sie mich überraschend. »Vielen Dank.«

Sie bringt Noah das Stofftier. »Schau mal, Liebling, was deine Freundin …« Sie sieht mich fragend an.

»Lily Rosemont, Ma'am.«

»Was dir deine Freundin Lily mitgebracht hat.« Sie setzt den Bären ordentlich neben ihn aufs Bett.

Schuldgefühle überkommen mich. Ich bin so eine Schwindlerin. Wieso habe ich Tyler nur zugesagt? Ich bin die letzte Person, die Noah als Besuch wollen würde.

»Komm und setz dich«, sagt Mrs Trask.

Ich will zum Sofa am Fenster, doch sie winkt mich zum Sessel neben Noahs Bett. »Nur zu«, sagt sie, als ich widersprechen will. »Du kannst seine Hand halten, wenn du willst.«

Ich reiße die Augen auf. Das ist alles so unangenehm. Meine Brust schnürt sich vor Nervosität zusammen. Ich will Noahs Hand nicht halten, aber ich will auch nicht Mrs Trasks Gefühle verletzen. Sie sieht mich so hoffnungsvoll an, dass ich kurzerhand seine Hand ergreife. Sie ist überraschend warm, und ich kann die Schwielen spüren, die er vom jahrelangen Football-Werfen bekommen hat. Hoffentlich erfährt er niemals hiervon. Ich mag mir gar nicht vorstellen, wie er es aufnehmen würde.

Ich schaue ihn nun genauer an und bin überrascht, wie normal und gesund er aussieht. Abgesehen von einem Verband am Kopf wirkt es, als wäre alles mit ihm in Ordnung. Als ob er nur ein Nickerchen machen würde. Ohne sein übliches höhnisches Grinsen wirkt er weicher, kindlicher. Dies ist das erste Mal, dass ich Noah Trask verletzlich sehe. Es reicht fast, um mich vergessen zu lassen, wie sehr ich ihn eigentlich hasse. »Er sieht so friedlich aus«, sage ich.

Mrs Trask hat sich auf das Sofa gesetzt und beobachtet uns. »Er sieht aus wie mein Noah«, stimmt sie mir zu. Tränen steigen ihr in die Augen, doch sie wischt sie fort und spricht mit einem gezwungenen Lächeln weiter. »Es fällt einem schwer zu glauben, dass er gerade um sein Leben kämpft.« Ihr Blick richtet sich wieder auf Noah, und sie scheint in ihren Gedanken zu versinken. »Der Schlag auf seinen Kopf war so schwer, dass er eine Hirnschwellung bekommen hat.« Sie presst eine Hand auf ihren

Mund, bis sie wieder sprechen kann. »Sie mussten ein Loch in seinen Schädel bohren, um den Druck abzubauen«, sagt sie mit einem leisen Schluchzen. »Er hat ein schweres Hirntrauma erlitten.«

Mir schnürt es die Kehle zu. Am liebsten würde ich losheulen. Ich hasse Noah zwar, aber so etwas würde ich nicht mal ihm wünschen. »Das ist schrecklich«, presse ich hervor.

Mrs Trask steht auf und drückt meine Schulter. Ob sie damit mir oder sich selbst Mut zusprechen will, weiß ich nicht genau, aber wieder steigen Schuldgefühle in mir auf. Ich sollte wirklich nicht hier sein.

Mir wird schlecht. Ich muss hier raus. Doch Mrs Trask ist gerade so außer sich, dass ich sie nicht einfach allein lassen kann. Also stehe ich auf und lege ihr eine Hand auf die Schulter. »Wenn jemand das durchsteht, dann Noah«, sage ich und stelle überrascht fest, dass ich es genauso meine. Noah mag nicht die netteste Person sein, aber er ist immer stark und entschlossen. Die Hingabe für seine Mannschaft beweist das.

Mrs Trask lässt sich wieder auf ihren Platz neben Noahs Bett sinken und starrt ihren Sohn an. Im langen Schweigen, das folgt, weiche ich ein paar Schritte zurück und räuspere mich. »Tja, ich sollte dann mal wieder gehen.«

Noahs Mutter sieht mich mit einem Anflug von Panik in den Augen an. »Du musst noch nicht gehen. Du bist doch gerade erst gekommen, und es ist so schön, Gesellschaft zu haben.«

Sie klingt verzweifelt. Es ist offensichtlich, dass sie

nicht allein sein will. »Wo ist Mr Trask?«, frage ich vorsichtig.

Sie wischt sich erneut die Tränen aus den Augen, also gehe ich zu einem Tischchen, auf dem eine Packung Taschentücher liegt, und gebe sie ihr. Sie lächelt mich dankbar an. Ich lasse die Packung neben ihr am Bett stehen. »Er ist zur Cafeteria gegangen, weil er mal eine Pause brauchte und etwas essen wollte«, antwortet sie mir, während sie sich die Nase putzt. »Er müsste gleich zurück sein.«

Ich habe wirklich keine Lust, ihn zu treffen, aber ich kann sie auch nicht allein lassen, also setze ich mich auf das Sofa am Fenster. »Ein paar Minuten kann ich wohl noch bleiben.«

Wieder schenkt mir Mrs Trask ein Lächeln. »Danke, Lily.«

Ich weiß nicht, wie ich reagieren soll, also bleibe ich stumm. Einen Moment lang wirkt Noahs Mutter gedankenverloren, dann sieht sie mich plötzlich interessiert an. »Du bist doch unsere Nachbarin, oder?«

Ich nicke vorsichtig. Das war's. Jetzt wird sie mich rauswerfen. »Ja, Ma'am.«

»Bitte nenn mich doch Susan.«

»Okay.«

Sie beginnt, Noah über sein Haar zu streichen. »Ich wusste gar nicht, dass ihr befreundet seid«, sagt sie zu mir. »Du bist nie vorbeigekommen.«

Sie klingt nicht vorwurfsvoll, nur neugierig, also sage ich ihr die Wahrheit. »Eigentlich sind wir keine Freunde.« Sie sieht mich überrascht an, und ich rutsche nervös auf dem Sofa herum. »In der Schule bewegen wir uns in ziemlich unterschiedlichen Kreisen«, erkläre ich. »Aber jetzt machen sich einfach alle Sorgen um ihn. Noah ist der beliebteste Junge der Schule.«

Wieder lächelt Susan, und sie wirft Noah einen so liebevollen Blick zu, wie es nur eine Mutter kann. »Es ist wirklich nett von dir, dass du ihn besuchen kommst, obwohl ihr euch nicht nahesteht«, sagt sie. »Er würde bestimmt das Gleiche für dich tun.«

Ich bin mir sicher, dass er das *nicht* tun würde, aber das sage ich ihr nicht. Sollte er wieder aufwachen, hoffe ich sogar, dass sie ihm nie von meinem Besuch erzählen wird. Ich fühle mich furchtbar schuldig. Was ich hier tue, ist einfach das Letzte. Ich hasse ihren Sohn und wäre nie vorbeigekommen, wenn ich nicht diesen Artikel schreiben müsste. Im Grunde benutze ich diese Frau und versuche, aus ihrem Schmerz Kapital zu schlagen. Ich fühle mich schmutzig.

Während ich diese gebrochene Frau ansehe, die um ihren Sohn bangt, während dieser um sein Leben kämpft, wird mir klar, dass ich diesen Artikel auf keinen Fall schreiben kann. Ich bräuchte ihre Erlaubnis, Noahs Gesundheitszustand mit der Schule zu teilen, und das werde ich auf keinen Fall tun. Ich sage Tyler einfach ab. Zu was für einer Art Journalistin macht mich das?

Ich werde aus meinen Gedanken gerissen, als jemand den Raum betritt. »Ich bin wieder da«, sagt Mr Trask, in der Hand eine Schale. »Ich hab dir Pasta mitgebracht. Die ist gar nicht so schlecht.«

Er bleibt stehen, als er mich bemerkt. »Oh, hallo. Wen haben wir denn hier?«

Mr Trask wirkt ebenso erschöpft wie seine Frau, doch

er lächelt und mustert mich, als käme ich ihm bekannt vor. Doch auch er scheint mich nicht zu erkennen.

»Lily wohnt neben uns«, hilft ihm Mrs Trask auf die Sprünge.

Ich nicke und stehe auf. Höchste Zeit zu verschwinden. »Lily Rosemont. Ich wollte nur mal kurz nach Noah sehen, aber jetzt muss ich wieder los.«

Mr Trask streckt mir seine Hand entgegen. »Danke fürs Vorbeikommen. Du kannst Noah jederzeit besuchen. Noah wüsste das bestimmt zu schätzen.«

Innerlich winde ich mich. Ich werde auf keinen Fall zurückkommen. Doch statt das zu sagen, lächle ich nur und schüttle seine Hand. »Vielen Dank, Sir.«

Als ich zur Tür gehe, ruft mir Mrs Trask hinterher: »Danke für deinen Besuch, Lily.«

Ich lächle sie an. »Sehr gern, Susan. Ich drücke die Daumen, dass Noah bald aufwacht.«

Wieder schimmern Tränen in ihren Augen. »Danke, Süße.«

Fünf

Ich kann nicht schlafen. Ständig muss ich an Noah denken. Er sah völlig normal aus, aber der Arzt sagte, wenn er aufwacht, wird er wahrscheinlich nicht mehr derselbe sein, der sich am Freitagabend den Kopf verletzt hat. Ich frage mich, was er damit meint, und ich kann nicht aufhören, an Noahs arme Mutter zu denken. Sie war am Boden zerstört. Und sie brauchte so verzweifelt Unterstützung, dass sie mich, eine vollkommen Fremde, angefleht hat, bei ihr zu bleiben.

Ich stelle mir immer wieder vor, wie Noah in diesem Krankenhausbett schläft, und in meinen Gedanken wird er zu Mason. Was wäre, wenn meinem Bruder so etwas zustoßen würde? Allein bei dem Gedanken daran wird mir schlecht. Es ist zu schrecklich, um es sich vorzustellen. Da ich weiß, dass ich wahrscheinlich Albträume haben werde, wenn ich jetzt zu schlafen versuche, fahre ich meinen Computer hoch und google Noahs Zustand. Schädel-Hirn-Traumata, kurz SHT, sind viel häufiger, als ich gedacht hätte. Nach Angaben des Gesundheitsministeriums werden jedes Jahr bei etwa anderthalb Millionen Amerikanern Schädel-Hirn-Traumata diagnostiziert. Ich bin vollkommen baff, als ich diese Zahl lese. Und die Symptome einer solchen Verletzung sind verheerend. Noah kann sich vielleicht an nichts mehr erinnern, und es ist gut möglich, dass er alles neu lernen muss, inklusive Gehen und Sprechen.

Auf morbide Weise fasziniert, lese ich mehrere Artikel über dieses Krankheitsbild und schaue mir sogar ein paar Videos auf YouTube über SHT-Patienten an. Ich kann mir nicht vorstellen, wie Noah sein wird, wenn er aufwacht. *Falls* er aufwacht. Manchmal fallen Patienten ins Koma und erwachen nie wieder.

Eines weiß ich allerdings: Ich kann diesen Artikel unmöglich schreiben und darin alle Einzelheiten über Noahs Gesundheitszustand ausbreiten. Mrs Trask hat mich zwar nicht ausdrücklich gebeten, diese Informationen für mich zu behalten, aber sie stand offensichtlich neben sich. Sie hat so verzweifelt nach einem Rettungsanker gesucht, dass sie sich sogar an mich geklammert hat. Weiterzugeben, was ich von ihr erfahren habe, würde sich wie Verrat anfühlen. Ein echter Vertrauensbruch. Das kann ich ihr nicht antun.

Entschlossen schalte ich meinen Computer aus und versuche zu schlafen. Es dauert eine Weile, aber schließlich setzt die Erschöpfung ein, und ich falle in einen unruhigen Schlaf. Am nächsten Tag in der Schule komme ich mir vor wie ein Zombie. Als ich mich beim Mittagessen neben Zoey setze, sieht sie mich stirnrunzelnd an. »Alles in Ordnung?«

Ich nicke und massiere meine Schläfe. »Nur Kopfschmerzen. Ich habe letzte Nacht nicht viel geschlafen.«

Sie wirft mir einen vorsichtigen Blick zu. »Weil du Noah besucht hast? Wie war es denn?«

Ich schiebe mein Sandwich weg, weil mir nicht nach Essen ist. »Noah sah ganz normal aus, als ob er nur ein Nickerchen machen würde. Aber seine Mutter ...« Ich schließe die Augen und schüttle den Kopf. »Sie stand völlig neben sich. Es war echt heftig. Ein intimer Einblick in die wahrscheinlich schlimmste Zeit ihres Lebens. Ich kam mir wie ein Eindringling vor. Wie eine Spionin oder so. Es ist furchtbar, dass ich das getan habe. Ich kann diesen Artikel auf keinen Fall schreiben.«

Zoey zuckt mit den Schultern, als ob es keine große Sache wäre. »Dann lass es. Tyler hätte dich gar nicht erst bitten sollen.«

Ich beiße von meinem Sandwich ab. Es schmeckt nach gar nichts, aber es beruhigt meinen leeren Magen, also nehme ich noch einen Bissen. Ich denke an Tylers Gesichtsausdruck von gestern, als er mich anflehte, die Geschichte zu schreiben. »Er wird enttäuscht von mir sein.«

»Er wird wütend sein«, stimmt Zoey zu. »Vor allem, wenn er merkt, dass du alle nötigen Informationen für die Story hast und dich weigerst, sie zu schreiben.«

Ich schließe meine Augen und schiebe mein Mittagessen wieder weg. »Ich werde ihm nicht sagen, dass ich dort war. Denn irgendwie schafft er es immer, mich dazu zu bringen, das zu tun, was er will.«

»Du meinst, er konnte dich schon immer gut manipulieren.«

Ich zucke zusammen. Ich habe immer gerne getan, was Tyler wollte. Ich wäre nie auf die Idee gekommen, dass er mich manipuliert, aber im Nachhinein ist es ziemlich eindeutig. Ich bin seit der fünften Klasse in ihn verknallt, und er hat meine Gefühle immer zu seinem Vorteil ausgenutzt.

»Ich will jedenfalls nicht, dass er es wieder tut. Wenn ich ihm sage, dass ich dort war, wird er mich zum Reden bringen. Ich will nicht, dass er die Informationen aus mir herauskitzelt und den Artikel dann selbst schreibt.«

Zoey mustert mich mit einem Stirnrunzeln. »Na gut, wir werden später daran arbeiten, dass du dich ihm gegenüber behaupten kannst. Jetzt sagen wir ihm einfach erst mal, dass du nicht hingehen konntest. Sag ihm, dass Noah dich hasst und dass du dich damit nicht wohl fühlst. Er wird es verstehen. Wenn er die Story so verzweifelt will, soll er selbst hingehen. Es war falsch von ihm, es auf dich abzuladen, nur weil er selbst keine Lust dazu hatte.« Als ich den Mund aufmache, um zu widersprechen, wirft sie mir einen strengen Blick zu. »Lass dich nicht von ihm ausnutzen. Du bist nicht mehr in ihn verknallt. Wenn du später zur Schülerzeitung gehst, sag ihm einfach, dass du es nicht tun kannst und dass er sich eine andere suchen muss.«

Das wäre aber nicht genug. Der Gedanke, dass jemand anders diesen Artikel schreiben könnte, bereitet mir Bauchschmerzen.

»Aber ich will nicht, dass jemand anderes die Geschichte schreibt. *Niemand* soll sie schreiben. Ihr Trauma sollte privat bleiben.«

Ein Schatten fällt über uns, und eine schnippische Stimme sagt: »Wenn du so besorgt um Noahs Privatsphäre bist, hättest du sie nicht verletzen sollen.«

Hinter mir steht Brooke, ihr Essenstablett in den Händen und eine finstere Miene im Gesicht. Ihre Freundinnen sowie Austin und seine Kumpel sind alle hinter uns versammelt. Sie wirken alle stinksauer. Angst steigt in mir auf, und ich scheine meine Stimme verloren zu haben.

»Wir haben Noah gestern nach dem Training besucht, und seine Mutter hat uns gesagt, dass du da warst«, sagt Austin. »Wenn ihr auch nur ein Wort über ihn in eurer blöden Zeitung druckt, wird es dir noch leidtun.«

Ich schlucke, und meine Augen brennen, weil mir die Tränen kommen. Verzweifelt schüttle ich den Kopf. »Das werde ich nicht. Ich bin nur hingegangen, weil sie meine Nachbarn sind. Ich wollte der Familie meinen Respekt erweisen.«

Das bringt mir einen finsteren Blick von Austin und einen spöttischen von Brooke ein. Etwas Bösartiges blitzt in Brookes Augen auf, dann kippt sie ihr Essenstablett nach vorne und schüttet es mir über den Kopf. Hackbraten, Kartoffelpüree und Soße, Mais und sogar Schokoladenpudding landen in meinen Haaren und laufen über meine Kleidung. Ich bin völlig damit eingesaut. »Upps«, kichert Brooke bösartig.

Die Tränen, gegen die ich angekämpft habe, sind nun nicht mehr aufzuhalten und laufen mir über die Wangen. Die beliebten Schüler hinter Austin und Brooke lachen und spotten, als sie merken, dass sie mich zum Weinen gebracht haben. Austin beugt sich warnend vor. »Wenn du das für schlimm hältst, dann schreib nur deine blöde Geschichte über Noah und warte ab, was passiert.«

Damit stürmen Brooke und Austin auf die andere Seite der Cafeteria. Ich bleibe zurück, um mich anglotzen zu lassen. Ein paar Tische weiter sitzt Tyler mit Nicole. Nicole presst eine Hand vor ihren Mund, als würde sie versuchen, nicht loszulachen. Tyler schenkt mir ein mitfühlendes Lächeln, kommt aber nicht, um nachzusehen, ob es mir gut geht. Hass durchströmt mich. Das ist alles seine Schuld, und er will sich nicht einmal für mich einsetzen oder versuchen, mich zu trösten.

Nachdem ich ihm einen bösen Blick zugeworfen habe, schaue ich mich um und sehe, wie alle auf mich zeigen und mich anstarren, und schließlich breche ich in Schluchzen aus. Ich fliehe aus der Cafeteria, so schnell ich kann, doch das Gelächter verfolgt mich. Weinend stürme ich in die Toilette und versuche mich mit zitternden Händen sauberzumachen. Kurz darauf kommt mir Zoey nach und beginnt wortlos, mir dabei zu helfen, das Essen aus meinen Haaren zu bekommen. Doch gegen das Kartoffelpüree, die Soße und den Schokoladenpudding ist nichts zu machen. »Komm«, sagt sie schließlich. »Lass uns nach Hause gehen. Wir machen dich sauber, und dann backen wir ein Blech Brownies und essen alles auf einmal auf. Deiner Mutter ist es bestimmt egal, wenn du ihr erklärst, was passiert ist.«

*

Am nächsten Tag bin ich das Gesprächsthema der ganzen Schule, aber dieses Mal bleibt es ruhig. Trotzdem ist es anstrengend, zum Gespött meiner Mitschüler zu werden. Als ich nach dem Unterricht zur Schülerzeitung gehe, will ich eigentlich nur noch nach Hause. Meine Erschöpfung wird zur weiß glühenden Wut, als Tyler und Nicole den Raum betreten. Nicole grinst mich an, und Tyler lächelt, als ob wir beste Freunde wären und mir gestern überhaupt nichts passiert wäre. »Wie geht's mit der Geschichte voran?«

Ich beiße die Zähne zusammen. Ich bin so wütend auf ihn, dass es mir ausnahmsweise egal ist, was er will. Unverwandt blicke ich ihm in die Augen. »Gar nicht. Ich werde sie nicht schreiben.«

Tyler runzelt die Stirn. »Was meinst du damit? Ich weiß, dass du bei ihm warst.«

Ich schnaube. »Ja, genau. Die ganze Schule weiß, dass ich bei ihm war.« Ich verschränke die Arme und versuche, seinen Kopf mit meinem Blick zum Explodieren zu bringen. »Danke übrigens, dass du dich gestern so für mich eingesetzt hast. Ich weiß es wirklich zu schätzen, dass du dort gesessen und *nichts* getan hast, obwohl es *deine* Schuld war, dass Austin und Brooke sauer auf mich waren.«

Tyler verzieht sein Gesicht, doch Nicole höhnt: »Nach dem, was ich gehört habe, haben sie dich schon vorher gehasst, *Trash*. Gib nicht Tyler die Schuld.«

»*Nicole*«, sagt Tyler nachdrücklich. »Kannst du uns bitte kurz allein lassen?«

Nicole wirkt überrascht, tut aber, worum Tyler sie bittet, und setzt sich an ihren Schreibtisch. Sie ist immer noch nahe genug, um unser Gespräch hören zu können, aber jetzt hat es wenigstens den Anschein von Privatsphäre. Als sie weg ist, lächelt Tyler mitleidig. »Es tut mir leid.«

Es ist sein Mitleid, das mich fertig macht. Ich hasse es, bemitleidet zu werden. Ich fühle mich dann so winzig. Ich bemühe mich, meine Wut wiederzufinden. »Ich habe dir *gesagt*, dass Noah und ich eine Vorgeschichte haben. Ich hab dir *gesagt*, dass ich nicht hingehen will. Und jetzt sieh nur, was passiert ist. Ich bin die Lachnummer der ganzen Schule! Und dir ist es völlig egal, dass du mich zur Zielscheibe gemacht hast! Ich dachte, wir wären Freunde.«

»Das sind wir doch auch.« Tyler packt mich an den Schultern, aber ich trete zurück und schüttle ihn ab. Ich will nicht, dass er mich anfasst. Sein Lächeln wird schwächer. »Es tut mir leid, was gestern mit Brooke und Austin passiert ist. Ehrlich. Aber das sollte dich nicht davon abhalten, diesen Artikel zu schreiben.«

Mein Kiefer klappt nach unten, und ich starre ihn fassungslos an. »Weißt du, was sie mit mir machen, wenn ich diese Story veröffentliche?«

Er lächelt wieder, aber diesmal mit weniger Mitgefühl. »Manchmal machen sich Journalisten eben unbeliebt, Lily. Aber es ist unsere Pflicht, über Neuigkeiten zu berichten, auch gegen Widerstände.«

Ich schnaube verbittert. »Du hast leicht reden. Dich werden sie ja auch nicht in Stücke reißen. Die werden mich für den Rest des Jahres mobben.«

Tylers Lächeln wird herablassend. Er spricht mit sanfter Stimme, aber seine Worte treffen hart. »Du wirst doch eh schon gemobbt, oder?«

Es ist als Frage formuliert, aber es ist klar, dass er die Antwort bereits kennt. Ich mache mir nicht die Mühe, es zu bestätigen. Er seufzt. »Wenn sie sowieso schon unhöflich sind, kannst du die Story ja auch schreiben. Irgendjemand muss es tun, und sie können nicht ewig auf dich sauer sein.«

Ich reiße die Augen auf. »Ist das dein Ernst? Du unsensibler Idiot! Es geht nicht mal um Austin und Brooke. Du warst gestern nicht im Krankenhaus. Die ganze Familie ist am Boden zerstört. Sie macht gerade etwas Schreckliches durch und kann es nicht gebrauchen, dass die ganze Welt davon erfährt. Dass ich auf der Suche nach einer Story dort aufgetaucht bin, war geschmacklos genug. Sie zu schreiben, wäre einfach nur respektlos.«

Tyler zuckt zurück. Die Wucht meines Zorns scheint ihn zu überraschen. Er versucht erfolglos, Worte zu finden. Blitzschnell ist Nicole an seiner Seite, und es ist klar, dass sie das ganze Gespräch mitbekommen hat. »Journalismus ist nichts für Sensibelchen, Lily. Du musst aggressiv sein. Wenn du das nicht hinkriegst, solltest du es vielleicht besser lassen.«

Am liebsten würde ich sie schlagen. Ich schaue zu Tyler und denke dummerweise, dass er mich verteidigen wird. Stattdessen bekomme ich einen weiteren mitleidigen Blick. »Sie hat recht, Lil«, sagt er leise. »Du bist zu gutherzig.«

»Und das ist etwas Schlechtes?«

»Nein. Aber wenn du nicht bereit bist, zu tun, was getan werden muss, um eine Story zu bekommen, dann bist du vielleicht nicht für den Journalismus geschaffen.«

Seine Worte treffen mich wie ein Schlag ins Gesicht, und ich atme tief ein. Meine Augen brennen, als ich zwischen Nicole und dem Jungen, der in den letzten drei Jahren einer meiner engsten Freunde war, hin- und herschaue. Meine Stimme zittert, als ich frage: »Du denkst, ich sollte aufhören?«

Tyler runzelt die Stirn. »Das habe ich nicht gesagt.«

»Na ja, wenn wir nicht darauf vertrauen können, dass du die Story bekommst ...«, mischt sich Nicole wieder ein. Sie hakt sich bei ihm unter und zieht ihn fest an ihre Seite, als ob ihre Meinung mehr Gewicht hätte, je näher er bei ihr steht.

Als Tyler keine Anstalten macht, mich zu verteidigen oder mich zu bitten, nicht aufzugeben, habe ich genug. Ich brauche das nicht. »Gut.« Ich hasse es, wie meine Stimme zittert. »Ich höre auf.«

Tyler starrt mich an, als könne er nicht glauben, dass ich das wirklich durchziehe. Wahrscheinlich dachte er, ich würde nachgeben und den Artikel doch schreiben. »Lily, warte. Das musst du nicht.«

Aber es ist zu spät. Mehr kann ich nicht ertragen. Ich starre ihn so erbittert an wie möglich, und ich weiß, dass wir danach nie wieder Freunde sein werden. Reiße ich diese Brücke ein oder er? Der Verlust tut weh, aber es lässt sich nicht ändern. »Du willst diese Story? Dann geh selbst ins Krankenhaus und mach deine eigene Drecksarbeit. Ich bin raus.«

Erhobenen Hauptes gehe ich hinaus, obwohl ich innerlich zusammenbreche.

Ich könnte Zoey anrufen und um eine Mitfahrgelegenheit bitten, aber ich brauche frische Luft, also laufe ich die drei Meilen nach Hause. Ich bin wie betäubt.

Meine Eltern lassen sich scheiden, in der Schule werde ich gemobbt, und jetzt habe ich keine Schülerzeitung mehr, in die ich mich flüchten kann. Ganz zu schweigen davon, dass ich damit auch keine Chance mehr darauf habe, ein Stipendium zu bekommen. Auf Wiedersehen, USC. Ich weiß, dass ich nicht annähernd so etwas Schlimmes durchmache wie Noahs Familie, aber ich habe trotzdem das Gefühl, dass meine Welt untergeht. Ich bin am Boden zerstört.

Irgendwann fährt Zoey neben mir her und hält an. Ich warte nicht auf eine Einladung, um in ihr Auto zu steigen, und sie sagt nichts, als ich mich auf den Beifahrersitz fallen lasse. Wir fahren schweigend weiter, und sie folgt mir in mein Haus. Dann falle ich ihr in die Arme. Noch nie in meinem Leben habe ich so dringend eine Umarmung gebraucht. Als ich endlich die Kraft habe, sie loszulassen, zieht sie mich in die Küche, setzt mich an den Tisch und holt mir eine Flasche Wasser aus dem Kühlschrank. Sie schnappt sich selbst eine und setzt sich neben mich. »Tyler hat mich angerufen. Er sagte, ihr hättet euch gestritten und dass er vielleicht überreagiert hat. Er will nicht, dass du aufhörst.«

Ich lache freudlos auf. »Wenn überhaupt, dann hat er *unter*reagiert. Aber so sehr ich ihn dafür hasse, dass er sich auf Nicoles Seite geschlagen hat, hatten sie auch nicht ganz unrecht. Ich bin nicht für den Journalismus geschaffen.«

»Lily, du liebst die Schülerzeitung. Bist du sicher, dass du im Moment nicht einfach mit allem in deinem Leben überfordert bist? Willst du wirklich etwas aufgeben, was dir so wichtig ist?« Nein, ich bin mir nicht sicher. Ich weiß, dass ich vorschnell gehandelt habe, weil ich wütend war, und ich weiß, dass ich es vermissen werde, aber ich muss einfach dauernd an den Besuch bei Noah im Krankenhaus denken. An einem Ort zu sein, von dem ich wusste, dass ich dort nicht sein sollte, nur weil ich Informationen von seiner Familie brauchte.

Ich schüttle den Kopf. »Ich wusste von dem Moment an, als ich gestern wegging, dass ich diesen Artikel nicht schreiben kann, und Nicole hat recht. Journalisten müssen aggressiv sein. Ich bin der am wenigsten aggressive Mensch, den ich kenne.«

»Das mag stimmen, aber du hast es geliebt. Wenn du es liebst, muss es für dich einen Weg geben, es weiter zu tun.«

Ich zucke mit den Schultern. »Ich mochte es, Artikel zu schreiben. Ich schreibe gerne. Aber das Recherchieren hat mich nie wirklich interessiert. Ich habe nicht gerne über Sportereignisse berichtet, und es hat sich schrecklich angefühlt, Noahs Familie auszunutzen. Ich bin einfach nicht so, und im Journalismus ist kein Platz für weichherzige Reporterinnen wie mich.«

Zoey seufzt und nimmt meine Hand in ihre. »Okay, dann ist Journalismus also nicht das Richtige für dich. Ich denke, es ist besser, wenn du das jetzt herausfindest und nicht erst, nachdem du jahrelang für einen Abschluss in diesem Bereich studiert hast.«

»Stimmt.« Ich atme tief ein und atme langsam wieder aus. »Es ist nur so, dass die Schülerzeitung in den letzten drei Jahren einen so großen Teil meines Lebens ausgemacht hat. Sie war meine Identität. Wer bin ich ohne sie?«

Zoey schenkt mir ein sanftes Lächeln, und anders als bei Tyler vorhin ist darin keine Spur von Mitleid zu erkennen.

»Du bist Lily Rosemont – eine verantwortungsbewusste, liebevolle Tochter, eine großartige große Schwester und eine fantastische beste Freundin. Das ist die Wahrheit. Der Rest wird sich finden. Ich habe auch keine Ahnung, was ich machen will, weißt du. Vielleicht können wir etwas zusammen machen. Zum Beispiel die Schülervertretung. Oder die Französisch-AG.«

»Französisch-AG?« Ich ziehe eine Augenbraue hoch. »Du nimmst doch Spanisch.«

»Wen interessiert das? Die Französisch-AG macht jedes Jahr einen Ausflug nach *Paris*.«

Zoeys Grinsen lässt mir einen riesigen Stein vom Herzen fallen. »Ooh la la«, scherze ich.

Wir lachen immer noch, als meine Mutter mit Mason im Schlepptau hereinkommt. Sie erschrickt sich, als sie uns sieht. »Oh«, sagt sie. »Ihr seid aber früh zu Hause.«

Und plötzlich ist meine Niedergeschlagenheit wieder da. »Ja. Ich bin aus der Schülerzeitung ausgetreten.«

Mom zieht die Augenbrauen hoch. »Aber warum? Was ist passiert?«

Ich will nicht weiter darauf eingehen, aber das muss ich auch nicht. Es dauert nur einen Moment, bis meine Mutter ihre Besorgnis beiseitegeschoben hat. »Na ja, ist wahrscheinlich sowieso das Beste, denn ich werde dich brauchen, um auf Mason aufzupassen. Ich habe eine Vollzeitstelle mit Managementtraining bekommen.«

Mom arbeitet im örtlichen Walmart. Nachdem Mason eingeschult wurde, hat sie dort angefangen, um etwas zu tun zu haben. Es hat ihr immer gefallen. Ich bin froh, dass sie nun eine Vollzeitstelle bekommen hat, denn die braucht sie nun dringend, aber ich weiß jetzt schon, dass sie viel unterwegs sein wird. Und ich werde Masons ständiger Babysitter sein. Natürlich würde ich mich nie vor meinem kleinen Bruder beschweren, auch wenn es bedeutet, dass ich praktisch kein eigenes Leben mehr haben werde. Ich will nicht, dass Mason jemals das Gefühl hat, eine Last zu sein. Er trägt an der Situation keine Schuld. Ich zwinge mich zu einem Lächeln. »In Ordnung.«

Mom seufzt erleichtert auf, als ich nicht widerspreche. »Danke, Lily. Ich weiß, dass du dir das alles anders vorgestellt hast, aber wenn wir es schaffen wollen, müssen wir alle Opfer bringen.«

Ich knirsche mit den Zähnen, dann lächle ich meinen Bruder an. »Keine Sorge. Ich lasse ihn einfach alle meine Aufgaben erledigen.«

Mason verdreht die Augen und geht zum Kühlschrank. Als er uns den Rücken zugedreht hat, sagt Mom lautlos »Danke« zu mir.

Die Mischung aus Erleichterung und Schmerz in ihren Augen lassen mich meine eigenen Probleme kurzzeitig vergessen. Meine Familie braucht mich, und das ist wichtiger als alles andere.

Sechs

Die nächsten paar Monate vergehen langsam. Mason und ich entwickeln unsere eigene Routine. Zoey fährt mich jeden Tag nach der Schule zu Masons Grundschule, und dann gehen Mason und ich gemeinsam nach Hause. Er ist alt genug, um allein zu gehen, aber irgendwie mögen wir es beide, dass ich mit ihm komme. Seit der Scheidung unserer Eltern sind wir noch mehr zusammengewachsen. Wie erwartet bekommen wir Dad nur selten zu sehen, und Moms Wechselschichtplan sorgt dafür, dass Mason und ich oft allein sind. Wir haben gelernt, alleine klarzukommen.

Die Schule ist inzwischen nur noch etwas, das ich überstehe. Früher hat sie mir Spaß gemacht, jetzt ziehe ich den Kopf ein, mache meine Hausaufgaben und warte darauf, dass es vorbei ist. Früher wurde ich in so gut wie jeder Clique akzeptiert und hatte viele Freunde. Jetzt werde ich meistens ignoriert. Niemand will mit einer Ausgestoßenen befreundet sein, und genau das haben Austin und Brooke aus mir gemacht. Ich habe zwar kein Mittagessen mehr über den Kopf bekommen, aber sie sind immer in der Nähe und haben eine bissige Bemerkung oder einen grausamen Witz auf Lager. Zoey ist meine einzige wahre Freundin. Sie und Mason sind mein Rettungsanker.

Am Tag vor Weihnachten geht Zoey mit Mason und mir in den Supermarkt, um Sachen für ein schönes Weihnachtsessen zu besorgen. Mom hat immer wieder versprochen, es zu erledigen, aber ihre Versprechen bedeuten heutzutage nicht mehr viel. Sie hat zu viel um die Ohren und vergisst alles, was nicht überlebenswichtig ist. Ich sollte wohl dankbar sein, dass sie die Rechnungen bezahlt, aber ich vermisse eine Mutter, die Zeit für uns hat.

»Willst du bleiben und mit uns Weihnachtsplätzchen backen?«, fragt Mason Zoey, und in seiner Stimme schwingt Hoffnung mit. Er hat sich wohl ein bisschen in sie verknallt. »Wir wollen sie auch verzieren.«

»Klar, kleiner Mann. Ich habe im Moment nichts anderes zu tun.«

»Ich bin nicht klein«, brummt Mason.

Zoey zwinkert ihm zu, und er wird rot. Als wir den Kofferraum von Zoeys Auto öffnen, um die Einkäufe herauszuholen, fährt Mrs Trasks Geländewagen in ihre Einfahrt.

Zoey erschrickt. »Ist das *Noah?*«

Mein Blick schießt zu der Gestalt auf dem Rücksitz des Geländewagens.

»Er ist zu Hause«, sagt Mason. Er starrt. Wir alle starren.

Ich sollte wegsehen, aber ich kann es nicht. Das letzte Mal, als ich Noah gesehen habe, lag er im Koma. »Er war so lange im Krankenhaus, dass ein Teil von mir dachte, er würde niemals zurückkommen.«

»Meinst du, er wird anders sein?«, fragt Zoey.

»Ich weiß es nicht. Der Arzt im Krankenhaus hat damals gesagt, er könnte ein völlig neuer Mensch sein.«
»Inwiefern?«
»Ich weiß es nicht.«
»Hmm.«
»Er sieht immer noch so aus wie früher«, sagt Mason.

Unsere Nachbarn steigen aus, und während Noahs Vater nach hinten geht, um seine Sachen herauszuholen, öffnet Mrs Trask ihrem Sohn die Hintertür und bleibt stehen, während er aussteigt. Kann er nicht laufen?

Als hätte er meine Gedanken gehört, schaut Noah zu Mason, Zoey und mir. Er versteift sich und winkt seine Mutter sofort zurück. »Ich kann das, Mom.«

Sie steht mit ausgebreiteten Armen da, als wollte sie Noah auffangen, falls er stürzt. »Kein Schwindel?«

»*Nein!*«

Die Verärgerung in seiner Stimme bringt uns drei schließlich dazu, unsere Aufmerksamkeit wieder den Einkaufstüten in Zoeys Kofferraum zuzuwenden. Wir haben gerade alle Hände voll zu tun, als Mrs Trask ruft: »Oh, Lily!«

Ich schaue über meine Schulter und sehe, wie Mrs Trask mir zuwinkt. Sie steht neben Noah, der uns widerwillig ansieht. »Hi, Mrs Trask.«

Sie deutet auf Noah. »Lily! Komm her! Sieh mal, wer pünktlich zu Weihnachten zu Hause ist!«

Ich weiß nicht, was ich tun soll. Ich will Noah nicht von Angesicht zu Angesicht gegenüberstehen. Zoey stößt mich mit dem Ellbogen an. »Du kannst sie nicht einfach ignorieren.«

Bei dem Gedanken, mit Noah reden zu müssen, bekomme ich Herzklopfen, und zwar nicht auf die gute Art und Weise. Wird er vor seiner Mutter gemein zu mir sein? Wird er mich beschimpfen, weil ich im Krankenhaus gewesen bin? Weiß er überhaupt davon? Ich werfe Zoey einen flehenden Blick zu. »Kommst du mit mir?«

»Natürlich.«

Wir stellen die Einkaufstaschen ab, und Zoey und Mason folgen mir über den Vorgarten zu Mrs Trask und Noah, die noch immer in ihrer Einfahrt stehen. Mrs Trask strahlt von einem Ohr zum anderen. Mr Trask sieht mich vom offenen Kofferraum des SUVs an. Sein Lächeln ist ein wenig gedämpfter, aber er wirkt immer noch sehr glücklich. Noah starrt uns ein wenig misstrauisch an, aber als wir näher kommen, bin ich überrascht, dass in seinem Blick statt Verachtung Neugierde liegt.

Abgesehen von dem fehlenden höhnischen Grinsen hat Mason recht: Noah sieht genauso aus wie vorher. Er ist immer noch umwerfend – schöne Augen, ein kantiges Gesicht und volle Lippen. Er hat immer noch dasselbe dichte goldbraune Haar, auch wenn es jetzt ein bisschen struppig ist, ihm in die Augen fällt und sich um die Ohren kräuselt, da sein letzter Haarschnitt eine Weile her sein muss. Es macht ihn irgendwie weicher und verleiht ihm ein zugänglicheres Aussehen. Er hat vielleicht ein wenig an Muskeln verloren, aber wirklich nur ein wenig. Er sieht nicht aus wie jemand, der fast gestorben wäre und Monate in der Reha verbracht hat. Ich weiß nicht, warum ich darüber so überrascht bin. Es ist ja nicht so, als wäre er in einem Autowrack zerquetscht worden. Es war eine Kopfverletzung. Intern. Natürlich sieht er noch genauso aus.

»Lily!« Mrs Trask begrüßt mich und schockiert mich

mit einer Umarmung. »Es ist so schön, dich wiederzusehen.«

Ich klopfe ihr unbeholfen auf den Rücken, dann trete ich schnell zurück. »Hi, Susan. Es ist auch schön, Sie zu sehen. Sie ebenfalls, Mr Trask.«

»Hallo Lily«, sagt dieser nun, schnappt sich einen großen Koffer und eine Kiste voller Sachen. »Schön, dich zu sehen. Du kannst jederzeit vorbeikommen.«

Er winkt kurz, dann trägt er Noahs Sachen ins Haus. Als er im Haus verschwunden ist, begegne ich Mrs Trasks erwartungsvollem Blick. »Wer ist deine Freundin?«, fragt sie.

Ich ziehe Zoey und Mason dicht an mich heran. »Das sind meine Freundin Zoey und mein Bruder Mason.«

»Freut mich, euch kennenzulernen.« Ihr Blick kehrt schnell zu mir zurück. »Wie ist es dir ergangen? Du hast es nie geschafft, Noah in der Reha-Klinik zu besuchen.«

Der Hauch von Enttäuschung und Tadel in ihrer Stimme lässt mich innerlich zusammenzucken. Mein Blick geht zu Noah. Er sieht mich an, aber nicht wütend, sondern beobachtet mich einfach nur. »Tut mir leid«, murmle ich zu Mrs Trask. »Ich wusste nicht, wohin er verlegt wurde, und ich war sehr damit beschäftigt, auf meinen Bruder aufzupassen. Meine Mom arbeitet viel.«

Es ist eine offensichtliche Ausrede, und das Schweigen wird unangenehm. Mrs Trask durchbricht es, als sie sich an Noah wendet. »Du erinnerst dich doch an Lily, oder?«

Er nickt langsam und schenkt mir ein zaghaftes Lächeln. »Ich mag deinen Pullover. Er lässt deine Bürste schön aussehen.«

Erschrocken über das unerwartete Kompliment, schaue

ich an dem Pullover herunter, den ich trage. Er ist nichts Besonderes, nur ein einfacher dunkelgrüner V-Ausschnitt. Aber was für eine Bürste meint er nur? Ich sehe wieder zu Noah hoch. »Meine Bürste?«

Noahs Stirn legt sich frustriert in Falten. Mrs Trask legt ihre Hand auf Noahs Schulter und lächelt ihn aufmunternd an. »Schon in Ordnung«, sagt sie. »Lass dir Zeit. Versuch es noch einmal.« Sie lächelt Zoey und mich an. »Das ist die Aphasie. Er hat manchmal Probleme, die richtigen Worte zu finden.«

»Brüste«, sagt er plötzlich. Er zeigt auf meine Oberweite. »Du hast wirklich schöne Brüste.«

Mason schnappt nach Luft, ich verschlucke mich an etwas Spucke, und Zoey bekommt einen Lachanfall. Ich kann es ihr nicht einmal verübeln, auch wenn es unhöflich ist. Dafür bin ich zu schockiert.

»*Noah!*«, ruft Mrs Trask entsetzt.

Noah sieht seine Mutter stirnrunzelnd an. »Was denn? Ich habe ihr nur ein Kontimplent gemacht.«

Ein Kontimplent?

»Du kannst Frauen keine Komplimente über ihre Brust machen. Das ist unangebracht.« Mrs Trask massiert sich die Stirn, als ob sie plötzlich Kopfschmerzen bekommen hätte. »Hol bitte deinen Rucksack und dein Kissen aus dem Auto.«

Noahs Stirnrunzeln vertieft sich. Er zögert und schaut Zoey und mich fast wehmütig an, doch als er den strengen Blick seiner Mutter sieht, gibt er auf und holt seine Sachen. Mrs Trask dreht sich wieder zu mir um und sieht gut zehn Jahre älter aus als noch vor einem Moment. »Lily, es tut mir *so* leid. Unangemessenes Sozialverhalten ist eine

Nebenwirkung seiner Gehirnverletzung. Er muss viele Dinge neu lernen. Ich werde später mit ihm reden. Bitte, nimm es ihm nicht übel. Er weiß es wirklich nicht besser.«

Ich blinzle verwirrt und habe keine Ahnung, was ich sagen soll. Ich weiß nicht einmal, wie ich mich in diesem Moment fühle, außer schockiert.

»Machen Sie sich keine Sorgen, Mrs Trask«, sagt Zoey, noch ein wenig atemlos von ihrem Lachanfall. »Wir verstehen das. Und es stimmt ja auch, Lily hat wirklich eine schöne Brust. Was glauben Sie, warum ich ihr diesen Pullover geschenkt habe?«

»Zoey!« Ich stoße sie wieder mit dem Ellbogen an. »Das ist nicht hilfreich.« Für Mrs Trask zwinge ich mich zu einem Lächeln. »Ist schon gut, Susan. Wirklich.«

Ihre Erleichterung ist spürbar. »Danke für dein Verständnis.«

Mrs Trask beobachtet nervös, wie ihr Sohn die letzten Sachen aus dem Auto holt. Dann sieht sie mich hoffnungsvoll an. »Ich weiß, dass du gesagt hast, ihr wärt nicht besonders miteinander befreundet, aber vielleicht könntest du ab und zu etwas Zeit mit ihm verbringen? Er macht gerade eine schwierige Zeit durch, und seine anderen Freunde ... na ja, sie waren nicht oft da. Es ist wirklich schwer für ihn.«

Ich weiß nicht, was ich sagen soll. Ich kann mich auf keinen Fall einfach so mit Noah anfreunden, egal wie anders er jetzt ist. Er war es, der mir dieses Jahr die Schule zur Hölle gemacht hat. Und er ist der Grund, warum mich die meisten meiner eigenen Freunde im Stich gelassen haben. Er mag sich nicht an den Unfall erinnern, und er mag nichts von dem Mobbing wissen, das passiert ist, während er im Krankenhaus war, aber ich kann die Jahre des schrecklichen Verhaltens, das er mir gegenüber an den Tag gelegt hat, nicht ignorieren. Er kann nicht erwarten, dass ich das alles einfach so stehen lasse, nur weil ihn seine sogenannten *Freunde* im Stich gelassen haben. Andererseits bittet auch nicht er darum, sondern seine Mutter. Er will wahrscheinlich genauso wenig, dass ich mich mit ihm anfreunde, wie ich.

Da ich für eine Antwort so lange brauche, dass es langsam unangenehm wird, mischt sich Zoey ein. »Na klar, Mrs Trask. Wir werden ein Auge auf ihn haben.«

Es ist kein Versprechen, uns mit ihm anzufreunden, und Zoeys Ton ist eher beschwichtigend als aufrichtig, dennoch schießen Mrs Trask Tränen in die Augen. »Danke.« Sie wendet sich zum Gehen, bleibt dann aber stehen. »Oh! Fast hätte ich vergessen, euch von Noahs Party zu erzählen.«

Zoey und ich tauschen einen Blick aus.

»Austin veranstaltet an Silvester bei sich eine Party, um Noah zu Hause willkommen zu heißen. Ihr Mädchen solltet hingehen.«

Zoey verschluckt sich fast, und ich reiße entsetzt die Augen auf. »Oh, danke, Susan. Das klingt lustig, aber …«

»Ihr solltet kommen«, sagt Noah, der mit einem Rucksack über der Schulter und seinem Kissen im Arm neben seiner Mutter auftaucht.

»Wir?«, fragt Zoey. »Du lädst *uns* zu deiner Party ein?«

Als Zoey und ich ihn anstarren, zuckt er unbeholfen mit den Schultern. »Sicher. Sie beginnt um … äh …«

»Sieben«, sagt seine Mutter für ihn.

Er nickt und deutet auf sie. »Um sieben. Ihr solltet vorbeischauen.«

Aber sicher. Auf keinen Fall. »Ich muss sehen, ob meine Mutter zu Hause ist. Sie arbeitet viel, und ich muss auf Mason aufpassen.«

Es ist keine Lüge, aber eine Ausrede, um nicht zur Party gehen zu müssen, und ich glaube, Noah merkt das. Er kneift die Augen zusammen. Mrs Trask merkt nichts von der Spannung zwischen uns. »Hoffentlich schafft ihr es. Wir sehen uns später, Mädels. Fröhliche Weihnachten!«

»Fröhliche Weihnachten.«

Zoey und ich schauen Mrs Trask und Noah hinterher, die nun ins Haus gehen. Sobald sich ihre Tür schließt, fängt Zoey wieder zu kichern an. »Schöne Brüste? Wer sagt so was? Noch dazu vor seiner eigenen Mutter.«

Ich kann meinen Blick nicht von Noahs Haus losreißen. Das ganze Gespräch hat mich ziemlich erschüttert. »Jetzt verstehe ich, was der Arzt damals gemeint hat. Es ist, als ob das gar nicht mehr Noah wäre.«

»Kann man wohl sagen. Er lädt *uns* zu einer Party ein?« Schließlich schüttelt sie ihre Überraschung ab und räumt weiter das Auto aus. »Meinst du, wir sollten hingehen?«

Endlich sehe ich meine beste Freundin an. »Zu der Party? Bei Austin? Machst du Witze?« Da werde ich auf keinen Fall hingehen. Ich will mir gar nicht vorstellen, welche Demütigungen dort auf mich warten.

Ich reiche Mason ein paar leichtere Taschen und schnappe mir den Rest. Zoey klappt den Kofferraum zu und seufzt. »Wahrscheinlich hast du recht.«

Natürlich habe ich recht. Es ist mir egal, dass Noah mich persönlich eingeladen hat. Ich werde nicht hingehen.

Sieben

Es ist neunzehn Uhr am Silvesterabend. Ich sitze mit meiner Mom auf dem Sofa und schaue irgendwas auf Netflix, als es an der Tür klopft. Mason, der in sein Tablet vertieft war, steht auf, um zu öffnen. Als er sieht, dass es Zoey ist, lässt er sie herein und setzt sein Spiel fort. Ich werfe einen Blick auf sie und schüttle nachdrücklich den Kopf. Sie hat mehrere Outfits über den Arm gehängt und ihre große Schminktasche dabei. »Nein. Auf keinen Fall. Ich habe dir schon gesagt, dass ich nicht auf diese Party gehe.«

Zoey schenkt mir ein nachsichtiges Lächeln. »Und ich wollte dich nicht zwingen, aber Noah hat nicht gescherzt. *Jeder* geht dahin.«

»Das ist noch weniger Anreiz für mich.«

Meine Mutter wird hellhörig. »Eine Party? Du solltest hingehen, Lily. Du kommst doch sonst nie dazu, mal auszugehen.«

Sogar Mason gibt seinen Senf dazu. »Ich finde auch, dass du hingehen solltest, Lily. Es ist nicht fair, dass du die ganze Zeit auf mich aufpassen musst. Mom ist gerade zu Hause. Geh und häng mit deinen Freunden ab.«

»Das sind nicht meine Freunde. Das ist ja das Problem. Noah hasst mich.«

Ausgerechnet Mason streitet das ab. »Neulich war er doch nett zu dir. Ich glaube, er ist jetzt anders.«

Ich konzentriere mich auf Zoey, denn ich sehe, dass sie Mason gleich zustimmen wird. »Aber Austin und Brooke sind es nicht. Sie werden so fies sein wie immer.«

Stöhnend lässt sich Zoey auf das Sofa fallen. »Das sind doch nur zwei von den hundert Leuten, die da sein werden.«

»Hundert Leute, die mich hassen. Hast du vergessen, wie es das ganze Jahr über für mich war?«

Mom pausiert die Sendung, setzt sich auf und sieht mich besorgt an. »Schatz, was ist denn los? Wirst du in der Schule gemobbt?«

Es kostet mich große Selbstbeherrschung, um nicht genervt zu schnauben. Es ist nicht ihre Schuld, dass sie so beschäftigt ist, dass sie mein Leben verpasst. Ich will ihr nicht noch mehr Sorgen bereiten, also tue ich so, als sei es keine große Sache. »Es ist nichts, Mom. Einige der beliebteren Schüler mögen mich nicht, aber das ist schon in Ordnung.«

Zoey schnaubt empört. »Es ist *nicht* in Ordnung. Das ganze Jahr über hast du dich von allen abgekapselt, Lily.«

»Aus gutem Grund.«

Zoeys frustrierter Blick überrascht mich. »Ja, Austin und Brooke und einige der beliebten Schüler machen dir die Hölle heiß, und dieser Idiot Tyler hat dich sitzen lassen, aber das ist nur ein kleiner Teil unserer Stufe. Es gibt viele Leute in der Schule, die dich immer gemocht haben und denen es egal ist, dass dir diese Idioten das Leben schwer machen. Du würdest Freunde haben, wenn du dich nur trauen würdest, aber du hast solche Angst davor, gemobbt zu werden, dass du dich von allen abschottest. Du musst das überwinden.«

Ihr strenger Tonfall verletzt mich. Ich dachte, sie wäre auf meiner Seite. Sie weiß, wie sehr Austin und Brooke mich quälen. Sie weiß, dass sich alle in der Schule von mir abgewandt haben.

Als sie merkt, dass ihr Vortrag mich verletzt hat, stellt sie ihre Sachen ab, setzt sich neben mich und legt ihren Arm um meine Schultern. »Ich werde nicht zulassen, dass du den Rest deines Abschlussjahres wie ein Zombie verbringst, ohne am Leben teilzunehmen. Ich hätte nicht so lange warten dürfen, aber du hast schon so viel durchgemacht, dass ich dich nicht überfordern wollte.«

Meine Augen beginnen zu brennen. Als ob sie wüsste, dass ich kurz vorm Weinen bin, umarmt mich Zoey. »Du kannst Freunde haben, wenn du nur wieder mit den Leuten reden würdest. Du warst früher so aufgeschlossen und freundlich. Es wird Zeit, dass diese Lily wieder zurückkommt. Schluss mit dem Selbstmitleid.«

Ich sehe sie stirnrunzelnd an, doch sie scheint es ernst zu meinen. »Du wirst heute Abend auf die Party gehen, und du wirst mit den Leuten reden, mit denen du früher geredet hast. Du wirst Austin und Brooke meiden und dich unter die Leute mischen, so wie du es früher getan hast. Sie vermissen dich, Lily. Ich vermisse dich.«

Ich sehe sie erschrocken und verwirrt an. »Bin ich wirklich so anders?«

Zoey kaut nervös auf ihrer Unterlippe herum, dann nickt sie. »In mancher Hinsicht. Es ist, als ob du dich aufgegeben hättest. Du denkst nicht mehr an dich selbst. Ich weiß, dass du deinen Bruder liebst, aber was ist mit dir, Lily? Was tust *du* gerne? Was willst du mit deiner Zukunft anfangen? Wann hast du das letzte Mal etwas für dich selbst getan?«

»Sie hat recht.« Die unsichere Stimme meiner Mutter erinnert mich daran, dass sie auch noch mit im Raum ist. »Ich habe dir seit der Scheidung so viel Verantwortung aufgebürdet. Du warst ein Segen für diese Familie, aber du bist noch so jung. Du musst auch mal ausgehen und Spaß haben. Gch mit Zocy auf die Party, und sei einfach mal ein Teenager.«

Das ist es, was mich umstimmt. Ich will immer noch nicht zu dieser Party gehen, aber ich kann die Schuldgefühle im Blick meiner Mutter nicht mehr ertragen. Ich werfe einen Blick auf Mason und sehe nur noch mehr Schuldgefühle. Es bricht mir das Herz. »Okay. Meinetwegen. Ich komme mit. Aber wir fahren getrennt, damit ich jederzeit gehen kann, falls es sich als Katastrophe herausstellt.«

Zoey strahlt mich an. »Abgemacht.«

Meine Mutter nickt, ohne dass ich fragen muss. »Nimm das Auto. Ich brauche es heute Abend nicht.«

Zoey springt auf und schnappt sich ihre Sachen vom Sofa. »Großartig. Komm, wir machen uns fertig. Ich habe letzte Woche einen neuen Rock gekauft, der dir bestimmt fantastisch stehen wird.«

*

Die Party findet in Austins Haus statt. Er wohnt in einer

Nachbarschaft mit wunderschönen, riesigen Anwesen. Es sind maßgefertigte Gebäude und nicht die in Arizona üblichen Normhäuser. Austins Zuhause ist so groß und von so viel Grundstück umgeben, dass ich mich fühle, als würde ich auf eine Mini-Villa zugehen.

Außerdem fühle ich mich durch das Chaos um mich herum völlig fehl am Platz. Bei der Größe dieser Party wurde wirklich nicht übertrieben. Autos säumen die Straße. Aus dem Haus strömen Jugendliche und Musik. Es ist eine Szene wie aus einem Teenie-Film. Ich war noch nie ein großer Partylöwe, aber die wenigen Partys, an denen ich teilgenommen habe, sind nicht mit dieser zu vergleichen. »Ist das nicht völlig irre?«, fragt Zoey, die genauso beeindruckt zu sein scheint wie ich.

Ich nicke. »Absolut. Ein Großteil der Abschlussklasse ist hier.«

Zoey, die die Besorgnis in meiner Stimme hört, hakt sich bei mir unter und manövriert uns ins Haus. »So können wir Austin, Brooke und ihren Leuten leicht aus dem Weg gehen.«

»Denke ich auch.«

Wir mischen uns unter die Menge und lassen uns von Raum zu Raum treiben. Ich habe keine Ahnung, was wir hier tun. Schließlich findet Zoey ein paar Leute, die sie aus dem Chor kennt. Wir gesellen uns zu ihnen und stellen uns an den Rand der provisorischen Tanzfläche. Zoey fügt sich nahtlos in die Gruppe ein. Sie lacht, tanzt und amüsiert sich prächtig. Sie versucht, mich miteinzubeziehen, aber ich tanze nicht so gern und bin mit diesen Leuten auch nicht wirklich befreundet.

Ich bin überrascht, als Jensen und Bryce vorbeikommen, um mich zu begrüßen. Seit diese ganze Müll-Sache angefangen hat, haben sie kaum noch mit mir gesprochen. Sie gehören zu den beliebteren Schülern, ungefähr am Rand der Clique um Austin und Brooke. Sie mussten vorsichtig sein, wenn sie beliebt bleiben wollten, also haben sie mich gemieden. »Hey, Lily«, sagt Jensen. »Ich bin überrascht, dich hier zu sehen. Ich dachte, du hältst dich von Austin und seiner Clique lieber fern.«

Ich zucke mit den Schultern. »Noah hat mich gebeten vorbeizuschauen, und Zoey wollte es unbedingt.«

Bei der Erwähnung von Zoey gleitet sein Blick zu meiner besten Freundin. Zu Beginn des Jahres dachte ich, er wäre in sie verknallt, aber er hat sie nicht gefragt, ob sie mit ihm ausgehen will, obwohl sie trotz des Spotts der anderen zu mir gehalten hat. Vielleicht ist er endlich reif genug, um sich darüber hinwegzusetzen. Als sie ihn bemerkt, lächelt er. »Hey, Zoey.«

»Wenn das mal nicht der heißeste Typ der Schule ist«, antwortet sie.

Sie hat schon immer mit ihm geflirtet. Als Jensen merkt, dass sich zwischen ihnen nichts geändert hat, fängt er an zurückzuflirten, und plötzlich sind alle anderen um sie herum vergessen. Bryce und ich stehen herum und haben uns nichts zu sagen. Er schenkt mir ein unbeholfenes Lächeln und sieht sich dann im Raum um, als ob er lieber woanders wäre. Ich mache mir nicht die Mühe, Smalltalk zu machen. Er und Jensen sind mir nicht mehr so wichtig. Es war ziemlich rückgratlos von ihnen, Zoey und mich fallen zu lassen, nur weil sich Brooke und Austin über uns lustig gemacht haben.

Schließlich bricht Bryce das Schweigen. »Also ... ähm ... du hast gesagt, *Noah* hätte euch eingeladen?«

Ich nicke. »Ich weiß. Es sind schon seltsamere Dinge passiert, aber nicht viele.«

Ein winziges Lächeln huscht über Bryce' Gesicht, aber es ist schnell wieder weg. Ich gebe ihm die Erklärung, auf die er hofft, obwohl er nie danach fragen würde. »Wir sind Nachbarn. Zoey und ich sind ihm letzte Woche über den Weg gelaufen, und da hat er gesagt, wir sollten vorbeikommen.« Ich zucke wieder mit den Schultern. »Und hier sind wir.«

In Bryce' Augen funkelt Interesse auf. »Du hast also mit ihm gesprochen? Wie war das denn so? Alle sagen, dass er jetzt ganz anders wäre, aber nicht viele Leute haben ihn gesehen. Er hat sich ziemlich zurückgezogen.« Ich fühle mich nicht wohl dabei, über Noah zu tratschen. Er *ist* anders. Ganz anders. Er hat etwas fast Unschuldiges an sich, das überraschenderweise meinen Beschützerinstinkt weckt. Vielleicht weil ich weiß, wie schwer es für seine ganze Familie war. Ich habe Mitleid mit ihnen. Aber Bryce wartet auf eine Antwort, also bleibe ich vage: »Er scheint ja offensichtlich anders zu sein, wenn er ausgerechnet *mich* zu seiner Party einlädt.«

Bryce entspannt sich endlich und lacht.

Als ob unser Gespräch ihn heraufbeschworen hätte, kommt Noah aus dem oberen Stockwerk herunter, Austin und Brooke folgen ihm. Keiner von ihnen sieht besonders glücklich aus. Austin durchwühlt einen Schrank in der Küche und reicht Noah eine Packung Schmerzmittel. Noah nimmt zwei davon und schnappt sich eine Flasche Wasser. Alle im Haus starren ihn an, als wäre er ein Zirkusfreak. Als er die Pillen geschluckt hat, sieht er sich um und bemerkt die allgemeine Aufmerksamkeit. Frustration huscht über sein Gesicht. Die Zeit scheint einen Augenblick stehenzubleiben, dann sagt er etwas zu Austin und geht zur Vordertür hinaus. Es ist klar zu erkennen, dass Austin ihm folgen will, aber Brooke hält ihn zurück, zieht ihn in die Menge und beginnt zu tanzen. Austin sieht über seine Schulter zur Tür, gibt aber schließlich nach und tanzt mit Brooke. Nach einem Moment beginnen sie zu knutschen. Ich frage mich, ob Noah von ihnen weiß. Sie haben seit ein paar Monaten was miteinander. Es war wochenlang das Gesprächsthema Nummer eins an unserer Schule. Vielleicht war Noah deshalb so wütend und hat das Haus verlassen. Vielleicht hat er sie erwischt.

Während die beiden auf der Tanzfläche herummachen, geht die Party wieder ihren gewohnten Gang. Als ich mich umdrehe, unterhält sich Bryce gerade mit jemand anderem, und Zoey und Jensen tanzen miteinander. Ich bin allein in einem Meer von Menschen. Ich wusste, dass das passieren würde. Zoey würde mit mir abhängen, wenn ich sie darum bitte, aber sie verdient es, Spaß zu haben, also störe ich sie nicht. Soll sie sich zur Abwechslung doch mal keine Sorgen um mich machen und stattdessen mit dem Jungen tanzen, auf den sie steht.

Ich gehe in die Küche und hole mir eine Limonade. Ich lehne mich an den Tresen und beobachte das Treiben um mich herum. Hier gibt es niemanden, mit dem ich reden möchte. Zoey hat recht. Ich bin eine Einzelgängerin geworden. Aber das schert mich gerade nicht. Es ist Zeit, nach Hause zu gehen.

Ich mache mich auf den Weg durch den Raum, um

Zoey zu sagen, dass ich mich auf den Weg mache. Ich bin so darauf konzentriert, wie sehr ich nicht hier sein will, dass ich Brooke und Austin, die neben Zoey und Jensen tanzen, erst bemerke, als es zu spät ist. »Hey! Wer hat denn diesen Müll reingelassen?«, kichert Brooke und schwankt ein wenig in ihrem betrunkenen Zustand. Austin baut sich vor mir auf. »Was machst du hier, Trash? Du bist in meinem Haus nicht willkommen.«

Mein Herzschlag beschleunigt sich. Ich hasse es, dass mich die beiden so leicht beleidigen können. Ich hasse es, dass ich Angst vor ihnen habe. »Ich wollte gerade gehen«, murmle ich.

Zeit zu verschwinden. Und zwar sofort. Ich wirble herum und will zum Ausgang gehen, aber als ich mich von ihnen abwende, streckt jemand – ich weiß nicht, ob Brooke oder Austin – seinen Fuß aus, um mir ein Bein zu stellen. Ich stolpere und erwische im Fallen mit dem Kopf den Couchtisch. Eine kleine Wunde klafft auf, und Blut tropft mir ins Auge.

»Lily!«, ruft Zoey. Sie stürzt zu mir hinüber. Jensen folgt ihr und reicht mir ein paar Servietten. Zoey drückt sie auf die Wunde an meinem Kopf und hilft mir, mich aufzusetzen.

Überall um mich herum zeigen die Leute auf mich, starren mich an, lachen oder sehen mich mitleidig an. Brooke klingt wie eine Hyäne, aber Austin hat einen schuldbewussten Gesichtsausdruck. Ich glaube, ich weiß, wer mir ein Bein gestellt hat.

Ich bin gedemütigt, ich bin frustriert, und mein Kopf pocht. In meiner Verzweiflung richtet sich mein Zorn auf meine beste Freundin. Ich werde mich später schlecht fühlen, aber im Moment kann ich meine Gefühle nicht kontrollieren. »Ich hab dir gesagt, dass ich nicht herkommen will! Bist du jetzt zufrieden?«

Zoeys Gesicht wird blass. »Es tut mir leid, Lily. Du hattest recht. Lass uns nach Hause gehen.«

»Nein.« Ich funkelte sie wütend an. »Ich habe gerade keine Lust, in deiner Nähe zu sein.« Es ist hart, aber ich kann nicht anders. »Ich fahre allein nach Hause. Bleib du hier und genieße die Party.«

Ich stehe auf und stürme aus dem Haus, während mir noch immer die Serviette an der Wunde klebt. Sollte mir Zoey hinterherrufen, geht es im Lärm der Party unter. Ich knalle die Haustür zu und atme ein paarmal tief durch. Vorsichtig ziehe ich mir die durchtränkte Serviette von der Stirn, aber ich blute immer noch. Die Wunde ist wahrscheinlich gar nicht so schlimm, aber am Kopf blutet es eben stark. Bestimmt sehe ich aus wie aus einem Horrorfilm.

»Lily! Was ist denn mit dir passiert?«

Ich kenne die Stimme. Ich wirble zu Noah herum und starre ihn so böse an, wie ich kann. »Du bist passiert!«, schreie ich ihn an. »Das ist alles *deine* Schuld!«

Er schreckt vor der Wucht meines Zorns zurück. Er ist verwirrt und sieht verletzt aus. Das ergibt keinen Sinn. Schließlich war es Noah Trask, der mein Leben zerstört hat.

»Meine Schuld?«, fragt er.

Das aufrichtig klingende Unverständnis macht mich nur noch wütender. »Ja, deine Schuld, du Vollidiot!«

Ich stapfe den Weg hinunter und gehe zu meinem Auto.

»Lily, warte!« Noah packt mich sanft an der Schulter und hält mich auf. Ich starre ihn wütend an, aber er lässt sich davon nicht beirren. »Lass … mich …« Er schüttelt frustriert den Kopf. »Lass mich …«

Er beendet seinen Satz nicht. Es ist, als ob er es nicht könnte. Bevor ich erraten kann, was er zu sagen versucht, zieht er das Hemd aus, das er über seinem weißen T-Shirt trägt, und wischt mir damit vorsichtig das Blut aus dem Gesicht. Dann nimmt er mir die vollgeblutete Serviette ab und drückt sein Hemd auf die Wunde. Ich bin so geschockt, dass ich mich nicht bewegen kann. Ich stehe einfach nur da, während er mich verarztet. Die Wut, die mich vor Sekunden noch durchströmt hat, wird durch Überraschung und Verwirrung ersetzt. Warum hilft er mir?

Nach einem Moment nimmt er das Hemd von meinem Kopf und schenkt mir ein sanftes Lächeln. »Es tropft schon«, sagt er und drückt den Stoff wieder auf meine Wunde.

Ich habe keine Ahnung, was er meint, aber ich frage nicht nach, denn ich stehe nur Zentimeter von ihm entfernt, und das lenkt mich ab. Wir waren uns noch nie so nahe. Es ist fast, als würden wir uns aneinanderpressen. Sein warmer Atem streift meinen Hals. Sein Parfüm überflutet meine Sinne. All das zusammen reicht aus, um mich dazu zu bringen, die Augen zu schließen und tief durchzuatmen. Ein Schauer läuft mir über den Rücken, und dann erinnere ich mich daran, dass es Noah Trask ist, der dieses wohlige Kribbeln verursacht.

Ich reiße die Augen wieder auf und trete keuchend zurück. »Hör auf. Lass mich in Ruhe.«

Noahs Arm fällt an seine Seite, und er runzelt die Stirn.

»Warum bist du so wütend auf mich? Was habe ich denn getan?«

Das holt mich völlig aus unserem Moment heraus, und ich lache bitter auf. »Du machst Witze, oder? Die ganze Müll-Sache kommt dir nicht bekannt vor?«

Noah fährt sich mit der Hand durchs Haar und sieht mich hilflos an. »Ich kann mich nicht erinnern.«

Ich halte inne. Hat er wirklich keine Ahnung? »Du erinnerst dich nicht an den Abend deines Unfalls?«

Er schüttelt frustriert den Kopf. »Ich erinnere mich nicht an viel aus dem letzten Jahr. Nur an Stuchbrücke.«

Meine Wut hält sich in Grenzen. Er erinnert sich an nichts aus dem ganzen letzten *Jahr?* Er ist erst seit dem Sommer vor dem letzten Schuljahr mit Brooke zusammen, als ihre Familie hierher gezogen ist. Erinnert er sich überhaupt nicht an seine Freundin? Nicht dass sie noch seine Freundin ist, wenn man bedenkt, dass sie vor ein paar Minuten mit Austin herumgeknutscht hat. Wie beängstigend muss es sein, wenn plötzlich so große Teile der eigenen Vergangenheit fehlen?

»Was habe ich getan?«, fragt er wieder.

Meine Wut steigt wieder an die Oberfläche. »Ist das wichtig?«, schnaube ich. »Vielleicht erinnerst du dich nicht mehr daran, dass du die ganze Schule gegen mich aufgehetzt hast, nur weil du es konntest, aber du warst noch *nie* nett zu mir.«

Noah dreht das blutverschmierte Hemd in seinen Händen und starrt zu Boden. »Ich weiß, wir waren keine Freunde, aber ...«

»Keine Freunde?« Ich lache, und es klingt leicht manisch. Er wirkt erschrocken über die Feindseligkeit in meinem Tonfall. »Wir waren mehr als nur *keine Freunde*, Noah. Du warst grausam. Du warst schon immer grausam. Du bist ein gemeiner, fieser, egozentrischer, gefühlloser Tyrann.« Er zuckt bei jeder Beleidigung zusammen, aber ich habe kein Mitleid. Er hat es nicht verdient. »Du hast mein Leben ruiniert. Ich *hasse* dich.«

All das wollte ich Noah schon seit Jahren sagen. Doch jetzt, wo ich es getan habe, fühle ich mich überhaupt nicht besser.

Ich bin immer noch wütend. Ich bin immer noch verletzt. Ich bin immer noch verbittert, und alles fühlt sich dumpf an. Aber mein Kampfgeist hat mich verlassen. Der Adrenalinstoß meiner Wut ist weg, und ich bin erschöpft. Ich will nur noch nach Hause. Ohne mich umzudrehen, mache ich mich auf den Weg zu meinem Auto. Ich schließe gerade die Tür auf, als Noah mich erneut aufhält.

»Lily?« Seine Stimme ist leise, unsicher. Die Verletzlichkeit darin lässt mich innehalten. Ich drehe mich um und sehe, dass er auf seine Schuhe starrt. Als er den Blick hebt, ist seine Körpersprache resigniert, aber es liegt auch fast etwas Flehendes in seinem Ausdruck. »Gehst du … gehst du …« Er hält inne und brummt, dann deutet er auf mein Auto.

»Gehe ich nach Hause?«, frage ich.

Er nickt erleichtert.

Ich deute auf meine blutverkrustete Stirn. »Ähm, ja, ich würde sagen, die Party ist für mich vorbei.«

Er schluckt erneut und tritt von einem Bein aufs andere. »Kann ich eine Fahrt bekommen?«

Ich will ihn ignorieren und in mein Auto steigen, aber

die Frage ist so seltsam, dass sie mich davon abhält. »Eine was? Wovon redest du?«

Noah kneift die Augen zusammen und atmet tief ein. »Kannst du mich nach Hause fahren?«, fragt er, öffnet die Augen und sieht mich mit einem intensiven, fast verzweifelten Blick an.

Ich hasse diesen Jungen. Ich hasse alles an ihm. Das Letzte, was ich tun möchte, ist, Zeit mit ihm zu verbringen, aber er wirkt abgekämpft, als ob er genauso fliehen will wie ich. Ich bin emotional so erschöpft, dass ich es nicht schaffe, ihm erneut Kontra zu geben. »Meinetwegen. Steig ein.«

Erleichterung durchflutet Noah, und bevor ich es mir anders überlegen kann, klettert er auf den Beifahrersitz. Sobald ich eingestiegen bin, schließe ich die Tür, und Noah schnallt sich wortlos an. »Ich kann nicht fahren«, platzt es plötzlich aus ihm heraus.

Ich blinzle ihn verwirrt an. Er deutet auf meinen Kopf. »Du bist verletzt. Ich würde ja fahren, aber die Ärzte... haben gesagt... sie...« Es folgt eine lange Pause, und Noah schüttelt den Kopf. »Ich habe einen Hirnschaden. Ich reagiere zu langsam.«

Ich bin überrascht, dass er so offen darüber spricht. »Schon in Ordnung«, murmle ich. »Ich glaube, die Blutung hat aufgehört. Ich kann fahren.«

Ich starte das Auto, und hinter uns wird Austins Haus langsam kleiner. Es herrscht eine erdrückende Stille. Noah ist der Erste, der sie durchbricht. »Danke fürs Mitnehmen«, sagt er leise.

Ich zucke mit den Schultern. »Ist doch keine große Sache. Ich war sowieso auf dem Heimweg.«

Wir fahren noch ein paar Blocks schweigend, bis ich es nicht mehr aushalte. »Du wolltest nicht zu deiner eigenen Party bleiben?«

Noah schüttelt den Kopf. »Es war ihre Party. Ich war nur der Vorgewandte.«

Mein Mund verzieht sich bei dem falschen Wort. Seine Mutter hat es Aphasie genannt. Ich habe es nachgeschlagen. Es ist ein Zustand, der entsteht, wenn die Sprachbereiche eines Gehirns beschädigt sind. Menschen mit Aphasie haben Schwierigkeiten, ihre Worte herauszubringen. Manche können nur in gebrochenen Worten sprechen, während andere ganze unsinnige Sätze sagen und gar nicht merken, dass sie nicht richtig reden. Bei Noah scheint es sich um einen leichten Fall zu handeln, er stolpert nur manchmal über seine Gedanken und sagt hier und da ein falsches Wort. Ich finde das auf irritierende Weise liebenswert.

Ich merke erst, dass wir wieder in ein Schweigen verfallen sind, als mich Noahs leise Stimme aus meinen Gedanken reißt. »Was ist am Abend meines Unfalls passiert?«

Ich werfe ihm einen Blick zu, antworte aber nicht.

»Du hast etwas gesagt... du hast gesagt... du hasst mich so sehr.«

Ich zucke zusammen und trete ein wenig aufs Gas. Ich will, dass diese Fahrt so schnell wie möglich zu Ende ist. »Ich will nicht darüber reden. Frag Austin oder Brooke, die sollen es dir erklären.«

»Du bist so nett zu meinen Eltern.«

Ich werfe ihm einen kurzen Seitenblick zu. »Deine Eltern sind ja auch nicht gemein. Keine Ahnung, wie ihr überhaupt miteinander verwandt sein könnt.«

Noah lehnt sich stirnrunzelnd zurück. Ich starre wieder auf die Straße und hoffe inständig, dass diese Fahrt bald vorbei ist. In der Stille höre ich ein leises Schniefen. Schockiert bemerke ich, wie sich Noah Tränen aus den Augen wischt. Er wendet sein Gesicht von mir ab und starrt aus dem Fenster, als wäre es ihm peinlich, dass ich Zeuge seines emotionalen Zusammenbruchs werde.

Am liebsten würde ich im Boden versinken. Kann das hier noch peinlicher werden? Und das Schlimmste daran ist, dass ich mich entschuldigen möchte. Ich möchte ihn trösten. Meinen Erzfeind. Den Jungen, der mein Leben ruiniert hat. Ich möchte den Wagen anhalten, ihn in den Arm nehmen und ihm sagen, dass alles wieder gut wird. Ich will kein Mitleid für ihn empfinden, aber es ist unmöglich, es nicht zu tun.

Er wischt sich weitere Tränen weg. Ich kann nicht glauben, dass ich Noah Trask weinen sehe. Es ist so menschlich, wie verletzlich er in diesem Moment wirkt. Das ist so untypisch für diesen Jungen, den ich schon fast mein ganzes Leben lang kenne, dass mein Gehirn es einfach nicht verarbeiten kann. Ich weiß, dass ich darüber noch lange Zeit nachdenken werde. Aber im Moment weiß ich nicht, wie ich reagieren soll.

Als wir endlich mein Haus erreichen, atme ich erleichtert auf. Wir steigen aus dem Auto, ohne zu sprechen. Er schaut zu Boden, murmelt ein leises »Danke fürs Mitnehmen« und eilt dann in sein Haus.

Meine Mutter springt sofort auf, als ich zur Tür hereinkomme. »Lily! Was ist passiert?«

Sie eilt zu mir, und ich wehre ihre Hände ab, als sie meine Stirnwunde untersuchen will. Auf dem Heimweg habe ich im Rückspiegel einen Blick darauf geworfen. Es ist wirklich nicht so schlimm. »Nichts, Mom. Ich bin nur gestolpert und mit dem Kopf auf den Couchtisch gefallen. Es hat ein bisschen geblutet, aber es ist alles in Ordnung.«

Mom kneift die Augen zusammen. »Hast du getrunken?«

»Was? Nein! Es war nur ein überfüllter Raum. Ich wollte sowieso gehen. Das war einfach nichts für mich.«

Mom sieht mich noch einen Moment länger an, dann beschließt sie, mir zu glauben, und nickt. »Komm, wir sehen uns das mal an.«

Sie führt mich ins Badezimmer. Wir reden nicht, während sie einen warmen, feuchten Waschlappen auf das getrocknete Blut in meinem Gesicht legt. Ich zucke zusammen, als sie ein bisschen Peroxid auf die Wunde träufelt, dann klebt sie ein paar Wundnahtstreifen darüber. Es fühlt sich so gut an, dass sich zur Abwechslung mal jemand um mich kümmert, dass mir Tränen in die Augen schießen. Mom sieht mich besorgt an. »Lily, was ist denn los?«

Ich schüttle den Kopf. »Nichts. Ich will einfach nur ins Bett gehen.«

Mom runzelt die Stirn. »Schatz, du weißt doch, dass du mit mir reden kannst, oder?«

Ich wünschte, ich könnte es, aber ich möchte sie nicht zu sehr belasten. Wie soll ich ihr sagen, dass ich so emotional werde, weil sie mich endlich mal beachtet und sich zum ersten Mal seit der Scheidung richtig um mich kümmert? Anstatt die Verantwortung auf mich abzuwälzen und von mir zu erwarten, dass ich erwachsen bin? Das kann ich nicht. Es würde sie umbringen. Sie macht das nicht mit Absicht. Sie hat einfach keine andere Wahl. Ich weiß, dass sie ihr Bestes gibt, also will ich ihr keine unnötigen Schuldgefühle aufbürden. Ich kann ihr auch nicht von meinen Mobbingproblemen erzählen. Sie würde ausrasten. Dann würde sie sich Sorgen machen und sich schuldig fühlen, obwohl sie nichts dagegen tun kann.

»Ich weiß, Mom«, sage ich seufzend. »Ich muss über nichts reden. Ich hatte nur einen blöden Abend, das ist alles. Ich gehe jetzt ins Bett.«

Sie nickt langsam, als würde sie mir nicht ganz glauben, aber sie will mich nicht bedrängen. Dafür bin ich ihr dankbar. Ich beuge mich vor und gebe ihr einen Kuss auf die Wange. »Hab dich lieb, Mom. Danke, dass du mich verarztet hast.«

Ich kann nicht einschlafen, ohne mich bei Zoey zu entschuldigen. Ich war vorhin furchtbar zu ihr für etwas, das nicht ihre Schuld war. Ja, sie hat mich zu etwas gedrängt, von dem ich wusste, dass es eine schlechte Idee ist, aber sie hat es mit den besten Absichten getan. Ich rufe sie an, aber es geht nur die Mailbox ran. Also schicke ich eine Textnachricht.

Ich: Es tut mir leid.

Ich seufze, als sie nicht zurückschreibt. Sie muss wirklich sauer sein.

Ich: Ruf an oder komm morgen vorbei. Ich bin bereit, zu Kreuze zu kriechen, wenn du mir dafür verzeihst.

Wenn sie mir heute Abend zurückschreiben würde, hätte sie es schon getan, also lege ich mein Handy auf den Nachttisch und versuche zu schlafen.

Acht

Zwei Tage später bin ich in der Schule, und Zoey hat sich immer noch nicht bei mir gemeldet. Ich weine fast, als sie mich vor dem Unterricht nicht an meinem Spind abholt. Ich gehe direkt in meinen ersten Kurs und schreibe ihr zum hundertsten Mal eine Textnachricht.

Ich: Zo, bitte rede mit mir. Es tut mir so leid. Ich hab mich geschämt und war frustriert. Das hätte ich nicht an der einzigen Person im Raum auslassen dürfen, der was an mir liegt. Bitte verzeih mir.

Erst als der Lehrer den Raum betritt, lege ich mein Handy weg. Immer noch keine Antwort. Den Rest der Stunde höre ich kaum etwas von dem, was gesagt wird. Ich bin zu sehr damit beschäftigt, in Verzweiflung zu ertrinken. Zoeys Zorn kommt mir übertrieben vor. Ja, ich hab sie angeschrien und die Party ohne sie verlassen, aber nach dem, was passiert ist, sollte man meinen, dass sie ein wenig Verständnis aufbringen würde. Zwei Tage lang *überhaupt* nicht mit mir zu sprechen? Mich vor dem Unterricht zu ignorieren? Das ist echt ein bisschen zu viel, und es macht mich langsam wütend. Immerhin war *sie* es, die mich gezwungen hat, zu dieser Party zu gehen. Sie ist nicht ganz unschuldig. Ich bin diejenige, die verletzt wurde. Ich bin diejenige, auf die es Austin und Brooke abgesehen hatten.

Je mehr ich darüber nachdenke, desto deprimierter und wütender werde ich. Ich bin so in meine Gedanken vertieft, dass ich gar nicht höre, wie mein Name gerufen wird, bis der Typ, der neben mir sitzt, mir auf die Schulter klopft. »Lily, Mr Hendricks ruft nach dir.«

Ich schaue auf, und tatsächlich winkt mich mein Mathelehrer zu sich. Ich gehe zu seinem Pult, und er gibt mir einen Laufzettel. »Lily, du wirst im Büro des Schulleiters erwartet.«

Erschrocken nehme ich ihm den Zettel ab. »Warum?«

»Es ist bestimmt nichts Schlimmes.« Er zuckt mit den Schultern und reicht mir ein paar Zettel. »Hier ist der Lehrplan dieses Schuljahrs. Wir werden ihn heute nur durchgehen und eine kurze Wiederholung des letzten Schuljahrs machen, also verpasst du nicht viel.«

Ich nehme die Zettel entgegen und packe leise meine Sachen zusammen. Auf dem Weg ins Büro fangen meine Handflächen an zu schwitzen. Ich habe keine Ahnung, worum es hier geht. Ich bin noch nie zum Schulleiter gerufen worden. Als ich sein Büro erreiche, spricht er gerade mit meiner Vertrauenslehrerin. Nervös klopfe ich an die offene Tür. Ich kann mich nicht einmal entspannen, als die beiden mich anlächeln und mich hereinbitten. Ich muss genauso verängstigt aussehen, wie ich mich fühle, denn Schulleiter Craven sagt: »Keine Sorge, Lily, du bist nicht in Schwierigkeiten. Komm rein und nimm Platz.«

Vor seinem Schreibtisch stehen zwei Stühle, und Mrs Alderman, meine Vertrauenslehrerin, sitzt auf einem von ihnen. Ich nehme den leeren Platz neben ihr und versuche, nicht nervös herumzuzappeln, während ich darauf warte, dass sie mir sagen, was los ist. »Guten Morgen, Lily«, sagt Mrs Alderman und schenkt mir ein breites Lächeln. Ich habe sie in der ganzen Zeit, in der ich an dieser Schule bin, nur ein paarmal getroffen. Das letzte Mal war, als ich aus der Schülerzeitung ausgetreten bin und sie mir geholfen hat, mich für ein Journalismus-Stipendium zu bewerben.

Gespannt sehe ich erst sie und dann Mr Craven an. Sie tauschen einen Blick, dann deutet Mr Craven auf seine Kollegin. »Fangen Sie doch bitte an.«

Mrs Alderman dreht sich mit ihrem Stuhl so, dass sie mir gegenübersitzt. »Wie geht es dir, Lily?«

Ich zucke mit den Schultern. Was will sie von mir hören? Ich werde ihr bestimmt nicht meine Lebensgeschichte oder von meinem ganzen Mobbingdrama erzählen. Schon gar nicht vor dem Schulleiter. »Mir geht's gut.«

Mrs Aldermans Gesicht erweicht sich auf eine Weise, die man nur als mitfühlend bezeichnen kann. »Es ist in Ordnung zuzugeben, wenn es nicht so gut läuft. Ich habe mir gestern deine Akte angesehen und festgestellt, dass deine Noten im letzten Schuljahr etwas schlechter geworden sind, und von deinem Austritt aus der Schülerzeitung weiß ich ja. Ich bin besorgt. Ich habe auch mit deinen Lehrern gesprochen. Ein paar von ihnen haben erwähnt, dass du dich zurückgezogen hast, und sie glauben, dass du vielleicht gemobbt wirst.«

Ich winde mich und bekomme keinen Ton heraus. Was soll ich jetzt sagen? Ich werde Austin und Brooke nicht verpetzen. Das würde auch nichts besser machen.

Mr Craven und Mrs Alderman warten geduldig, bis ich unter dem Druck ihrer Blicke zusammenbreche. »Es ist nichts«, murmle ich. »Sie sind unwichtig, und ich habe nur noch dieses Schuljahr, bevor ich sowieso keinen von ihnen mehr wiedersehen werde. Ich komme schon klar.«

Mrs Alderman schenkt mir ein verständnisvolles Lächeln, und Mr Craven seufzt. »Lily, wenn du gemobbt wirst, kannst du dich jederzeit an deine Schulleitung wenden. Dafür sind wir ja da.«

Ich schlucke und schüttle wieder den Kopf. »Es ist in Ordnung. Versprochen.«

Es ist offensichtlich, dass mir das keiner der beiden abkauft, aber sie widersprechen nicht.

»Bist du deshalb aus der Schülerzeitung ausgetreten?«, fragt Mrs Alderman.

»Nein.« Ich rutsche auf meinem Platz hin und her. »Ich habe aufgehört, weil ich gemerkt habe, dass Journalismus nicht das Richtige für mich ist, und weil ich dieses Jahr ein bisschen unter Stress stand. Meine Eltern haben sich scheiden lassen, und meine Mutter arbeitet jetzt häufig abends. Ich muss mich viel um meinen kleinen Bruder kümmern. Aber meine Noten sind nicht schlecht.«

»Nein«, stimmt Mrs Alderman schnell zu. »Deine Noten sind immer noch gut. Nur nicht mehr so gut wie früher. Du warst auf dem besten Weg, deinen Abschluss mit einem Notendurchschnitt von Eins Plus zu machen. Jetzt stehst du nur noch bei einer Eins Minus.«

»Das ist immer noch gut«, sage ich abwehrend.

»Du hast recht. Es *ist* gut. Es ist nur nicht üblich, dass eine Schülerin deines Kalibers so spät in ihrer Highschool-Karriere abrutscht oder dass sie ihre außerschulischen Aktivitäten aufgibt, an denen sie seit Beginn der Highschool so engagiert war. Du hast dich sogar um Stipendien bemüht. Es tut mir leid, von der Scheidung deiner Eltern zu hören. Ich weiß, dass das für viele Menschen sehr schwer sein kann. Wenn du darüber reden möchtest, bin ich immer für dich da. Aber ich mache mir Sorgen um deine Zukunftspläne. Ich möchte nicht, dass du dir irgendwelche Chancen entgehen lässt. Du bist eine gute Schülerin. Wenn wir irgendetwas tun können, um dir zu helfen, dann sind wir dazu bereit.«

Wieder zucke ich nur mit den Schultern. Ich weiß nicht, was ich sagen soll. Früher hatte ich einen festen Plan für die Zukunft. Jetzt habe ich keine Ahnung, was ich tun soll.

Mrs Aldermans Stimme wird wieder sanfter, als ob sie versuchen würde, behutsam mit mir umzugehen. »Hast du denn neue Pläne für das College? Irgendwelche Ideen, an denen wir arbeiten könnten, bevor das Jahr zu Ende ist? Gibt es andere AGs, denen du vielleicht beitreten möchtest? Es ist noch nicht zu spät, weißt du?«

»Ich weiß.« Ich will nicht weiter darauf eingehen, aber wieder sieht sie mich so lange an, dass ich einknicke. »Ich habe mich bei mehreren Schulen beworben, aber ohne Stipendium kann ich mir keine von ihnen leisten.«

Mrs Alderman lächelt mich mitfühlend an. »Wenn du wolltest, wäre es nicht so schwer, deine Noten wieder auf das Niveau eines Stipendiums zu bringen. Du hast noch Zeit.«

Der Versuch, noch ein Stipendium zu bekommen, erscheint mir völlig sinnlos. »Ich weiß sowieso nicht mehr, was ich machen will. Ich schreibe gern, aber Journalismus ist nicht das Richtige, und ich bin keine kreative Geschichtenerzählerin, also fällt Belletristik weg. Ich weiß nicht, welche Möglichkeiten ich noch habe.«

»Es gibt noch mehr Möglichkeiten als Journalismus und Belletristik«, sagt Schulleiter Craven. »Hast du schon mal daran gedacht, ein Sachbuch zu schreiben?«

Sachbücher? Ich schüttele den Kopf über diesen Vorschlag. Mr Craven beugt sich vor. »Lily«, beginnt er, und ich merke, dass er etwas auf dem Herzen hat. Vielleicht ist das der wahre Grund, warum ich hier in seinem Büro bin und nicht in dem meiner Vertrauenslehrerin. »Wir haben gestern deine Akte eingesehen, weil Mrs Porter dich für eine bestimmte Aufgabe empfohlen hat.«

Mrs Porter? Meine Englischlehrerin? Verwirrt schaue ich zwischen den beiden hin und her. Sie lächeln aufmunternd. »Was für eine Aufgabe?« frage ich.

»Kennst du Noah Trask?«, fragt Mrs Alderman.

Was? Ich blinzle sie an. Noah? Ich bin wegen Noah hier? »Was hat er damit zu tun?«

Mrs Alderman lehnt sich zurück, als wäre ihr Teil des Gesprächs beendet. Mr Craven übernimmt für sie. »Du weißt über Noahs Zustand Bescheid?«, fragt er.

Ich nicke. Gibt es irgendjemanden in der Schule, der das nicht tut?

»Noah war vor seinem Unfall so gut in der Schule, dass er in der Lage ist, im Frühjahr mit seinen Mitschülern den Abschluss zu machen, wenn er sich anstrengt und sich nicht zu sehr überfordert.«

Das bringt mich fast zum Lächeln. Ich bin froh, dass ihm das noch möglich ist. Ich kapiere nur nicht, was das mit mir zu tun hat.

»Noah wird einen Teil des Stoffs mit den Sonderpädagogiklehrern im Förderraum erarbeiten müssen, aber wir wollen, dass er so oft wie möglich an seinen normalen Kursen teilnimmt.«

Ich nicke. Das ergibt Sinn.

»Wir arbeiten noch an den Feinheiten seines Bildungsplans. Er braucht noch zusätzliche Punkte in Englisch, weil er nach dem Unfall so viel verpasst hat, also haben wir ihn für einen unabhängigen Kurs angemeldet, der sich auf das Schreiben konzentriert.«

»Okay …«

Mrs Alderman und Mr Craven tauschen einen Blick aus. Der Schulleiter windet sich ein wenig auf seinem Sessel. »Würdest du in Erwägung ziehen, Noah bei diesem Kurs zu unterstützen?«

»Was meinen Sie?«

Mrs Alderman räuspert sich. »Du hast in der sechsten Stunde keinen Unterricht. Wenn du bereit wärst, diese Freistunde zu nutzen, könntest du dich mit Noah zusammentun. Er wird für den Rest des Schuljahrs an einem besonderen Projekt arbeiten. Er möchte ein Buch über seine Erfahrungen und die Genesung von seiner Verletzung schreiben, aber er wird Hilfe brauchen, um seine Gedanken zu ordnen und seine Gefühle zu Papier zu bringen.«

»Wir glauben, dass Noah wirklich davon profitieren könnte, mit einer Gleichaltrigen an dem Projekt zu arbeiten«, sagt Mrs Alderman. »Und wir denken, dass du angesichts deines Engagements für die Schülerzeitung die perfekte Partnerin für ihn wärst.«

Ich starre sie fassungslos an. Sie wollen, dass ich Noah helfe, ein Buch zu schreiben? Ich fühle mich geschmeichelt, bin aber auch ein wenig eingeschüchtert. Ein Buch schreiben? Könnte ich das? Und will ich das überhaupt? Ich bin von der Idee fasziniert, aber es gibt ein großes Problem: Noah. Ich müsste ein ganzes Schuljahr lang mit ihm zusammenarbeiten. Wir würden Partner sein. Wir müssten Zeit miteinander verbringen. Sehr viel Zeit.

»Du könntest dir einen Englischkurs anrechnen lassen, anstatt nur eine Freistunde zu haben«, sagt Mr Craven, um mich zu überzeugen. »Die zusätzlichen Stunden könnten dir helfen, deinen Notendurchschnitt zu verbessern.«

Mrs Alderman setzt sich auf. Ihre Augen leuchten aufgeregt. »Außerdem hättest du die perfekte Schreibprobe, um dich für ein Stipendium zu bewerben. Ich könnte dir helfen, welche zu finden.«

Das Angebot ist verlockend, aber ich schüttle den Kopf. »Es tut mir leid. Es hört sich nach einer tollen Gelegenheit an, aber Noah und ich kommen leider nicht miteinander aus. Überhaupt nicht. Ich glaube nicht, dass ich mit ihm zusammenarbeiten kann.«

Sowohl Mrs Alderman als auch Mr Craven runzeln die Stirn. Mrs Alderman sieht enttäuscht aus, Mr Craven so, als wolle er diskutieren. »Es tut mir leid«, sage ich noch einmal und unterbreche ihn, bevor er Noah verteidigen kann. »Es gibt einfach zu viel Groll zwischen uns. Sie haben vorhin nach der Mobbing-Situation gefragt, und Noah ist seit Jahren der Hauptschuldige. Ich kann das nicht tun.«

Beide sehen mich eine lange, peinliche Minute lang an. Mrs Alderman ist die Erste, die nachgibt.

Sie seufzt. »Also gut. Wir wollen dich natürlich nicht zu etwas drängen, das dir unangenehm ist.«

Ich atme tief ein und aus. »Es tut mir wirklich leid«,

sage ich leise. »Bei jemand anderem würde ich es tun, aber Noah hat mir im Grunde meine ganze Highschool-Zeit ruiniert.«

Mrs Alderman tätschelt meine Hand. »Schon gut, Lily. Wir verstehen das.«

Sie versteht es, ist aber trotzdem enttäuscht. Mr Craven ebenfalls. Er runzelt immer noch die Stirn.

Wieder verfallen wir in ein peinliches Schweigen. Ich habe das Gefühl, dass eine schwere Last auf meinen Schultern liegt, die vorher nicht da war. Ich hasse es, Menschen im Stich zu lassen, und ich fühle mich schuldig, dass ich Noah nicht helfen will. Aber sie werden bestimmt jemand anderen finden. Ich räuspere mich und hebe meinen Rucksack vom Boden neben dem Stuhl auf. »Wenn sonst nichts ist, würde ich gerne wieder in den Unterricht gehen, bevor er vorbei ist. Ich brauche die Wiederholung des Lernstoffs.«

Mr Craven atmet tief durch und zückt einen Passierschein. Er ist still, während er ihn ausfüllt, aber als er ihn mir gibt, sieht er mir mit festem Blick in die Augen. »Du solltest darüber nachdenken. Es ist eine gute Gelegenheit für dich, auch wenn ihr beide eure Differenzen überwinden müsst. Ich gebe dir ein paar Tage Zeit. Wenn du deine Meinung ändern solltest, lass es uns wissen.«

Ich werde meine Meinung nicht ändern.

*

Der Rest des Vormittags zieht sich hin, da die Lehrer hauptsächlich die Lehrpläne für die zweite Hälfte des Schuljahrs durchgehen. Zoey ist in keinem meiner Kurse.

Noah hingegen ist zusammen mit Austin und Brooke in meinem Weltliteraturkurs. Es ist total unangenehm. Die Schüler starren Noah an und tuscheln, und er merkt es. Ich sehe, wie er sich klein macht. Er bleibt für sich, spricht mit niemandem. Er setzt sich neben Austin und Brooke, aber sie ignorieren ihn völlig. Idioten. Was hat er nur für Freunde? Hatte. Lassen ihn *alle* seine ehemaligen Kumpel im Stich? Es sind auch noch ein paar andere Jungs aus dem Footballteam im Kurs, aber auch von ihnen beachtet ihn keiner. Haben sie ihn alle fallen gelassen, weil er nicht mehr spielen kann? Es ist irgendwie herzzerreißend.

Ich brenne darauf, Zoey von der Bitte von Schulleiter Craven zu erzählen und überhaupt mit ihr zu reden, also eile ich in der Mittagspause in die Cafeteria. Sie kann mich auf keinen Fall ignorieren, wenn wir nebeneinandersitzen. Ich komme zu unserem üblichen Tisch, und Zoey ist noch nicht da. Wahrscheinlich steht sie noch in der Schlange. Ich setze mich an den Tisch und hole mein Essen heraus. Fünf Minuten später beginne ich mich zu fragen, wo sie bleibt. Es dauert nicht lange, bis ich sie neben Jensen an seinem Tisch sitzen sehe. Sie lacht über etwas, das jemand gesagt hat, und sie sieht aus, als gehöre sie zu seiner Clique.

Mir rutscht das Herz in die Hose. Sie hat den Platz gewechselt, ohne es mir zu sagen. Und sie hat mich auch nicht eingeladen, sie zu begleiten.

Ich schiebe mein Mittagessen weg, weil mir der Appetit vergangen ist. Traurigkeit bricht wie eine Flutwelle über mich herein. Ich habe meine einzige Freundin verloren. Tränen brennen in meinen Augen, aber ich blinzle sie weg. Ich will nicht das Mädchen sein, das beim Mittagessen allein sitzt und weint. Ich habe das Gefühl, dass mich alle anstarren, auch wenn sie es nicht tun. Irgendwann gewinnt mein Selbstbewusstsein die Oberhand, und ich stehe auf, werfe den Rest meines Essens weg und mache mich auf den Weg in die Bibliothek. Auf dem Weg zur Tür bemerke ich Zoeys Blick und meine, Schuldgefühle darin zu erkennen, aber sie steht nicht auf. Sie winkt mich auch nicht herüber, damit ich ihr Gesellschaft leiste. Mein Herz krampft sich in meiner Brust zusammen, und ich renne praktisch aus der Cafeteria. Die zweite Hälfte des Schuljahrs wird noch schlimmer werden als die letzte.

Als der Unterricht vorbei ist, gehe ich zu Fuß nach Hause. Vielleicht habe ich Angst, dass Zoey mich auch nicht mehr mitnehmen will, nachdem sie mich beim Mittagessen sitzen gelassen hat. Oder vielleicht will ich das auch gar nicht mehr. Ich komme nicht sehr weit, bevor sie neben mir hält und das Beifahrerfenster herunterkurbelt. »Du hast mir nicht gesagt, dass du zu Fuß gehst. Ich habe auf dich gewartet.«

Wut steigt in mir hoch. »So wie beim Mittagessen, als du mich sitzen gelassen hast, ohne es mir zu sagen? Ich habe auch auf dich gewartet, bevor ich gemerkt habe, dass du einfach nicht kommst.« Meine Augen beginnen zu brennen. »Ich habe am Wochenende in einem Moment der Demütigung und Panik etwas gesagt, für das ich mich immer wieder entschuldigt habe, und trotzdem tust du so, als wärst du nicht mehr meine Freundin.«

Zoey seufzt. »Steig einfach ein.«

Ich überlege einen Moment, ob ich es tun soll, weil ich wirklich wütend bin, aber es ist ein langer Weg nach Hause, und ich will mich nicht noch mehr mit meiner besten

Freundin streiten. Nachdem ich eingestiegen bin, sind wir beide still, während sie wieder auf die Straße fährt. »Es tut mir leid«, sagt sie schließlich. »Ich wollte dich beim Mittagessen nicht im Stich lassen. Jensen hat mich gebeten, bei ihm zu sitzen, und du warst noch nicht da. Und das mit der Party tut mir auch leid. Ich hätte dich nicht so sehr drängen sollen hinzugehen. Ich weiß einfach nicht, was ich sonst tun soll. Du musst aufhören, dich so abzukapseln. Dass du so isoliert bist, ist nicht nur Austins und Brookes Schuld, sondern auch deine eigene. Und es tut mir leid, aber ich will mein letztes Jahr an der Highschool nicht damit verbringen, aus Solidarität mit dir eine Außenseiterin zu sein.«

Ihre Worte tun weh. So richtig, richtig weh.

»Ich habe den Tag nach der Party mit Jensen und seinen Freunden verbracht«, sagt sie und treibt den Nagel noch tiefer in den Boden. Sie hat mich nicht eingeladen. »Ich mag ihn, und ich glaube, er mag mich auch.«

Obwohl ich mich verletzt fühle, freue ich mich wirklich für sie. Ich habe immer gehofft, dass sie zusammenkommen würden.

»Das ist toll, Zoey. Ihr wärt ein hübsches Paar. Meinst du, er wird dich fragen, ob du mit ihm gehen willst?«

Ihre Stimme wird ein wenig weicher. »Ich hoffe es.« Wir schweigen einen Moment, dann seufzt sie wieder. »Hör zu, Bryce hat dieses Wochenende Leute zu sich nach Hause eingeladen. Ich werde dich nicht anflehen, aber du solltest kommen. Einige der beliebten Schüler werden da sein, Austin und Brooke aber wahrscheinlich nicht. Bryce ist nicht mit ihnen befreundet.«

Ich unterdrücke den Drang, höhnisch zu schnauben.

»Bin ich denn eingeladen? Denn beim Mittagessen habt ihr mich alle ignoriert.«

Zoey verzieht schuldbewusst das Gesicht. »Tut mir leid. Ich wollte dich nicht sofort herholen, nachdem mir gerade erst selbst erlaubt wurde, bei ihnen zu sitzen. Aber ich habe gefragt, ob ich dich zu der Party einladen darf, und Bryce hat gesagt, du kannst kommen. Ich glaube, alle sind einfach nur nervös und wissen nicht, wie sie sich dir gegenüber verhalten sollen. Wenn du einfach auf der Party vorbeischaust und du selbst bist – dein altes, aufgeschlossenes, fröhliches Ich – wird alles wieder normal. Dann kannst du ganz ohne Austin und Brooke die Gelegenheit nutzen, den Leuten zu zeigen, dass du immer noch normal bist.«

Ich starre sie entsetzt an. »Noch normal?« Es fühlt sich an wie ein Stich ins Herz. »Also denken die Leute, dass ich nicht normal bin? Als wäre ich eine Art Freak?«

Zoey konzentriert sich wieder voll auf die Straße und zuckt mit den Schultern. »Kein Freak, aber ja, nicht normal. Ich meine, du bist inzwischen eine Einzelgängerin, die nicht mehr mit Leuten redet.« Ihre Worte tun weh, auch wenn sie wahr sind. »Aber du kannst ihnen das Gegenteil beweisen. Komm am Freitag. *Bitte.*«

Auf eine weitere Party zu gehen, ist das Letzte, auf das ich Lust habe, aber ich kann die Warnung in Zoeys Tonfall hören, auch wenn es kein ausgesprochenes Ultimatum ist. »Ich versuche es, okay? Ich weiß nicht, ob meine Mutter zu Hause sein wird.«

»Sag ihr, sie soll sich für den Abend einen Babysitter besorgen. Sie kann nicht einfach von dir erwarten, dass du dein Sozialleben völlig einstellst.«

Ich zucke zusammen. Das Geld ist zu knapp, als dass wir einen Babysitter engagieren könnten, nur damit ich auf eine Party gehen kann. Aber das sage ich nicht, denn die Frustration in Zoeys Stimme beunruhigt mich. Sie ist kurz davor, mich aufzugeben. Wenn sie mir auch noch die Freundschaft kündigt, weiß ich wirklich nicht mehr, was ich machen soll. »Ich werde es versuchen, okay?«

»Versprochen?«

»Versprochen, Zo. Ich werde mein Bestes geben.«

Sie lächelt erleichtert. »Danke.«

An der Grundschule setzt sie mich ab. Der Abschied ist ungelenk. Unsere Freundschaft scheint gerade sehr zerbrechlich zu sein. Es bricht mir das Herz, denn sie war immer mein Fels in der Brandung. Ich frage mich, wie es so schnell so schlimm werden konnte, doch dann kommt mir der Gedanke, ob die Dinge vielleicht schon länger im Argen lagen und ich zu sehr mit mir selbst beschäftigt war, um es zu merken.

Neun

Ich sitze auf dem Sofa und scrolle durch Instagram, als es an meiner Tür klopft. Mason, der gerade mit einem Videospiel beschäftigt ist, sagt, ohne aufzusehen: »Geh du. Ich kann mein Spiel nicht pausieren.«

Ich verdrehe die Augen, stehe aber auf. Als ich die Tür öffne, sehe ich erstaunt Mrs Trask und Noah auf meiner Veranda stehen. Mrs Trask wirkt sehr nervös. Noah hingegen sieht aus, als wäre er lieber irgendwo anders als hier. »Lily!«, sagt Mrs Trask erleichtert. »Ich bin so froh, dass du zu Hause bist.«

Ich versuche, weder überrascht noch misstrauisch zu klingen. »Hallo Susan. Was gibt's?«

Mrs Trask ringt nervös mit den Händen. »Ich störe euch nur ungern, aber ich stecke gerade in der Klemme. Ich habe einen Termin mit meinem Chef wegen meiner Rückkehr zur Arbeit, den ich nicht versäumen darf, und mein Mann wird erst in ein paar Stunden wieder zu Hause sein. Kann Noah ein Weilchen hierbleiben, während ich weg bin? Es wird nicht allzu lange dauern.«

»Ich brauche keinen Babysitter«, sagt Noah trotzig.

Mrs Trask wirft ihm einen strengen Blick zu. »Gestern hast du fast das Haus abgefackelt.«

Noah wird rot. »Ich werde den Herd nicht benutzen. Ich schaue mir nur einen Film an oder so.«

»Das kannst du hier genauso gut, und ich habe ein besseres Gefühl dabei. Außerdem könntest du ein bisschen Gesellschaft gebrauchen.«

Noah verzieht wütend das Gesicht, und seine Hände ballen sich zu Fäusten. »Mom! Hör auf, Schmieden für mich zu planen!«

»Noah, beruhige dich.«

»Beruhige du dich doch!«

Mrs Trask schließt die Augen und massiert ihren Nasenrücken. Ich kann nichts anderes tun, als hier zu stehen und das Drama zu verfolgen, das sich auf meiner Veranda abspielt.

»Ich weiß, dass du frustriert bist«, sagt sie mit leiser, ruhiger Stimme, »aber du musst versuchen, deine Wutausbrüche zu kontrollieren.«

»Nun, wenn du nur ... wenn ... nur ...« Als Noah die Worte nicht herausbekommt, reißt er sich an den Haaren und stößt einen frustrierten Schrei aus.

»Noah«, sagt Mrs Trask wieder. Sanft legt sie eine Hand auf seinen Arm. »Atme tief durch.«

Noah hört auf seine Mutter, schließt die Augen und atmet tief ein. Er lässt sein Haar los, nicht entspannt, aber etwas ruhiger. Er spricht mit zusammengepresstem Kiefer, aber wenigstens bekommt er seine nächsten Worte richtig hin. »Ich bin kein kleines Kind mehr. Ich brauche keinen Babysitter.«

Mrs Trask seufzt erschöpft. »Ich weiß, dass du kein

kleines Kind mehr bist, aber du weißt, was die Therapeutin gesagt hat. Du darfst dich nicht isolieren. Das macht die Depression nur noch schlimmer.«

Wow. Es geht doch nichts über eine Helikoptermutter, die vor allen Leuten deine schmutzige Wäsche auspackt.

Wieder wird Noah knallrot, und dieses Mal tut er mir tatsächlich leid. Als er ruhig bleibt, wendet Mrs Trask ihre Aufmerksamkeit wieder mir zu und wirft mir einen verzweifelten Blick zu. »Würde es dir etwas ausmachen? Nur für eine Stunde oder so? Bitte?«

Wie kann ich da Nein sagen? Sie fleht mich förmlich an. Ich weiß, was das Richtige ist, aber ich bringe die Worte einfach nicht über die Lippen. Als ich zögere, sagt Noah: »Sie will nicht, Mom. Lily hasst mich. Auf der Party hat sie gesagt ... sie hat gesagt ...« Er schüttelt den Kopf. »Wir haben uns gestritten. Sie hasst mich.«

Mir weicht vor Scham das Blut aus dem Gesicht. Es stimmt, aber das hätte ich seiner Mutter nicht in einer Million Jahren gesagt. Mrs Trask wirkt über diese Aussage erschrocken. Sie sieht mich an, damit ich es abstreite, doch ein Blick in mein Gesicht verrät ihr die Wahrheit. »Es tut mir leid«, murmle ich. »Ich ...« Mehr kommt nicht heraus. Mir fehlen die Worte. Wie soll ich der Frau erklären, dass ihr einziger Sohn im Grunde mein Todfeind ist?

»Ich war vor meinem Unfall gemein zu ihr«, sagt Noah so sachlich, dass es die ganze Angelegenheit nur noch peinlicher macht.

Mrs Trasks Augen werden feucht, und ich fühle mich schrecklich. »Es tut mir leid«, entschuldige ich mich erneut. Auch wenn ich nichts falsch gemacht habe, und auch wenn meine Gefühle berechtigt sind, komme ich mir gerade definitiv wie der Bösewicht vor. »Austin und Brooke haben mich gedemütigt. Ich war wütend und verletzt. Ich hätte diese Dinge nicht sagen sollen.«

Doch meine Entschuldigung bewirkt nur, dass sich Mrs Trasks Augen mit Tränen füllen. Ich muss irgendetwas tun, damit sie sich besser fühlt. »Er hat mir neulich Abend nichts getan. Ich hätte nicht die Beherrschung verlieren dürfen.«

Als sie auch noch schnieft, platzt es aus mir heraus: »Ich hasse ihn gar nicht.« Ich bin mir nicht sicher, ob das stimmt, aber ich will unbedingt, dass sich Mrs Trask besser fühlt. Ich komme mir wegen dem, was ich gesagt habe, so schuldig vor, dass vielleicht doch etwas Wahrheit in meiner Entschuldigung steckt. »Ich war nur wirklich wütend auf Austin und Brooke.«

Noah runzelt die Stirn. »Es ist meine Scheiße, dass sie so gemein zu dir sind.«

Mein Gehirn kommt zum Stillstand. Noah hat keine Ahnung, dass er gerade *Scheiße* statt *Schuld* gesagt hat. Weder Mrs Trask noch ich würden reagieren, wenn nicht mein neunjähriger kleiner Bruder, der Fäkalhumor liebt, zu kichern beginnen würde. Als er lacht, sehe ich zu Mrs Trask. Wir tauschen einen Blick aus und unterdrücken beide ein Lächeln, und das ist genau das, was ich brauche, um meine Anspannung zu überwinden. »Schon okay, Susan. Noah kann bleiben.« »Bist du dir sicher?«, fragt sie nervös. »Ich will auf keinen Fall, dass du dich unwohl fühlst.«

Ich schüttele den Kopf und öffne weit die Tür. »Bin ich. Das neulich Abend war unangebracht, und er scheint sich verändert zu haben.« Ich begegne Noahs vorsichtigem

Blick. »Tut mir leid, dass ich gesagt habe, ich würde dich hassen.«

»Dann hasst du mich also *nicht*?«, fragt er skeptisch.

Ich will das vor seiner Mutter nicht beantworten, also gebe ich die Frage zurück. »Hasst du *mich*?«

Wir starren uns an. Er kann sich nicht an den Abend des Unfalls erinnern, aber es ist klar, dass er noch genug von unserer früheren Beziehung weiß, um mit der Antwort zu hadern. Schließlich seufzt er und schüttelt den Kopf. »Nein.«

Merkwürdigerweise glaube ich ihm. Er hat mich immer gemobbt, aber ich habe ihm nie einen Grund dazu gegeben. Ich schaue ihm in die Augen, finde dort aber nicht die übliche Verachtung. Er ist misstrauisch, aber da ist noch etwas anderes, das mich schockiert. Hoffnung. Wenn ich mich nicht irre, hofft Noah, dass ich ihn auch nicht hasse. Will er ... will er etwa mit mir *befreundet* sein?

Ich weiß nicht, was ich damit anfangen soll. Es ist so unwirklich. Genau wie die gemischten Gefühle, die mich überfluten. Warum ist das so verwirrend? Es sollte einfach sein. Ich sollte ihm die Tür vor der Nase zuschlagen wollen, aber ich tue es nicht. Und das nicht nur, weil es Mrs Trask kränken würde.

Schließlich schlucke ich schwer und nicke. »Komm rein«, sage ich leise. »Es ist in Ordnung.«

Wir starren uns einen scheinbar unendlichen peinlichen Moment lang an, dann erscheint ein kleines, schiefes Lächeln auf Noahs Gesicht. Es ist verblüffend. Noah Trask hat mich noch nie angelächelt. Es ist ein wunderschönes Lächeln, so unscheinbar es auch ist, und ich weiß nicht, was ich von den Schmetterlingen halten soll, die mir plötzlich im Bauch herumschwirren. »Danke«, murmelt er.

Ich zucke mit den Schultern und fühle mich so unbeholfen wie noch nie in meinem ganzen Leben.

Er geht an mir vorbei ins Haus. Sofort übernimmt Mason und führt ihn ins Wohnzimmer. Ich drehe mich zu Mrs Trask um. Sie beobachtet, wie ihr Sohn mit Mason spricht. »Bist du sicher, dass das in Ordnung ist, Lily?«, sagt sie kaum lauter als ein Flüstern.

»Es ist wirklich in Ordnung, Susan. Wir bekommen ihn schon beschäftigt. Ich wette, Mason wird die Gesellschaft lieben.«

»Das wusste ich nicht«, sagt sie plötzlich mit einem Ruck in der Stimme. »Ich habe gesehen, wie sich Brooke und einige von Noahs anderen Freunden seit dem Unfall verhalten. Mir war nicht klar, dass mein Sohn auch so ist. Eine Mutter will immer nur das Beste über ihr Kind denken. Es tut mir leid, wenn er gemein war.«

Ich winke ab. »Ist schon gut, Susan«, betone ich. »Seit er zurück ist, war er immer nur nett zu mir. Solange er nicht wieder mit dem Mobben anfängt, kann ich die Vergangenheit hinter mir lassen.« *Zumindest werde ich es versuchen.*

Mrs Trask wirkt erleichtert. »Danke.«

Hinter dem Dank steckt eine ganze Menge Gefühl, und ich werde verlegen. Mrs Trask scheint zu merken, dass wir uns wieder einer unangenehmen Situation nähern und tritt schnell von der Tür zurück. »Ich lasse mein Handy an. Noah hat meine Nummer eingespeichert. Es gibt keinen Sperrbildschirm. Zögere nicht, mich anzurufen, wenn es ein Problem gibt.«

»Okay.«

»Danke, Lily. Ich weiß das wirklich zu schätzen.«

»Kein Problem.«

Sie eilt zu ihrem Auto und winkt noch einmal, bevor sie losfährt. Ich atme tief durch, schließe die Tür mit einem leisen Klicken und nehme mir einen Moment Zeit, um mich zu beruhigen, bevor ich in den anderen Raum gehe, wo Noah ist. Ich muss mich nur ein wenig sammeln.

Als ich mich endlich so weit beruhigt habe, dass ich mich normal verhalten kann, gehe ich ins Wohnzimmer, wo Mason gerade einen zweiten Controller an seine Spielekonsole anschließt. Ich gehe zurück zu meinem Platz auf dem Sofa und schaue auf mein Handy.

Noah setzt sich zu mir aufs Sofa. Zwar am anderen Ende, aber trotzdem. Noah Trask ist in meinem Haus, sitzt auf meinem Sofa und sieht mich mit höflicher Neugierde an. Es ist verblüffend.

Mason hält ihm den zweiten Controller hin. »Hast du schon mal Overwatch gespielt?«

Noah nickt, nimmt den Controller aber nicht. »Früher schon. Ich spiele keine Videospiele mehr.«

Mason nimmt den Controller zurück und sieht ein wenig enttäuscht aus. Ich hatte mir vorgenommen, Noah zu ignorieren, aber meine Neugier übermannt mich. »Magst du sie nicht mehr?« »Nein.« Er fährt sich mit einer Hand durch die Haare. »Ich bin nicht gut. Ich kann nicht ...« Er ringt mit sich, entweder, weil er die Worte nicht herausbekommt, oder weil er seine Gedanken nicht zusammenfügen kann. Ich weiß es nicht. »Ich denke jetzt zu langsam«, sagt er schließlich. »Wie beim Autofahren. Ich habe

Schwierigkeiten, Informationen zu verarbeiten. Ich brauche länger, um zu reagieren.«

Ich weiß, dass er damit zu kämpfen hat, und wahrscheinlich hasst er es, aber ich finde es faszinierend.

»Du überfährst also zum Beispiel rote Ampeln, weil du zu lange brauchst, um zu erkennen, dass aus Grün Rot wird?«

»Genau.«

Mason nickt nachdenklich. »Und in Videospielen bist du tot, bevor du merkst, dass dich jemand angreift.«

Noah seufzt. »Ja. Es macht keinen Spaß mehr, sondern ist nur noch frustrierend.«

Mir blutet das Herz für den Jungen. So etwas nimmt ihn bestimmt viel mehr mit, als die Leute ahnen. Er muss die meiste Zeit seines Tages aus dem einen oder anderen Grund frustriert sein.

»Wir können Minecraft im Kreativmodus spielen«, sagt Mason. »Dann greift dich nichts an, und du kannst einfach Sachen bauen.«

Das bringt mich zum Lächeln. Mason ist so süß. Immer versucht er, anderen zu helfen oder ihre Probleme zu lösen.

Doch Noah zögert. Ich merke, dass er nicht wirklich mit Mason Minecraft spielen will, aber er ist zu höflich, um das zu sagen. Ich bin überrascht von seinen Manieren. Ich hätte nicht gedacht, dass sich Noah um die Gefühle anderer schert.

Da ich Mason nicht enttäuschen will und Noah mir leidtut, schreite ich ein. »Ich habe eine bessere Idee.«

Ich gehe zum Schrank im Flur und hole ein Spiel heraus. Als ich zurückkomme, zieht Noah die Augenbrauen hoch. »Monopoly?«

»Klar.« Ich reiche ihm die Schachtel. »Die Regeln sind nicht zu kompliziert, und du kannst in deinem eigenen Tempo spielen. Das sollte klappen.«

Mason nimmt Noah die Schachtel ab und stellt sie auf den Couchtisch. »Ich liebe Monopoly!«

Noah sieht ihm zu, wie er das Spielbrett herausnimmt und beginnt, das Spiel aufzubauen. Langsam setzt er sich gegenüber von Mason auf den Boden. Ich kehre zu meinem Platz auf dem Sofa zurück und will es mir mit YouTube-Videos gemütlich machen, doch als ich mich setze, sagt Noah: »Du singst nicht mit?«

Seine Enttäuschung ist offensichtlich, aber es steckt noch mehr dahinter – ein Hauch von Panik. Er möchte nicht nur, dass ich spiele. Es ist, als ob er unbedingt will, dass ich mich ihnen anschließe. Es dauert einen Moment, bis ich es verstehe, aber dann wird mir klar, warum er keine Lust auf Minecraft mit Mason hatte. Es war nicht das Spiel, das ihn zurückschrecken ließ, sondern die Beschäftigung mit einem Neunjährigen. Ich bezweifle, dass es etwas mit Mason persönlich zu tun hat. Wahrscheinlich liegt es daran, dass seine Mutter ihn die ganze Zeit wie ein kleines Kind behandelt. Er möchte sich wahrscheinlich normal fühlen, indem er etwas mit jemandem in seinem Alter macht. Wahrscheinlich braucht er sogar die Bestätigung, dass er noch mit seinen Altersgenossen abhängen kann.

Es mag Noah Trask sein, aber ich kann nicht Nein sagen, wenn er so ein Gesicht macht. »Meinetwegen. Aber ich will der Hund sein.«

Wieder lächelt mich Noah an. Diesmal reicht es bis zu

seinen bernsteinfarbenen Augen, und es raubt mir den Atem. Meine Güte, er sieht wirklich gut aus. Zoey hat immer von ihm geschwärmt, und ein Teil von mir hat wohl immer verstanden, dass er wunderschön ist, aber ich habe nie für ihn geschwärmt. Ich war nie in der Lage, über seine Arroganz oder sein gemeines Grinsen hinwegzusehen. Aber in diesem Moment grinst er nicht. Er lächelt, als wäre er wirklich glücklich, hier mit mir zu sein.

Ich weiß nicht, was ich sagen soll, und fürchte, dass ich rot werde, also räuspere ich mich und richte meine Aufmerksamkeit auf das Spiel. »Mase, willst du die Bank sein?«

Mason legt die Ereignis- und die Gemeinschaftskarten auf die richtigen Felder. »Nein, mach du.«

Mason wählt das Schlachtschiff, wie er es immer tut, und Noah entscheidet sich für den Stiefel. »Warum der Stiefel?«, frage ich.

Noah zuckt mit den Schultern. »Ich mag Schuhe.«

Ich werfe einen Blick auf seine Füße. Er trägt ein Paar klassische schwarze-weiße Adidas-Sneaker. Sie sehen sehr gepflegt aus. Ich kann mir gut vorstellen, wie Noah die Schuhläden durchstöbert und eine Million verschiedene Paare anprobiert. Aus mir unbegreiflichen Gründen muss ich bei der Vorstellung lächeln. Ich weiß nicht, warum ich so viel darüber nachdenke. Vielleicht, weil es das erste Mal ist, dass ich etwas Persönliches über ihn erfahre. Ich meine, ich weiß, dass er gerne Football spielt. Oder zumindest hat er es gern getan. Ich bezweifle, dass er jetzt noch spielen kann. Aber abgesehen davon, war er nie mehr als der gemeine Junge von nebenan.

Zu wissen, dass er Schuhe mag, lässt ihn sympathischer

erscheinen. Und es ist etwas, das wir gemeinsam haben. »Ich liebe Schuhe auch«, gebe ich zu und bin selbst überrascht, dass ich mich ihm gegenüber öffne. »Ich kann einfach nicht anders. Jedes Paar hat einfach so viel Persönlichkeit.«

Noah nimmt das Geld, das ich ihm gebe, und fängt an, es in ordentliche Stapel zu sortieren. Das ist ein krasser Gegensatz zu dem unordentlichen Haufen, den Mason vor sich hat.

»Ich mag es, wenn Mädchen Flip-Flops oder Sandalen tragen, die ihre … ihre … ähm … zeigen.« Er deutet auf meine Füße.

»Zehen?«, rate ich, als er das Wort nicht herausbekommt.

Er nickt und wirkt erleichtert, dass ich richtig geraten habe. »Die Zehen von Mädchen sind süß. Ich mag es, wenn sie bemalt sind.«

Ich schaue auf meine nackten Füße mit den blaugrün lackierten Zehennägeln hinunter. Plötzlich greift Noah nach mir und zieht an meinem großen Zeh. »Deine Schwester hat echt niedliche Zehen«, sagt er zu Mason.

Mir bleibt der Mund offen stehen, und Noah grinst mich an. Wer ist dieser Kerl?

Mason wirkt entsetzt über das Geständnis. Wenn ich nicht so verlegen wäre, würde ich lachen. »Das ist komisch«, sagt er und klingt dabei, als würde er Noah für verrückt halten.

Noah grinst ihn an. »Du denkst wahrscheinlich immer noch, dass Mädchen eklig sind, oder?«

Mason sieht ihn verwirrt an. »Hm?«

Noah braucht eine Minute, um zu antworten. Man

kann sehen, wie die Zahnräder in seinem Kopf Überstunden machen.

»Du weißt schon. Als ob sie Läuse hätten?«

»Oh.« Masons Wangen werden rot. »Mädchen sind nicht eklig, aber es ist komisch, ihre Zehen zu mögen.«

Noah lacht auf. Das tiefe Grollen überrollt mich auf eine Weise, die mich fast erschauern lässt. Ich atme tief ein und schnappe mir die Würfel, bevor Noah merkt, welche Wirkung er auf mich hat. »Okay, lasst uns würfeln, um zu sehen, wer zuerst dran ist.«

Mason gewinnt, also fängt er an, und dann komme ich. Als Noah an der Reihe ist, würfelt er, hebt seinen kleinen Stiefel auf und zögert. Mason und ich warten geduldig, als er den Stiefel schließlich auf das erste Feld setzt und sagt: »Eins.« Er bewegt seine Figur langsam auf das nächste Feld. »Zwei.« Ein weiteres Feld. Er hält inne und sieht dann mit besorgtem Gesicht zu mir. »Drei«, sage ich sanft.

Er errötet verlegen, und ich schenke ihm ein Lächeln. »Drei«, erinnere ich ihn.

Er schluckt und wiederholt: »Drei.«

Er zählt seine Felder ab, wie es ein kleines Kind tun würde – so als müsste er angestrengt darüber nachdenken, was die nächste Zahl ist –, bis er bei der Sechs ankommt, die er gewürfelt hat. Als er fertig ist, verzieht er sein Gesicht. »Tut mir leid. Ich bin langsam.«

Ich zucke so beiläufig mit den Schultern, wie ich kann. »Deswegen haben wir uns doch für Monopoly entschieden, oder? Damit du in deinem eigenen Tempo spielen kannst. Willst du diese Straße kaufen?«

Noah wirft mir einen langen Blick zu, der unmöglich zu deuten ist. Schließlich verziehen sich seine Mundwinkel zu einem Lächeln, und er greift nach einem Hundert-Dollar-Schein.

Wir spielen die nächsten fünfundvierzig Minuten, bis Noahs Mutter zurückkommt. Am Ende ist Mason der klare Sieger. Als ich die Tür öffne, lachen er und Noah darüber, wie erbärmlich wir Großen gegen ihn abgeschnitten haben. Mrs Trask sieht in Noahs lachendes Gesicht, und ihr stockt der Atem – so leise, dass es kaum zu hören ist. »Hattet ihr Spaß?«, fragt sie, und in ihrer Stimme schwingt Hoffnung mit.

Noah schenkt ihr ein glückliches Lächeln, das mich fast umhaut. »Wir haben Monopoly gespielt. Mason ... er ... er ...«

»Er hat uns vernichtend geschlagen«, sage ich. Zuerst hatte ich Sorge, dass es ihn kränken würde, wenn ich im Fall, dass er nicht weiterweiß, seine Sätze für ihn beende, aber er sah jedes Mal so erleichtert aus, wenn ich seine Gedanken erriet, dass ich mich nicht mehr schlecht dabei fühle. »Monopoly?« Mrs Trask schluckt heftig, und ihre Augen glänzen, aber ich merke, dass sie sich wirklich Mühe gibt, nicht zu zeigen, wie emotional sie wird. »Das ist toll. Freut mich, dass du Spaß hattest. Du musst noch nicht nach Hause kommen, wenn ihr noch nicht fertig seid. Das Abendessen ist erst in einer Stunde fertig.«

Noah und Mason sehen mich an. Ich weiß nicht, was ich sagen soll. Noah heute hier zu haben, war überraschenderweise gar nicht so schrecklich. Ich bin mir nicht sicher, was ich davon halten soll. Noah ist ... na ja, es ist, wie der Arzt gesagt hat: Er ist jetzt ein völlig anderer Mensch, und es fällt mir schwer, den alten Noah mit dem neuen in Einklang zu bringen.

Als ich zu lange mit meiner Antwort warte, wird Noahs Lächeln ein bisschen schwächer, aber er überspielt seine Enttäuschung schnell. »Schon okay, Mom. Ich bin sowieso müde.«

Sofort zieht Mrs Trask die Stirn in Falten. »Kopfschmerzen?«

Noah schüttelt den Kopf. »Nur mein Gehirn ist müde.«

Ich verstehe vollkommen, was er sagen will. Das Spiel war offensichtlich anstrengend für ihn. Er musste über jeden seiner Züge nachdenken. Manchmal hatte er Schwierigkeiten, sein Geld zu zählen, und er hat ständig vergessen, welche Grundstücke wem gehören. Mason und ich sind geduldig geblieben, wie wir es versprochen hatten, und haben nur eingegriffen, wenn er nervös wurde und um Hilfe gebeten hat. *Ich* bin allein schon müde geworden, ihm dabei zuzusehen, wie er so intensiv nachdenkt. Für ihn muss es mental sehr anstrengend gewesen sein. Aber er hat sich dieser Herausforderung gestellt, und sie scheint ihm sogar Spaß gemacht zu machen.

Mrs Trasks Stirnrunzeln wird von einem Lächeln abgelöst. »Also gut. Dann komm jetzt mit nach Hause, damit du dich vor dem Abendessen noch etwas ausruhen kannst.«

Noah tritt aus der Tür und winkt uns zu. »Danke, Jungs.«

»Klar«, sage ich.

»Danke, Lily«, sagt Mrs Trask und schenkt meinem Bruder ein Lächeln. »Dir auch, Mason. Irgendwann müssen wir eure Familie mal zum Essen einladen.«

Ich muss mich bemühen, mein Gesicht nicht zu verziehen. Hoffentlich wird sie diese Einladung nicht wahrnehmen. Das wäre mir unangenehm.

Eine lange Pause entsteht, in der Mrs Trask und Noah auf etwas zu warten scheinen.

Da ich nicht weiß, was sie wollen, sage ich nichts weiter. Die Stille ist erdrückend. Warum gehen sie nicht?

»Also dann, bis dann«, sagt Mrs Trask schließlich und verlässt endlich die Veranda.

»Bis dann«, antworte ich.

Mrs Trask geht auf ihr Haus zu. Noah ist langsamer als sie. Er wirft mir einen eindringlichen Blick zu. Ich kann einfach nicht wegsehen. Ich wünschte, ich wüsste, was in ihm vorgeht. »Bis dann«, sagt er schließlich.

Mein Abschiedsgruß ist schwach. Ich sehe ihm noch einen Moment nach, bevor ich die Tür zumache. Als er weg ist, lehne ich mich dagegen, schließe die Augen und atme tief durch.

»Warum hast du ihn nicht wieder eingeladen?«, fragt Mason, verschränkt die Arme vor der Brust und runzelt die Stirn. »Ich glaube, er hat darauf gewartet.«

Ich seufze. Die Anspannung durch Noahs Anwesenheit in unserem Haus ist weg, und plötzlich fühle ich mich erschöpft. »Das ist kompliziert, Mase. Er ist immer noch der Typ, der mich Trash getauft und die ganze Schule gegen mich aufgehetzt hat.«

Masons Stirnrunzeln vertieft sich. »Aber jetzt ist er doch nicht mehr gemein.«

Ich drücke mich von der Tür ab und gehe in die Küche, um mit dem Abendessen zu beginnen. »Und das heißt, ich soll all das Schreckliche, was er mir über die Jahre angetan hat, einfach vergessen?«

»Du solltest ihm vergeben.«

»Vergebung muss man sich verdienen.«

Mason wirft mir einen kritischen Blick zu. »Wie soll er sich deine Vergebung verdienen, wenn du ihm nicht die Chance dazu gibst?«

Ich muss wegsehen. Mein kleiner Bruder, der für sein Alter viel zu weise ist, hat gerade dafür gesorgt, dass ich mich schäme.

Zehn

Es ist zehn Uhr abends, als Mom durch die Tür kommt. Sie ist erschöpft, ihre Bewegungen sind langsam und schwerfällig. Ihr Haar ist zerzaust, und sie hat dunkle Ringe unter den Augen. Ich habe jetzt schon ein schlechtes Gewissen, weil ich sie gerade fragen will, ob ich am Freitag auf die Party gehen kann.

»Hallo, Schatz.«

Nachdem sie ihre Jacke und ihre Handtasche an die Garderobe gehängt hat, geht sie in die Küche. Sie legt einen Stapel Post auf den Tisch, bevor sie die Reste vom Auflauf, den ich zum Abendessen gemacht habe, aus dem Kühlschrank holt. Ich folge ihr in die Küche und setze mich an den Tisch. Wie erwähne ich am besten die Party am Freitag?

Sobald ihr Abendessen aus der Mikrowelle kommt, setzt sie sich mir gegenüber an den Tisch und schenkt mir ein müdes Lächeln. »Wie war dein Tag?«

Bescheiden, aber das werde ich ihr nicht sagen. »Gut.«

Sie scheint keine weiteren Details zu brauchen. In letzter Zeit fragt sie selten danach. Während des Essens geht sie den Poststapel durch.

»Hey, Mom?«
»Hmm?«
Ich atme tief durch. »Also, dieser Junge, Bryce, hat am Freitag ein paar Leute zum Abhängen eingeladen, und ich soll auch kommen. Darf ich?«

Sie blickt nicht auf, während sie eine Rechnung überfliegt, die sie geöffnet hat. »Schatz, ich muss am Freitag arbeiten. Ich brauche dich hier, um auf deinen Bruder aufzupassen.«

Ich unterdrücke die aufsteigende Wut, aber ich kann meine Frustration nicht ganz verbergen. Sie könnte wenigstens ein bisschen mitfühlender klingen, während sie mich abblitzen lässt. »Kannst du dir nicht freinehmen? Oder einen Babysitter besorgen?«

Endlich legt sie die Post weg und schenkt mir ihre volle Aufmerksamkeit. »Lily, ich kann es mir nicht leisten, einen Tag freizunehmen, genauso wenig wie ich einen Babysitter bezahlen kann. Schon gar nicht, damit du auf eine Party gehen kannst. Es tut mir leid, mein Schatz. Ich wünschte, es wäre anders.«

Ich weiß, das es sinnlos ist, dennoch beginne ich zu betteln. »Bitte, Mom? Nur dieses eine Mal? Es ist wichtig. Zoey wird dort sein und auch dieser Junge, den sie mag. Sie will unbedingt, dass ich mitkomme und sie unterstütze. Sie denkt, er könnte sie fragen, ob sie seine Freundin werden will.«

»Das freut mich für sie, aber ich werde trotzdem keinen Babysitter bestellen.«

»Aber Mom, ich gehe nie aus und unternehme etwas.«

»Du warst doch erst letzte Woche auf einer Party.«

Ich knirsche mit den Zähnen. Das war etwas anderes. »Ich bitte dich nie um etwas.«

Mom seufzt. »Warum fragst du nicht deinen Vater, ob er auf Mason aufpasst? Er arbeitet Freitagabend nicht.« Sie hebt ihre Gabel auf und murmelt leise: »Er sollte auch einmal einen Teil der Verantwortung übernehmen.«

Fast schnaube ich höhnisch. Ich will meinen Vater nicht um etwas bitten, aber ich sehe keine andere Möglichkeit. Die Frustration in Zoeys Tonfall von vorhin beunruhigt mich. Sie ist kurz davor, mich aufzugeben. Wenn sie mir die Freundschaft kündigt, weiß ich nicht, was ich machen soll.

»Meinetwegen. Ich frage ihn.«

Sie lächelt. »Gut. Das würde Mason gefallen.«

Sie legt die Rechnung hin und nimmt einen großen weißen Umschlag in die Hand. Sie reicht ihn mir mit hochgezogenen Augenbrauen. »Der hier ist für dich. Von der University of Southern California?«

Mir dreht sich der Magen um. Es sieht nach einem dicken Umschlag aus. Man sollte meinen, das sei ein gutes Zeichen, aber es wird mir nur das Herz brechen, wenn ich nicht hingehen kann.

Mom beobachtet mich beim Öffnen des Briefes mit einem misstrauischen Blick. »Du hast dich an einem College in Kalifornien beworben?«

Ich schlucke schwer, als ich das *Herzlichen Glückwunsch!* am Anfang des Briefes sehe. »Ich bin angenommen worden.« »Schatz ...«, sagt Mom langsam. Ihre Stimme ist zögernd, zart. Es ist, als würde sie versuchen, sich in einem Minenfeld zurechtzufinden.

Ich schlucke erneut. Da ist ein Kloß in meinem Hals,

der nicht verschwinden will. »Ich weiß, Mom.« Meine Augen beginnen zu brennen. »Ich kann es mir nicht leisten. Ich wollte mich eigentlich für ein Stipendium bewerben, aber seit ich die Schülerzeitung verlassen habe, ist dieser Plan hinfällig.«

Meine Mutter muss sehen, dass ich den Tränen nahe bin, denn sie greift über den Tisch und legt ihre Hand auf meine. »Nur weil du nicht auf ein College außerhalb unseres Staates gehen kannst, heißt das nicht, dass du überhaupt nicht studieren kannst. Das Community College ist nur ein paar Meilen von hier entfernt. Du könntest zu Hause bleiben und Kurse belegen ...«

Ich schnaube verbittert. »Ja sicher. So könnte ich Kurse belegen und trotzdem auf Mason aufpassen, oder?«

Mom lehnt sich zurück und runzelt die Stirn. »Das ist nicht fair.«

»Aber es ist wahr, oder? Genau das ist es, was du dir erhoffst. Und selbst das Community College werde ich mir nicht leisten können. Wie soll ich das bezahlen? Mit dem Geld von diesem Job, den ich nicht habe und auch nicht bekommen kann, weil ich immer auf Mason aufpassen muss?«

Mom zuckt zusammen, als hätte ich sie geohrfeigt, und Schuldgefühle steigen in mir auf. Meine Wut entlädt sich, und ich bleibe mit einem Gefühl der Hoffnungslosigkeit zurück. »Was soll ich denn tun, Mom? Ich bin fast achtzehn. Ich sollte mich darauf vorbereiten, in die Welt hinauszugehen und mein Leben zu leben. Ich will nicht für immer hier festsitzen.«

Moms Kinn beginnt zu zittern. »Es wird nicht für immer sein. Ich weiß nicht, was wir tun werden, aber wir werden das schon irgendwie hinbekommen.«

Ich sehe das nicht, aber ich will auch nicht der Bösewicht sein und meine Mutter für etwas verantwortlich machen, das sie nicht wirklich kontrollieren kann. Mit einem schweren Seufzen stehe ich auf. »Wie auch immer. Ich gehe jetzt ins Bett.«

Ich verlasse das Zimmer, ohne mich noch einmal nach meiner Mutter umzusehen, die wie betäubt am Tisch sitzt. Ich hasse es, dass ich sie angeschnauzt habe, aber ich bin so frustriert, dass ich mich nicht entschuldige. Ich lese mir die Zusage der USC durch und werfe einen Blick auf den Studienführer, der dem Schreiben beilag. Tränen brennen mir in den Augen. Was soll ich nur tun? Alles fühlt sich so hoffnungslos an.

Nachdem ich zu Bett gegangen bin, beginnen meine Gedanken zu rasen. Immer wieder geht mir mein Treffen mit Schulleiter Craven und Mrs Alderman durch den Kopf. Sie scheinen der Meinung zu sein, dass ich immer noch eine Chance auf ein Stipendium habe. Alles, was ich tun muss, ist, dieses Schuljahr mit Noah zusammenzuarbeiten.

Ich habe nie in Betracht gezogen, Englisch als Hauptfach zu studieren oder ein Sachbuch zu schreiben, aber die Idee hat mein Interesse geweckt, und die Vorstellung, Noah zu helfen, einen Bericht über seine Erfahrungen zu schreiben, klingt irgendwie spannend. Interessant ist es allemal. Sein Zustand ist faszinierend.

Sich heute mit ihm zu treffen, war vielleicht gar nicht so schlecht. Wir könnten es schaffen. Und wenn es mir dabei hilft, das Studium an der USC zu bezahlen und mich hier rauszuholen, wäre es das wert. Der Gedanke sorgt dafür, dass ich wieder durchatmen kann. Seit meinem Ausstieg aus der Schülerzeitung hatte ich keinen Plan mehr, aber diese neue Option fühlt sich nach einem an. Ich schlafe ein und fühle mich so hoffnungsvoll wie seit Monaten nicht mehr.

*

Als ich am nächsten Morgen aufwache, bin ich fest entschlossen. Jetzt, da ich einen Plan habe, ist ein Teil meiner Zuversicht zurückgekehrt. Das Wichtigste zuerst: Ich muss einen Anruf machen. Ich habe Zoey versprochen, dass ich alles versuchen werde, um am Freitag zu Bryce' Party zu gehen, und wenn das bedeutet, dass ich meinen Vater anrufen muss, dann ist das eben so. Das ist meine Chance, einige meiner Freunde wiederzubekommen, und ich muss zugeben, dass mir der Gedanke gefällt, keine Außenseiterin mehr zu sein.

Nachdem ich mich für die Schule fertig gemacht habe, wähle ich Dads Nummer. Als es klingelt, fange ich an, in meinem Zimmer auf- und abzugehen. Ich weiß nicht, seit wann es mir unangenehm ist, mit meinem eigenen Vater zu sprechen, aber ich bin so gestresst, dass ich nicht stillstehen kann. »Guten Morgen, mein Schatz«, begrüßt er mich, als er den Anruf entgegennimmt. Er hört sich genauso an wie früher, bevor die Streitereien mit Mom anfingen – als wäre er jetzt glücklicher, weniger gestresst.

Er klingt aufrichtig froh, mit mir zu sprechen, und ich glaube nicht, dass er nur so tut. Es tut weh, weil ich weiß, dass er mich liebt, er ist nur nicht gut darin, es zu zeigen.

Er ist zu sehr in seiner eigenen Welt. Zu sehr mit sich selbst beschäftigt, um zu merken, dass er seine Kinder kaum noch sieht oder mit ihnen spricht.

Ich schlucke und verdränge die Sehnsucht, die sein einfacher, fröhlicher Gruß in mir auslöst. Ich vermisse ihn. Es ist noch gar nicht so lange her, dass ich ihn gesehen habe. Mason und ich waren am ersten Weihnachtstag bei ihm, nachdem wir den Vormittag mit Mom verbracht hatten. Aber ich vermisse ihn als Konstante in meinem Leben. Ich vermisse die Jahre, in denen wir eine glückliche Familie waren. »Hi, Dad. Hast du einen Moment Zeit?«

»Ich bin gerade auf dem Weg zur Arbeit. Was ist los?«

Ich will nicht fragen. Ich will nicht enttäuscht werden. Aber ich will Zoey nicht noch mehr verärgern, als ich es ohnehin schon getan habe, also atme ich tief durch und zwinge die Frage über meine Lippen. »Hast du Freitagabend schon etwas vor?«

»Ich habe nichts geplant. Warum? Hast du etwas vor?«

Ich atme tief ein und aus. Vielleicht wird er mir tatsächlich helfen. Vielleicht wird das nicht die Abfuhr sein, die ich erwarte. »Irgendwie schon«, sage ich und versuche, die Nervosität aus meiner Stimme und die Hoffnung aus meinem Herzen zu vertreiben. In beiden Fällen scheitere ich. Vor allem bei der Hoffnung. Ich verschlucke mich praktisch daran. »Könntest du Freitagabend auf Mason aufpassen? Mom muss arbeiten, und Zoey möchte, dass ich mit ihr auf eine Party gehe.«

»Du willst auf eine Party gehen?«, fragt Dad. Er klingt überrascht, aber der Idee generell nicht abgeneigt.

»Ich weiß nicht so genau. Schätze schon. Ich mag keine Partys, aber diese hier ist Zoey wichtig. Es gibt da einen

Jungen, den sie sehr mag, und sie glaubt, dass er sie auf dieser Party fragen könnte, ob sie seine Freundin sein will. Sie möchte, dass ich sie begleite, um sie moralisch zu unterstützen. Sie hat mich angefleht.«

Es ist nicht ganz falsch, aber ich will nicht auf die unangenehmeren Gründe eingehen, warum ich unbedingt hingehen muss.

Dad kichert. »Jungs, hm? Ich nehme an, in deinem Alter ist das unvermeidlich. Und was ist mit dir? Hoffst du, auf dieser Party einen bestimmten Jungen zu treffen?«

Es ist traurig, dass mir diese Frage Tränen in die Augen steigen lässt. Einen Moment lang verschlägt es mir die Sprache. Es ist so schön, dass er Interesse zeigt – irgendein Interesse. »Ich hätte nichts dagegen«, sage ich und muss unwillkürlich lächeln. »Aber nein, es gibt keinen bestimmten.«

Dad lacht wieder. »Ich bin ein bisschen erleichtert, das zu hören. Lass dir Zeit mit diesem Thema. Was diese Party angeht ... es wird doch nichts Wildes werden, oder? Werden die Eltern zu Hause sein?«

Die Frage überrascht mich ein wenig. Dad war noch nie der große Erziehungstyp. Nicht, dass er keine Regeln hätte oder mich nicht bestrafen würde, wenn ich sie breche, aber er hat sich einfach nie besonders um solche Dinge gekümmert. Das ist immer Moms Aufgabe gewesen. »Ich weiß nicht«, sage ich zögernd. »Es hat sich nicht so angehört, aber du weißt doch, dass ich verantwortungsbewusst bin. Ich verspreche, dass ich nichts trinke oder so.«

»In Ordnung. Ich vertraue dir, Schatz. Solange deine Mutter damit einverstanden ist.«

»Es macht ihr nichts aus.«

Es folgt eine kleine Pause, in der ich den Atem anhalte. »In Ordnung«, sagt Dad schließlich überraschend. »Ich habe um sechs Feierabend, also kann ich Mason auf dem Heimweg abholen. Sag ihm, ich lade ihn zum Essen und ins Kino ein, und wenn er über Nacht bleiben will, soll er eine Tasche packen.«

Ich weiß nicht, was ich sagen soll. Ich habe wirklich erwartet, dass er sich irgendwie herausredet. Ich bin regelrecht geschockt, freue mich aber, dass er zugestimmt hat, und es hat nichts damit zu tun, dass ich zur Party gehen kann. Als ich antworte, klinge ich schwer gerührt, egal wie sehr ich versuche, es zu verbergen. »Danke, Dad. Mason wird sich sehr freuen.«

Dad, der die Emotion in meiner Stimme hört, seufzt. »Ich sehe euch Kinder nicht mehr oft genug. Wie wäre es, wenn wir beide an einem anderen Wochenende etwas Vater-Tochter-Zeit miteinander verbringen?«

»Das würde mir gefallen«, antworte ich emotional.

Vielleicht bilde ich es mir nur ein, aber ich habe das Gefühl, dass seine Stimme etwas tiefer ist, als er sagt: »Mir auch, mein Schatz.« Es gibt eine Pause in der Leitung, und als er wieder spricht, ist seine Stimme wieder normal. »Ich muss jetzt los, aber wir sehen uns am Freitag. Sag Mason, dass ich um halb sieben da sein werde. Hab dich lieb, Schatz.«

»Ich dich auch, Dad. Ich danke dir sehr.«

Wir legen auf, und eine Minute lang sitze ich auf meinem Bett und starre auf mein Handy. Das lief so viel besser, als ich erwartet habe. Vielleicht ist mein Dad einfach nur beschäftigt und geistesabwesend. Vielleicht müssen Mason und ich mich uns einfach mehr bei ihm melden.

Ich gehe hinunter in die Küche, wo meine Mutter Kaffee trinkt und Toast isst, während sich Mason über seine Frühstücksflocken hermacht. Ich zerzause ihm die Haare und lächle meine Mutter an. »Hör auf!«, kreischt Mason und stößt mich weg.

Mom starrt mich erstaunt an. »Du siehst aus, als ginge es dir heute Morgen besser.«

Ich greife nach den Frühstücksflocken und schütte sie in eine Schale. »Dad hat gesagt, er würde am Freitag auf Mason aufpassen.«

Mom schaut überrascht, und Mason wird munter. »Ich gehe zu Dad?«

Ich grinse ihn an. »Er hat gesagt, er lädt dich zum Essen und ins Kino ein, und wenn du willst, kannst du auch bei ihm übernachten.«

Mason beginnt zu strahlen, aber er versucht, mit einem lässigen Achselzucken cool zu bleiben. »Klasse.«

»Na also«, sagt Mom zufrieden und erleichtert. »Siehst du, Lily, es ist nicht alles unmöglich.«

Ihre Selbstgefälligkeit irritiert mich, aber ich sage nichts. Ich bin zu erleichtert, dass Zoey nicht sauer auf mich sein wird.

Wir frühstücken schweigend, und als mein Telefon klingelt, schreckt es uns alle auf.

Ich bin überrascht, Noahs Namen auf dem Display zu sehen. Ich hatte ihm meine Nummer gegeben, als er gestern bei uns zu Hause war, aber ich hatte nicht erwartet, dass er mich anrufen würde. »Hallo?«, frage ich und begegne den neugierigen Blicken meines Bruders und meiner Mutter.

»Lily, meine Süße, ich bin's, Susan.«

Ich versuche, nicht zu verwirrt zu klingen, als ich sage: »Hallo, Susan.«

»Tut mir leid, dass ich dich so früh störe, aber ich stecke wieder in einer Zwickmühle, und ich hoffe, du kannst mir helfen.«

Noch ein Gefallen? Ich bin neugierig, aber nicht abgeneigt. Mrs Trask klingt verzweifelt und hoffnungsvoll zugleich. Ich kann mir nicht vorstellen, wie ihr Leben nach Noahs Unfall aussehen muss. Es muss ziemlich hektisch sein, wenn sie die Tochter ihrer Nachbarn, die im Grunde Fremde sind, immer wieder um Hilfe bittet.

Zwischen Noah und mir ist es vielleicht ein bisschen unangenehm, aber es war wirklich nicht schlimm, Zeit mit ihm zu verbringen. Ich möchte Mrs Trask nicht im Stich lassen, weil ich kleinlich sein will, also sage ich: »Sicher, Susan. Was kann ich tun, um zu helfen?«

Mrs Trask atmet erleichtert auf. »Fährst du mit dem Bus zur Schule?«

»Nein. Tut mir leid. Meine Mutter bringt mich morgens hin, und zurück nimmt mich eine Freundin mit.«

»Oh. Wäre es einfacher für dich, wenn du stattdessen mit Noah fährst?«

Mit Noah fahren? Er kann nicht fahren. Bevor ich fragen kann, erklärt sie. »Ich muss heute anfangen zu arbeiten. Morgens kann ich Noah hinbringen, aber nachmittags will er nicht mit dem Bus nach Hause.«

Ich kann es ihm nicht verdenken. Als Schüler kurz vor dem Abschluss mit dem Bus fahren zu müssen, ist eine der schlimmsten Formen der Demütigung in der Highschool.

»Noah kam die Idee, dass er vielleicht mit dir fahren könnte.«

»Generell würde das gehen, Susan, aber ich habe kein Auto.«

»Wärst du bereit, mit Noahs Wagen zu fahren? Wir sind es nie losgeworden, und jetzt steht es nur noch in der Garage, weil er nicht selbst fahren kann.«

Ich bin überrascht von dieser Bitte. »Sie möchten, dass ich Noah mit seinem Auto zur Schule und zurück fahre?«

»Wenn es dir nichts ausmacht oder irgendwie unangenehm ist.«

Ich denke schnell darüber nach. Es wäre einfacher für meine Mutter, wenn sie nicht Mason und mich beide zur Schule bringen müsste. Und Zoey muss wegen mir immer einen Riesenumweg fahren. »Das wäre es überhaupt nicht. Meine Mom und Zoey würden sich wahrscheinlich sogar darüber freuen.«

»Oh, danke, Lily! Bist du dir auch ganz sicher, dass es kein Problem ist? Ich weiß, dass Noah viel lieber mit einer Freundin fahren würde als mit mir oder dem Schulbus.«

Freundin? Ich bin mir nicht sicher, ob man mich so bezeichnen kann, aber ich korrigiere sie nicht. Wenn wir schon in meiner Freistunde gemeinsam an seinem Buch arbeiten, können wir auch zusammen zur Schule fahren. »Das ist kein Problem, Susan. Soll ich gleich rüberkommen?«

»Wenn es dir nichts ausmacht.«

»Überhaupt nicht. Geben Sie mir fünf Minuten.«

»Danke, Lily. Du bist wirklich eine Lebensretterin. Bis gleich.«

Ich lege auf, immer noch überrascht von Mrs Trasks Bitte, aber seltsamerweise habe ich nichts gegen diese neue Vereinbarung. Ich freue mich zwar nicht unbedingt darauf, aber irgendetwas an Noah macht mich neugierig, und es wird wirklich bequemer sein.

»Worum ging es denn da?«, fragt Mom und reißt mich aus meinen Gedanken.

»Das war unsere Nachbarin, Mrs Trask.«

Mom sieht mich überrascht an. »Du nennst sie Susan?«

»Sie hat mich darum gebeten.«

»Ich wusste gar nicht, dass du die Nachbarn so gut kennst.«

»Das ist eine recht neue Entwicklung«, erkläre ich schulterzuckend. »Sie hat mich gefragt, ob ich Noah zur Schule und zurück bringen kann. Er hat zwar ein Auto, kann aber wegen seines Unfalls nicht mehr selbst fahren. Dann brauchst du dich wenigstens morgens nicht mehr stressen.« Ich sehe Mason an. »Wahrscheinlich können wir dich dann auch einfach abholen und nach Hause fahren, anstatt dass Zoey mich einfach an deiner Schule absetzt.«

»Cool. Kein Laufen mehr. Ich mag Noah.«

Das bringt mich zum Lächeln. Kinder sind so einfach. Eine Runde Monopoly, und Mason ist ein Freund fürs Leben. Ich esse noch etwas von meinen Frühstücksflocken, und Mom fragt: »Noah ist der Junge, der verletzt wurde?«

»Ja. Susan muss wieder zur Arbeit. Ich glaube nicht, dass sie das will, aber sie haben bestimmt eine Million Arztrechnungen.«

»Kann ich mir vorstellen«, murmelt Mom. Sie zögert, als ob sie noch etwas sagen will. Sie sieht zwiegespalten aus, ob sie mich gehen lassen soll. Ich glaube aber nicht, dass sie ein Problem damit hat, dass ich Noah zur Schule fahre. Ich glaube, sie ist verunsichert, weil ich mit den Nachbarn befreundet bin, ohne dass sie es wusste. Ich glaube, es gefällt ihr nicht, dass ich diese Entscheidung getroffen habe, ohne sie vorher zu fragen. Aber ich fühle mich deswegen nicht schuldig. Sie ist *nie* zu Hause. Wie kann sie erwarten, dass sie die Kontrolle über mein Leben behält, wenn sie nicht da ist? Sie muss den Trotz in meinen Augen sehen, denn sie beschließt, nicht mit mir zu streiten. »Na gut, ich bin froh, dass du ihnen helfen kannst. Fahr vorsichtig.«

»Werde ich.«

Ich esse mein Frühstück auf und zerzause Mason ein letztes Mal die Haare. »Hör endlich auf damit!«

»Niemals!« Lachend laufe ich zur Tür hinaus.

Elf

Ich klingle an der Tür und halte den Atem an. Ich bin aufgeregt und nervös, aber auch ein bisschen neugierig. Gestern, als er vorbeigekommen ist, war alles in Ordnung. Sogar lustig. Wird die Fahrt zur Schule auch so unkompliziert sein, oder wird die Zeit, die wir allein miteinander verbringen, total unangenehm werden?

Noah öffnet die Tür und schenkt mir ein wunderschönes Lächeln, als ob er sich wahnsinnig freuen würde, mich zu sehen. »Hi, Lily!«

Ich bin mir nicht sicher, was ich von dieser enthusiastischen Begrüßung halten soll. »Hi. Bist du fertig?«

Er zieht eine Augenbraue hoch. »Bereit für was?«

»Ähm … für die Schule?« Ich zeige über meine Schulter auf das Auto, das vor seinem Haus parkt. »Deine Mutter hat mich gebeten, dich hinzufahren?«

Er schaut an mir vorbei zu seinem Auto. »Ach ja.« Er wird rot. »Hatte ich vergessen.«

Verlegen verlagere ich meinen Rucksack von einer Schulter auf die andere. »Ist das in Ordnung?«

»Na klar. Mom!«, ruft er über seine Schulter. »Lily ist da! Ich bin tschüss!«

Mrs Trask taucht mit Noahs Rucksack auf. »Vergiss den hier nicht.«

Wieder errötet er und verzieht sein Gesicht, als er seinen Rucksack nimmt. »Danke.«

Seine Verlegenheit lässt mich Mitleid mit ihm empfinden. Ich weiß, dass ihm sein Kurzzeitgedächtnis zu schaffen macht, aber wie viel vergisst er wirklich? Es muss schwer sein zu wissen, dass man mit all diesen Dingen zu kämpfen hat, mit denen die meisten Menschen keine Probleme haben. Ich würde ihn nie dafür verurteilen, aber er muss es als etwas ansehen, das ihn anders oder schwach wirken lässt. Ich weiß, dass ich das an seiner Stelle auch tun würde. Wahrscheinlich ist es am besten, nicht darauf zu reagieren. Ich schenke Mrs Trask ein Lächeln und nehme den Autoschlüssel, den sie in der Hand hält. »Nochmals vielen Dank, Lily.«

»Kein Problem.«

Bevor Noah durch die Tür entkommen kann, gibt ihm Mrs Trask einen Kuss auf die Wange. »*Mom*«, ruft er empört. »Hör auf.« Als er dieses Mal rot wird, kann ich mir ein Grinsen nicht verkneifen.

»Okay, meinetwegen.« Sie tritt zurück. »Schönen Tag noch, ihr beiden.«

Sie wartet an der Tür und beobachtet uns dabei, wie wir in Noahs Auto einsteigen. Es ist ein älteres Modell, ein silberner Honda Civic. Er ist mindestens zehn Jahre alt, aber immer noch in gutem Zustand. Zum Glück hat er keine Gangschaltung. Sobald wir losfahren, streckt sich Noah in seinem Sitz aus. Mit seinen langen Beinen und breiten Schultern nimmt er viel Platz ein. »Danke fürs Fahren«, sagt er und macht es sich bequem. Seine entspannte Haltung ist ein guter Eisbrecher. »Du bist eine große Lösung. Sie wollte, dass ich … ich …«

»Dass du mit dem Bus fährst?«

»Ja.«

Ich lache über seinen entsetzten Blick. »Gern geschehen. Es ist auch für mich bequemer, also passt das schon.«

Er rutscht in seinem Sitz hin und her und kann mir nicht in die Augen sehen, als er sagt: »Kann ich dich nach der Schule anrufen, wenn ich … ähm … wenn ich …«

Ich bin mir nicht sicher, was er dieses Mal sagen will. Er kämpft einen Moment um die richtigen Worte, dann seufzt er frustriert. »Schon okay«, sage ich sanft und versuche mich daran zu erinnern, wie seine Mutter mit so etwas umgeht.

»Lass dir Zeit.«

Er schließt die Augen und presst den Kiefer zusammen, aber dann atmet er tief ein und bringt schließlich seinen Satz heraus. »Ich werde mich wahrscheinlich nicht mehr daran erinnern, wo wir geparkt haben.«

Niedergeschlagen lässt er sich in seinen Sitz zurücksinken. Es ist unmöglich, kein Mitleid mit ihm zu haben, aber ich versuche, es mir nicht anmerken zu lassen. Bestimmt hasst er das. Niemand wird gern bemitleidet. Ich trommele mit den Daumen auf dem Lenkrad herum und nicke. »Das wird kein Problem sein, denn ich habe die letzte Stunde mit dir. Wir können zusammen zum Auto gehen.«

Er zieht die Stirn in Falten. »Ach ja? Daran kann ich mich nicht erinnern.«

»Gestern noch nicht. Mr Craven und Mrs Alderman haben gesagt, dass du ein Buch schreiben willst und mich gefragt, ob ich dir dabei helfen würde.« Noah blinzelt und runzelt die Stirn. »Sie haben mir gesagt, du hättest Nein gesagt.«

Jetzt bin ich es, die rot wird. Mit einem schuldbewussten Lächeln fahre ich auf den Parkplatz der Schule. »Das stimmt, aber ich habe meine Meinung geändert. Mir ist klar geworden, dass ich nur nachtragend war. Es ist eine tolle Gelegenheit für uns beide. Es wäre dumm, sie wegen unserer Vorgeschichte nicht zu ergreifen.«

Ich finde einen leeren Parkplatz und stelle das Auto ab. Noah beobachtet mich so konzentriert, dass meine Wangen noch heißer werden. Ich zucke mit den Schultern und muss den Blick von ihm abwenden. »Als du gestern vorbeikamst, war das gar nicht so übel. Wir können bestimmt zusammenarbeiten, ohne uns gegenseitig umzubringen.«

Ohne auf eine Antwort zu warten, steige ich aus dem Auto. Noah folgt mir schnell und geht so dicht neben mir her, dass sich unsere Schultern berühren. Wir gehen in gemütlichem Schweigen zur Schule.

»Danke, Lily«, sagt er plötzlich. »Du wirst eine gute Partnerin sein. Du bist eine großartige ... du bist eine großartige ähm ...« Er tut so, als würde er einen Stift halten und schreiben.

Das Kompliment schockiert mich. Woher soll er das wissen? Als er mein verwirrtes Stirnrunzeln sieht, erklärt er: »Ich mochte schon immer deine Partikel in der Schul ... der ... der ...«

»In der Schülerzeitung?«

»Ja.«

Er hat meine Artikel gelesen? Vor seinem Unfall, als er

noch ein Vollidiot war? Ich bin schockiert. Und geschmeichelt. »Danke«, murmle ich.

Er lächelt und stößt seine Schulter gegen meine. »Danke, dass du Ja gesagt hast.«

Wir erreichen die Schule, und er hält mir die Tür auf. Als wir im Gebäude sind, bleibt er kurz stehen und atmet tief durch. Fast jeder starrt ihn an. Ich weiß, wie es sich anfühlt, wenn dich alle anstarren, als wärst du ein Freak, also tue ich mein Bestes, um ihn von den Blicken und dem Getuschel abzulenken. Ich stupse ihn an der Schulter an und führe ihn in Richtung des Vorderzimmers. »Komm, lass uns Mrs Alderman sagen, dass ich meine Meinung geändert habe.«

*

In der zweiten Stunde habe ich Weltliteratur mit Noah, Austin und Brooke. Ich bin vor allen anderen da und setze mich leise auf meinen Platz, um nicht aufzufallen. Ich will einfach nur dieses letzte Schuljahr überstehen. Mein Plan wird durchkreuzt, als Noah in die Klasse kommt und auf mich zusteuert. »Hey, Lily.« Lächelnd setzt er sich neben mich.

Alle wirken schockiert. Es ist schwer zu sagen, ob die anderen nur krankhaft neugierig auf den Jungen mit dem Hirnschaden sind oder ob ihr Erstaunen mit der Tatsache zu tun hat, dass er so tut, als wären wir Freunde. Als Noah sich neben mich setzt, sagt er: »Wollen wir Papageien sein?«

Bei dem Wort *Papageien* bricht Getuschel und Lachen aus. Noah blickt sich vorsichtig um. Die Leute versuchen nicht einmal zu verbergen, dass sie ihn beobachten. Ich kann es nicht ertragen, ihn so leiden zu sehen, also versuche ich, ihn abzulenken. »Du meinst Partner?«, frage ich. Die Frage zieht seine Aufmerksamkeit wieder auf mich. Er nickt. Ich will gerade erklären, dass wir in dieser Klasse eigentlich keine Partner haben, als Jared Daily hinter Noah auftaucht und sich räuspert. »Du sitzt auf meinem Platz«, murmelt er zu Noah.

Noah runzelt verwirrt die Stirn und sieht mich fragend an. »Wir haben hier eine feste Sitzordnung«, erkläre ich. »Du musst dort sitzen, wo du gestern gesessen hast.«

Er braucht einen Moment, um zu verstehen, was ich gesagt habe, dann verzieht er das Gesicht. »Oh.« Er sieht sich im Raum um und schluckt. »Wo habe ich gestern gesessen?«, flüstert er mir zu.

»Das weißt du nicht?«, fragt Jared.

Noch mehr Geflüster geht durch die Klasse, und Noahs Wangen werden wieder rot. Armer Kerl. Ich zeige auf den leeren Stuhl neben Austin.

Mrs Porter betritt das Klassenzimmer und fordert alle auf, sich zu setzen. Mit einem letzten Blick zu mir erhebt sich Noah widerwillig und geht nach vorne. Jared lässt sich auf seinen Platz gleiten und flüstert mir, nachdem er seine Tasche auf den Boden gestellt hat, zu: »Seit wann sind du und Noah Freunde?«

Ich zucke mit den Schultern. »Wir sind Nachbarn. Wir haben uns ein paarmal gesehen, seit er wieder zu Hause ist.«

Jared lehnt sich zu mir. »Stimmt es, was die anderen sagen? Dass er jetzt zurückgeblieben ist oder so was?«

Ich bin überrascht von der Wut, die in mir aufsteigt.

Ich habe ein überwältigendes Bedürfnis, Noah zu verteidigen, auch wenn das absolut keinen Sinn ergibt. Ich sollte ihn hassen, aber es ist einfach unmöglich, kein Mitgefühl für ihn zu empfinden. Anstatt mich an den Idioten zu erinnern, der mich Trash genannt und mich mit seinen Freunden ausgelacht hat, sehe ich nur den süßen Typen, der meine Zehen mag und mit meinem Bruder Monopoly gespielt hat.

»Er ist nicht zurückgeblieben«, erwidere ich wütend. »Und du solltest dieses Wort nicht benutzen. Es ist sehr beleidigend.«

Jared hebt beschwichtigend die Hände, aber ein kleines Grinsen umspielt seine Lippen. Ich knirsche mit den Zähnen, lasse das Thema aber fallen, und Jared kümmert sich wieder um seinen eigenen Kram.

Ich hole mein Buch heraus. Wir hatten die Aufgabe, in den Ferien Romeo und Julia zu lesen, und werden bestimmt direkt damit starten. Und tatsächlich sagt Mrs Porter: »Ich weiß, dass ihr alle darauf brennt, eure Gehirne wieder zu benutzen. Und wie könntet ihr das besser als mit einem kleinen Überraschungstest?«

Sie klatscht in die Hände, als wolle sie die Klasse für die Idee eines Tests begeistern, doch es klappt natürlich nicht. Alle stöhnen auf. »Ach, kommt schon«, sagt sie und verteilt die Aufgabenblätter. »Es ist nicht schwer. Nur ein Test mit fünf Fragen, um zu sehen, ob ihr das Buch in den Ferien wirklich gelesen habt.«

Es könnte schlimmer sein.

Die Klasse beruhigt sich und macht sich an die Arbeit. Schnell fülle ich meine Antworten aus. Mrs Porter hatte recht: Es ist ein einfacher Test. Die Fragen beziehen sich alle auf die wichtigsten Ereignisse des Stücks. Selbst wenn man nur den Film gesehen hätte, könnte man eine Eins bekommen.

Im Raum ist es still, sodass Noahs frustriertes Brummen viel lauter erscheint, als es ist. Er knallt seinen Bleistift hin und schiebt das Blatt von sich weg. Kichern geht durch den Raum und Noah brüllt: »DAS IST NICHT LUSTIG!«

Das bringt die Klasse noch mehr zum Lachen. Sein Gesicht färbt sich rot, und er fasst sich mit den Händen in die Haare. »HALTET ALLE DIE KLAPPE!«

»Noah!«, sagt Mrs Porter und klingt verblüfft. »Du musst dich beruhigen.«

Genau das hätte sie nicht sagen sollen. Er explodiert erneut: »SAGEN SIE MIR NICHT, ICH SOLL MICH BERUHIGEN!«

Bevor ich merke, was ich tue, stehe ich von meinem Platz auf und gehe durch den Raum zu Noah. Mrs Porter erreicht ihn ungefähr zur gleichen Zeit wie ich. Ich ignoriere sie und lege meine Hand sanft auf Noahs Unterarm. »Noah«, sage ich ruhig. »Atme tief durch.«

Er sieht mir in die Augen. In ihnen tobt ein aufgewühlter Sturm. »Tief durchatmen«, sage ich erneut. »Weißt du noch, was deine Mutter gesagt hat? Du musst versuchen, deine Ausbrüche zu kontrollieren.«

Seine Augen glänzen vor wütenden Tränen. »Sie lachen mich aus.«

Mir blutet das Herz für ihn, und ich gebe ihm einen Rat, von dem ich nur wünschte, ich hätte die Kraft, ihn selbst zu befolgen, wenn die Leute über mich lachen. »Das ist egal. Sie spielen keine Rolle. Sie wissen nicht, wie es ist.

Du bist hier. Du bist wieder in der Schule, trotz deiner Verletzung. Du bist stärker als ein paar fiese Mitschüler.«

Er schließt die Augen und holt tief Luft. Er schluckt schwer, bevor er die Augen wieder öffnet. Ich hebe seinen Test vom Boden auf und lege ihn zurück auf seinen Schreibtisch. Das Blatt ist immer noch leer. »Weißt du die Antworten nicht?«, frage ich sanft.

Er schluckt erneut und schüttelt den Kopf.

Mrs Porter kniet sich neben mich, sodass sie auf Augenhöhe mit Noah ist. Sie macht es mir nach und spricht mit ruhiger, gelassener Stimme. »Du hast das Stück in den Ferien gelesen, oder?«

Noah nickt langsam. »Mit meinen ... meinen ... meinen ...«

»Du hast es mit deinen Tutoren gelesen?«, rät Mrs Porter.

Er nickt.

»Aber du kannst dir die Antworten nicht merken?«

Er schließt wieder die Augen und schüttelt den Kopf.

Ich weiß nicht, wie ich plötzlich zu Noahs Beistand geworden bin, aber ich will ihm helfen. Es muss doch einen Weg geben. »Mrs Porter?«

»Danke für deine Hilfe, Lily. Du kannst dich jetzt wieder hinsetzen. Geh und mach mit deinem Test weiter.«

»Ich bin fertig. Aber ich habe ein bisschen Zeit mit Noah verbracht und bin mir ziemlich sicher, dass er mehr weiß, als er sagen kann.« Zumindest hatte es sich jedes Mal so angefühlt, wenn er gedanklich den Faden verloren hat. Es ist, als würden die Informationen in ihm stecken, er sie aber nicht immer abrufen kann. Ich lächle Noah an, damit ich nicht nur über ihn spreche, als wäre er nicht da.

»Es ist, als ob du Schwierigkeiten hättest, Informationen abzurufen. Aber mit Erinnerungen oder kleinen Anstößen kommst du normalerweise gut zurecht.« Ich sehe Mrs Porter an. »Vielleicht sollten Sie es mit einer Wortsammlung oder Multiple-Choice-Fragen versuchen?«

Mrs Porter ist eine großartige Lehrerin. Was ich an ihr besonders schätze, ist, dass sie ihren Schülern wirklich zuhört und ihr aufrichtig etwas an uns liegt. Sie denkt einen Moment über meine Worte nach und nimmt dann Noahs Bleistift. Unter die Frage *Wer hat Mercutio getötet?* schreibt sie vier verschiedene Namen von Figuren. »Kannst du das beantworten, Noah?«

Noah blickt wieder auf das Blatt Papier. Er liest die Frage und starrt so lange auf die vier Namen, dass ich schon denke, er wird sie nicht beantworten können. Aber dann umkreist er langsam den Namen Tybalt. Mit einem nervösen Gesichtsausdruck sieht er zu Mrs Porter und mir auf. Mrs Porter und ich schenken ihm ein breites Lächeln. »Das ist richtig«, sagt Mrs Porter.

Noah sackt erleichtert zusammen. Ich stehe auf und will zu meinem eigenen Platz zurückgehen, aber Noah ergreift meine Hand. »Danke, Lily.«

Seine Dankbarkeit sollte mich eigentlich überraschen, aber das tut sie nicht. Seit er aus dem Krankenhaus zurückgekommen ist, war er immer nur freundlich und höflich. Sein Lächeln sorgt dafür, dass sich mir die Kehle zuschnürt. Ein warmes Gefühl breitet sich in mir aus, und die Mauer, die ich um mein Herz errichtet habe, bekommt Risse. Es fühlt sich wirklich gut an, ihm geholfen zu haben, aber ich bin auch stolz auf ihn. Ich will, dass er Erfolg hat. Er ist wirklich nicht mehr derselbe Junge wie früher, und obwohl seine Behinderung traurig ist, denke ich, dass er dadurch ein besserer Mensch geworden ist. Ich schenke ihm ein kleines Lächeln, aber zum ersten Mal ist es echt. »Gern geschehen.«

Noah erwidert mein zögerliches Lächeln mit einem breiten, strahlenden Grinsen. Er sieht glücklich aus, und das ist schockierend. Wie er bei allem, was er durchmacht, glücklich sein kann, ist mir unbegreiflich, aber wenn ich seine Freude sehe, fühle ich mich schuldig wegen meiner eigenen Einstellung. Ich habe nie etwas durchgemacht, was auch nur ansatzweise an das herankommt, was Noah erlebt hat, dennoch schmolle ich mich durch mein letztes Schuljahr. Vielleicht hat Zoey recht, und ich mache alles schlimmer, als es sein müsste.

Zwölf

Bis zum Mittagessen hat sich in der ganzen Schule verbreitet, wie ich Noah geholfen habe. Ich mache mir Sorgen, wie Zoey darauf reagieren wird, weil ich Noah nie erwähnt habe, und die Gerüchte es so klingen lassen, als wären wir ein Paar.

Ich gehe zu meinem üblichen Tisch und frage mich, ob Zoey mich wieder allein sitzen lassen wird. Sie ist noch nicht an Jensens Tisch, aber er fehlt auch noch. Ich suche die Essensschlange nach ihr ab und finde stattdessen Noah. Er hält sein Tablett in der Hand und sieht sich im Raum um, als würde er jemanden suchen. Sein Blick bleibt an mir hängen, und er zögert. Ich winke ihn herüber. Ich werde ihn nicht dazu zwingen, mit Leuten zu essen, die ihn ignorieren, oder noch schlimmer, alleine zu essen.

Als er sichtlich erleichtert auf mich zugeht, lächle ich und bin überrascht, dass ich mich tatsächlich darüber freue. Er schenkt mir ein Grinsen, das sein ganzes Gesicht erhellt, als er sein Essenstablett neben meinem abstellt.
»Danke.«
»Klar doch.«
Er setzt sich direkt neben mich, so nah, dass sich unse-

re Arme berühren. Dann tunkt er ein Chicken Nugget in einen großen Klecks Ketchup. »Wie läuft dein Vertrag so?«

»Mein Tag?«

»Genau.«

Ich starre ungläubig auf mein Essen hinunter. Wie konnte das passieren? Noah Trask kommt an meinen Tisch und fragt mich nach meinem Tag, als wäre das ganz normal. Er scheint nicht zu verstehen, wie *seltsam* das ist. Er tut so, als wären wir beste Freunde. Sind wir überhaupt Freunde? Ich glaube, das sind wir. Nachdem wir gestern mit meinem Bruder Spiele gespielt und heute Morgen auf der Fahrt zur Schule zusammen gelacht haben und dann noch nach allem, was vorhin während Englisch passiert ist, haben wir uns irgendwie zusammengerauft. Noah und ich *sind* Freunde. Es ist schockierend.

»Mein Tag läuft so weit ganz gut«, sage ich, ohne zu erwähnen, dass ich mich irgendwie gerade mit Zoey streite. »Und deiner?«

Er denkt einen langen Moment darüber nach. »Schwer«, sagt er schließlich. »Aber nicht so schlimm wie gestern. Da war ich vor der Schule so nervös, dass ich Durchfall bekommen habe.«

Ich verschlucke mich an meinem Sandwich. Hat er das gerade wirklich gesagt? Als ich anfange zu husten, klopft er mir auf den Rücken. »Lily? Bist du okay?«

Ich huste noch ein paarmal und nehme einen Schluck, damit der Husten aufhört. »Alles gut. Tut mir leid. Noah … du solltest besser nicht mit anderen über deine Körperfunktionen reden. Das ist ein bisschen zu viel Information, wenn du weißt, was ich meine.«

Noahs Gesicht verzieht sich auf eine wirklich süße Art und Weise. »Oh. Mein Fehler.«

Ich muss grinsen. Er ist irgendwie lustig. Als ich lache, grinst er. Wir lächeln uns immer noch an, als eine übersüßliche Stimme sagt: »Wie niedlich. Die beiden Freaks kommen sich näher.«

Hinter uns stehen Brooke und ihre ganze Clique. Es überrascht mich, dass sie sich traut, Noah ins Gesicht zu sagen, dass er ein Freak ist. Offenbar ist das zu viel für Austin, denn er drückt Brookes Hand und murmelt: »Komm schon, Brooke. Sei nett.«

»Nett?«, erwidert Brooke mit schriller Stimme. Sie deutet mit der Hand auf mich. »Dieser Müll hier denkt, sie kann meinen Freund anbaggern.«

Sie starrt mich an, als hätte sie noch nie einen Menschen mehr gehasst. Ich starre zurück. Ihr Freund? Sie hat ihn gerade einen Freak genannt. Sogar Austin runzelt jetzt die Stirn. Und warum sollte er auch nicht? *Er* ist doch jetzt angeblich ihr Freund. Nicht mehr Noah. Warum sollte es sie interessieren?

Noahs Gesicht wird knallrot. Es ist definitiv nicht aus Verlegenheit. Hoffentlich hat er nicht wieder so einen Wutausbruch wie im Englischkurs. Er steht auf und ballt seine Hände an den Seiten zu Fäusten. »Ich habe aufgehört, dein Freund zu sein, als du ... als ... du ...«

»Als sie dich mit deinem besten Freund betrogen hast?«, ergänze ich trocken.

Noah nickt. »Ja.«

Ich stehe auf und stelle mich neben Noah. Ausnahmsweise komme ich mir mutig vor. Ich stelle mich Brooke sonst nie entgegen, aber jetzt gerade fühle ich mich danach, es mit ihr aufzunehmen. »Hast du überhaupt gewartet, bis er aus dem Koma erwacht war, bevor du dir den Nächsten gesucht hast?«

»Halt dich da raus, Trash«, blafft Brooke. »Das geht dich nichts an.«

»Oder vielleicht habt ihr euch schon vor seinem Unfall heimlich getroffen.«

Austins Gesicht wird blass, was mich glauben lässt, dass ich mit meiner Vermutung recht haben könnte. Ich schnaube verächtlich. Wer hätte je gedacht, dass ich das je sagen würde, aber Noah Trask hat etwas Besseres verdient.

Dass Noah Informationen langsamer verarbeitet, heißt nicht, dass er dumm ist. Schließlich kommt er zu demselben Schluss wie ich. Der Blick, den er Austin zuwirft, ist von so viel Verrat erfüllt, dass Austin darunter zerbricht. »Tut mir leid, Mann«, bringt Austin heiser hervor. »Ich hab das nicht geplant.«

»Hör auf, dich zu verschulden. Ich will es nicht hören.«

Brooke lacht, aber Austin runzelt verwirrt die Stirn. »Was?«

»Hör auf, dich zu entschuldigen«, übersetze ich. Es ist gar nicht so schwer, Noah zu verstehen, wenn man gut aufpasst und den Kontext bedenkt.

»Tu nicht so, als ob du ihn kennst!« Brooke starrt mich böse an. »Glaubst du, ihr seid jetzt Freunde, nur weil du ihm heute Morgen geholfen hast?«

Noah versteift sich, und er legt mir die Hand auf die Schulter. »Wir *sind* Freunde. Sie ist meine *beste* Freundin.«

Austin und ich sehen uns an – er zuckt zusammen, und ich bin erschrocken. Ich bin Noahs beste Freundin? Seit wann das denn? Aber ich werde ihn nicht korrigieren und dafür sorgen, dass er vor allen sein Gesicht verliert. Stattdessen richte ich mich noch etwas mehr auf und lasse zu, dass er meine Hand ergreift. Es ist verrückt, dass ich mich ausgerechnet mit Noah an meiner Seite meinen Peinigern stelle. Ich kann nicht glauben, dass er mich verteidigt.

Brooke erstarrt, als sie bemerkt, wie Noah meine Hand hält. Sie will ihn vielleicht nicht mehr, aber die Vorstellung, dass er mit jemand anderem zusammen ist, gefällt ihr auch nicht. Hass blitzt in ihren Augen auf, und ihre nächsten Worte schießen wie Gift heraus. »Ich finde, das ergibt Sinn«, sagt sie zu mir. »Man muss schon zurückgeblieben sein, um dich zu mögen, Trash.«

Meine Augen beginnen zu brennen. Ich hasse es, dass ihre Worte es schaffen, mich zu verletzen. Ich hasse es, dass ihr ein Teil von mir glaubt.

»BROOKE!«, ruft Noah. Er zieht mich an seine Seite, als wolle er mich vor dem Gift schützen, das in meine Richtung gespuckt wird. »Du bist so eine ... eine ...«

»Idiotin?«, füge ich hilfsbereit hinzu.

»BITCH!«

Die anderen um uns herum beginnen zu kichern. Brooke stolpert zurück. Sie wirkt aufrichtig erschrocken und sogar verletzt, dass Noah sie so nennt. Sie wirft einen Blick auf die Menge um uns herum, die eindeutig über sie lacht, und für einen Moment sehe ich ihre Unsicherheit. Aber ich spüre kein Mitleid. Alles, was ich spüre, ist der feste Körper des netten Kerls, der mich an sich drückt, um mich vor den verletzenden Worten seiner ehemaligen Freundin zu schützen. Sein Arm um mich ist tröstlich, und ich bin überrascht, wie sehr es mir gefällt. Brookes Blick wandert zwischen Noah und mir hin und her, als ob sie gerade erst bemerkt, wie er mich in seinem Arm hält. Erneut blitzt Schmerz in ihren Augen auf. »Du hast wirklich lieber eine Loserin wie Trash zur Freundin als mich?«

Noah drückt mich noch fester an sich. Ausnahmsweise stolpert er nicht über seinen nächsten Satz. Er kommt laut, klar und selbstbewusst heraus. »Lily ist eine bessere Freundin, als du es je warst. Du bist bösartig, Brooke.« Er runzelt die Stirn und fragt, als ob er völlig abgelenkt wäre: »Warum nennst du sie immer Trash?«

Brooke reißt die Augen auf, dann lacht sie laut genug, um die Aufmerksamkeit der gesamten Cafeteria auf sich zu ziehen. »Du machst Witze, oder?«

Noahs Stirnrunzeln vertieft sich.

»Brooke«, sagt Austin warnend.

Doch sie beachtet ihn überhaupt nicht. Stattdessen grinst sie mich an. »Willst du es ihm sagen, oder soll ich?«

»Das ist egal«, murmle ich. Mir dreht sich der Magen um, und mir wird klar, dass ich nicht will, dass Brooke ihm sagt, was er getan hat. Es würde ihn nur verletzen.

Noah sieht mich stirnrunzelnd an, und Brooke lacht erneut auf. Offensichtlich macht es ihr nichts aus, Noah zu verletzen. Und mir will sie auf jeden Fall wehtun.

»Was glaubst du, von wem sie diesen Spitznamen hat, Noah?«

Noah stößt einen leisen Atemzug aus, den ich nur höre, weil ich so dicht neben ihm stehe. Er sieht mich an, aber ich kann seinen Blick nicht erwidern. »Ich?«, fragt er leise. Ich kann meine Stimme nicht finden, um ihm zu antworten.

Brooke schnaubt höhnisch. »Du tust jetzt so hochmütig, Noah, aber du warst genauso bösartig wie ich. Sogar noch viel mehr.«

»Das spielt keine Rolle«, wiederhole ich und nehme endlich Blickkontakt mit Noah auf. Er wirkt völlig am Boden zerstört.

»*Ich* habe dich Trash getauft?«, fragt er mit erstickter Stimme.

Ich zucke mit den Schultern. »Du bist jetzt anders. Schon in Ordnung.«

»Es ist *nicht* in Ordnung«, beharrt Noah.

Eine peinliche Stille bricht über uns herein, bis Brooke wieder lacht. »Wie auch immer. Ihr zwei Freaks habt einander verdient.«

Sie stürmt davon, und die anderen folgen ihr. Noah und ich bleiben am Mittagstisch zurück – er sieht traurig aus, und ich wünschte, ich wäre irgendwo anders.

»Lily, es tut mir so leid.«

Wieder nimmt er meine Hand und streicht mit dem Daumen über meinen Handrücken. Die sanfte Berührung macht mir eine Gänsehaut an den Armen. Ich erwidere seinen Blick, und mir stockt der Atem. Er steht so nah, dass er sich nur etwas vorbeugen muss und unsere Lippen würden sich berühren. Mein Mund wird ein wenig trocken.

Wenn man ihn ansieht, würde man nie denken, dass mit ihm etwas nicht stimmt. Sein Blick brennt sich mit einer Ernsthaftigkeit in meinen, die man nicht vortäuschen kann. Seine Augen sind so schön – traurig, aber schön – und es fühlt sich an, als würden sie direkt in meine Seele blicken. Jetzt verstehe ich, warum jedes Mädchen in der

Schule von ihm träumt, oder zumindest früher geträumt hat. Er ist einfach hypnotisierend.

Ich trete einen kleinen Schritt zurück und drücke seine Hand. »Es ist wirklich okay. Ich bin nicht mehr böse auf dich.« Während ich das sage, weiß ich, dass es wahr ist. Es spielt keine Rolle, dass Noah mich früher beschimpft und schikaniert hat. So ist er nicht mehr. Und während mir das klar wird, wird mir auch etwas anderes klar. Ich habe ihm verziehen. Wir setzen uns wieder hin, aber Noah starrt nur auf sein Mittagessen. Ich stoße ihn mit der Schulter an. »Das ist Schnee von gestern, okay?«

Noah wirkt immer noch erschüttert, aber er nickt trotzdem. Um ihn abzulenken, zeige ich auf sein Essenstablett. »Du isst Ketchup wie mein neunjähriger Bruder. Als wäre er eine eigene Lebensmittelgruppe.«

Noah verzieht das Gesicht zu einem Lächeln. »Das sollte er auch sein. Du solltest ihn mal auf gegrillten Käsesätzen probieren.«

Schon der Gedanke daran lässt mich würgen. »Das ist ja ekelhaft.«

Noah lacht, und ich lache mit ihm, weil ich froh bin, dass er wieder gute Laune hat. Wir lachen immer noch, als Zoey endlich zu uns stößt. »Lily?« Sie schaut Noah und mich misstrauisch an. »Was ist hier los?«

Ich merke, wie erstaunt sie ist, Noah und mich zusammen zu sehen, und sie scheint von dieser Entwicklung nicht gerade begeistert. Ich schenke ihr ein ermutigendes Lächeln, zumindest hoffe ich, dass es so rüberkommt. »Wir essen nur zu Mittag. Es macht dir doch nichts aus, wenn Noah bei uns sitzt, oder?« Ich bemerke, dass sie kein

Tablett in der Hand hält, und füge hinzu: »Wo ist dein Mittagessen?«

Sie reißt ihren Blick von Noah los, um mich anzusehen. »Es ist drüben an Jensens Tisch. Ich wollte dich gerade abholen. Wir haben dir einen Platz bei uns reserviert. *Bryce* hat dir einen Platz reserviert.« Sie deutet hinter uns. Und tatsächlich, an Jensens Tisch ist gegenüber von Bryce ein Platz frei. Die ganze Gruppe schaut uns zu.

Ich bin erleichtert, dass ich heute in ihre Pläne für das Mittagessen miteinbezogen werde, aber da drüben sind nur zwei Plätze frei, und ich kann Noah nicht allein hier sitzenlassen. »Cool. Ist da auch noch Platz für Noah?«

Zoey fällt vor Überraschung der Mund auf. Sie schaut lange zwischen Noah und mir hin und her. »Oh... ähm... na ja...« Sie beginnt nervös auf ihrer Unterlippe herumzukauen und schaut wieder zu Jensens Tisch. Dann verzieht sie ihr Gesicht und wendet sich wieder an uns. »Ich glaube, da ist kein Platz mehr. Tut mir leid, Noah. Ich wusste nicht, dass du dich uns anschließen würdest.«

Ich kann nicht glauben, wie zögerlich sie wirkt, und vor allem, dass sie Noah so offen ihren Widerwillen zeigt. Das ist fast so schlimm wie bei Brooke und ihren Freunden. »Ich sitze bei Noah«, sage ich fest und versuche, nicht so wütend zu klingen, wie ich mich fühle.

Ich lächle ihn an, um ihn wissen zu lassen, dass es für mich in Ordnung ist. Er lächelt zurück, aber es ist zaghafter als vorher. Mit einem entschuldigenden Gesichtsausdruck wende ich mich wieder Zoey zu. Sie schürzt die Lippen und runzelt die Stirn. Ich merke, dass sie unbedingt etwas sagen möchte, aber das wäre wahrscheinlich unhöflich. Ihr Blick wandert wieder zu Noah, bevor er zu mir zurückkehrt. »Bist du sicher, dass du das tun willst?«, fragt sie mit leiser Stimme.

Ihre Andeutung ist klar. Sie denkt, dass ich mich selbst als Freak abstemple, wenn ich mich mit Noah anfreunde, und sie versucht, mich zu warnen. Es ist auch klar, dass sie nicht will, dass ich es tue. Ich kann die Frustration in ihrem Gesicht lesen wie ein offenes Buch. Ich fühle mich schlecht, weil ich Nein sagen muss, obwohl sie sich so sehr wünscht, dass ich von ihren neuen Freunden akzeptiert werde. Aber ich kann Noah nicht im Stich lassen. Ich weiß, wie es sich anfühlt, von Freunden fallen gelassen zu werden, und ich könnte das niemals tun. Ich will es auch gar nicht. Irgendwie ist es lustig mit Noah.

»Tut mir leid. Sag allen Danke für die Einladung. Vielleicht kommen wir morgen nach, wenn Platz für uns beide ist.«

Ihrem Gesichtsausdruck nach zu urteilen, glaube ich nicht, dass die Einladung Noah jemals mit einschließen wird. Ich hätte nie gedacht, dass so viele Menschen so gemein sein können. Ich kann nicht die einzige Person an dieser Schule sein, die mit Noah befreundet sein will. »Okay«, sage ich, und in meinen Tonfall schleicht sich ein Vorwurf ein. »Oh, und übrigens, du musst mich nicht mehr von der Schule nach Hause bringen. Ich fahre jetzt mit Noah.«

Zoey schüttelt frustriert den Kopf und marschiert zurück zu Jensen. Ich versuche, meine eigene Verärgerung zu ignorieren. Ich will nicht, dass Noah das sieht. Es sieht aus, als würde er mich gleich darauf ansprechen, also frage ich schnell: »Welche Kurse hast du denn?«

Er sieht mich einen langen Moment lang an, dann lässt

er mich mit dem Themenwechsel durchkommen. Er reicht mir seinen Stundenplan und stürzt sich auf den Dosenmais auf seinem Tablett. Er sieht ganz verschrumpelt aus. Ekelhaft. Neugierig schaue ich mir seine Kurse an. Ich habe mich schon den ganzen Tag gefragt, wie er in der Schule mithalten kann. In Englisch hat er die Multiple-Choice-Aufgaben gut gemeistert, aber so wie er neulich beim Monopoly-Spielen mit den Zahlen umgegangen ist, kann er keine Highschool-Matheaufgaben lösen. In der ersten Stunde hat er Hauswirtschaft, dann Weltliteratur. Kunst ist direkt vor dem Mittagessen. Danach kommen Krafttraining und der Förderraum. Den Tag schließt er mit Selbststudium ab. Ich bin mir ziemlich sicher, dass der Förderraum das Klassenzimmer für Sonderpädagogik ist, aber es ist das Krafttraining, das mich stutzig macht.

»Du kannst noch Gewichte heben?«, frage ich.

Bei der Erwähnung seines Trainings wandert mein Blick über seinen Körper. Er ist vielleicht nicht mehr so breit wie früher, aber er ist immer noch muskulös und auf die köstlichste Weise definiert. Bis ich mich dazu durchringen kann, ihn nicht mehr anzustarren, grinst er mich mit einer Mischung aus Belustigung und Arroganz an. Ich erröte verlegen.

»Findest du mich heiß?«, fragt er geradeheraus.

Was definitiv heiß ist: mein Gesicht. Es brennt vor Scham. »Äh ...«

»Das tust du.« Er grinst noch breiter. »Keine Sorge. Ich finde dich auch heiß.«

In meiner Nervosität witzle ich: »Wegen meiner Brüste. Ich erinnere mich.«

Vielleicht ist seine Angewohnheit, unangemessene Dinge zu sagen, ansteckend.

Er starrt mich einen Moment lang an. Dann wirft er den Kopf in den Nacken und stößt ein lautes, ungehemmtes Lachen aus. Es ist so unbeschwert, dass ich nicht anders kann, als mitzulachen. Und sollte uns die ganze Cafeteria dabei zusehen, merken wir es gar nicht. Wir sind einfach zwei Menschen, die gemeinsam über einen Insiderwitz lachen. Die Anspannung fällt allmählich von mir ab.

Irgendwann seufzt Noah. »Meine Mutter hat mir einen Vortrag über sexuelle … ähm … ähm … Hänselei gehalten.«

»Sexuelle Belästigung?«

»Ja, das.« Er grinst erneut. »Fast einen ganzen Tag lang. Sie hat mich heute vor der Schule sogar noch einmal daran erinnert.«

Die Glocke läutet, und ich bin überrascht, wie schnell die Zeit vergangen ist. Noah und ich beenden unser Mittagessen, und ich gebe ihm seinen Stundenplan zurück. Dann bringen wir unseren Müll zu einem Abfalleimer, und als wir die Cafeteria verlassen, gibt es einen etwas peinlichen Moment, in dem keiner von uns zu wissen scheint, wie wir uns verabschieden sollen. »Wir sehen uns dann wohl in der letzten Stunde«, sage ich.

»Kann es kaum erwarten.« Sein Lächeln wird so strahlend, dass es mich fast blendet, und mein Herz setzt einen Sprung aus. Nur einen. Aber das ist genug, um den Rest des Tages darüber nachzudenken.

Dreizehn

Mrs Porter ist für unseren Selbstlernkurs zuständig. Als ich in ihr Klassenzimmer komme, telefoniert sie gerade, und zwei andere Schüler arbeiten an ihren eigenen Projekten. Noah ist nicht da. Ich setze mich, um auf ihn zu warten, aber als es klingelt, ist er immer noch nicht aufgetaucht. Mrs Porter beendet ihr Gespräch und kommt mit einigen Papieren und einem strahlenden Lächeln auf mich zu. »Lily.« Sie spricht mit leiser Stimme, um die anderen Schüler nicht zu stören. »Ich bin so froh, dass du dich für diesen Kurs entschieden hast.«

Ich zucke mit den Schultern. »Es klingt lustig. Ich freue mich schon darauf.«

Mrs Porter setzt sich neben mich an den Schreibtisch und drückt mir ein Papier in die Hand, auf dem die Kriterien für den Selbstlernkurs aufgeführt sind. »Ich finde es wunderbar, dass du dich bereit erklärt hast, mit Noah zusammenzuarbeiten. Normalerweise arbeitet hier jeder für sich allein. Aber wir haben spezielle Vorkehrungen für Noah getroffen, die zu seinem individuellen Lehrplan passen. Wir glauben, dass er von der Arbeit mit einer Mitschülerin wie dir mehr profitieren wird als von der Arbeit allein, und so wie du heute Morgen mit ihm im Englischkurs umgegangen bist, bin ich sicher, dass du genau die richtige Person dafür bist.«

Ich erröte. »Das war doch nichts.«

Mrs Porters Gesicht erweicht sich. »Für ihn mit Sicherheit schon.«

Ihr Lob bereitet mir Unbehagen. Ich dachte, ich hätte nur getan, was jeder anständige Mensch tun würde, aber die Art und Weise, wie die Leute den ganzen Tag darüber geredet haben, hat es so wirken lassen, als wäre ich in ihn verliebt oder so. Denkt Mrs Porter das auch? Um das Thema zu wechseln, sehe ich mich im Klassenzimmer um. »Wo ist Noah überhaupt? Beim Mittagessen habe ich ihn noch gesehen.«

Mrs Porter seufzt. »Noah ist bei der Schulkrankenschwester. Er hat oft starke Kopfschmerzen und bekommt Medikamente dagegen, die ein wenig helfen. Er muss sich nur ein wenig ausruhen, bis die Wirkung einsetzt. Das kann nach den langen Schultagen ziemlich oft vorkommen. Seine Ärzte hoffen, dass die Kopfschmerzen seltener werden, wenn er sich an seinen Zeitplan gewöhnt. Wenn er nicht da ist, kannst du dich einfach mit deiner eigenen Arbeit beschäftigen.«

Ich nicke, aber meine Gedanken kreisen um Noah, der mit einer Migräne bei der Krankenschwester sitzt. Nachdem es für ihn schon so schwer war, eine Stunde lang Monopoly zu spielen, kann ich mir vorstellen, wie hart ein ganzer Schultag für ihn sein muss. Wie sehr muss er im Moment mit seinem Leben hadern?

»Dieser Kurs«, fährt Mrs Porter fort, »wird dir als Englisch-Leistungsnachweis angerechnet. Am Ende des

Schuljahrs erhältst du eine Note. Ihr werdet nicht groß betreut werden, aber einmal im Monat müsst ihr mir eine mündliche Präsentation über das Gelernte und die geleistete Arbeit geben. Ich schlage vor, dass ihr zunächst versucht, eine Übersicht darüber zu erstellen, was ihr erreichen wollt, mit einigen Terminen, die euch dabei helfen, den Zeitplan einzuhalten. Wenn du irgendwelche Fragen hast, wende dich einfach an mich.«

Mrs Porter geht an ihren Schreibtisch zurück. Jetzt, wo ich auf mich allein gestellt bin, bin ich ein wenig überfordert. Ich habe zwar ein gewisses natürliches Schreibtalent und Erfahrung mit dem Verfassen von Artikeln und Aufsätzen, aber ich habe keine Ahnung, wie man ein Buch schreibt. Das ist wohl meine erste Aufgabe. Mrs Porter erlaubt mir, in die Bibliothek zu gehen, und ich finde zwei Bücher über das Schreiben und sogar eines darüber, wie man Memoiren verfasst. Ich leihe mir alle drei aus und verbringe den Rest der Stunde mit Lesen.

Noah erscheint nicht zum Unterricht, also hole ich ihn nach der Schule von der Krankenschwester ab. Zum ersten Mal seit Langem begrüßt er mich nicht mit einem Lächeln. Er versucht es, aber es ist eher eine Grimasse, und er hält sich den Kopf. Ich frage nicht, wie es ihm geht. Denn es ist klar, dass er Schmerzen hat. »Komm«, sage ich leise. »Bringen wir dich nach Hause.«

Auf dem Parkplatz wartet Zoey auf mich. Sie sieht Noah an und wirft mir einen seltsamen Blick zu. »Kann ich kurz mit dir reden? Alleine?«

Noah versteht, was sie sagen will, und zeigt auf das Auto. »Ich warte einfach dort.«

Noah setzt sich auf den Beifahrersitz, und sobald er die

Tür geschlossen hat, fährt mich Zoey an. »Was ist nur los mit dir? Plötzlich bist du mit Noah Trask befreundet? Wann ist das passiert?«

»Das ist eine lange Geschichte.«

Sie verschränkt die Arme und starrt mich an. »Und du konntest mir nichts davon erzählen?«

Ihre Einstellung macht mich wütend. »Hätte ich ja, aber ich dachte, wir reden gerade nicht miteinander. Du hast mich seit Austins Party ignoriert.«

Sie schnaubt empört. »Ich habe *versucht*, dich einzuladen, heute in der Mittagspause bei uns zu sitzen. Du bist diejenige, die mich hat abblitzen lassen.«

Ich werfe einen Blick zu Noah. Ich glaube nicht, dass er uns hören kann, aber er beobachtet uns genau, und es ist offensichtlich, dass wir uns streiten. Ich hoffe, er weiß nicht, dass es um ihn geht. »Was hätte ich denn tun sollen?«, schnauze ich. »Noah einfach allein sitzen lassen?« *So wie du es gestern mit mir gemacht hast?*

Zoey kneift die Augen zusammen, als wüsste sie, was ich denke, was ich ihr vorwerfe.

»Seit wann kümmert dich das?«, fragt sie. »Wir reden hier von *Noah Trask*. Er ist dein Todfeind.«

»Er hat sich verändert.« Verzweifelt versuche ich es ihr begreiflich zu machen. »Und wir sind jetzt Freunde.«

Sie wirft einen Blick über meine Schulter zu Noah und senkt ihre Stimme. »Er ist jetzt ein Freak, Lily.«

Ich balle meine Hände zu Fäusten. Wie kann sie nur so sein? »Er ist anders. Er ist kein Freak.«

»So nennt man ihn jetzt – den hirngeschädigten Freak. Wenn du anfängst, mit ihm rumzuhängen, werden sich die Leute …«

»Was?« Ich lache verbittert auf. »Über mich lustig machen? Mich zu einer Ausgestoßenen machen? Ich bin bereits in der ganzen Schule als Trash bekannt. Schlimmer kann es nicht mehr werden.«

Zoeys Wut lässt ein wenig nach, und ihre Stimme wird flehend. »Aber du musst keine Ausgestoßene bleiben. Brents Clique ist bereit, dich aufzunehmen. Bryce ist an dir interessiert. Du könntest Freunde haben. Vielleicht sogar einen festen Freund.«

Ich seufze. Es fällt mir schwer, wütend zu bleiben. Ich weiß, dass sie mir nur zu helfen versucht, und mir ist klar, dass sie das tut, weil ich ihr am Herzen liege. Ein Teil von mir will sogar annehmen, was sie mir bietet. Ich möchte wieder Freunde haben, aber ich will nicht gemein sein, um das zu erreichen. Ich werde Noah nicht einfach im Stich lassen, um beliebt zu sein. Das würde mich nicht besser machen als Brooke.

»Ich habe meinen Dad angerufen«, sage ich. »Ich habe ihn überredet, am Freitag auf Mason aufzupassen, damit ich zu Bryce' Party gehen kann.«

Zoey reißt überrascht die Augen auf. Sie weiß, wie schwer es mir gefallen sein muss, meinen Dad um Hilfe zu bitten. Sie hat jahrelang miterlebt, wie er seine Kinder vernachlässigt hat. Sie muss schlucken. »Du hast deinen Vater angerufen?«

Ich zucke mit den Schultern. »Ich habe dir versprochen, dass ich alles versuchen werde, um zu kommen. Das war die einzige Möglichkeit.«

Zoey schießen Tränen in die Augen, und sie nimmt mich in die Arme. »Danke, Lily. Ich verspreche dir, dass du es nicht bereuen wirst. Freitag wird es so viel Spaß machen. Du wirst sehen. Die Dinge werden sich für uns ändern.«

Ich seufze. »Das hoffe ich.«

»Ganz bestimmt.« Sie zieht sich zurück, packt mich an den Schultern und sieht mich voller Entschlossenheit an. »Ich glaube, der Rest dieses Schuljahrs wird so viel besser werden als der Anfang. Vielleicht wird es sogar das beste unserer ganzen Highschool-Karriere. Du wirst schon sehen.« Ihre Entschlossenheit verwandelt sich in ausgelassene Begeisterung. »Ich komme am Freitag vorbei, und wir machen uns zusammen fertig. Jensen und Bryce werden uns nicht widerstehen können.«

Ich lächle. Es ist, als hätte ich meine beste Freundin wieder. »Klingt gut.«

Nach einer letzten Umarmung verschwindet Zoey in ihrem eigenen Auto, und ich steige in Noahs ein. »Alles in Ordnung?«, fragt er. »Das sah ziemlich heftig aus.«

Seufzend lasse ich den Motor an. »Wir haben uns gestritten. Es tut mir übrigens leid wegen der ganzen Sache mit ihr beim Mittagessen. Normalerweise ist sie gar nicht so. Sie macht sich in letzter Zeit nur so viele Gedanken darüber, ob sie dazugehört.«

Wir schweigen ein paar Minuten. Als Noah wieder spricht, klingt seine Stimme sanft. »Du hättest in der Pause nicht bei mir bleiben müssen. Du hättest auch mit deinen Freunden essen gehen können. Ich hätte es verstanden. Ich bin nicht … ich bin nicht …«

Jetzt weiß ich, warum seine Stimme leise ist. Es ist ihm unangenehm. »Hey.« Ich schaue ihn an und lasse meine Stimme absolut überzeugend klingen. »Wenn ich mich zu ihnen hätte setzen wollen, hätte ich es getan. Aber ich fand es mit dir lustiger.«

Noah schiebt den Rucksack auf seinem Schoß hin und her. »Du machst dir nicht wie Zoey Gedanken darüber dazuzugehören?«

Ich zucke mit den Schultern. »Vorher war ich auch nicht gerade beliebt.«

Mein Eingeständnis lässt Noah zusammenzucken. »Meinetwegen.«

Ich kann es nicht leugnen, tue es aber ab. »Ich hab doch gesagt, das ist Schnee von gestern.« Endlich sieht er mich an. »Ich meinte das ernst«, sage ich. »Solange du nicht wieder anfängst, dieser arrogante Idiot zu sein, ist alles gut.«

Er sieht mich lange an. »Du bist wirklich nett, Lily. Ich bewahre es nicht.«

Ich bin mir nicht sicher, was ich darauf antworten soll, also zieht sich die Stille zwischen uns in die Länge. Noah durchbricht sie schließlich. »Also, ist Bryce dein... dein...«

Ich trete fast auf die Bremse, so erschrocken bin ich. Er kann nicht meinen, was ich denke, dass er meint. Aber das tut er, denn er sagt: »Seid ihr zusammen?«

»Was?«

»Wird er sauer sein, dass du mit mir abhängst?«

»Wie kommst du auf diese Frage?«

Noah starrt aus dem Beifahrerfenster. »Zoey wollte, dass du an seinem Tisch sitzt. Er hat dir einen Platz neben sich reserviert. Er sah sauer aus, als du dich nicht zu ihnen gesetzt hast.«

Bryce war sauer, weil ich mit Noah zusammen war?

Das wäre mir neu. Er hat mich zwar auf Austins Party gegrüßt, aber wir haben uns nicht groß unterhalten, und er hat definitiv nicht mit mir geflirtet. Aber vielleicht hat Zoey genauso viel auf ihn eingeredet wie auf mich. »Ähm, nein. Bryce und ich sind nicht zusammen. Zoey mag Jensen. Deshalb wollte sie, dass wir bei ihnen sitzen.«

Noah dreht sich um und sieht mich wieder an. »Aber magst du Bryce?«

Er ist wirklich sehr neugierig, was das angeht. Ich werfe ihm einen Seitenblick zu und versuche, cool zu bleiben und nicht noch mehr zu erröten, als ich es ohnehin schon bin. »Ich kenne Bryce nicht besonders gut. Wir haben ein paarmal miteinander geredet, aber das war's.«

Nach einem langen Moment schenkt mir Noah ein schiefes Lächeln. »Also, ich werde jedenfalls nicht weinen, wenn ihr kein Paar werdet.«

Meine Augenbrauen schießen in die Höhe. Hat er das gerade wirklich gesagt? Was meint er damit? Will er damit andeuten, dass er mit mir zusammenkommen will? »Was ist mit dir?« Ich umklammere das Lenkrad mit den Händen und richte meinen Blick starr auf die Straße vor mir. »Jetzt, wo du Brooke los bist, gibt es da irgendein Mädchen, auf das du ein Auge geworfen hast?«

Ich werde mit einem weiteren schiefen Lächeln belohnt. Es ist hinreißend. Genau wie das Funkeln in seinen Augen. »Vielleicht«, sagt er und zwinkert mir zu.

Er *zwinkert* mir zu. Noah Trask *zwinkert* mir zu! Er *flirtet* mit mir. Mir fällt vor Schreck die Kinnlade herunter, und ich weiß, dass es lächerlich aussieht, weil Noah lachen muss. »Ich möchte sie um ein Date bitten, aber ich muss sie erst davon überzeugen, dass sie mich mag.«

Ich muss schlucken. »Sie überzeugen?«

Er grinst. »Ja. Ich war lange Zeit gemein zu ihr. Ich bin mir nicht sicher, ob sie ... ob sie ...«

»Dir verzeiht?«, flüstere ich.

Er schüttelt den Kopf. »Mir vertraut.«

Das ist kein harmloses Flirten mehr. Sein Blick scheint mich zu durchbohren. Mein Herz beginnt wie verrückt zu klopfen.

Ich weiß nicht, was ich sagen oder tun soll. Er hat mich völlig aus dem Konzept gebracht. Auf der einen Seite möchte ich widersprechen, ihm sagen, dass ich ihn mag und ihm vertraue. Aber mag ich ihn auch auf *diese* Weise? Und ich glaube zwar nicht, dass er sich wieder in sein altes gemeines Ich zurückverwandelt, aber könnte ich ihm mein Herz wirklich anvertrauen? Ich bin mir da nicht so sicher.

Noah merkt, dass er mich überrumpelt hat. Er lehnt sich zurück – ich hatte nicht mal gemerkt, dass er sich vorgebeugt hat – und sieht weg. Wir sind still, bis wir Masons Grundschule erreichen. Als mein kleiner Bruder ins Auto einsteigt, erzählt er uns von seinem Tag und wie froh er ist, dass er nicht mehr zu Fuß nach Hause gehen muss. Noahs Augen sind geschlossen, aber ein kleines Lächeln umspielt seine Lippen. Ich glaube, er genießt die Pause vom Gespräch. Als ich in seiner Einfahrt halte, steigt Mason mit einem begeisterten »Bis dann, Noah!« aus dem Auto.

Noah und ich lassen uns mehr Zeit beim Aussteigen. Ich drehe mich um und sehe ihn an. Er hat wieder etwas Farbe bekommen und verzieht sein Gesicht nicht mehr. »Du scheinst dich besser zu fühlen.«

»Das tue ich.« Er grinst. »Du musst … Nahrung für meine Gesundheit sein.«

Der Satz ist kitschig, und er hat ihn spielerisch gesagt, also verdrehe ich die Augen und lache. »Bis dann, Noah.«

Wir steigen aus, und ich schaue zu seinem Haus. »Ist deine Mutter zu Hause?«

Er schüttelt den Kopf. »Sie arbeitet seit heute wieder. Ich habe sie gebeten, mich … mich … allein zu Hause bleiben zu lassen.« Er schenkt mir ein sehr selbstironisches Lächeln. »Du musst nicht wieder den Babysitter spielen.«

Ich muss schmunzeln. »Es war nicht der schlechteste Job, den ich je hatte.«

Sein Gesicht erhellt sich. »Danke, Lily. Dann bis morgen.«

Ich zeige auf sein Haus. »Wir sehen uns. Du hast meine Nummer in deinem Handy. Ruf mich an, wenn du etwas brauchst.«

Vierzehn

Der Rest der Woche vergeht wie im Flug. Zoey und ich sprechen uns aus. Ich erzähle ihr alles über Noah und die Bitte von Schulleiter Craven, dass ich ihn unterstützen soll. Sie nimmt es ganz gut auf. Sie versteht, dass es eine gute Sache für Noah ist, aber sie ist nicht begeistert, dass man ausgerechnet mich gebeten hat, mit ihm zusammenzuarbeiten.

Ich esse weiter mit Noah zu Mittag, und Zoey isst weiter mit Jensen. Sie sagt es nicht offen, aber ihr gefällt meine neue Freundschaft mit Noah nicht. Sie hält es für einen Fehler, dass ich bei ihm bleibe, anstatt mich ihrer Clique anzuschließen. Aber ich weiß, dass sie sich nur Sorgen um mich macht, also tue ich mein Bestes, um nicht sauer zu sein. Trotzdem ist unsere Freundschaft nicht mehr so, wie sie einmal war.

Ehe ich mich versehe, ist es Freitagabend. Ich bin nervös wegen der Party. Dass Zoey so oft mit Jensen zusammen ist und ich mehr Zeit mit Noah verbringe, treibt einen Keil zwischen uns. Ich habe das Gefühl, dass diese Party und das bessere Kennenlernen von Jensen und Bryce ein entscheidendes Ereignis für den weiteren Verlauf meines Schuljahres sein wird. Ich entspanne mich ein wenig, als Zoey auftaucht und aufgedreht »Ich bin da!« ruft, als ich die Tür öffne. Sie hat jede Menge Klamotten und eine Tasche mit Haarschmuck und Make-up dabei.

»Hast du dein ganzes Zimmer mitgebracht?«, scherze ich.

Sie verdreht die Augen und lächelt Mason an, der sich ein Let's Play auf YouTube ansieht. Wie kleine Kinder stundenlang anderen Leuten beim Spielen von Videospielen zusehen können, ist mir ein Rätsel, aber Mason liebt es. »Hey, Kleiner. Freust du dich darauf, bei deinem Dad zu übernachten?«

»Ich bin nicht mehr klein.«

Er antwortet nicht auf ihre Frage, aber seine Tasche steht gepackt an der Haustür, seit wir von der Schule nach Hause gekommen sind.

Zoey und ich gehen in mein Zimmer. Sie lacht über das Chaos an Klamotten, die überall auf meinem Bett und dem Boden liegen. »Ich kann mich nicht entscheiden, was ich anziehen soll«, jammere ich. »Ich will gut aussehen, aber es soll nicht gewollt wirken.«

Ich halte einen lila Rock hoch, der meine Beine toll aussehen lässt, aber Zoey schüttelt den Kopf. »Keine Röcke. Ich denke, es wird eher locker sein.« Zoey sieht sich die Sachen an, die auf dem Bett liegen, und wählt eine dunkelblaue Skinny Jeans aus. »Wie wäre es mit der hier und dem Pullover, den ich dir letztes Jahr zum Geburtstag geschenkt habe?« Sie grinst. »Du weißt schon, der, in dem deine Brüste so hübsch aussehen.«

Ich muss lachen.

»Ich kann immer noch nicht fassen, dass er das wirklich

gesagt hat«, sagt Zoey und geht als Nächstes meine Schuhe durch.

Die Erinnerung daran lässt mich schmunzeln. »Er neigt dazu, mit allem herauszuplatzen, was ihm gerade in den Sinn kommt. Es ist irgendwie lustig, wenn es nicht gerade total peinlich ist.«

Ich schlüpfe aus meiner Jogginghose und ziehe die Jeans an, die Zoey mir gegeben hat. Sie legt mir ein Paar Ballerinas aufs Bett und wendet sich als Nächstes meiner Schmuckauswahl zu. »Er hat mich neulich dabei erwischt, wie ich ihm auf den Hintern geschaut habe, und hat mich direkt darauf angesprochen. Ich wäre am liebsten im Erdboden versunken.«

Zoey dreht sich um und wirft mir einen ungläubigen Blick zu. »Du hast ihm auf den Hintern geschaut?«

»Ähm, ja? Es ist schwer, es nicht zu tun.« Ich ziehe den Pullover über meinen Kopf. Sie sieht mich immer noch an.

»Warum ist das so schwer zu glauben? Du weißt doch, wie gut er aussieht.«

Sie rümpft die Nase. »Aber er ist jetzt so seltsam.«

Sofort habe ich das Gefühl, ihn verteidigen zu müssen. Ich unterdrücke diesen Instinkt und versuche, meine Stimme beiläufig zu halten. »*So* seltsam ist er gar nicht. Wenn man sich erst einmal daran gewöhnt hat, wie er redet, ist er ziemlich normal. Irgendwie ist er sogar ganz lustig. Wenn du mich fragst, ist das eine Verbesserung gegenüber der Art, wie er vor seinem Unfall war. Mir ist schrullig lieber als gemein.«

Zoey, die mir ein Paar Ohrringe hingehalten hat, lässt ihre Hände sinken. »*Magst* du ihn etwa?«

Die Frage lässt mich zusammenzucken. »Nein. Ich

meine, nicht so.« Warum fühlt sich das wie eine Lüge an? »Wir sind nur Freunde.«

Zoey starrt mich einen Moment an, bevor sie mir die Ohrringe langsam wieder hinhält. »Gut«, sagt sie und reicht mir die Ohrringe. Ich lege sie an, ohne ihre Entscheidung infrage zu stellen. »Denn das wäre echt verrückt. Außerdem gebe ich mir große Mühe, dich mit Bryce zu verkuppeln.«

Ich versuche nicht die Augen zu verdrehen. Sie preist ihn so sehr an, dass es langsam nervt. Er ist süß und alles, aber es fällt mir schwer, echtes Interesse aufzubringen. Vielleicht, wenn ich ihn besser kenne. Aber dafür ist wohl der heutige Abend gedacht.

Halb sieben kommt und geht, ohne dass Dad auftauchen oder sich melden würde. Um halb acht ist Zoey kurz davor zu explodieren. »Wo bleibt er?«

Ich habe ein mulmiges Gefühl. Genau deshalb war Mom immer so wütend auf ihn. »Ich weiß es nicht, aber er kommt schon noch, auch wenn er sich ein bisschen verspätet.«

»Ein *bisschen*?«, wiederholt Zoey verärgert.

Sie läuft im Wohnzimmer auf und ab. Mason spielt Videospiele, schaut aber immer wieder zur Tür und wirkt niedergeschlagen. Ich würde meinem Vater am liebsten den Hals umdrehen. »Zo, warum fährst du nicht einfach schon vor? Ich warte auf meinen Dad und lasse mich von ihm bei Bryce absetzen, sobald er hier ist.«

Zoey bleibt stehen und sieht mich misstrauisch an. »Ich kann dich doch nicht hierlassen.«

Ich merke, wie sehr sie gehen will. Sie versucht, eine gute Freundin zu sein, aber sie will auch nicht die Party verpassen. »Nein wirklich. Geh einfach hin. Das ist der Abend, an dem Jensen und du endlich offiziell ein Paar werdet. Ich will nicht, dass du was verpasst. Ich komme nach, sobald mein Dad auftaucht. Versprochen.« Zoey sieht mich noch einen Moment lang an, dann lässt sie die Schultern sinken. »Versprich mir, dass du auf jeden Fall nachkommst, auch wenn es spät wird. Es geht bis elf.«

»Ich verspreche es. Auch wenn ich warten muss, bis meine Mutter nach Hause kommt, und es nur für eine Stunde ist.«

Das besänftigt Zoey so sehr, dass sie ihre Handtasche nimmt, zur Tür geht und Mason ein sanftes Lächeln schenkt. »Er kommt schon noch.«

Mason zuckt mit den Schultern und tut so, als sei es keine große Sache, obwohl es in Wirklichkeit genau das für ihn ist.

Zoey wirft mir einen letzten zögernden Blick zu. Ich schiebe sie zur Tür hinaus. »Geh schon.«

Als sie weg ist, lasse ich mich neben Mason aufs Sofa plumpsen. Ich kann mir ein Seufzen nicht verkneifen. Mason lässt traurig den Kopf sinken. Ich lege einen Arm um ihn und ziehe ihn in eine Umarmung, gegen die er sich nicht wehrt. »Tut mir leid, Kumpel.«

Er schnieft herzzerreißend.«Willst du ein bisschen Rocket League spielen?«, biete ich an. Es ist eines der wenigen Spiele, in denen ich einigermaßen gut bin. Statt einer Antwort zuckt er nur niedergeschlagen mit den Schultern, also greife ich nach dem Controller und warte wortlos, bis er das Spiel wechselt. Wir spielen, ohne zu reden. Eine halbe Stunde vergeht, und er gibt immer noch keinen Mucks von sich. Als mein Handy klingelt, wird er munter, doch mir rutscht das Herz in die Hose. Wenn Dad vorhätte zu kommen, würde er einfach auftauchen. Wenn er anruft, dann nur, um abzusagen.

Ich schaue meinen kleinen Bruder an und sehe die Hoffnung in seinen Augen. Das wird Mason das Herz brechen. Ich will nicht, dass er Dads Ausreden hört oder wie ich wütend auf ihn werde. Vor allem will ich nicht, dass er meine Enttäuschung spürt, denn dann würde er sich nur selbst die Schuld dafür geben, dass ich nicht zu meiner Party gehen kann. »Ich nehme den Anruf draußen an. Ich bin gleich wieder da.«

Ich gehe in die Einfahrt hinaus und zittere ein wenig, da ich keine Jacke trage. »Dad?«

»Hallo Schatz.« Seine Stimme ist gut gelaunt, als ob alles in Ordnung wäre. »Hör zu, ich weiß, ich sollte heute Abend auf deinen Bruder aufpassen, aber auf der Arbeit ist etwas dazwischengekommen, und ich bin immer noch hier. Ich komme hier nicht weg.«

Ich wusste, dass es so kommen würde. Ich habe mich darauf vorbereitet, seit er um halb sieben nicht aufgetaucht ist, aber ich spüre immer noch den Stachel der Enttäuschung. Ich weiß, dass es zwecklos ist, dennoch kommen die Worte »Aber Dad.« über meine Lippen.

»Es tut mir leid, Schatz. Ich wünschte, ich könnte abhauen, aber ich habe einfach noch zu viel zu erledigen. Sag deinem Bruder, dass es mir leidtut. Ich kann ihn morgen Nachmittag abholen.«

Das hilft mir heute Abend zwar nicht, aber wenigstens wird Mason nicht völlig untröstlich sein.

Als ich nicht reagiere, seufzt Dad. »Lily, es tut mir wirklich leid. Ich weiß, dass du heute Abend etwas vorhattest, aber vielleicht kannst du stattdessen etwas für morgen Abend planen. Macht ein Doppeldate. Frag den Jungen, den Zoey mag, ob er einen Freund hat. Das ist auf jeden Fall besser als eine Party.«

Keine schlechte Idee. Vielleicht schlage ich es vor, wenn Zoey morgen noch mit mir spricht. »Okay, Dad. Aber du versprichst, dass du morgen kommst?«

»Versprochen.«

»Schwörst du es? Wenn du Mason noch einmal absagst, wird er am Boden zerstört sein. Er hat sich so auf heute Abend gefreut.«

»Versprochen«, sagt Dad noch nachdrücklicher als beim ersten Mal. »Ich hole ihn früh ab, und wir gehen zum Kartfahren oder so was.«

»Okay.« Mehr werde ich nicht aus ihm herausbekommen.

Ich lege auf und lasse enttäuscht den Kopf hängen. Mir ist nicht nach Weinen zumute. Ich bin einfach nur enttäuscht. So ist mein Vater. Genau deshalb hat sich meine Mutter von ihm scheiden lassen. Ich weiß nicht, warum ich darauf vertraut habe, dass er hier sein würde. Er hat uns schon eine Million Mal abgesagt. Aber ich wollte einfach wirklich zu der Party gehen und endlich mal wieder eine normale Jugendliche sein. Es ist schon viel zu lange her. Ich wollte einen Abend mit meiner besten Freundin verbringen und mit Jungs flirten. Eine Party ohne Austin und Brooke, auf der ich einfach ich selbst sein und den Abend genießen kann.

»Er kommt nicht mehr, oder?«

Ich wirble herum. Mason steht hinter mir. Sein Gesichtsausdruck wirkt genauso enttäuscht wie meiner. Mich hängen zu lassen ist eine Sache, aber Mason ist noch so jung und braucht Dad mehr als ich. Ich hasse es, dass er Mason immer wieder das Herz bricht. Ich zwinge mich zu einem Lächeln. »Er hat versprochen, dich dafür morgen abzuholen. Er will etwas früher kommen und nimmt dich mit zum Gokart-Fahren.«

Masons kleine Hände ballen sich zu Fäusten. »Und was ist mit dir? Du verpasst deine Party.«

Wieder zwinge ich mich zu einem Lächeln. Süßer, süßer Mason. »Schon okay, Mase. Ist nicht das Ende der Welt. Zoey und ich können auch morgen ausgehen.«

»Aber die Party ist heute. Ich habe Zoey gehört. Sie wird sauer sein, wenn du nicht kommst.«

Mein scharfsinniger kleiner Bruder hört und sieht zu viel. »Es ist wirklich in Ordnung, Mase.«

»Nein, ist es nicht!«

Mir wird ganz schwer ums Herz. Es steckt so viel Wut in seiner Aussage. Früher war er nie so. Ich wünschte, Dad könnte ihn jetzt sehen. Es ist seine Schuld, dass Mason jetzt genauso deprimiert ist wie ich. Plötzlich schaut Mason zum Haus unserer Nachbarn. Entschlossen marschiert er zu Noahs Haustür. Ich bin so überrascht, dass ich nicht verstehe, was er vorhat, bis er klopft und Mrs Trask die Tür öffnet. »Mason!«, begrüßt sie ihn mit einem breiten Lächeln. »Na, das ist ja eine schöne Überraschung.« »Hi, Mrs Trask. Wäre es okay, wenn ich für ein paar Stunden bei Ihnen bleibe? Eigentlich sollte heute Abend mein Dad auf mich aufpassen, aber er kann nicht, und Lily wollte eigentlich ausgehen.«

Beschämt eile ich zur Tür. »Mason!«, zische ich. »Du kannst dich nicht einfach selbst einladen.« Ich setze ein entschuldigendes Lächeln auf, als ich Mrs Trask ansehe. »Es tut mir so leid. Er ...«

»Schon gut«, unterbricht mich Mrs Trask gutgelaunt. »Natürlich kann er bleiben. Ihr wisst doch, dass ihr beide jederzeit willkommen seid.«

Ich will protestieren, aber sie ist schon zur Seite getreten, um Mason hereinzulassen. »Das ist wirklich keine große Sache. Es macht mir nichts aus, zu Hause zu bleiben. Ich habe gerade sowieso kein Auto.«

»Zoey kann dich bestimmt abholen«, erwidert Mason schnell, um meine Proteste im Keim zu ersticken.

Noah erscheint hinter seiner Mutter und wirkt angenehm überrascht. »Hey, Lily.«

Es ist das erste Mal, dass ich vor seiner Tür stehe, und kann mich nicht erinnern, ihn schon mal so erfreut gesehen zu haben. Ein Teil meiner Nervosität fällt von mir ab, und ich erwidere sein Lächeln. »Hi, Noah.« Da beide so glücklich wirken, uns zu sehen, schaue ich ein wenig entspannter wieder zu seiner Mutter. »Sind Sie sicher, Susan? Meine Mutter kommt nicht vor zehn nach Hause.«

»Das ist in Ordnung. Wir haben jede Menge Superheldenfilme und eine PlayStation, die gerade nicht mehr benutzt wird.«

Mason wird hellhörig. »Haben Sie den neuesten Superheldenfilm? Den habe ich noch nicht gesehen.«

Mrs Trask lacht. »Wenn Superhelden darin vorkommen, haben wir ihn da.«

Mason wirft mir einen flehenden Blick zu. Ich sehe keinen Grund, es ihm abzuschlagen. Mrs Trask scheint begeistert zu sein, uns helfen zu können. »Ähm, dann ist das wohl okay, denke ich. Wenn Sie wirklich absolut sicher sind, dass es Ihnen nichts ausmacht, auf ihn aufzupassen.«

Mrs Trask sieht mich an, als würde sie verstehen, wie schwer es mir fällt, ihre Hilfe anzunehmen.

»Das ist überhaupt kein Problem.«

Enttäuscht blickt Noah zwischen seiner Mutter und mir hin und her. »Bleibst du nicht?«

Ich schüttle den Kopf. »Ich kann nicht. Ich habe Zoey versprochen, dass ich heute Abend mit ihr ausgehe.« Bevor ich darüber nachdenken kann, sage ich: »Komm doch mit.«

Alle sind von dieser Einladung überrascht, einschließlich mir. Ich werde rot. Schnell versuche ich, so zu tun, als sei das keine große Sache. »Bryce Shepard hat Leute zu sich nach Hause eingeladen. Es ist keine große Party. Hauptsächlich Mitglieder des Fußballteams. Zoey hat gesagt, es ist ganz zwanglos. Sie haben bestimmt nichts dagegen, wenn du mitkommst.«

Zumindest glaube ich das. Vor seinem Unfall hätten sie sich bestimmt über sein Erscheinen gefreut. Er ist vielleicht nicht mehr wie früher der König der Schule, aber er ist immer noch Noah. Wenn er heute Abend dort auftaucht, werden hoffentlich einige von ihnen sehen, dass er immer noch cool ist, wenn auch ein bisschen anders.

Vielleicht kann Noah sogar ein paar neue Freunde finden. Das ist ja schließlich auch mein Ziel. Vielleicht können wir gemeinsam neue Leute kennen lernen.

Noah zögert. »Bitte?«, frage ich, und überraschenderweise tue ich das nicht aus Mitleid. Ich möchte wirklich etwas mit ihm unternehmen. Schockierend. *Ich* möchte Zeit mit Noah Trask verbringen. Man sollte meinen, dass mich das nicht mehr überrascht, aber es ist immer noch genauso verblüffend wie das erste Mal, als ich gemerkt habe, dass ich seine Gesellschaft genieße. »Ich brauche einen Wingman.«

Endlich lächelt er und sieht seine Mutter fragend an. Statt einer Antwort lächelt sie nur, und zwar so strahlend, dass ich weiß, woher Noah seines hat. »Geh und hab Spaß«, sagt sie.

Noah blickt auf das Tanktop und die Jogginghose, die er trägt, und runzelt die Stirn. »Gib mir zehn Minuten.«

Noah eilt davon, und Mrs Trask bittet mich herein. »Danke, Lily«, sagt sie und macht die Tür hinter mir zu.

Ich zucke mit den Schultern, weil mir ihre Dankbarkeit unangenehm ist. »Es wird sicher lustig werden. Um elf Uhr ist Schluss. Ist das zu spät?«

Mrs Trask blickt in Richtung des Flurs, in dem Noah verschwunden ist, und kaut nervös auf ihrer Unterlippe herum. »Es macht mir nichts aus, wenn er so lange wegbleibt, aber es könnte sein, dass er es nicht schafft. Er wird schnell müde, und er bekommt häufig Kopfschmerzen.«

»Ich weiß. Sollte es ihm schlecht gehen, bringt uns Zoey bestimmt nach Hause.«

Sie schüttelt den Kopf. »Nehmt einfach Noahs Wagen. Dann seid ihr von niemandem abhängig.«

Ich widerspreche nicht. Ich fahre ja schon damit zur Schule, und auf diese Weise muss Zoey nicht die Party verlassen. Sie würde es tun, wenn ich sie darum bitte, aber ich weiß, dass sie es nicht will. Mrs Trask holt mir den Schlüssel. Gleichzeitig kommt Noah zurück. Er hat eine Jeans und ein schönes blaues Hemd an. Auch sein Haar ist jetzt gestylt. Er sieht gut aus.

»Sehr attraktiv«, sagt Mrs Trask zu ihm.

Noah verdreht die Augen.

»Hast du dein Handy dabei?«, fragt sie.

Er errötet. »Hab ich vergessen.«

»Schon gut. Geh und hol es.« Er macht einen Schritt und sieht sie dann verwirrt an. »Es liegt auf deiner Kommode und lädt.«

Während er wieder davoneilt, um es zu holen, schreibe ich eine SMS an Zoey.

Lily: Dad ist nicht aufgetaucht, aber ich habe jemanden gefunden, der auf Mason aufpassen kann, und ein Auto. Wo muss ich hin?

Zoey antwortet mit Smiley-Gesichtern und Ausrufezeichen und schickt mir die Adresse. Ich habe ein schlechtes Gewissen, weil ich sie nicht vorgewarnt habe, dass ich Noah mitbringe, aber ich habe das Gefühl, dass dies eine dieser Situationen ist, in denen man lieber um Vergebung bittet als um Erlaubnis. Zoey wird einfach damit klarkommen müssen.

Fünfzehn

Weder Noah noch ich wirken besonders begeistert, als wir vor Bryce' Haustür stehen. Ich habe keine Angst vor diesem Abend oder so. Aber ich bin nervös. Wir stehen auf der Veranda, aber keiner von uns klopft an. Ich verziehe das Gesicht. Noah starrt auf die Tür. »Bist du auch so nervös wie ich?«, frage ich.

Er lächelt. »Die letzte Panne, auf der ich war, hat nicht ... nicht ... nicht ...«

»Hat nicht gut geendet?«

Er nickt. Ich lächle ihn an. »Zumindest hast du nicht geblutet, so wie ich.«

Sein Blick wandert zu meiner Stirn, und er hebt die Hand an die Stelle, wo die schwache Linie des Schnitts immer noch sichtbar ist. Er reibt mit dem Daumen so sanft über die frische Narbe, dass es mich erschaudern lässt. »Ich werde nicht zulassen, dass dir heute Abend jemand wehtut«, sagt er leise.

Ich schließe die Augen und lehne mich in seine Berührung, als wäre er das Zentrum meiner Schwerkraft. »Ich werde auch nicht zulassen, dass jemand gemein zu dir ist«, verspreche ich.

Seine Hand gleitet von meiner Stirn hinunter zu meiner Wange, und er streicht mir eine Strähne hinters Ohr. Die Berührung ist so zart, dass ich wieder Herzklopfen bekomme. Ich öffne die Augen und erschrecke fast, als ich feststelle, dass sein Blick auf meinen Mund gerichtet ist. Er leckt sich über die Lippen, als ob er den Mut aufzubringen versucht, den Abstand zwischen uns zu überwinden.

Mir wird ganz schwindlig. Es fühlt sich an, als hätte mein Gehirn einen Kurzschluss. Er wird mich jeden Moment küssen, und ich bin noch nicht bereit für einen Kuss von Noah Trask. Mit rot glühenden Wangen trete ich zurück. »Ähm.« Ich räuspere mich, damit meine Stimme wieder richtig funktioniert. »Wir sollten vielleicht anklopfen.«

Noah wippt auf seinen Fersen zurück und atmet tief ein. Er schiebt seine Hände in die Vordertaschen. »Ja. Vielleicht.«

Höre ich da etwa Enttäuschung? Ich schiebe den Gedanken beiseite. Darum kann ich mich jetzt nicht kümmern. Ich bin hier praktisch mit Bryce verabredet, um Himmels willen. Es ist kein Date, aber es ist eine Verabredung, und ich wette, Bryce ist sich dessen genauso bewusst wie ich. Zoey ist nicht gerade subtil.

Ich überwinde meine Nervosität gerade lang genug, um an die Tür zu klopfen. Während Noah und ich darauf warten, dass jemand antwortet, werfen wir uns einen Blick zu. »Wir schaffen das«, versuche ich nicht nur ihn, sondern auch mich selbst zu überzeugen. Wann bin ich ein solcher Angsthase geworden? Die Gäste dieser Party sind nicht die Leute, die mich das ganze Jahr über gequält haben.

Wir stehen uns nicht nahe, aber wir kennen uns. Es sind Bekannte. Ich war früher sehr gesellig. Ich habe Partys geliebt und war gerne unterwegs. Das Mobbing hat mich völlig ruiniert.

Die Tür geht auf, und eine Frau, von der ich annehme, dass sie Bryce' Mutter ist, lächelt uns an. »Spätankömmlinge, was? Die anderen sind schon auf dem Dachboden. Kommt mit nach oben.«

Sie zeigt uns den Weg, und als wir die Treppe hinaufgehen, drückt Noah meine Hand. Als wir oben ankommen, verstummt das Gerede. Es sind vielleicht fünfzehn Leute, die hier oben abhängen.

Der ausgebaute Dachboden ist ein weitläufiger Raum mit einem riesigen Sofa, das vor einem großen Fernseher steht. Es läuft ein Videospiel, das auf vier Bildschirme aufgeteilt ist. Hinter dem Sofa stehen eine Tischtennisplatte, ein Airhockeytisch und ein Kickertisch. Die Leute sind im ganzen Raum verteilt, aber jetzt sind alle in ihren verschiedenen Aktivitäten erstarrt und starren uns mit großen Augen an.

Zoey hat einen schwer zu lesenden Ausdruck im Gesicht. Ihr Blick wandert zwischen Noah und mir hin und her. Sie sieht alles andere als glücklich aus. Ich werde später eine Standpauke bekommen, aber das ist mir egal. Sie muss sich endlich überwinden und anfangen, nett zu Noah zu sein. Sie zwingt sich zu einem Lächeln und tritt vor. »Lily, endlich bist du da!«

Sie kommt herüber, um mich zu umarmen, und zieht mich dann zu Jensen und Bryce. Noah folgt uns. Allmählich machen die anderen wieder mit dem weiter, was sie vor unserer Ankunft getan haben, aber sie schauen immer wieder in unsere oder besser gesagt in Noahs Richtung. Ich hoffe, es war kein Fehler, ihn mitzunehmen. Ich hoffe inständig, dass diese Leute bereit sind, Noah eine Chance zu geben.

Jensen und Bryce wirken überrascht. Ich winke Jensen kurz zu und sage: »Hey«, dann schenke ich Bryce ein schüchternes Lächeln. »Danke für die Einladung. Ich hoffe, es macht dir nichts aus, dass ich Noah mitgebracht habe.«

Bryce sieht zu Noah. Der streckt seine Hand aus und sagt: »Ich hoffe, es ist okay, dass ich hier so reinknalle.«

»Reinplatze«, stelle ich auf Bryce' verwirrten Blick hin klar.

Einen Moment wirkt Bryce wie erstarrt, dann schüttelt er Noahs ausgestreckte Hand. »Kein Problem«, sagt er langsam, als wäre er sich nicht sicher, ob das die richtige Antwort ist. Er zwingt sich jedoch zu einem höflichen Lächeln und deutet in den Raum. »Misch dich ruhig unter die Leute. Es gibt jede Menge Spiele und Snacks.«

Ich sehe mich um. Noah wird bei keinem der Spiele mitmachen können. Sie alle erfordern schnelle Reflexe.

Bevor ich mir überlegen kann, was ich tun könnte, um Noah miteinzubeziehen, packt ihn Zoey am Arm. »Komm, Noah, wir holen dir ein paar Snacks«, sagt sie und zieht ihn weg. »Jensen, hilfst du uns?«

Es ist völlig offensichtlich, was sie vorhat, aber ich lasse es geschehen. Sie wird nicht aufgeben, bis Bryce und ich etwas Zeit miteinander verbracht haben. Es wird auch Noah guttun, mal mit jemand anderem als mir Zeit zu verbringen. Er muss nicht so viel Angst vor Menschen haben. Während Zoey ihn wegschleppt, sieht er mich leicht panisch an. Ich lächle ihm aufmunternd zu. Ich vertraue Zoey.

»Noah und du seid jetzt also Freunde?«, fragt Bryce. Das lenkt meine Aufmerksamkeit wieder auf ihn und erinnert mich daran, dass ich eigentlich hier bin, um ihn besser kennenzulernen.

Bryce ist süß. Er ist gebaut wie ein Fußballer – groß und schlank mit einem Hintern, der seine Jeans perfekt ausfüllt. Er hat blonde Haare, hellblaue Augen und Grübchen, die jedes Mädchen ins Schwärmen geraten lassen. Wäre er etwas kontaktfreudiger, wäre er echt heiß, aber durch seine Schüchternheit fällt er stattdessen in die Kategorie süß. Ich habe nichts gegen süß. Noah ist jetzt auch süß, weil er nicht mehr so überheblich ist wie früher.

Aber warum vergleiche ich Bryce mit Noah?

»Ja«, antworte ich schließlich und sehe Noah dabei zu, wie er an einem roten Plastikbecher nippt.

»Aber war er es nicht, der mit der ganzen Trash-Sache angefangen hat?«

Ich grinse. »Ziemlich ironisch, oder?«

»Es ist wirklich cool, dass du so nett zu ihm bist. Du bist ein guter Mensch.«

Das Kompliment erweicht mich ihm gegenüber ein wenig. »Danke.«

Es gibt eine lange Pause, dann sagt er nervös: »Ich hätte dich damals zum Ball einladen sollen.« Mit roten Wangen fügt er hinzu: »Ich wollte es.«

Ich ziehe beeindruckt die Augenbrauen hoch. Dass er mutig genug ist, darüber zu sprechen, hätte ich nicht gedacht. »Schon okay«, sage ich, obwohl es das eigentlich nicht ist. Ich versuche, es ihm nicht übel zu nehmen, aber das ist nicht leicht. »Ich verstehe, warum du es nicht getan hast.«

»Trotzdem. Es tut mir leid. Und ich bin froh, dass du heute Abend gekommen bist.«

Wir lächeln uns an, aber ich weiß nicht, was ich sagen soll. Also stehen wir unbeholfen herum. »Was für Musik magst du?«, fragt er. Offenbar sucht er genauso nach Gesprächsstoff wie ich.

»Rock«, antworte ich. »Kyle Hamilton ist mein Favorit. Und du?«

»Country«, sagt er.

Okay, das Thema ist also vom Tisch. »Ich habe keine Ahnung von Country, außer dass es einen Sänger namens Garth Brooks gibt.«

Er lacht. »Okay, was ist mit Filmen?«

»Ich mag Filme übers Tanzen und Gymnastik und so.«

Er lacht wieder und schüttelt den Kopf. »Das ist ein eigenes Genre?«

»Definitiv. Ich nehme an, du bist kein Fan davon?«

»Wahrscheinlich nicht«, sagt er. »Auch wenn ich noch nie einen gesehen habe. Aber es ist anzunehmen, dass er mir nicht gefallen würde. Ich stehe auf Horrorfilme.«

Ich rümpfe die Nase. Wieder daneben. »Splatter und Jumpscares? Nein, danke.«

»Sport?«, fragt er hoffnungsvoll. »Du hast gesagt, dass du letztes Jahr zu all meinen Spielen gekommen bist. Hast du einen Lieblingssport? Bist du selbst in einem Verein?«

»Ich bin schrecklich im Sport. Und ich bin in keinem Verein.«

»Aber welchen schaust du dir am liebsten an?«

Ich verziehe das Gesicht. »Meistens bin ich nur zu

Spielen hingegangen, weil ich für die Schülerzeitung darüber berichten musste. Privat verfolge ich das nicht.«

»Oh.«

Und das war's. Es ist offiziell. Wir haben nichts gemeinsam. Wir schweigen wieder, und ich schaue zum Snacktisch, von wo ich Blicke auf mir spüre. Zoey und Jensen analysieren jede unserer Bewegungen, und Noah beobachtet uns ebenso aufmerksam. Sein Gesichtsausdruck ist neutral, bis auf die kleine Falte zwischen seinen Brauen. Warum fühle ich mich so schlecht? Als ob ich ihn im Stich gelassen hätte?

Ich schenke ihm ein Lächeln und bekomme eines zurück.

Bryce erregt wieder meine Aufmerksamkeit, indem er ein Kartenspiel hochhält. »Bevor ihr gekommen seid, wollten wir eine Runde Uno spielen. Hast du Lust?«

»Klar.« Ich bin erleichtert, dass ich etwas zu tun habe. Warum ist es so unangenehm zwischen uns? Liegt es daran, dass uns Zoey und Jensen unbedingt verkuppeln wollen? Oder haben wir einfach so wenig gemeinsam?

»Jensen, Zoey, wir spielen jetzt.« Er hält die Karten hoch. »Will noch jemand dabei sein?«

Ich winke Noah zu uns. Er sieht überrascht und zögerlich aus, aber er kommt. Wir versammeln uns alle um den Couchtisch. Bryce setzt sich rechts von mir hin und beäugt Noah misstrauisch, als dieser links von mir Platz nimmt. Noah beugt sich vor und flüstert besorgt: »Ich bin nicht sicher, ob ich … ob ich …« Als er die Worte nicht herausbekommt, deutet er mit einer Geste auf die Karten, die gerade verteilt werden.

Ich verstehe seine Besorgnis. Noah kann nicht mehr

gut mit Zahlen umgehen, aber hier geht es nicht ums Rechnen, sondern hauptsächlich darum, Farben und Zahlen zuzuordnen, und er muss sich nicht beeilen, wenn er an der Reihe ist. Es sollte hinhauen. »Ich werde dir helfen«, sage ich. »Du schaffst das schon.«

Plötzlich ertönt eine vertraute Stimme. »Hi Lily.« Ich blicke erschrocken auf und sehe, dass sich mir gegenüber Tyler und Nicole hingesetzt haben und Karten zugeteilt bekommen. Ich hatte sie bis jetzt gar nicht bemerkt. »Schön, dass du da bist«, sagt Tyler. »Wir haben dich vermisst.«

In Anbetracht von Nicoles Augenrollen glaube ich nicht, dass *wir* sie miteinbezieht.

Ich habe keine Lust, mit Tyler zu reden, aber ich will auch nicht unhöflich sein oder ein Drama anzetteln, also zucke ich nur mit den Schultern und sage: »Es ist auch schön, dich zu sehen.«

Das ist eine glatte Lüge, aber Tyler scheint sie mir abzukaufen, denn sein Gesicht hellt sich auf, und er schenkt mir ein kleines Lächeln, woraufhin Nicole misstrauisch die Augen zusammenkneift. Ich spüre, wie sich ein Zickenkrieg zusammenbraut, also wende ich meine Aufmerksamkeit schnell wieder Noah zu. »Weißt du noch, wie man spielt?«

Er starrt auf seine Handvoll Karten, fächert sie auf und sortiert sie nach Farben. »Ja.«

Wir spielen zu zehnt, und als ich an der Reihe bin, ist es bereits ziemlich spannend. Bryce grinst mich böse an, als er eine Plus Zwei legt. »Na vielen Dank auch«, erwidere ich scherzhaft. »Ich dachte, wir wären Freunde.«

»Bei Uno gibt es keine Freunde«, erwidert er.

Ich schüttle den Kopf und ziehe zwei Karten vom Stapel.

Jetzt ist Noah an der Reihe, und als er nicht sofort eine Karte ablegt, werden alle still. Wohl hauptsächlich aus Neugierde, dennoch zieht Noah angespannt die Schultern hoch. Ich beuge mich vor und schaue ihm in die Karten. »Denk dran, es geht darum, dass es passt«, sage ich sanft und lege meinen Finger auf die Karte, die Bryce gespielt hat. »Entweder legst du eine grüne Karte ab oder eine andere Plus Zwei.«

Alle sind still, während ich ihm helfe. Noah sieht sich die Karte noch einmal an und geht seine Hand durch. In der Stille ertönt ein lautes, übertriebenes Gähnen. »Wenn das so weitergeht, wird das Spiel ewig dauern.«

Ich werfe Nicole einen bösen Blick zu, richte meine Aufmerksamkeit aber weiterhin auf Noah. »Schon okay. Lass dir Zeit.«

Er bewegt seine Finger auf eine grüne Sechs und sieht mich fragend an. Ich nicke. »Ja. Das haut hin.«

Er legt die Karte ab und wird rot, als er merkt, dass ihn alle anstarren.

»Hilfst du ihm auch beim Schuhe zubinden?«, fragt Nicole nun halblaut.

Einige grinsen oder kichern. Ich beiße die Zähne zusammen, und Noah starrt sie wütend an. »Macht er sich über deine Unzulänglichkeiten lustig?«, erwidere ich gereizt.

Nicole schnaubt höhnisch. »Welche Unzulänglichkeiten?«

»Zum Beispiel deine Persönlichkeit«, antwortet Noah. Er sagt das so sachlich, dass ich fast lachen muss.

Mehrere Leute in der Runde schnappen empört nach Luft oder kichern.

»Oder dein Aussehen«, fährt Noah fort. »Du bist nicht sehr hübsch.«

Diesmal wirken alle entsetzt. »Hey Mann«, sagt Tyler zu Noah. »Das ist nicht cool.«

»Aber es war cool von deiner Freundin, sich über seine Behinderung lustig zu machen?«, erwidere ich, woraufhin Tyler zusammenzuckt.

Noah sieht mich stirnrunzelnd an. »War das falsch? Aber es stimmt. Ihre Augen stehen zu dicht beieinander, und ihre Nase ist ... ist ...« Er deutet mit der Hand auf sein Gesicht und deutet an, dass ihre Nase zu groß sei.

Sie keucht gekränkt auf, und Tyler starrt mich an. »Was zum Teufel soll das, Lily?«

»Er weiß es nicht besser, Tyler.«

Wieder sieht mich Noah stirnrunzelnd an. Ich lächle geduldig. »Es spielt keine Rolle, ob es wahr ist oder nicht. Negativ auf das Aussehen anderer hinzuweisen ist genauso schlimm, als wenn man sich über jemandes Langsamkeit lustig macht.«

»Oh«, sagt er. Sein Grinsen, als er »Mein Fehler« hinzufügt, ist gerade böse genug, dass ich – und alle anderen – erkennen, dass es ihm überhaupt nicht leidtut, Nicole gegenüber unhöflich gewesen zu sein. Ich kann es ihm nicht verdenken. Ich fühle mich auch nicht wirklich schlecht dabei. Meine Mundwinkel zucken, und das reicht aus, um Nicole ausrasten zu lassen. »Was hast du hier überhaupt zu suchen, Trash? Niemand hier mag dich. Du und dein zurückgebliebener Freund solltet verschwinden.«

»Nenn ihn nicht so, du Bitch!«

»Lily!«, ruft Zoey. Sie springt auf und zerrt mich weg vom Tisch in die Nähe der Treppe. »Was machst du da? Du sollst dir heute Abend Freunde machen, keine Feinde.«

»Ach, komm schon. Es ist Nicole, und sie hat angefangen.«

»Aber jetzt ist die Stimmung total versaut. Ich kann nicht glauben, dass du Noah mitgebracht hast. Weißt du, wie peinlich das ist? Ich habe meinen Kopf für dich hingehalten, und so dankst du es mir?«

»Es dir *danken*? Ist das jetzt dein Ernst? Ich dachte, es wäre okay für dich! Ich dachte, ich könnte darauf vertrauen, dass du nett zu ihm bist.«

Sie senkt ihre Stimme und starrt mich an. »Er ist jetzt ein Freak, und er ruiniert die Party. Er sorgt dafür, dass sich alle unwohl fühlen.«

Mir fällt die Kinnlade herunter. »Du stellst dich auf Nicoles Seite?«

Sie starrt mich an. »Was soll ich denn machen? Es ist, als würdest du mit Gewalt versuchen, keine Freunde zu haben.«

Ich schüttle ratlos den Kopf. Ich kann einfach nicht fassen, dass sie so etwas sagt. »Ich versuche, einem netten Kerl dabei zu helfen, Freunde zu finden. Ich dachte, meine beste Freundin wäre nett und würde mir helfen, aber jetzt gerade bist du auch nicht besser als Austin oder Brooke.«

Zoey zuckt zusammen, als hätte ich sie gerade geohrfeigt. Ich nehme meine Worte nicht zurück. Sie verhält sich total oberflächlich. Sie ist besessen davon, in Jensens Clique aufgenommen zu werden, und das verändert sie als Person.

Sie wirft einen Blick durch den Raum zum Tisch. Alle sehen uns zu. Sie schließt die Augen und atmet tief ein. »Ihr solltet besser gehen. Und ruf mich nicht an. Ich brauche eine Pause von dir.«

Ich schnappe entsetzt nach Luft. Mein ganzer Körper beginnt zu zittern. »Das war's?«, flüstere ich mit zittriger Stimme. »Du ziehst eine Gruppe von Leuten, die sich offen über einen Menschen mit einer Behinderung lustig machen, deiner lebenslangen besten Freundin vor?«, frage ich verbittert. »Viel Spaß dabei. Ich bin sicher, du wirst es lieben, mit Nicole abzuhängen. Anscheinend seid ihr euch gar nicht so unähnlich.«

Ich will nach Noah rufen, aber er steht schon neben mir. »Komm«, sagt er leise. Er nimmt meine Hand, und ich drücke sie fest. Ich habe gerade meine beste Freundin verloren, und das tut mehr weh als alles, was ich in diesem Jahr schon durchmachen musste.

Sechzehn

Noah und ich gehen, ohne uns zu verabschieden. Keiner hält uns auf. Auch Zoey nicht. Ich reibe mir die brennenden Augen und lasse mich auf den Fahrersitz sinken. Noahs Hand gleitet in meine, und er verschränkt unsere Finger ineinander. »Das war brutal. Es tut mir leid, dass ich ... ich ...«

Ich schüttle den Kopf und zwinge mich zu einem Lächeln. »Es ist nicht deine Schuld. Zoey ist in letzter Zeit wie besessen davon, Teil dieser Clique zu werden. Sie würde alles tun, um dazuzugehören. Das gefällt mir nicht.«

»Trotzdem ist sie deine beste Freundin.«

Ich schlucke. »Jetzt nicht mehr.«

»Dann bin ich jetzt eben dein bester Freund.«

Die Aussage ist so einfach. Das Angebot so aufrichtig. Noahs Lächeln mildert den Schmerz über Zoeys Zurückweisung ein bisschen. Ich schniefe und drücke seine Hand. »Danke.«

»Lass uns ein ... ein ...«

Ich warte ab, weil ich nicht weiß, was er will.

»Hast du Hunger?«, fragt er.

Endlich erscheint ein echtes Lächeln in meinem Gesicht. »Burger oder Pizza?«

Er grinst. »Milchshakes und Chili Freeze Chies. Ich rechne.«

Ich schüttele die Enttäuschung ab, lege meine Hände aufs Lenkrad und atme tief durch. Die Uhr auf dem Armaturenbrett zeigt 8:37 Uhr an. Es ist noch früh, und Noah scheint es gut zu gehen, also steuere ich ein Diner an.

Als der Kellner uns einen Tisch zuweist, setzt sich Noah nicht mir gegenüber hin, sondern rutscht neben mich auf die Bank, bis wir dicht aneinandergepresst sind. Ich bin erstaunt, als er seinen Arm um meine Schulter legt und mich an seine Seite zieht. Es fühlt sich so gut an, gehalten zu werden, dass ich mich in seine Umarmung kuschle. »Tut mir leid, dass es heute Abend nicht geklappt hat«, sagt er leise, als wolle er die plötzlich friedliche Atmosphäre nicht stören.

Ich zucke mit den Schultern.

»Bist du wegen Bryce getäuscht?«

Ich brauche einen Moment, bis ich ihn verstanden habe. »Ob ich *enttäuscht* bin?«

»Ja.«

Ich schnaube verächtlich. »Nein.«

Er sieht mich neugierig an, und mir gelingt ein Grinsen.

»Das war eine Katastrophe gigantischen Ausmaßes.«

Er runzelt die Stirn. »Für mich sah es so aus, als würdet ihr beiden euch gut gestehen.«

Der Hauch von Eifersucht in seiner Stimme bringt mich zum Schmunzeln. »Glaub mir, das haben wir nicht.

Wir haben es miteinander versucht, weil unsere besten Freunde es wollten, aber wir haben rein gar nichts gemeinsam. Wir konnten nicht mal ein ordentliches Gesprächsthema finden. Es war so peinlich.«

Wieder drückt mich Noah an sich. »Nicht wie bei uns.«

Ich denke darüber nach. Er hat recht. »Nein, nicht wie bei uns. Irgendwie ist es mit dir ganz einfach.« Ich schüttele schmunzelnd den Kopf. »Es ist so unwirklich, mit dir befreundet zu sein. Ich kann immer noch nicht glauben, dass wir zivilisiert miteinander umgehen, geschweige denn Freunde sind.«

»Beste Freunde«, korrigiert Noah und bringt mich erneut zum Lächeln.

»Meinetwegen. Beste Freunde.«

Wir schweigen, und er lehnt seine Wange an meinen Kopf. Ich entspanne mich so weit, dass ich ganz schläfrig werde. »Ich war ein Idiot«, murmelt er.

Ich ziehe mich zurück, um ihn anzusehen. Er wirkt richtig betrübt, als er sagt: »Ich war so eingebildet und überheblich. Ich dachte, ich wäre so viel besser als alle anderen.« Er schüttelt den Kopf, als wäre er über sein eigenes Verhalten frustriert. »Ich war so ein Idiot zu dir. Ich hatte keine Ahnung, dass … dass …« Er schließt die Augen und schüttelt den Kopf. »Du bist der beste Mensch auf der Welt.«

Ich zucke ein wenig unter dem Gewicht seines Kompliments zusammen, aber er bemerkt es nicht. Er konzentriert sich zu sehr auf das, was er sagen will. Es fällt ihm nicht leicht, seine Gedanken so zu fokussieren, dass er lange Reden halten kann, aber er versucht es jetzt. Ich kann sehen, wie sich die Rädchen in seinem Kopf drehen. »Ich war so lange in der Reha, um wieder ... um ...«

Er keucht. Ich warte ab, denn mir ist klar, dass er das allein sagen muss.

»Laufen und sprechen zu lernen.«

Ich nehme seine Hand, und er drückt sie an seine Brust. In meinem Bauch flattern Schmetterlinge.

»Meine Ärzte waren so toll. Sie haben mich ermutigt und unterstützt. Aber dann kamen meine Freunde zu Besuch. Sie waren so ...« Wieder eine lange Pause. »Ich war auch ...«

Er schließt die Augen und atmet tief durch. »Ich war nicht mehr derselbe, und plötzlich wollten sie nichts mehr mit mir zu tun haben.«

»Das tut mir so leid.«

Er schüttelt den Kopf und tätschelt die Hand, die er immer noch an seine Brust hält. »Nein, es ist gut so. Ich weiß jetzt, dass ich wie sie war. Und ich will nicht ... so sein ...«

»Das bist du nicht«, verspreche ich. »Nicht mehr.«

Er schluckt schwer und führt meine Hand an seine Lippen. Mir stockt der Atem. »Es tut mir so leid, Lily.«

Er hat sich schon öfter entschuldigt, aber das hier ist etwas anderes. Das ist seine wahre Reue. Er gesteht seine Fehler ein und bittet um Vergebung. Es ist so aufrichtig und verzweifelt, dass ich fast zu Tränen gerührt bin. »Ich verzeihe dir«, flüstere ich gerührt.

Noah schnieft und drückt mich plötzlich so fest an seine Brust, dass ich kaum noch atmen kann. Ich lasse es zu. Er braucht das jetzt, und um ehrlich zu sein, ich wohl auch. Ich hatte ihm schon verziehen, weil er nicht mehr derselbe war, aber es war eher so, dass ich ihn vom Haken gelassen habe, weil ich dachte, er würde es nicht wirklich verstehen.

Aber das tut er. Vielleicht kann er sich nicht mehr an alles erinnern, aber er weiß genug über sein Leben vor dem Unfall, um tiefe Reue zu empfinden. Ja, er versteht es, und es tut ihm aufrichtig leid. Das reicht mir aus, um es hinter mir zu lassen. Es liegt in der Vergangenheit und interessiert mich nicht mehr. Es tut ihm leid, und er hat sich geändert, und jetzt, da ich weiß, dass es eine bewusste Entscheidung war, bedeutet es mir umso mehr.

Wir werden unterbrochen, als die Bedienung unser Essen bringt. Wir lehnen uns zurück, und Noah wischt sich diskret die Tränen von der Wange, und auch ich blinzle die Feuchtigkeit in meinen Augen weg. »Alles in Ordnung hier?«, fragt unsere Kellnerin und runzelt besorgt die Stirn.

Ich lächle. »Uns geht es gut.«

Sie nickt langsam und lächelt zurück. »Also, wenn ihr noch etwas braucht, sagt mir Bescheid.«

»Danke.«

Wir schlürfen unsere Shakes und teilen uns in angenehmer Stille eine Portion Chili Cheese Fries.

»Warum habe ich dich Trash genannt?«, fragt Noah plötzlich, als würde ihm der Gedanke schon lange im Kopf herumschwirren.

Ich seufze. »Das lag an meinen Eltern. Sie haben sich so laut gestritten, dass man es nebenan hören konnte. Ich war gerade draußen, als sie angefangen haben, mit Geschirr zu werfen. Du wurdest gerade von deinen Freunden zum Spiel abgeholt und hast den Lärm gehört. Also hast du gesagt, meine Familie soll doch lieber in einen Wohnwagenpark ziehen, weil dort Müll wie wir hingehört. Der Name ist hängengeblieben.«

Noah holt tief Luft und versteift sich. Er ballt seine Hand auf dem Tisch zu einer Faust. »Ich war so ein ... ein ...«

»Idiot? Tyrann?«

Er schüttelt den Kopf. »Ein Arschloch.«

Ich lache, woraufhin er mich reumütig anlächelt. »Tut mir leid. Aber das warst du wirklich.«

»Ich weiß nicht, wie du mich mögen kannst.«

Ich nehme einen großen Schluck von meinem Schokoshake. »Ehrlich gesagt, ich glaube, als du dir meine Zehen angesehen und sie süß genannt hast, ist mir klar geworden, dass du nicht mehr derselbe bist. Seitdem hab ich dich jedes Mal, wenn wir uns gesehen haben, mehr gemocht.«

Er sieht mich an, als würde er versuchen, nicht zu lachen. Ich stupse ihn mit der Schulter an, und er stupst zurück. Dann grinsen wir, und es fühlt sich einfach richtig an. Er greift nach dem letzten Bissen der Chili-Käse-Pommes. Doch anstatt ihn sich selbst in den Mund zu stecken, hält er ihn mir vor die Nase. Ich ziehe eine Augenbraue hoch, als wolle ich ihn wissen lassen, dass das doch jetzt wirklich ein bisschen viel ist, aber er wackelt nur mit der Gabel und sagt: »Komm schon, letzter Bissen.«

Ich verdrehe die Augen und öffne den Mund. Als er mir die Pommes in den Mund schiebt, landet etwas von dem Chili auf meinem Kinn. Noah lacht. Er greift mit einer Serviette nach mir, aber ich schnappe sie ihm schnell weg und wische mir das Gesicht selbst ab. Noah grinst vor sich hin und schüttelt den Kopf. »Das war nicht so romantisch, wie ich es mir ausgefüllt habe.«

Ich erstarre mit der Serviette am Kinn. Er wollte romantisch sein?

Bei dem Gedanken beginnt es in meinem Bauch zu kribbeln. Aber nicht vor Nervosität. Na gut, nicht *nur* vor Nervosität.

Mir kommt in den Sinn, dass Noah das hier als Date betrachten könnte. Wieder flattert eine Mischung aus Nervosität und Aufregung in mir herum. Will ich, dass es ein Date ist? So hatte ich es nicht geplant, aber die Vorstellung ist nicht so beängstigend, wie ich dachte.

Ich schlucke den letzten Bissen herunter und sage: »Überlassen wir das gegenseitige Füttern besser den romantischen Komödien.«

Er grinst. »Ich mache keine halben Katzen.«

Ich lache. Ich kann nicht anders. Dann trinke ich einen Schluck von dem Milchshake, den ich bestellt habe, und Noah wechselt das Thema. »Ich höre deine Eltern gar nicht mehr streiten.«

»Sie haben sich scheiden lassen, während du im Krankenhaus warst. Sie sehen sich jetzt kaum noch.«

Noah verzieht das Gesicht. »Tut mir leid.«

Ich schüttle den Kopf. »Es war wohl eine gute Sache. Die Streitereien haben aufgehört, und ich glaube, sie sind jetzt beide glücklicher.«

»Aber?«

Ich seufze. »Aber für Mason und mich ist es so, als hätten wir beide Elternteile verloren. Dad macht sich kaum noch die Mühe, uns an unseren Geburtstagen oder in den

Ferien anzurufen, und Mom arbeitet jetzt so viel, dass wir sie kaum noch zu sehen bekommen.«

»Bei mir ist es das Gegenteil«, sagt Noah. »Ich kann meine Mutter nicht dazu bringen, mich ... mich ... im Stich zu lassen.«

Ich lächle. »Mir ist aufgefallen, dass sie eine ziemliche Glucke ist. Ich war überrascht, dass sie dich heute Abend hat mitkommen lassen.«

»Sie mag dich.«

Wenigstens eine, denke ich verbittert. Bisher habe ich meine Gefühle gut verbergen können, aber jetzt stürmen Gedanken an Zoey auf mich ein. Als könnte er den Stimmungsumschwung spüren, wirft Noah mir einen ernsten Blick zu. »Du hast meiner Familie sehr geholfen.«

Ich schaue ihn neugierig an, während er den letzten Rest seines Shakes austrinkt. »Meine Eltern haben nie ... nie ...« Er stöhnt und kneift frustriert die Augen zusammen.

»Ist schon okay. Lass dir Zeit.«

»Sie haben sich früher nie gestritten«, sagt er. Ich bin überrascht. Seine Eltern scheinen immer so perfekt zu sein. Ich kann mir einfach nicht vorstellen, wie sie sich streiten.

»Jetzt aber schon?«, frage ich vorsichtig, denn ich weiß, dass es sich um ein heikles Thema handelt.

Er lässt den Kopf hängen. »Es ist meine Schuld. Meine Mutter wollte mich nicht verlassen, als ich ... ich ...«

»Als du im Krankenhaus warst?«, vermute ich.

»Ja. Sie hat fast ihren Job verloren.«

Kann ich mir vorstellen. Noah war über drei Monate

im Krankenhaus. Das ist eine lange Zeit, um sich von der Arbeit freizustellen.

»Mein Vater wurde deswegen immer so wütend. Wir haben so viele Arztrechnungen bekommen.«

Die Rechnungen müssen sich stapeln. Ich habe schon oft gehört, dass sich Paare haben scheiden lassen, nachdem sie etwas Belastendes wie zum Beispiel den Verlust eines Kindes erleben mussten. Die Trasks haben Noah zwar nicht verloren, aber es muss trotzdem der schwierigste Moment ihrer Ehe gewesen sein. Noah tut mir leid, denn er gibt sich selbst die Schuld an ihren Problemen. Ich hoffe um seinetwillen, dass sie sich nicht trennen.

»Sie arbeitet jetzt wieder«, sage ich tröstend. »Das muss doch alles ein bisschen besser machen, oder?«

»*Du* hast es besser gemacht.«

»Ich?« Das Geständnis erstaunt mich.

Noah stützt seinen Arm auf die Lehne hinter mir und sieht mit seinen schönen bernsteinfarbenen Augen in meine. Ich schrecke fast zurück vor der Intensität seines Blicks. Noch nie hat mich jemand so aufrichtig angeschaut. »Mom hat sich viel zu viele Socken um mich gemacht. Aber als du … du … als du mir auf Austins Party geholfen hast …«

»Ich habe dich nur nach Hause gefahren. Und ich habe dich den ganzen Weg über angeschrien.«

Er zuckt mit den Schultern. »Du hast mir trotzdem geholfen, obwohl du es nicht wolltest. Mom vertraut dir. Sie ist viel entspannter geworden. Das hat die Dinge einfacher gemacht für … für …«

»Für deinen Vater?«

Er schüttelt den Kopf. »Für uns alle.« Sein Gesicht

wird weicher, und er nimmt meine Hand in seine. »Du bist ein Wunder, Lily. So nennt dich Mom.« Seine Mundwinkel verziehen sich zu einem sanften, aber selbstbewussten Lächeln. »Für mich bist du ein Enkel«, murmelt er.

Ich lächle ein wenig und mache mir nicht die Mühe, ihn darauf hinzuweisen, dass er das falsche Wort benutzt hat. Ich bin mir ziemlich sicher, dass er *Engel* meint, und es ist das Süßeste, was jemals irgendjemand zu mir gesagt hat. Bei der Vorstellung, dass ich seiner Familie so viel bedeuten könnte, geht mir das Herz auf.

Sein Lächeln wird von einem lauten Gähnen unterbrochen, und er blinzelt ein paarmal langsam. Ich erinnere mich an die Warnung seiner Mutter, dass er schnell müde wird, und ich will nicht, dass er es übertreibt und Kopfschmerzen bekommt, also rutsche ich aus der Sitzecke. »Komm schon, Cinderella. Bringen wir dich nach Hause, bevor du dich in einen Kürbis verwandelst.«

Siebzehn

Am folgenden Tag taucht Dad tatsächlich auf, so wie er versprochen hat. Ich bin erleichtert und Mason überglücklich. Nachdem sie weg sind, überfällt mich jedoch tiefe Traurigkeit. Endlich habe ich mal Zeit für mich, aber da Zoey nicht mit mir spricht, habe ich niemanden, mit dem ich sie verbringen kann. Ich sitze im leeren Haus und schalte einen kitschigen Film ein, damit ich etwas anderes als mein erbärmliches Leben dafür verantwortlich machen kann, wenn ein paar Tränen fließen.

Ich greife gerade nach den Taschentüchern, als es an der Tür klingelt. Wahrscheinlich ist es nur ein Vertreter, aber als ich die Tür öffne, hofft ein kleiner Teil von mir, dass es Zoey ist, um sich zu entschuldigen. Ein Bote mit einem riesigen Strauß bunter Blumen ist das Letzte, was ich erwartet habe. »Lily Rosemont?«, fragt der Mann und schaut auf sein Klemmbrett.

Ich bin so verblüfft, dass ich einen peinlich langen Moment brauche, um zu antworten. Blumen! Ich habe noch nie Blumen geschenkt bekommen. Das ist so aufmerksam. Und sie sind wunderschön. Riesige Blüten in leuchtendem

Gelb, Weiß und Lila. Vor Rührung schnürt sich mir die Kehle zu. »Ja, das bin ich«, sage ich heiser.

Wer in aller Welt könnte mir Blumen schicken? Zoey würde einfach eine SMS schicken. Bryce? Könnte er sich schlecht fühlen wegen dem, was gestern Abend passiert ist? Wohl kaum. Er hat keinen Ton gesagt, als Nicole und ich uns gestritten haben. Er hat sich nicht für Noah eingesetzt, und er hat mich auch nicht gebeten zu bleiben, nachdem mich Zoey praktisch rausgeworfen hat. Oder vielleicht wurde Tyler klar, wie schrecklich sich seine Freundin gestern Abend aufgeführt hat. Obwohl diese Entschuldigung eigentlich an Noah gehen sollte, nicht an mich.

Ich unterschreibe den Lieferschein und nehme die Blumen entgegen. In einem Umschlag befindet sich eine kleine Karte, die ich erst lese, als der Mann wieder weg ist. Die Handschrift ist schnörkelig, als hätte sie eine Frau geschrieben, aber die Nachricht ist von Noah.

Ich dachte, du könntest heute etwas Aufmunterung gebrauchen. In Liebe, Noah.

Kurz und bündig, und doch sagt es so viel aus. Ich bin von seiner Fürsorglichkeit überwältigt. Das ist genau das, was ich brauche. Nicht dass ich Blumen bräuchte, aber zu wissen, dass wenigstens ein Mensch da draußen an mich denkt. Wenigstens einem Menschen bin ich nicht vollkommen egal. Es kommt zwar von der Person, von der ich bis vor Kurzem noch am wenigsten damit gerechnet hätte, aber irgendwie macht es das noch besonderer.

Nachdem ich die Blumen in der Küche in eine Vase gestellt habe, schlüpfe ich in meine Flip-Flops und gehe nach nebenan. Als Noah die Tür öffnet, warte ich nicht, bis er mich begrüßt. Ich schlinge meine Arme fest um ihn und vergrabe mein Gesicht an seinem Hals.

»Lily?«, fragt er und umarmt mich so sanft, als hätte er Angst, mich noch mehr aufzuregen.

»Danke für die Blumen.«

»Waren sie schön? Ich habe ihr gesagt, sie soll fröhliche Blumen aussuchen.«

Ich drücke ihn fester an mich. »Sie sind perfekt.«

Ich weiß, ich sollte ihn jetzt loslassen. Es wird peinlich, wenn ich es nicht tue. Aber ich kann mich einfach nicht dazu durchringen. Ich muss in diesem Moment gehalten werden, und Noah scheint es nichts auszumachen, das zu tun. Seine Hände streichen in beruhigenden Bewegungen über meinen Rücken und vertreiben die Anspannung aus meinem Körper. Ich seufze wohlig, er drückt mich fester an sich und gibt mir einen zärtlichen Kuss auf die Schläfe. Der Junge weiß wirklich, wie man jemanden umarmt.

Unser Moment wird von Mrs Trask unterbrochen. »Lily!« Ihre fröhliche Stimme schlägt schnell in Besorgnis um. »Ist alles in Ordnung?«

Ich löse mich aus Noahs Umarmung – lässt er mich genauso ungern los wie ich ihn? »Es geht mir jetzt schon wieder besser, danke. Noahs Blumen waren genau das, was ich gebraucht habe.«

Mrs Trask lächelt mitfühlend. Ich bin mir nicht sicher, wie viel Noah ihr über die Geschehnisse des gestrigen Abends erzählt hat, aber die Dankbarkeit und die Schuldgefühle, die in ihrem besorgten Gesicht zu erkennen sind, sagen mir, dass sie genug weiß. »Weißt du, was noch hilft, wenn man einen schlechten Tag hat?«, fragt sie. »Brownies. Wenn du nirgendwohin musst, kannst du gern bleiben und ich backe uns welche.«

Ich bin dankbar, dass sie den gestrigen Abend nicht anspricht. Außerdem hat sie recht mit den Brownies. Wenn sie mich unbedingt mit Schokolade versorgen will, dann werde ich sie bestimmt nicht aufhalten. »Das wäre toll, danke.«

»Super«, jubelt Noah. Er ergreift meine Hand und zieht mich quer durchs Haus.

»Wir sind in meinem Schlaf!«

Während er mich durch den Flur zerrt, ruft Mrs Trask aus der Küche: »Lasst die Tür auf, Mister!«

Hitze schießt in meine Wangen. Was glaubt sie denn, was wir vorhaben?

Noahs Zimmer zu betreten ist eine surreale Erfahrung. Es ist Noah Trasks ganz persönlicher Bereich. Das Zimmer des Jungen, der mich jahrelang gequält hat. Und nun stelle ich fest, dass es ein ganz normales Jugendzimmer ist.

Es ist absolut nichts Ungewöhnliches daran. Trotzdem finde ich es faszinierend. Es ist gerade unordentlich genug, um bewohnt auszusehen, ohne muffig zu sein, und es strahlt seine Persönlichkeit aus. Das ist eine Seite von Noah, die ich noch nie gesehen habe.

Ein ungemachtes Doppelbett, bezogen mit Football-Bettwäsche, von der er wahrscheinlich nicht will, dass ich weiß, dass er sie hat, denn mit roten Wangen zieht er schnell eine Tagesdecke darüber. Auf seiner Kommode steht ein Fernseher, daneben ein Bücherregal mit all seinen Football-Bildern, Auszeichnungen und Trophäen, gemischt mit ein paar Büchern und vielen DVDs. Und mit den Schuhen hat er nicht gelogen. Sein Kleiderschrank steht offen, und überall stehen Sneaker herum.

Das Überraschendste ist das gerahmte Poster mit dem Autogramm einer meiner Lieblingsbands. Sie sind noch nicht sehr bekannt. »Für Noah« steht darauf. »Du kennst die Mad Hatters?«, frage ich und lasse mich auf den Schreibtischstuhl sinken, den Noah für mich von der Jeans befreit hat, die darauf lag.

Lächelnd sehe ich zu, wie er weiter aufräumt. Nachdem er weitere herumliegende Kleidungsstücke in den Wäschekorb geworfen hat, setzt er sich auf sein Bett und sieht sich das Poster an. »Austins Vater kennt jemanden beim Radio. Er hat uns ... uns ... er hat ...«

»Er hat ein Treffen ermöglicht?«

Noah nickt. »Vor dem Konzert von Kyle Hamilton letztes Jahr. Sie waren seine Vorband.«

»Ich weiß. Die Flyin' Solo World Tour. Ich war mit Zoey auf diesem Konzert. Wir saßen ganz weit oben auf der Tribüne und waren leider nicht cool genug, um die Band zu treffen«, scherze ich. »Aber es war trotzdem fantastisch.«

Noah sieht mich überrascht an. »Du magst Kyle Hamilton auch?«

Ehrlich gesagt glaube ich, dass die meisten Menschen auf der Welt Kyle Hamilton mögen. Schließlich ist er einer der größten Rockstars seiner Generation. »Ich finde ihn supertoll. Aber als ich die Mad Hatters als seine Vorband gehört hab, war ich wie verzaubert. Vielleicht mag ich sie jetzt sogar lieber.«

»Lieblingssong?«, fragt er, und wir sagen gemeinsam: »Alice Down the Rabbit Hole.«

Wir müssen lachen, und Noah greift nach seinem Handy, um die Musik-App zu öffnen. Er sucht eine Minute lang, dann scheint er verwirrt zu sein und reicht mir das Gerät, wobei er mich stumm um Hilfe bittet. Ich scrolle durch seine Musik, bis ich das Debütalbum von den Mad Hatters finde. Ich drücke auf Play, und leise ertönt die Musik aus einem Bluetooth-Lautsprecher auf seinem Schreibtisch.

Noah lässt sich aufs Bett fallen, verschränkt die Hände hinter dem Kopf und blickt auf die verblichenen selbstleuchtenden Sterne, die wahrscheinlich schon seit seiner Kindheit an der Decke hängen. »Ich liebe Musik«, sagt er. »Ich kann zwar den Texten nicht mehr so richtig folgen, aber ...« Er ringt einen Moment lang mit sich um die richtigen Worte und seufzt schließlich.

»Aber du kannst die Musik noch genießen?«, rate ich.

»Ja.«

Es liegt ein Hauch von Melancholie in seiner Stimme, der mich traurig macht. Wie viele Dinge in seinem Leben wurden durch seine Verletzung beeinträchtigt oder ihm sogar weggenommen? Durch seine Unfähigkeit, einem schnellen Gespräch zu folgen oder sich über längere Zeiträume zu konzentrieren, muss ihm so viel entgehen. Um ihn von dem abzulenken, was ihn bedrückt, durchquere ich das Zimmer und drücke seinen Arm, damit er mir auf dem Bett Platz macht. Er rutscht automatisch rüber. Es fühlt sich ganz natürlich an, sich neben ihn zu legen, als wären wir nur zwei Freunde, die zum millionsten Mal zusammen abhängen. »Was machst du sonst noch so?«, frage ich, während ich mit ihm in den Sternenhimmel blicke. »Was sind denn jetzt deine Hobbys, außer tolle Musik zu hören?«

Er öffnet seinen Mund, um etwas zu sagen, schließt ihn dann aber wieder und runzelt die Stirn. Was auch immer er sagen will, ihm fällt die Antwort nicht ein. »Ich kann mich nicht an den Namen erinnern«, sagt er mit einem frustrierten Grunzen.

Plötzlich setzt er sich auf und greift über mich hinweg nach der Fernbedienung auf dem Nachttisch. Mir stockt der Atem. Ich glaube nicht, dass er vorhatte, sich praktisch auf mich zu legen, aber mein Körper wird durch seine Nähe regelrecht lebendig. Und habe ich schon erwähnt, wie gut er riecht? Ich muss unbedingt herausfinden, welchen Duft er benutzt, um damit mein Kissen zu besprühen.

Ohne etwas von dem Chaos zu ahnen, das er gerade in mir angerichtet hat, lehnt er sich zurück und legt sein Kissen gegen das Kopfteil. Ich setze mich mit ihm auf und versuche, meinen Herzschlag wieder zu normalisieren, während er auf der Fernbedienung nach etwas sucht. Der Fernseher geht an, und die Netflix-Startseite erscheint, »Da ist es ja.« Er findet, was er sucht, in seiner »Weiterschauen«-Liste.

Die Sendung, die er aufruft, lässt mich grinsen. »Du schaust Bob Ross?«

Er wirkt beleidigt über den neckischen Ton in meiner Stimme. »Bob Rock ist cool.«

Ich hebe abwehrend die Hände. »Da widerspreche ich dir ja gar nicht. Ich hätte nur nicht gedacht, dass du so was magst.«

Er zuckt mit den Schultern. »Ich mag Kunst. Außerdem redet er schön langsam, und es ist nicht über ... über ...«

»Überstimulierend?«

»Ja. Es tut meinem Kopf nicht weh.«

Das ergibt Sinn. Bob Ross spricht sehr langsam und beruhigend. Seine Sendung ist bestimmt eine der wenigen, denen Noah einigermaßen gut folgen kann. Er klickt eine Folge an und lässt die Sendung auf stumm. Einen Moment lang sehen wir Bob Ross dabei zu, wie er die Anfänge einer Berglandschaft malt, während im Hintergrund leise die Mad Hatters spielen. Es ist schön. »Hast du schon mal was von ihm nachgemalt?«, frage ich und zeige auf den Bildschirm. »Das wollte ich schon immer mal ausprobieren. Ich wette, du würdest das hinbekommen. Und wir können so oft auf Pause drücken oder zurückspulen, wie wir wollen.«

Er zieht die Augenbrauen hoch, als hätte er diese Möglichkeit noch nie in Betracht gezogen. Nach ein paar Sekunden nickt er langsam. »Vielleicht.«

»Könnte Spaß machen.«

Er wird ein klein wenig munterer, und in seiner Stimme liegt ein Hauch von Aufregung, als er sagt: »Lass es uns auskugeln. Meine Mutter wird uns die ... die ...« Er wedelt mit der Hand in der Luft, als ob er malen würde, und sagt dann: »Farben besorgen. Es gefällt ihr, wenn ich neue Dinge ausprobiere.«

»Klingt gut. Du, ich und Bob Ross.«

Noah stupst mich mit der Schulter an. »Nächstes Wochenende. Als Date.«

Malen mit Noah hört sich lustig an. Ich könnte es als freundschaftliche Aktivität abtun, aber irgendetwas hält mich davon ab. Ich atme tief durch und zwinge mich, etwas zu wagen, das vielleicht seltsam ist, aber auch toll sein könnte. »In Ordnung. Als Date«, stimme ich zu.

Wir sitzen da und genießen die angenehme Stille – Bobs Berglandschaft mit dem schönen See ist fast fertig – als Susan ihren Kopf zur Tür hereinsteckt. »Die Brownies sind fertig.« Noah nimmt meine Hand und hält sie, bis wir in der Küche sind, wo zwei Teller mit einem Haufen noch warmer, saftiger Brownies stehen. Susan schenkt uns zwei Gläser mit Milch ein. Wir setzen uns gerade hin, als Susan die Milch vor uns abstellt. Noah schenkt seiner Mutter ein schiefes Lächeln. »Du weißt, dass wir nicht mehr fünf sind, oder?«

Susan verdreht die Augen und stellt den Milchkarton wieder in den Kühlschrank. »Für Brownies und Milch ist man nie zu alt.«

»Ich beschwere mich bestimmt nicht«, sage ich und greife nach meiner Gabel. Die Brownies sind gerade so weich, dass es schwierig wäre, sie zum Essen in die Hand zu nehmen. Mit anderen Worten, sie sind perfekt. »Danke, Susan.«

»Gern geschehen, Lily.«

Susan verschwindet in ihrem Arbeitszimmer und lässt Noah und mich mit unseren Brownies allein zurück. Ich nehme einen Bissen und stöhne vor Genuss. Noah lacht. »Siehst du, alles, was du brauchst, um im Leben lächelnd zu sein, ist ein guter Brownie.«

Seine Worte rühren mich sehr, denn er scheint sie ernst zu meinen. Er *ist* glücklich. »Wie machst du das?«, frage ich. »Wie lässt du die schlechten Dinge an dir abperlen, als wären sie nicht wichtig?«

Er nimmt einen Bissen von seinem Brownie und zuckt mit den Schultern. »Weil sie eben nicht wichtig sind.« Als er meine Verwirrung oder vielleicht auch Skepsis sieht, erklärt Noah weiter: »Wenn meine Freunde wegen meiner Verletzung nicht mehr mit mir abhängen wollen, dann … dann …« Er legt konzentriert die Stirn in Falten.

Ich warte geduldig und lasse ihn ausreden, ohne ihm die Worte in den Mund zu legen. Je mehr Zeit ich mit ihm verbringe, desto mehr lerne ich seine Mimik kennen. Er hat etwas Wichtiges auf dem Herzen, und er will sichergehen, dass es richtig rüberkommt. »Dann waren sie von Amt an keine richtigen Freunde. Es ist mir egal, ob sie sich über mich lustig machen. Ich habe … habe …« Er schließt die Augen und schüttelt den Kopf. »Ich habe größere Probleme, um die ich mich kümmern muss. Echte Probleme.«

Das ist wohl wahr, aber trotzdem. Alle Freunde auf einmal zu verlieren, ist hart.

»Außerdem«, widerspricht er meinen Gedanken, »ist es viel einfacher, ganz unten auf der sozialen Leiter zu stehen.«

Ich sehe ihn erstaunt an. Als jemand, der das ganze Jahr über ganz unten in der Nahrungskette der Highschool stand, kann ich mir nicht vorstellen, dass es einfacher sein soll, als der beliebteste Junge der Schule zu sein. »Wie das?«

Er starrt einen Moment auf seinen Teller, als ob er überlegt, wie er ausdrücken soll, was er denkt. »Es gibt so viel … viel … so …« Er schüttelt den Kopf. »Es ist so viel Druck, wenn man an der Spitze steht. Immer wollen die anderen was von dir. Entweder genauso beliebt sein oder dich fallen sehen.«

Den letzten Teil sagt er verbittert. So gut es ihm auch gelingt, die verletzenden Kommentare zu vergessen, tut es ihm dennoch weh, dass es passiert ist. Wie könnte es das nicht? Zumindest ein bisschen. Das liegt in der menschlichen Natur.

»Man muss perfekt sein«, sagt er. »Alles, was man sagt. Was man tut. Was man anhat. Mit wem du dich abgibst. Mit wem du ausgehst.« Dann sieht er mich mit einem Ausdruck in den Augen an, den ich nicht zuordnen kann. »Ich war nicht völlig bescheuert gegenüber Brookes Persönlichkeit. Ich wusste, dass sie gemein war und ... und ...«

»Oberflächlich?«

»Genau. Ich mochte sie nicht einmal besonders. Aber sie ist attraktiv und beliebt. Die Leute haben gewartet, dass ich mit ihr ausgehe, also hab ich es getan.«

Ich bin entsetzt über diese Enthüllung. Noch nie habe ich über die Schattenseiten der Beliebtheit nachgedacht. Mir war nicht einmal bewusst, dass es welche gibt. Aber ich war ja auch noch nie so beliebt, dass es eine Rolle gespielt hätte.

Er sticht mit der Gabel in seinen Brownie und starrt gedankenverloren durch ihn hindurch. »Das Schlimmste ist, dass man immer das Gefühl hat, darum kämpfen zu müssen, an der Spitze zu bleiben.« Er schluckt schwer. »Ich habe andere runtergemacht, um mich selbst oben zu halten. Nette Leute. Leute wie dich.« Dann sieht er mich mit etwas an, das über Schuldgefühle hinausgeht. Es ist mehr so etwas wie Selbsthass. »Es war mir egal, weil es nur darauf ankam, der beliebteste Junge der Schule zu sein.«

Er atmet tief ein und dreht sich mit einem eindringlichen Blick zu mir um. »Ich habe mich geirrt. Nichts davon ist wichtig.« Er nimmt meine Hand und versucht, seinen Standpunkt zu verdeutlichen. »Wenn deine ... deine ... Leute zu besorgt um ihren Ruf sind, um zu dir zu halten, sind sie sowieso nicht bereit, deine Freunde zu sein. Glaub mir. Eine bedeutungsvolle Beziehung ist besser als hundert unechte.«

Das ist absolut einleuchtend. Ich habe mich immer gefragt, warum mich Noah mobbt. Warum jemand, für den alles zu stimmen schien, so herzlos war. Es hat sich angefühlt, als hätte er kein Gewissen. In Wirklichkeit hatte er einfach nur Angst. Das rechtfertigt sein Handeln nicht, aber es macht sein Handeln nachvollziehbarer. Es hilft mir, die ganze Sache zu verstehen. Beliebte Menschen haben genauso viele Unsicherheiten wie alle anderen, sie können sie nur besser verbergen.

Er beginnt, mit seinem Daumen in kleinen Kreisen über meinen Handrücken zu streichen. Es ist eine sanfte Berührung, die die Stimmung auflockert, und als er spricht, ist es in einem tiefen, beruhigenden Tonfall. »Jetzt, wo ich nicht mehr in dieser Welle gefangen bin, muss ich mich nicht mehr darum kümmern, was alle denken. Ich kann einfach ... einfach ... ich kann ich selbst sein. Mein *wahres* Ich. Das ist befreiend.«

Ich bin ein bisschen sprachlos. Ich hatte keine Ahnung, dass er so tiefsinnig ist. Wenn ich nur so viel Glück hätte, die Lektionen zu lernen, die er gelernt hat. Meine Schwächen zu erkennen und zu versuchen, sie zu überwinden.

Er mag jetzt Schwierigkeiten mit Zahlen oder dem Lesen haben, aber er kann immer noch gut denken, fühlen und lernen. Durch seine Verletzung hat er einige Rückschläge erlitten, aber er entwickelt sich als Mensch weiter. Das ist bewundernswert. »Würdest du es ändern?«, frage ich laut. »Wenn du könntest?«

Er hebt seinen Blick von unseren ineinander verschränkten Händen zu meinen Augen. »Was ändern?«

»Wenn du in der Zeit zurückreisen und verhindern könntest, dass du bei dem Spiel verletzt wirst, würdest du es tun?«

Ich fühle mich fast schuldig, diese Frage zu stellen, weil ich weiß, wie meine Antwort lauten würde, und es kommt mir egoistisch vor. Aber Noah überrascht mich. Er öffnet den Mund, das »Natürlich« liegt ihm praktisch auf der Zunge. Doch dann hält er inne und denkt darüber nach. Er runzelt die Stirn. »Ich weiß nicht«, sagt er in einem Flüsterton, der zu gleichen Teilen erstaunt und unsicher klingt.

»Ich hasse meine Einschränkungen«, gibt er zu. »Ich *hasse* sie. Die meiste Zeit des Tages verbringe ich frustriert oder erschöpft. Immer tut mein Kopf weh. Aber ...«

Er isst den letzten Bissen Brownie, als wolle er sich Zeit verschaffen, um seine Gefühle zu verarbeiten. Nachdem er ihn mit dem letzten Schluck Milch hinuntergespült hat, lehnt er sich zurück, legt den Kopf in den Nacken und wischt sich mit den Händen über das Gesicht. »So schwer es auch ist«, sagt er, »bin ich in vielerlei Hinsicht jetzt besser dran. Ich kümmere mich um viel mehr als nur um mich selbst. Ich habe eine bessere ... eine bessere ... Beziehung zu meinen Eltern.« Er schenkt mir ein kleines Lächeln. »Ich habe dich.«

Mein Herz setzt einen Schlag aus. Ich bin voller Ehrfurcht vor diesem Jungen. Er ist der stärkste Mensch, den ich kenne. Ich wünschte, ich hätte nur halb so viel Mut wie er. Ich wünschte, jeder könnte den Menschen sehen, den ich sehe. Ich frage mich, bei wie vielen Menschen er es sich erlauben würde, so offen und verletzlich zu sein. Aber im Moment wirkt er gar nicht so verletzlich. Sondern stark und selbstbewusst und klug. Ich kann mich glücklich schätzen, dass ich an seinem Leben teilhaben darf. Und es bedeutet umso mehr, nachdem ich weiß, dass er sich nur um Dinge und Menschen kümmert, die ihm wichtig sind. *Ich* bin ihm wichtig. Und ich fange an zu glauben, dass er recht hat. Eine bedeutungsvolle Beziehung ist besser als hundert unechte.

Achtzehn

Am Montag in der Schule sind Noah und ich wieder einmal das Gesprächsthema Nummer eins. Offenbar hatten die Gäste auf Bryce' Party nichts Besseres zu tun, als alles über das Drama auszuplaudern, das Noah und ich verursacht haben. Ich warte mit ihm an der Essensausgabe, als wir unsere Namen hören. Brooke, Austin und ein paar ihrer Freunde stehen vor uns in der Schlange, und sie reden nicht gerade leise. »… hat gesagt, dass er nicht mal mehr Uno spielen kann, weil er das Zählen verlernt hat«, sagte Brooke. »Er ist jetzt ein totaler Freak.«

Alle ihre Freunde lachen und stimmen ihr zu, mit der überraschenden Ausnahme von Austin. Er seufzt. »Hör auf, Brooke. Wir reden hier immer noch von Noah. Wie kannst du nur so gemein zu ihm sein? Er war schließlich dein Freund.«

Brooke schnaubt höhnisch. »Na und? Er ist jetzt einfach seltsam. Ich hasse es, dass wir immer so tun müssen, als würden wir ihn mögen, nur weil er mal unser Freund war.«

Ich will gerade etwas sagen, als Noah das Wort ergreift. »Dann ist es ja gut, dass ich dir den Laufpass gegeben habe«, sagt er zu Brooke. »Du musst dich nicht mehr ... mehr ... verstellen.«

Alle seine ehemaligen Freunde drehen sich um. Einige von ihnen sehen verlegen aus, weil sie beim Lästern erwischt wurden, aber Brooke wirkt sauer.

»Nicht, dass du mit deinem Getue irgendjemandem was vorgemacht hättest«, fügt er hinzu.

Austin sieht aufrichtig zerknirscht aus. Er ist der Einzige. »Tut mir leid, Noah.«

Noah ignoriert ihn und sieht mich an. »Deshalb ist sie sauer, weißt du. Sie konnte mich nicht abservieren, ohne ... ohne ...« Er stößt ein frustriertes Geräusch aus.

»Ohne oberflächlich zu wirken?«

Noah nickt. »Genau. Aber dann habe ich Schluss mit ihr gemacht, und das ist schlimmer, weil es peinlicher ist, von einem *hirngeschädigten Freak* abserviert zu werden.«

Er betont die Beleidigung, als würde er jemanden zitieren, und das tut er wahrscheinlich auch. Seit er zurück ist, nennen ihn einige Leute so, oder schlimmer.

Mit Brooke muss er recht haben, denn sie wird fast lila vor Wut. »Du hast mich *abserviert?*«, spottet sie. »Ich war sowieso nur noch aus Mitleid mit dir zusammen. Was glaubst du, warum ich hinter deinem Rücken was mit Austin angefangen habe?«

»*Brooke, es reicht*«, knurrt Austin.

Sie sollte besser aufpassen, sonst steht sie bald ganz ohne Freund da. Austin hat Noah zwar auch fallen gelassen, aber zumindest ein Teil von ihm sorgt sich immer noch um seinen ehemaligen besten Freund.

Brooke rollt mit den Augen und dreht sich wieder zur Essensschlange um. Ihre Clique folgt ihr, und Austin macht eine entschuldigende Grimasse, bevor er dasselbe tut. Noah starrt auf ihre Hinterköpfe und reibt sich dann wieder die Schläfen, als ob ihn die Konfrontation erschöpft hätte. Ich beuge mich vor und flüstere: »Du hast sie wirklich abserviert?«

Er grinst. »Auf der Party, vor all unseren Fragen. Sie ist so eine ... eine ...«

Ich warte, bis er die Worte findet. Diesmal gibt es zu viele Möglichkeiten, als dass ich versuchen könnte, es zu erraten.

»Fremdgehende Bitch«, sagt er schließlich.

Ich ziehe erstaunt die Augenbrauen hoch.

Noah nimmt sein Essen entgegen, und wir setzen uns an unseren üblichen Tisch. Kurz darauf steht Tyler vor uns. Ausnahmsweise klebt Nicole nicht an seiner Seite. Er sieht sowohl reumütig als auch entschlossen aus, als er sagt: »Kann ich mich heute zu euch setzen?«

Noah und ich tauschen einen schockierten Blick aus. Ich bin genauso überrascht wie Noah, als er mich fragend ansieht und sagt: »Warum nicht?«

Ich bin mir nicht sicher, was ich davon halten soll. Natürlich bin ich froh, dass Tyler einen Sinneswandel hatte und sich bemüht, mit Noah zu reden. Noah könnte mehr Freunde gebrauchen, besonders ein paar Jungs. Ich bin mir nicht sicher, ob *ich* wieder mit Tyler befreundet sein will. Aber für Noah werde ich freundlich sein. Ich zwinge mich zu einem Lächeln. »Setz dich.«

Noah sitzt neben mir, und Tyler nimmt uns gegenüber Platz. Ich mustere ihn. Was will er eigentlich? Warum ist er hier? Hat er es auf eine Story abgesehen? Eine Art Interview mit Noah, und deshalb ist Nicole nicht hier – weil wir sonst nicht mit ihm reden würden? Wie traurig, dass ich ihm nicht mehr vertraue.

Ich werde nicht die Erste sein, die redet, also hole ich mein Mittagessen heraus und konzentriere mich darauf.

»Wie ist dein Titel?«, fragt Noah und durchbricht mit dieser unverblümten Frage das Schweigen.

Tyler sieht ihn stirnrunzelnd an. »Was?«

»Wie die Leute dich nennen.«

»Wie ist dein Name?«, übersetze ich.

Ich weiß nicht, ob Noah sich nicht mehr an Tylers Namen erinnert oder ob er ihn überhaupt nicht kennt. Unsere Schule ist groß, und Noah war der König seiner Clique. Er musste sich nicht die Mühe machen, mit jemandem zu reden, der nicht zu seinem üblichen Kreis gehört. Ich könnte sie einander vorstellen, aber ich tue es nicht. Ich bin wohl wegen Freitagabend immer noch sauer.

Tyler geht locker mit dem falschen Wort um. »Ich bin Tyler Scoresby.«

Noah nickt und nimmt einen Bissen von seiner Pizza. »Deine Freundin ist eine Zicke.«

Tylers Mund bleibt offen stehen, und ich muss hinter meinem Truthahnsandwich ein Grinsen verstecken. Es ist jetzt Noahs Ding, mit der rauen Wahrheit herauszuplatzen. »Stimmt«, füge ich hinzu. »Das ist sie wirklich.« Offensichtlich färbt er auf mich ab.

Tyler schaut mehrmals zwischen uns hin und her, bis sein Blick schließlich auf mir liegen bleibt, als könne er nicht fassen, dass ich das gerade gesagt habe. Ich, ehrlich gesagt, auch nicht, aber ich habe es satt, gemobbt zu werden und nichts dagegen zu tun. Wenn Noah sich gegen sie wehren kann, dann kann ich das auch.

Als ich nichts sage, seufzt Tyler. »Sie hat sich am Freitag danebenbenommen.«

»Das kann man wohl sagen«, erwidere ich.

Tyler zuckt zusammen. »Ich habe versucht, ihr das deutlich zu machen, und am Samstag haben wir uns heftig gestritten. Ich habe mit ihr Schluss gemacht.«

Er hat sich von Nicole getrennt? Sie waren seit September zusammen! Und er hat es getan, weil sie gemein zu Noah war? Wow.

»Tut mir leid«, sage ich höflich, obwohl es mir überhaupt nicht leidtut, dass sie Schluss gemacht haben. Tyler war zu gut für Nicole.

Tyler hat sein Essen noch überhaupt nicht angerührt. »Nein, mir tut es leid«, sagt er. Ich bin mir nicht sicher, ob er mit mir, Noah oder uns beiden spricht.

Da ich ihn nicht so einfach vom Haken lassen will, frage ich: »Was tut dir leid?«

Er lässt die Schultern sinken. »Dass ich der Grund bin, warum du die Schülerzeitung verlassen hast. Dass wir keine Freunde mehr sind. Dass Nicole am Freitag so furchtbar zu euch beiden war.« Er schluckt und fügt mit leiserer Stimme hinzu: »Dass ich Nicole dir vorgezogen habe.« Er wirft einen kurzen Blick auf Noah, dann sieht er wieder zu mir. »Ich möchte mich wieder mit dir vertragen. Und vielleicht können wir auch noch mal miteinander ausgehen?«

Ich weiß nicht, was ich mit dieser Information anfangen soll. Sie ist so verblüffend, dass sich mein Verstand völlig ausschaltet. »Du willst mit ihr ausgehen?«, fragt Noah angespannt. Er ballt seine Hände zu Fäusten. Es sieht aus, als würde er gleich einen seiner Wutanfälle bekommen.

»Noah«, murmle ich besänftigend und lege eine Hand auf seine Faust. »Es ist okay.«

Er schüttelt den Kopf und starrt Tyler an. »Es ist nicht okay. Er hat erst vor zwei Tagen mit seiner Freundin Schluss gemacht und schon ... er ist ... er kann nicht einfach ...« Er brummt. »Du verdienst etwas Besseres.«

Tyler wirkt empört, und ich befürchte, dass er Noah anschnauzt, was Noah mit Sicherheit noch wütender machen wird. »Du kennst mich nicht. Lily und ich sind seit Ewigkeiten miteinander befreundet.«

»Ach ja?«, fragt Noah. »Und wo bist du dann gewesen? Ich habe dich nicht ein einziges Mal mit ihr reden sehen.«

Tyler schnaubt höhnisch. »Gerade du behauptest, dass ich sie nicht verdient hätte? Du hast sie dein ganzes Leben lang schikaniert. Du hast die komplette Schule gegen sie aufgehetzt. Du hast ihr Abschlussjahr ruiniert und dafür gesorgt, dass sie alle ihre Freunde verloren hat.«

»Freunde wie dich?«, erwidert Noah herausfordernd. Sie sehen aus, als würden sie sich gleich prügeln.

Ich nutze den Moment, um einzugreifen, »*Jungs*«, sage ich. »Wir sollten uns jetzt alle wieder beruhigen. Noah, danke, dass du mich beschützen willst, aber ich schaffe das schon allein.« Ich sehe Tyler an. »Willst du wirklich mit mir ausgehen?«

Er starrt mich an. »Ich tue nur das, was ich schon im September hätte tun sollen. Bitte entschuldige, dass ich mich für Nicole und nicht für dich entschieden habe. Es war die falsche Wahl. Das weiß ich jetzt. Du bist ein großartiger Mensch, Lily. Die Art und Weise, wie du Noah hilfst, ist unglaublich.«

Ich richte mich gekränkt auf. »Ich *helfe* Noah nicht. Wir sind Freunde.«

»Weil du ein toller Mensch bist.«

»Weil *er* ein toller Mensch ist.«

Tyler schüttelt frustriert den Kopf. »Hör zu, vielleicht verdiene ich keine zweite Chance, aber ich bitte dich trotzdem darum. Wir würden gut zusammenpassen.«

Ich weiß nicht, ob ich Tyler jemals so überzeugt von etwas gesehen habe. War er schon immer so selbstbewusst? Es ist schmeichelhaft, aber ich kann ihm nicht geben, was er will. »Danke für deine Entschuldigung«, sage ich, »und für die Komplimente. Ich freue mich, dass du so viel von mir hältst. Aber ich kann nicht mit dir ausgehen.«

Er runzelt die Stirn und deutet auf den Jungen, der neben mir sitzt. »Du kannst ihm also verzeihen, aber mir nicht?« Seine Stimme wird zu einem Flehen. »Ich habe einen Fehler gemacht, Lily, und ich will es wiedergutmachen.«

Er hat nicht unrecht. Noah habe ich verziehen. Es wäre heuchlerisch von mir, ihm nicht auch zu verzeihen. »Ich verzeihe dir«, sage ich. »Lass uns versuchen, wieder Freunde zu sein.«

Noah verschränkt die Arme, sagt aber nichts.

»Nur Freunde?«, fragt Tyler.

Ich sehe ihn an und denke gründlich darüber nach. Tyler ist ein gutaussehender Typ. Nicht so gutaussehend wie Noah, aber immer noch attraktiv. Außerdem ist er ein guter Mensch. Ich weiß, dass er mich verletzt hat, aber das wollte er nie. Ich kann darüber hinwegsehen und ihm verzeihen, aber die Schmetterlinge im Bauch, die ich früher in seiner Nähe hatte, sind verschwunden. Ich bin schon lange nicht mehr in ihn verknallt. »Wir können wieder Freunde sein, aber ich sehe uns nicht als Paar. Tut mir leid.«

Tyler schaut mit zusammengekniffenen Augen zu Noah, der mir daraufhin einen Arm um die Schultern legt und mich an sich zieht. Am liebsten würde ich die Augen verdrehen und ihm sagen, dass er sich nicht wie ein Höhlenmensch aufführen soll, aber ich habe gerade keine Lust, ihm eine Lektion in sozialem Verhalten zu erteilen. Außerdem mag ich es, wenn er den Arm um mich legt.

Tyler mustert uns. »So ist das also?«

Ich zucke mit den Schultern, weil ich ehrlich zu ihm sein will. »Ich weiß es nicht. Vielleicht.«

»Wir haben dieses Wochenende ein Date«, sagt Noah.

Tyler scheint überrascht, dass Noah unserem Gespräch folgen konnte. Das enttäuscht mich. Er unterschätzt Noah, so wie es jetzt alle tun.

Tyler beugt sich vor und sieht sich im Raum um, bevor er seine Stimme senkt. »Du weißt, was die Leute sagen werden.«

Er klingt aufrichtig besorgt um mich, was der einzige Grund ist, warum ich nicht wütend auf ihn werde.

»Sie sagen es bereits.« Ich zucke mit den Schultern und klaue mir ein Karottenstäbchen von Noahs Tablett, da es nicht so aussieht, als ob er es noch essen würde. »Ich bin inzwischen an einem Punkt, an dem es mir egal ist, was die Leute denken. Ich werde das tun, was mich glücklich macht. Das habe ich verdient.«

Tylers Gesichtsausdruck wird weicher. Sein Blick wandert wieder zu Noah. Die Enttäuschung steht ihm ins Gesicht geschrieben. »Und er macht dich glücklich?«

Ich sehe Noah an, und er erwidert meinen Blick, als

wäre er ebenfalls neugierig auf meine Antwort. Ich schenke ihm ein Lächeln und zucke mit den Schultern. »Ja, das tut er«, gebe ich zu. »Unsere Freundschaft ist das Beste, was mir in diesem Jahr passiert ist.«

Ich werde mit Noahs strahlendstem Lächeln belohnt.

Tyler sieht uns an, als würde er es einfach nicht verstehen. »Du willst wirklich mit ihm ausgehen? Ich meine, ist das nicht, als ob ...« Sein Blick flackert zu Noah. »Ich will dich nicht beleidigen, aber könntet ihr eine normale Beziehung führen?« Er sieht mich wieder an. »Ist das nicht so, als würde man mit einem kleinen Kind zusammen sein?«

Noah versteift sich. Wut, Schmerz und vor allem Frustration verdunkeln seinen Ausdruck. »Ich bin immer noch ich.«

Ich schenke Tyler ein Lächeln und hoffe inständig, dass er verstehen wird, was ich jetzt sage. »Sieh über seine Einschränkungen hinweg. Dann wirst du den Menschen dahinter erkennen.«

Tyler mustert Noah, als würde er ernsthaft versuchen, das zu sehen, was ich sehe. »Okay.«

Er nickt langsam, nicht besonders glücklich, aber er scheint die Situation zu akzeptieren. Er streckt Noah über den Tisch hinweg die Hand entgegen. »Wenn sie dich so sehr mag, können wir wohl Freunde sein.«

Noah ist zu sehr damit beschäftigt, auf sein Essen zu starren, um Tylers Hand zu schütteln. Mir gefällt sein Gesichtsausdruck nicht, und mir gefällt nicht, wie still er plötzlich geworden ist. Er hat die Schultern hochgezogen. Sein Selbstvertrauen scheint sich in Luft aufgelöst zu haben. Ich stoße seine Schulter an und frage leise: »Hey, alles in Ordnung?«

Er zuckt zusammen und sieht langsam zu mir hoch. Sein Nicken ist alles andere als glaubwürdig.

Ich nicke in Tylers Richtung. Er blickt auf dessen ausgestreckte, wartende Hand, sein Freundschaftsangebot. Wieder kippt seine Stimmung. Mit zusammengekniffenen Augen ergreift er Tylers Hand. »Solange du nicht versuchst, mir ... mir ...«

Tyler wartet auf das, was Noah zu sagen versucht. Diesmal kann ich nicht übersetzen, weil ich mir selbst nicht sicher bin.

»Mir Lily zu stehlen, können wir Freunde sein.«

Tyler sagt nichts darauf, und das führt dazu, dass sich die beiden wieder misstrauisch anstarren.

»Jungs, hört endlich auf. Ich kann mit euch beiden befreundet sein.«

Beide schnauben, weil ihnen diese Antwort nicht gefällt. Das bringt mich zum Lächeln. Jungs sind albern.

Neunzehn

Als ich in Mrs Porters Klassenzimmer komme, ist Noah schon da. Wir haben die letzte Woche damit verbracht, ein Buch über das Schreiben von Memoiren zu lesen. Als ich mich neben ihn setze, hat er sein Buch auf den Tisch gelegt und den Kopf in die Hände gestützt. Seine Finger hat er in die Haare gekrallt, als wolle er sie ausreißen.
»Hey«, sage ich sanft.

Als er mich ansieht, glänzen seine Augen vor Tränen. Zweifellos sind es Tränen der Frustration. »Ich schaffe das nicht«, sagt er, und die Verzweiflung in seiner Stimme bricht mir das Herz. »Ich werde Monate brauchen, um dieses Buch zu leben, und ich kann nicht einmal ... ich kann nicht ...«

Als er die Worte nicht mehr herausbekommt, laufen ihm schließlich die Tränen über seine Wangen. »Ich vergesse sofort, was ich lese!«, brüllt er.

Ich habe einige Nachforschungen über Aphasie angestellt, damit ich weiß, womit ich es zu tun habe und wie ich Noah am besten helfen kann. Aphasie betrifft mehr als nur das Sprechen. Es hat damit zu tun, dass das Sprachzentrum seines Gehirns beschädigt ist. Das bedeutet, dass ihm auch das Lesen und Schreiben schwerfällt. Wenn dann noch Probleme mit dem Kurzzeitgedächtnis hinzukommen, hat er einen ganzen Berg von Hindernissen vor sich. Er ist intelligent und weiß, was er sagen will, er kann es nur nicht vermitteln.

Ich hasse es, dass er mit diesem Problem zu kämpfen hat. Ich wünschte, ich könnte es ihm abnehmen. Aber ich kann nur geduldig sein und ihm helfen, die Gedanken zu ordnen, die er ausdrücken will.

Weitere herzzerreißende Tränen fließen über sein Gesicht. Ehe ich mich versehe, stehe ich von meinem Platz auf, umrunde meinen Schreibtisch und ziehe Noah auf die Beine. Dann lege ich meine Arme um ihn und drücke ihn fest.

Er klammert sich an mich, als hinge sein Leben davon ab, und vergräbt sein Gesicht in meinem Nacken. Er holt zitternd tief Luft, als würde er versuchen, ein Schluchzen zu unterdrücken. Ich streiche mit meinen Händen beruhigend über seinen Rücken. »Du *schaffst* das«, sage ich. »*Wir* schaffen das. Gemeinsam. Dafür bin ich doch da.«

Er drückt mich wieder an sich, als hätte er Angst, ich könnte verschwinden. Ich lasse mich von ihm halten. Er braucht das gerade, und ehrlich gesagt ist es gar nicht so schlecht, in seinen Armen zu liegen. Er schnieft einmal, dann zieht er sich zurück. Er kann mir nicht in die Augen sehen, und sein Adamsapfel hüpft an seiner Kehle. Als ich ihm die Tränen aus dem Gesicht wische, fallen seine Augen zu. »Ich behalte die technischen Aspekte im Blick«, sage ich. »Und du kannst die Erfahrung beisteuern. Auch wenn ich dir eine Million Fragen stellen muss, wir werden diese Geschichte aufschreiben. Versprochen.«

Noah öffnet seine Augen und starrt mich mit einem Blick an, der so intensiv ist, dass mir der Atem stockt. Er zieht mich wieder in seine Arme, aber diesmal nicht aus Verzweiflung. Diese Umarmung ist nicht unschuldig oder ein Schrei nach Hilfe. Bei dieser Umarmung zittert nicht er, sondern *ich*. »Danke, Lily«, flüstert er und gibt mir einen sanften Kuss auf die Wange. Seine Lippen verweilen lange genug, dass mir sein warmer Atem einen wohligen Schauer über den Rücken jagt, und ich bin mir hundertprozentig sicher, dass er mich auf den Mund küssen würde, wenn wir nicht in der Schule wären. Ich bin überrascht, dass meine Knie nicht nachgeben.

Mrs Porter merkt wohl auch, dass es bei dieser Umarmung nicht mehr nur um Trost geht, denn sie räuspert sich und ruft von ihrem Schreibtisch aus: »Alles in Ordnung da drüben, ihr beiden?«

Hitze schießt in meine Wangen, und ich reiße mich aus Noahs Umarmung. Noah wird jedoch überhaupt nicht rot. Das Grinsen in seinem Gesicht ist das eines Jungen, der gerade dabei erwischt wurde, wie er die Regeln bricht, dem das aber völlig egal ist. Als er mir zuzwinkert, bin ich erstaunt über seinen Stimmungswandel.

»Jetzt ist wieder alles in Ordnung«, antworte ich, ohne Mrs Porter anschauen zu können. Ich eile zu meinem Platz zurück und ziehe meinen Tisch dicht an Noahs heran.

Noah setzt sich ebenfalls wieder, und ich spüre, wie sich sein Blick in mich brennt. Ich kann nicht anders, als zu ihm zu sehen. Er betrachtet mich einen Moment lang seltsam und neigt den Kopf zur Seite, als würde er über etwas nachdenken. »Du bist sehr schön, wenn du rot wirst«, sagt er schließlich. »Ich möchte dich wirklich gern küssen.«

Ach du meine Güte. Wieder beginnen meine Wangen zu brennen. Ich konzentriere mich auf meinen Rucksack und ziehe mein Notizbuch heraus. »Also, dieses Buch ...«, versuche ich verzweifelt, das Thema zu wechseln. Noah lacht auf. Ich ignoriere es. »Ich denke, wir sollten ganz am Anfang beginnen. Welche Botschaft oder welches Gefühl versuchst du deinen Lesern zu vermitteln? Warum schreibst du dieses Buch?«

Es dauert einen Moment, bis Noah antwortet, aber schließlich konzentriert er sich auf die anstehende Aufgabe und nicht mehr auf mich. »Ich möchte meine Geschichte teilen, um Menschen wie mir zu helfen.« Er schluckt schwer. »Es ist beängstigend und ... und ...«

Er schließt die Augen und atmet tief ein, während er versucht, das Wort zu finden, das er sucht. Seine Emotionen lassen mich plötzlich gegen meine eigenen Gefühle ankämpfen. Ich kann mir nicht vorstellen, wie frustrierend und einfach nur beängstigend seine Erfahrung gewesen sein muss. Wie beängstigend es immer noch sein muss.

»Und deprimierend«, fügt er hinzu.

Es ist wirklich herzzerreißend. Ich weiß, wie sehr er sich bemüht. Und wie jeder, auf den er zu zählen glaubte, ihn im Stich gelassen hat. Wenn ich an seiner Stelle wäre, wüsste ich nicht, ob ich so hart daran arbeiten könnte wie Noah, um das alles zu überwinden und mein Leben zurückzubekommen.

»Aber es gibt auch gute Seiten«, sagt er. »Ich kann den Menschen Hoffnung geben.«

Mir steigen Tränen in die Augen. Wie kann das der

gleiche Junge sein, der immer nur an sich selbst gedacht hat? Woher kommt dieses große Herz?

»Hoffnung also«, sage ich und räuspere mich, um den Kloß im Hals loszuwerden. »Hoffnung ist ein tolles Thema. Wenn du das zur Hauptbotschaft machen willst, müssen wir damit beginnen, alle wichtigen Ereignisse aus deinem Leben aufzuschreiben. Wir brauchen sowohl deine dunkelsten Momente als auch die, in denen du einen Durchbruch hattest oder dich hoffnungsvoll gefühlt hast.«

Ich nehme ein Blatt Papier heraus und zeichne eine Zeitleiste. »Beginnen wir mit den wichtigsten Meilensteinen.«

Noah und ich beginnen, eine Liste von Ereignissen zu erstellen. Ich notiere sie auf unserem Zeitstrahl. Manchmal muss ich nachhaken, aber größtenteils kann er die Ereignisse aufzählen. Es ist ein langsamer Prozess, aber es klappt.

Nach der Hälfte des Unterrichts antwortet er langsamer. Er verzieht das Gesicht und reibt sich den Kopf. Er sieht blass aus. »Bist du okay?«, frage ich, obwohl klar ist, dass er es nicht ist.

»Nur Kopfschmerzen. Die habe ich manchmal.«

Er versucht noch ein paar Minuten, aufmerksam zu arbeiten, aber schließlich bricht ihm der Schweiß auf der Stirn aus, und er ist gezwungen, seinen Kopf auf den Schreibtisch zu legen. »Willst du zur Krankenschwester gehen?«

Er schüttelt den Kopf und stöhnt. »Der Unterricht ist fast ... fast ...«

Er versucht nicht, seinen Gedanken zu beenden. Seine Augen schließen sich.

Er hat recht, es sind nur noch zehn Minuten bis Unterrichtsende. Ich packe erst meine Sachen ein, dann auch seine. Mrs Porter sagt nichts dazu, dass wir früher aufhören. Ich lasse Noah ausruhen und nehme ein Buch in die Hand. Ich versuche zu lesen, aber immer wieder wandert mein Blick zu Noah. Er schläft, aber seine Stirn ist gerunzelt, als ob er noch Schmerzen hätte, obwohl er nicht wach ist.

Als es klingelt, rüttle ich sanft an Noahs Schulter. Im ersten Moment sieht er sich verwirrt um, aber der Nebel lichtet sich, als er mich sieht. »Der Unterricht ist vorbei«, sage ich.

Er nickt, kneift dann aber die Augen zusammen und massiert sich die Schläfen.

Ich helfe Noah auf und nehme ihm den Rucksack ab. Dass er mich ihn tragen lässt, sagt viel darüber aus, wie schlecht es ihm geht. »Komm, wir bringen dich nach Hause.«

Wir gehen Arm in Arm, weil ihm schwindlig wird, wenn er Kopfschmerzen hat, und dann helfe ich ihm ins Auto. Er sinkt erschöpft in den Sitz und hat die Augen wieder geschlossen, noch bevor er richtig sitzt. »Denk an den Sicherheitsgurt«, erinnere ich ihn. Er zieht den Gurt über seine Brust, schafft es aber nicht, sich anzuschnallen. Ich helfe ihm und schließe sanft die Beifahrertür.

Als ich auf die andere Seite des Wagens gehe, stelle ich fest, dass mich Austin beobachtet. Sein eigenes Auto steht direkt neben Noahs. Stirnrunzelnd sieht er zwischen Noah und mir hin und her.

Sein besorgter Blick ist überraschend, aber irgendwie auch nicht. Er hat Noah zwar fallengelassen, aber sie waren fast ihr ganzes Leben lang beste Freunde. Er hat Noah nie wirklich verteidigt, aber er unternimmt meist halbherzige Versuche, Brooke davon abzubringen, wenn sie gemein zu ihm ist.

Ich persönlich glaube, dass er die Beziehung zu seinem besten Freund kitten möchte, aber zu viel Angst hat, sich gegen all seine Freunde zu stellen, die Noah jetzt für einen Freak halten. Das macht mich wütend. Noah braucht ihn, auch wenn er ein riesiger Idiot ist.

Ich starre ihn herausfordernd an. *Komm und sieh nach, ob es ihm gut geht. Du weißt, dass du es willst.* Aber er tut es nicht. Als er meinen Blick bemerkt, schluckt er nervös. Unser Wettstarren wird unterbrochen, als plötzlich Tyler auftaucht. »Lily!« Er läuft auf mich zu. »Warte doch!«

In der einen Sekunde, in der ich abgelenkt bin, springt Austin in sein eigenes Auto und fährt davon. Feigling. Ich werfe meinen Rucksack auf den Rücksitz und drehe mich zu Tyler um. »Was willst du?«, frage ich leise, weil ich Noah nicht stören will.

Tyler sieht an mir vorbei zu Noah und senkt dann seine Stimme. »Was machst du am Samstag? Ich habe eine Campus-Tour an der U of A gebucht. Eigentlich wollte ich mit Nicole hingehen, aber jetzt ... Ich dachte, du hättest vielleicht Lust. Du hast dich doch auch da beworben, oder?«

»Ja.«

Tyler umklammert die Riemen seines Rucksacks und wippt auf seinen Fersen. »Also, magst du mitkommen?« Jetzt wirkt er nicht mehr so selbstsicher wie beim Mittagessen. »Wir könnten uns auch ein bisschen in Tucson umsehen, während wir dort sind. Nur als Freunde«, fügt er hinzu, als ich nicht automatisch antworte. »Es ist kein Date oder so was.«

Ich muss lächeln. Es ist schön, dass Tyler wieder mit mir redet. Es ist schön, wieder Freunde zu haben. Ich hatte sowieso vor, mir den Campus der University of Arizona zu anzusehen. Es wäre schön, Gesellschaft zu haben. »Gern«, sage ich. »Wenn es meine Pläne mit Noah nicht durchkreuzt, muss ich es nur mit meiner Mutter absprechen. Sie arbeitet viel, und ich muss auf meinen kleinen Bruder aufpassen.«

Tyler lächelt ebenfalls, auf eine Art, die mich glauben lässt, dass er über unsere gekittete Freundschaft genauso froh ist wie ich. »Okay, dann sag mir einfach Bescheid.«

Er geht ein paar Schritte rückwärts und schenkt mir noch ein Lächeln, bevor er sich umdreht und sich auf den Weg zur Schülerzeitung macht. Ich merke, dass ich immer noch lächle, als ich ins Auto steige.

»Bist du aufgeregt?«, fragt Noah und lässt mich wissen, dass er nicht wirklich schläft. Seine Augen sind allerdings noch geschlossen. Wahrscheinlich machen ihn seine Kopfschmerzen lichtempfindlich.

»Wegen was?«

»Deinem Date mit Tyler.«

»Es ist kein Date. Wir gehen nur als Freunde.«

Noah verzieht das Gesicht, als würde er mir das nicht abkaufen. Ich ignoriere seine Skepsis. »Ich freue mich darauf, das College zu besichtigen. Wir können unsere Mal-Session doch am Sonntag machen, oder? Ich muss da unbedingt hin. Ich hatte es schon lange vor, aber da Mom so viel arbeitet, hat sich noch keine Gelegenheit ergeben.«

»Da willst du also hin? Nach Arizona?« Seine Stimme

klingt besorgt. Ich verstehe es nicht, bis er sagt: »Das ist so weit weg.«

Zwei Stunden sind nicht so weit weg, aber ich wäre trotzdem nicht mehr hier. Es versetzt meinem Herz einen Stich, als ich sein Problem verstehe. Er hat Angst, zurückgelassen zu werden. Ich kann mir nicht vorstellen, wie schwer es für ihn sein muss mitanzusehen, wie alle, die er kennt, ohne ihn weiterziehen. Ich denke an meinen kleinen Bruder und unseren Geldmangel. »Mach dir nicht so viele Sorgen. Wahrscheinlich werde ich nirgendwo hingehen, sondern zu Hause bleiben und mit dir abhängen.«

Statt der erwarteten Erleichterung vertieft sich sein Stirnrunzeln. »Ist es das, was du willst?«

Ich seufze. »Ich wollte auf die University of Southern California gehen, aber ohne ein Stipendium kann ich mir das nicht leisten. Hoffentlich wird das Buch, das wir schreiben, dabei helfen. Ansonsten werde ich wahrscheinlich ein Jahr Pause machen, um zu arbeiten und zu sparen. Dann werde ich wahrscheinlich auf ein Community College gehen. Aber es ist nicht alles schlecht. Wenn ich zu Hause bleibe, können wir weiter zusammen abhängen.«

Er schließt die Augen und dreht sein Gesicht Richtung Beifahrerfenster. »Als ob das ein Trost wäre«, murmelt er.

Sein Zynismus erstaunt mich. Noah hat seine düsteren Momente, aber normalerweise ist er nicht so pessimistisch. »Hey. Sei doch nicht so.«

Er öffnet die Augen und sieht mich an. »Wie denn? Realistisch? Tyler hat nicht unrecht. Ich bin nicht … nicht …«

Ich warte.

»Ich bin anders. Ich kann kein normaler Freund sein. Er hat recht, du verdienst etwas Besseres.«

Ich bin überrascht von der Wut, die in mir aufsteigt. »Etwas Besseres als dich?« Ich sage es so energisch, dass Noah zusammenzuckt. »Du meinst, ich verdiene Freunde wie Tyler und Zoey? Leute, die mich im Stich lassen, wenn ich sie brauche? Leute, die mich für meine Freundschaft mit dir verurteilen?«

Noah runzelt die Stirn, als hätte er das nicht bedacht.

Ich schüttele den Kopf und starte den Motor. »Ich verstehe, dass du frustriert bist, aber ich werde nicht zulassen, dass du im Selbstmitleid badest. Du bist einzigartig. Das ist keine schlechte Sache. Und natürlich kannst du ein normaler Freund sein.«

Er will widersprechen, aber ich komme ihm zuvor. »Du verbringst Zeit mit mir, wenn ich einsam bin, du munterst mich auf, wenn ich traurig bin, du stehst für mich ein, wenn andere gemein zu mir sind. Du sorgst dich um mich. Das ist es, was ein normaler Freund tut. Mehr als das. Das ist es, was ein *guter* Freund tut.«

Er blinzelt wiederholt, und ich beobachte, wie sein Gesichtsausdruck von Selbstmitleid zu zögerlicher Akzeptanz wechselt. Ich lege meine Hand auf seine und sage etwas sanfter: »Was ich beim Mittagessen gesagt habe, habe ich ernst gemeint. Deine Freundschaft ist das Beste, was mir in diesem Jahr passiert ist. Okay?«

Er braucht einen Moment, dann nickt er, und seine Mundwinkel verziehen sich zu einem winzigen Lächeln. »Danke.«

Ich streichle seine Hand. »Bringen wir dich nach Hause, damit du etwas gegen deine Kopfschmerzen nehmen kannst.«

Er nickt wieder und lehnt den Kopf gegen das Fenster. Seine Augen fallen zu, und sein Atem wird gleichmäßiger. Er ist wieder eingeschlafen. Es muss ihm wirklich schlecht gehen, denn er wacht nicht auf, als ich Mason abhole. Nicht mal, als ich in seine Einfahrt fahre und aus dem Auto steige. Ich öffne die Beifahrertür und rüttle ihn sanft wach. »Noah, wir sind zu Hause.«

Als er sich an den Kopf fasst und stöhnt, schaue ich zu seinem Haus. »Wie lange dauert es, bis deine Mutter von der Arbeit nach Hause kommt?«

»Normalerweise eine Stunde.«

Mrs Trask hat ihren Arbeitsplan so gestaltet, dass sie so wenig wie möglich weg ist, wenn Noah zu Hause ist. Sie bringt ihn zur Schule, aber sie kommt nicht vor ihm nach Hause. Wir hatten ein langes Gespräch, als sie beschlossen hat, ihn allein zu Hause sein zu lassen. Ich bin für Notfälle da, aber ich glaube, er mag die Unabhängigkeit. Meistens schläft er einfach nur, also mache ich mir nicht keine großen Sorgen. Aber heute ...

Mir gefällt der Gedanke nicht, dass er allein ist, wenn es ihm so schlecht geht, aber ich will ihn auch nicht kränken. Meine Besorgnis gewinnt, aber ich formuliere sie sehr vorsichtig. »Möchtest du für eine Weile zu uns kommen? Ich gebe dir ein paar Schmerztabletten, und wir vertreiben uns die Zeit, bis deine Mutter nach Hause kommt.«

Er kann der Einladung nicht widerstehen. »Singt gut.«

Ich trage seine Tasche hinein und stelle unseren Kram neben der Tür ab. Er setzt sich an den Küchentisch und wartet, während ich ihm ein paar Paracetamol und ein

Glas Wasser hole. Nachdem er die Tabletten geschluckt hat, legt er den Kopf in die Arme. Die Kopfschmerzen müssen wirklich schlimm sein. Ich lege ihm eine Hand auf den Rücken. »Lass uns ins Wohnzimmer gehen. Ich kann die Jalousien runterlassen.«

Er zwingt sich aufzustehen und lässt sich von mir zur Couch führen. Dabei ergreift er meine Hand und verschränkt unsere Finger ineinander. Das ist keine freundschaftliche Geste. Es ist viel mehr. Und er scheint es unbewusst zu tun. Wir setzen uns Schulter an Schulter aufs Sofa, und er zieht meine Hand auf seinen Oberschenkel ohne die Absicht, sie loszulassen. »Willst du etwas gucken?«, frage ich.

»Nein.« Er lehnt den Kopf auf meine Schulter. »Ich will hier einfach nur mit dir sitzen.«

Das ist so süß, dass ich dahinschmelzen könnte, wenn ich nicht so aufgedreht wäre, weil er sich so an mich kuschelt.

Ich lehne mich zurück und versuche, mich zu entspannen und den Körperkontakt einfach zu genießen. Das ist schön. *Richtig* schön. Es dauert nur ein paar Sekunden, bis sich seine Atmung beruhigt und sich seine Hand in meiner löst.

Mason kommt ins Zimmer und setzt sich mit seinem Rucksack an den Couchtisch. Beim Anblick von Noah und mir, wie wir so gemütlich beieinandersitzen, stutzt er. Erst recht, als er unsere immer noch ineinander verschränkten Hände bemerkt. Mein kleiner Bruder wirft uns einen langen, nachdenklichen Blick zu, als würde er überlegen, was er von dieser neuen Entwicklung hält. Als seine Augen fragend zu meinen zurückkehren, werfe ich ihm einen Blick zu, der sagen soll »Ich weiß doch auch nicht. Ich mache nur mit«. Er denkt noch einen Moment länger nach, dann verzieht sich sein Mund zu einem kleinen Lächeln, und er holt seine Hausaufgaben aus der Tasche, ohne auch nur einen Ton zu sagen. Es ist süß, dass ich seine Zustimmung habe.

Noah bewegt sich neben mir, fast so, als würde er sich winden, und stöhnt auf. Ich schnappe mir ein Kissen und lege es auf meinen Schoß. »Noah, leg dich hin.« Ich führe seinen Kopf auf das Kissen. Er zieht seine Füße aufs Sofa und rollt sich auf der Seite zusammen. Ich streiche ihm sanft über den Kopf. Er seufzt entspannt und fällt in einen friedlichen Schlaf.

Ich kann nicht glauben, dass ich hier sitze und ein Junge auf meinem Schoß liegt. Ich fahre mit den Fingern durch seine Haare. Noch nie war ich so intim mit einem Jungen. Es ist ein neues Gefühl, und es gefällt mir. Ich mag, dass er mir so sehr vertraut und sich bei mir so wohl fühlt, dass er sich mir gegenüber so verletzlich zeigt. Ich mag es, mich um ihn zu kümmern.

Ich lasse mir von Mason mein Geschichtsbuch bringen und lese, während Noah sein Nickerchen macht. Wir sitzen eine gute halbe Stunde lang so da, Mason und ich machen in aller Ruhe unsere Hausaufgaben, während Noah schlafend seine Migräne übersteht. Da kommt Mom überraschend früher nach Hause. Sie betritt das Wohnzimmer und reißt die Augen auf. »Was ist ...« Ich halte meinen Finger an meine Lippen, und sie senkt automatisch ihre Stimme. »Was ist denn hier los?«

Misstrauisch beäugt sie den Jungen, der auf meinem

Schoß schläft. Sie runzelt die Stirn, als ob ich etwas angestellt hätte. »Das ist Noah Trask«, flüstere ich.

»Der Junge von nebenan?«, fragt sie erstaunt. »Der mit der Football-Verletzung?«

Ich nicke. »Er macht nach der Schule meistens ein Nickerchen. Heute war seine Migräne so schlimm, dass ich ihn nicht allein lassen wollte. Seine Mutter sollte bald von der Arbeit nach Hause kommen.«

Sie wirft mir einen skeptischen Blick zu. »Und er muss ausgerechnet in deinem Schoß schlafen?«

Sie ist definitiv nicht glücklich darüber. »Ich habe nur seinen Kopf gestreichelt«, verteidige ich mich. »Das schien ihn so zu beruhigen, dass er einschlafen konnte. Wir haben nichts Falsches getan.«

Mom verschränkt die Arme vor der Brust. »Trotzdem möchte ich nicht, dass du Jungs zu Besuch hast, wenn ich nicht zu Hause bin.«

»Aber du bist doch *nie* zu Hause!«, blaffe ich und vergesse dabei, zu flüstern.

Mein verbitterter Tonfall schockiert uns beide, aber jetzt, wo ich damit angefangen habe, kann ich nicht mehr aufhören. Alle meine aufgestauten Gefühle beginnen herauszuplatzen. »Ich gehe zur Schule und passe auf Mason auf. Das ist alles, was ich tue. Jeden Tag. Sogar an den Wochenenden. Ich habe kein Leben mehr, weil du immer arbeiten bist! Früher warst du so wütend auf Dad, weil er ständig weg war, aber jetzt sehen wir dich noch viel seltener als ihn früher. Ich habe nur noch einen einzigen Freund, und manchmal braucht er mich. Ich werde ihn nicht im Stich lassen, nur weil du nie da bist. Ich bin fast achtzehn, und ich beschwere mich nie darüber, dein unbezahltes Kindermädchen zu spielen. Ein bisschen Vertrauen und Verständnis wäre schön. Außerdem musst du dir am Samstag freinehmen oder einen Babysitter finden, denn ich habe eine Campus-Tour an der U of A, und die will ich nicht verpassen.«

Mit meinem Ausbruch habe ich meine Mutter sprachlos gemacht und Noah geweckt. Er setzt sich auf und bemerkt die Spannung im Raum. Ich frage mich, wie viel er mitbekommen hat. Seinem Gesichtsausdruck zufolge das meiste, wenn nicht sogar alles. Als er meine Mutter sieht, steht er auf und streckt ihr die Hand entgegen. »Hi Mrs ähm ... ähm ...« Er sieht mich panisch an.

Ich stehe auf und stelle sie einander vor. »Mom, das ist Noah. Noah, das ist meine Mutter, Heather Green.«

»Hi Mrs Green. Freut mich, Sie lennenzukernen.«

»Dich kennenzulernen«, stelle ich klar, als meine Mutter die Stirn runzelt.

Noah errötet. »Tut mir leid. Manchmal verwechsle ich die Wörter.«

Mom schüttelt Noah die Hand, aber es fällt ihr immer noch schwer zu sprechen. Sie wirkt aufgebracht und scheint Tränen zu unterdrücken. Als sie ihre Stimme endlich wiederfindet, klingt sie zittrig. »Hallo, Noah. Freut mich auch, dich kennenzulernen.«

Was folgt, ist die längste peinliche Pause meines Lebens.

Noah räuspert sich. »Ich sollte gehen.«

Ich hasse es, dass er sich unwillkommen fühlt. Ich hasse es, dass er so meine Mutter kennengelernt hat. Er braucht mehr Menschen, die ihn in seinem Leben unterstützen und nicht dazu beitragen, dass er sich schlechter fühlt. Ich drücke seine Hand. »Geht es dir besser?«

Sein Gesicht wird weicher, und er schenkt mir ein kleines Lächeln. »Ja. Vielen Dank.«

»Kannst du allein rübergehen?«

»Ich glaube schon.«

»Weißt du noch, wo dein Hausschlüssel ist?«

Noah tastet seine Taschen ab, dann sieht er mich fragend an. »Äh ...«

»In der Außentasche deines Rucksacks.«

Ich begleite ihn zur Tür und ziehe seinen Hausschlüssel heraus. Er schultert seinen Rucksack und nimmt den Schlüssel an sich.

»Ruf mich an, wenn du etwas brauchst.«

»Mache ich.« Er überrascht mich mit einem Kuss auf die Wange. »Danke, Lily.«

Ich hätte nie gedacht, dass ein einfacher Kuss auf die Wange einem das Gefühl geben kann zu schweben, aber genau so fühle ich mich in diesem Moment. Meine ganze Verärgerung über meine Mutter schmilzt dahin. Ein Grinsen, das dem von Noah in nichts nachsteht, breitet sich auf meinem Gesicht aus. »Bis dann.«

Noah erwidert mein Grinsen mit seinem eigenen, wunderschönen Lächeln. »Bis morgen.«

Als ich die Tür schließe und ins Wohnzimmer zurückkehre, wartet Mom schon auf mich. Sie sieht nicht gerade glücklich aus, aber auch nicht total wütend. »Lass uns reden.« Ihre Stimme ist ruhig. Aber ich merke, dass es eine erzwungene Ruhe ist.

Ich seufze. »Tut mir leid, dass ich laut geworden bin.« Aber die Dinge, die ich gesagt habe, tun mir nicht leid.

Meine Entschuldigung wird nicht ausreichen. Mom setzt sich aufs Sofa und wartet, dass ich mich zu ihr setze. Ich tue mein Bestes, um nicht genervt zu stöhnen oder wieder wütend zu werden. Das ist nicht leicht. Mir war gar nicht klar, wie sehr mich das alles bedrückt. Ich lasse mich auf den Sessel sinken und warte auf ihre Belehrung.
»Mir gefällt deine Einstellung nicht«, sagt Mom.
Ich beiße die Zähne zusammen, um ihr nicht noch mehr von dieser Einstellung zu zeigen. Sie mag es nicht, wenn ich frech bin, aber es gibt auch vieles, was ich nicht mag.
»Ich weiß, dass es schwer ist. Für mich doch auch. Es gefällt mir wirklich nicht, so oft weg sein zu müssen, aber ich habe keine andere Wahl. Wir sind jetzt auf uns allein gestellt.«
»Das verstehe ich, aber das macht es nicht weniger frustrierend. Du bist nicht die Einzige in diesem Haus, die sich wie eine Alleinerziehende fühlt. Mase und ich haben bei der Scheidung nicht nur Dad verloren. Sondern euch beide. Ich habe das Gefühl, von jetzt auf gleich erwachsen geworden zu sein. Es ist mein letztes Jahr an der Highschool, und ich verbringe es damit, mich um meinen kleinen Bruder zu kümmern. Ich kann nicht ausgehen. Ich kann mir keinen Job suchen. Wie soll ich das College bezahlen, wenn ich kein Geld zurücklegen kann? Was wirst du nächstes Jahr machen, wenn ich nicht hier bin?«
Mom schluckt. »Ich weiß es nicht, Lily. Ich habe darauf keine Antworten. Ich tue einfach mein Bestes. Tut mir leid, dass ich deine Hilfe brauche. Ich weiß, dass es nicht fair ist, aber das Leben ist eben nicht fair.«
Ich möchte schreien und mir die Haare ausreißen. Das

Leben ist definitiv nicht fair. Alles an dieser Situation ist scheiße, und wir können nichts dagegen tun. Das Einzige, was es im Moment erträglich macht, ist Noah.

Ich lehne meinen Kopf zurück und reibe mit den Händen über mein Gesicht. »Du musst mir mehr zutrauen, Mom. Ich tue, was ich tun muss, und ich beschwere mich nie.«

Sie seufzt. »Ich weiß. Du hast dich bei alldem sehr erwachsen verhalten.«

Ich sehe sie an und spreche mit fester, ruhiger Stimme. »Dann vertrau mir doch ein bisschen. Das habe ich verdient. Ich weiß, wie man gute Entscheidungen trifft, und ich werde mir keinen Ärger mit Jungs einhandeln.«

Mom ist einen langen Moment lang still. Sie starrt mich an, und ich halte ihrem Blick stand. Ich werde in dieser Angelegenheit keinen Rückzieher machen. »Erzähl mir von diesem Jungen«, sagt sie schließlich.

Ich kann nicht sagen, ob sie seinen Zustand oder den Status unserer Beziehung meint. Ich beginne mit seinem Zustand, weil das viel weniger kompliziert ist. »Noah hat ein Schädel-Hirn-Trauma erlitten. Dadurch ist er in vielerlei Hinsicht eingeschränkt. Sein Gedächtnis, seine Sprache, seine kognitiven Fähigkeiten und seine Fähigkeit, Informationen zu verarbeiten, sind nur eine kurze Liste der Auswirkungen dieser Verletzung auf ihn. Er braucht viel Unterstützung, und manchmal ist es besser, wenn er nicht alleine ist. Als Susan wieder arbeiten gehen musste, ist sie zu mir gekommen und hat mich um Hilfe gebeten.«

Mom reibt sich den Kopf, als würde er wehtun. »Und Susan ist Noahs Mutter, richtig?«

Ich nicke. »Wir verstehen uns ziemlich gut, seit Noah wieder zu Hause ist.«

Mom scheint verblüfft zu sein, und ich zucke mit den Schultern. Susan ist für Mason und mich wie eine zweite Mutter geworden. Es ist schön, mit ihr reden zu können und dass sie sich um uns kümmert, so wie sie sich um Noah kümmert.

»Jedenfalls habe ich Susan, als sie wieder arbeiten musste, gesagt, dass ich immer da bin, wenn Noah etwas braucht. Er muss hierher kommen dürfen, wenn es nötig ist, ob du nun zu Hause bist oder nicht.«

Moms Stirn runzelte sich. »Also ... bist du so etwas wie ein Babysitter?«

Ich verziehe das Gesicht. »*Nein.* Ich achte auf ihn, aber ich bin kein Babysitter. Eher eine Art Notfallkontakt.«

Ihre Verwirrung verwandelt sich in Sorge. »Das ist eine große Verantwortung.«

»Es fühlt sich nicht so an. Noah ist mein Freund. Mein einziger Freund im Moment.«

»Was ist mit Zoey?«

Plötzlich sieht der Boden besonders interessant aus.

»Lily?«

Ich zucke mit den Schultern und murmle: »Sie hat mir die Freundschaft gekündigt. Sie war es leid, dass ich nie etwas unternehmen konnte und dass ich keine Freunde mehr habe. Sie wollte nicht mehr ausgestoßen sein, nur weil ich es bin. Ich kann es ihr nicht wirklich verübeln. Sie hat eine neue Clique gefunden und hat jetzt einen Freund. Anfangs hat sie noch versucht, mich miteinzubeziehen, aber als ich mich mit Noah angefreundet habe – den jetzt alle für einen Freak halten – wurde sie wütend und sagte, sie wäre fertig mit mir. Wir reden nicht mehr miteinander. Noah ist der einzige Freund, den ich habe.«

»Früher hattest du doch so viele Freunde.«

Ich kann sie nicht ansehen. Das wäre zu beschämend. Also starre ich auf den Boden. »Die beliebten Schüler haben mich Anfang des Jahres zur Zielscheibe gemacht und mich gemobbt. Und dann haben mich alle meine Freunde fallen gelassen, weil sie Angst hatten, auch gemobbt zu werden.«

»Oh, Lily ...« Mom legt ihren Arm um mich. In ihrer Stimme schwingt Verzweiflung mit. »Warum hast du nichts gesagt?«

Zu meinem Entsetzen füllen sich meine Augen mit Tränen. »Was hätte das gebracht? Du kannst auch nichts dagegen tun und hast auch so schon genug Sorgen.«

»Lily.« Jetzt hat sie Tränen in den Augen. Sie packt mich an den Schultern und dreht mich so, dass ich sie ansehen muss. Sie wartet, bis ich es tue, bevor sie weiterspricht. »Deine Probleme sind meine Probleme. Ich bin deine Mutter. Mach dir keine Sorgen um das, womit ich zu tun habe. Ich kann damit umgehen. Du kannst immer und mit allem zu mir kommen.«

Jetzt blinzle ich mir ebenfalls Tränen aus den Augen. »Es gibt nichts, was du tun kannst.«

»Wir könnten mit der Schulverwaltung reden. Wir könnten ...«

»Die kann da auch nichts machen. So sind Teenager nun mal, egal wer ihnen sagt, dass sie damit aufhören sollen. Es spielt aber auch keine Rolle. Es ist schon das ganze Schuljahr lang so, was sind da ein paar Monate mehr?

Dann habe ich meinen Abschluss und kann dem Ganzen entfliehen.«

»Schatz, du hättest mir das alles sagen müssen.«

Ich werfe ihr einen bösen Blick zu. »Wann denn? Du bist ja nie da. Wir reden überhaupt nicht mehr miteinander, falls du es noch nicht bemerkt haben solltest. Ich weiß nicht mal, warum du jetzt schon wieder da bist.«

Mom seufzt. »Sie haben mich früher nach Hause geschickt, weil ich heute Abend eine Schicht übernehmen soll.«

Am liebsten würde ich verächtlich schnauben, aber Wut hilft mir auch nicht weiter.

Mom umarmt mich erneut. »Ich werde mich bessern. Mir mehr Zeit für euch nehmen. Ich werde besser aufpassen. Ich habe es für selbstverständlich gehalten, wie toll du und dein Bruder mit der ganzen Situation umgehen. Aber ich möchte, dass du von nun an mit deinen Problemen zu mir kommst. Ich will alles wissen, was in deinem Leben vor sich geht. Und mach dir keine Sorgen um Zoey. Ihr Mädels seid schon ewig beste Freundinnen. Ihr werdet das schon hinkriegen.«

Ich lehne mich schniefend an meine Mutter. Sie drückt mich noch mal, dann legt sie mir ihre Hände auf die Schultern und schaut mich an. »Und jetzt erzähl mal, was wirklich zwischen dir und Noah los ist.«

Ich muss grinsen. Ich wische mir die Tränen weg und sage: »Ich weiß es nicht. Ich mag ihn. Ich glaube, ich mag ihn so richtig, und ich glaube, er mag mich auch.«

»Aber ist er nicht ... ich meine, ist er nicht ... du hast gesagt, er hat einen Hirnschaden.«

»Ja. Er hat einige Einschränkungen, die ihn anders machen, aber gerade das macht ihn besonders. Das macht ihn nicht weniger wert als andere. Früher war er gemein – ein totaler Idiot. Aber diese ganze Erfahrung hat ihn verändert. Er ist jetzt richtig lieb. Und er ist so stark. Was er durchmacht, ist millionenfach schlimmer als das, was wir durchmachen, aber er lässt sich davon nicht unterkriegen. Natürlich ist er oft frustriert, aber er macht einfach weiter. Und er hat dieses Talent, in allem das Gute zu sehen. Alle seine Freunde haben ihn im Stich gelassen, aber ein Lächeln von mir, und es ist, als ob das keine Rolle spielen würde. Trotz seiner Situation findet er immer Dinge, über die er sich freuen kann. Durch ihn lerne ich Demut.«

Endlich lächelt meine Mutter. »Er scheint ein guter Junge zu sein.«

»Das ist er. Er ist wirklich das Beste, was mir in diesem Jahr passiert ist.«

Mom seufzt. »Na meinetwegen. Er kann vorbeikommen, wenn ich nicht da bin. Aber nicht in dein Zimmer. Ihr bleibt da, wo Mason euch sehen kann.«

Ich stöhne auf. »Mein kleiner Bruder soll den Anstandswauwau spielen?«

Mom lacht. »Auf jeden Fall.«

Sie stößt ihre Schulter gegen meine, und mein Herz fühlt sich ein wenig leichter an. Unsere Probleme sind zwar immer noch da, aber es hilft schon, sie anzusprechen. Mir war gar nicht klar, wie sehr ich mir das alles von der Seele reden musste. Ich stoße sie ebenfalls an. »Danke, Mom.«

Zwanzig

Mom muss durch unser Gespräch erkannt haben, dass ich völlig am Ende bin, denn sie hat für Samstag ihre Schicht getauscht, damit ich mit Tyler die University von Arizona besichtigen kann. Die Fahrt ist anfangs unangenehm, aber Tyler ist fest entschlossen, unsere Freundschaft wieder aufleben zu lassen, und irgendwann gelingt es mir endlich, mich zu entspannen. Danach läuft alles glatt. Das Wetter ist schön, der Campus ist nett, und es tut gut, einen Tag lang von all meinen Verpflichtungen befreit zu sein.

Und es ist schön, Tyler zurück zu haben, auch wenn ich nicht bereit bin, es zuzugeben. Denn es ist wirklich so, dass ich nicht mehr in ihn verknallt bin. Wir waren immer gute Freunde, und hoffentlich sieht er früher oder später ein, dass das alles ist, was wir jetzt noch sein können. Bis jetzt hat er es leider noch nicht verstanden. Den ganzen Tag lang flirtet er schon mit mir.

Sein Räuspern reißt mich aus meinen Gedanken. »Und, was meinst du?«, fragt er.

Ich blinzle verwirrt. »Über was?«

Er deutet mit der Hand auf den Campus um uns herum. Wir haben unseren Rundgang beendet und sind auf dem Weg zurück zum Parkplatz. »Diese Uni«, sagt er. »Glaubst du, dass du hier landen wirst?«

Ich zucke mit den Schultern. »Ich weiß es nicht. Was ist mit dir? Bist du überzeugt?«

»Ich war schon überzeugt, bevor wir herkamen. Ich habe ein tolles Stipendium bekommen. Es wird meine gesamten Studiengebühren für das erste Jahr abdecken.«

Ich zwinge mich zu einem Lächeln. »Glückwunsch. Das ist großartig.«

Ich freue mich für ihn, aber ich kann den Neid und die Enttäuschung über diese Neuigkeit nicht unterdrücken. Er lebt das Leben, das ich zu Beginn des Jahres für mich geplant hatte. Seine Zukunft steht fest, während meine in der Schwebe ist. Er scheint meine schlechte Stimmung zu bemerken, denn er stupst mich mit seiner Schulter an und sagt mit sanfter Stimme: »Es wäre wirklich schön, dich hier bei mir zu haben.«

Seine Hand streift meine. Ich trete einen Schritt zurück, um ihm mehr Platz zu machen, doch stattdessen greift er nun nach meiner Hand. Ich versuche, mich loszureißen, aber er lässt nicht los. »Tyler…«

»Lily…« Er zieht mich zu einer Bank in der Nähe und setzt sich. Er hält meine Hand in seiner. »Ich versuche nicht, dich anzubaggern. Ich bin nur besorgt. Du wirkst niedergeschlagen. Ist was nicht in Ordnung?«

Verbitterung schleicht sich in mein Herz. Was *ist* denn eigentlich in Ordnung? »Nein. Ich fühle mich nur … verloren. Ich habe keine Ahnung, was ich machen soll.«

Er drückt meine Hand. »Komm mit mir an die U of A. Studiere Journalismus. Das ist es, was du immer wolltest. Wir können es zusammen machen. Wie in alten Zeiten.«

Ich seufze. »Ich werde nicht Journalismus studieren.«
Er runzelt die Stirn. »Willst du das wirklich aufgeben? Nur weil du sauer auf Nicole und mich warst?«
Ich schüttle den Kopf. »Nein, das ist es nicht. Ihr hattet recht. Ich bin nicht für den Journalismus geschaffen.«
Er öffnet den Mund, als wolle er argumentieren, aber ich schüttle den Kopf. »Bin ich nicht. Ich hatte genug Zeit, darüber nachzudenken, und ich weiß, dass Journalismus nicht das Richtige für mich ist.«
Er dreht sich leicht zu mir um. »Dann studierst du eben nicht Journalismus. Du könntest trotzdem mit mir hierher kommen. Es ist eine tolle Uni, Lily.«
»Es ist ein schöner Campus, aber ich kann mir nicht einfach irgendeine Universität aussuchen.«
»Warum nicht?«
Ich schnaube. »Zum einen, weil ich mir das nicht leisten kann.«
Er schüttelt den Kopf. »Die meisten Leute können sich das College nicht selbst leisten. Deshalb gibt es finanzielle Unterstützung. Es ist nicht unmöglich, wenn es das ist, was du willst.«
Wenn es nur so einfach wäre.
Zwischen uns herrscht Schweigen, das Tyler schließlich leise durchbricht. »Willst du nicht weg? Weg von all den Leuten, die dich schikanieren? Weg von deiner Verantwortung zu Hause?«
Ich muss schlucken. »Doch, das will ich.« Meine Stimme zittert. Das will ich mehr als alles andere. Ich will das College-Leben. Wohnheime. Eine Mitbewohnerin. Auf mich allein gestellt sein. Wegkommen …
Tyler beginnt, mit seinem Daumen über meinen

Handrücken zu streichen. Das holt mich aus meinen Tagträumen in die Realität zurück. Ich befreie meine Hand aus seinem Griff, und er seufzt. Ich warte darauf, dass er etwas dazu sagt, aber er steht nur auf und reicht mir die Hand, um mir aufzuhelfen. »Komm. Lass uns etwas essen gehen, bevor wir nach Hause fahren.«

*

Um elf Uhr am Sonntagmorgen stehe ich auf Noahs Veranda und atme tief durch. Ich habe Schmetterlinge im Bauch, sowohl aus Vorfreude wie aus Nervosität. Es ist nicht das erste Mal, dass ich mich mit Noah treffe, aber das war etwas anderes. Diesmal hat es etwas zu bedeuten. Es ist zwar kein Abendessen und ein Film, aber es ist trotzdem ein Date. Ich schüttele meine Hände aus und klopfe. Noah öffnet sofort, als hätte er an der Tür auf mich gewartet. Er begrüßt mich mit einem strahlenden Lächeln, und ich entspanne mich ein wenig. Es ist unmöglich, sich nicht wohlzufühlen, wenn Noah einfach so ... glücklich ist. »Hey Lily. Schön, dass du es geschafft hast.«

Er nimmt meine Hand und zieht mich ins Haus. Anders als bei Tyler verspüre ich nicht den Drang, den Griff zu lösen. Im Gegenteil: Am liebsten möchte ich unsere Finger ineinander verschlingen. Das Haus der Trasks hat ein offenes Raumkonzept aus Wohnzimmer, Küche und Essbereich, und der ganze Boden ist gefliest. Er führt mich in den Wohnbereich, wo zwei Staffeleien mit Leinwänden nebeneinander aufgestellt sind, gleich gegenüber einem riesigen Fernseher, der vor dem großen Sofa an der Wand hängt. An der Seite liegt ein zusammengerollter schöner Teppich und auf dem Boden ein altes Laken, um die Fliesen vor Farbe zu schützen. Zwischen den Staffeleien steht ein Couchtisch mit zwei Farbpaletten, ein paar Farbflaschen, einem Becher Wasser und einigen Pinseln. Es sieht aus wie in einem richtigen Atelier.

»Bist du bereit?«

Ich sehe Noah an und fühle mich plötzlich ein bisschen schuldig. »Du hättest dir nicht so viel Mühe machen sollen. Das alles muss ja ein Vermögen gekostet haben.«

Noah zuckt mit den Schultern. »Meine Großeltern haben es für uns gekauft. Sie suchen immer nach Möglichkeiten, uns zu helfen, weil meine Eltern sich weigern … sich …« Er stöhnt frustriert.

Ich lege meine Hand auf seinen Arm und warte geduldig. »Sie weigern sich …?«

»Sie … sie …« Er atmet tief durch. »Sie wollen nicht, dass meine Großeltern meine Arztrechnungen bezahlen.«

»Das kann ich verstehen.« Seit der Scheidung ist meine eigene Mutter extrem dickköpfig und unabhängig geworden. Es ist wohl eine Frage des Stolzes. Mein Vater hat sie verlassen, also will sie sich selbst beweisen, dass sie ihn nicht braucht.

»Meine Großeltern lieben es, mich zu verwöhnen. Sie waren begeistert, dass ich ein neues Hobby gefunden habe, das ich immer noch ausüben kann.« Er verzieht sein Gesicht. »Vorausgesetzt, ich kann … kann …« Er deutet auf die Staffeleien.

»Tatsächlich malen?«

»Ja.«

Ich lache. »Ich garantiere dir, dass du es besser machen wirst als ich. Du bist derjenige, der Kunstunterricht hat.

Meine Malkünste haben ihren Höhepunkt mit Fingerfarben im Kindergarten erreicht. Das wird eine Katastrophe.«

Er schaltet den Fernseher ein und wählt die Sendung von Bob Ross aus. »Wie wär's mit einem kleinen ... einem ...?«, sagt er. »Du weißt schon ... der Gewinner bekommt einen Preis.«

Sein schelmisches Grinsen hilft mir herauszufinden, was er meint. »Ein kleiner Wettbewerb?«

Sein Lächeln wird noch durchtriebener.

Ich schaue auf den Bildschirm und wieder zu Noah. Er sieht mich erwartungsvoll an. Ich schüttle den Kopf. »Aber ich habe dir doch gerade gesagt, dass ich verlieren werde. Warum sollte ich da eine Wette eingehen?«

Sein Grinsen wird breiter. »Das wird dir ein Ansporn sein, dich mehr anzustrengen.«

Ich bin mir sicher, dass es egal sein wird, wie sehr ich mich anstrenge, aber wenn er unbedingt wetten will, meinetwegen. »Gut. Wir lassen deine Eltern urteilen. Wenn sie sich für mein Bild entscheiden, schuldest du mir ein Blech Brownies.«

Noah begegnet meinen Augen mit einem verblüffend intensiven Blick. »Und wenn ich gewinne, schuldest du mir einen ...«

Als er das Wort nicht herausbekommt, spitzt er seine Lippen zu einem Kussmund.

Mein Atem stockt. Er hält mich in seinem Blick gefangen. Er sagt nicht zum ersten Mal, dass er mich küssen will, aber davor war es nur beiläufig erwähnt. Das hier ist anders. Er meint es todernst. Und er weiß, dass er wahrscheinlich gewinnen wird.

Mein Herz klopft wie verrückt. Mein Mund ist plötzlich ganz trocken. Ich kann weder wegsehen noch meinen Atem beruhigen. »Ein Ferrero Küsschen?«, frage ich und versuche, den Moment etwas aufzulockern.

Er lächelt kurz, schüttelt aber den Kopf.

Ich schlucke nervös, aber wenn ich sein wunderschönes Gesicht und diese weichen Lippen betrachte, die sich zu einem schiefen Lächeln verziehen, bin ich mir nicht sicher, ob mir diese Wette den gewünschten Anreiz gibt. Wenn überhaupt, wird sie mich dazu bringen, absichtlich zu verlieren.

Er befreit mich aus dem Bann, in den er mich versetzt hat, und wendet sich dem Fernseher zu. »Möge der beste Künstler gewinnen.«

Er wählt eine Folge mit einer Winterlandschaft aus. Eine verschneite Wiese, umgeben von Tannenbäumen und einer kleinen Hütte in der Ferne. Während wir unseren Bildern den letzten Schliff verleihen, bekommen wir einen Lachanfall. Noahs Bild sieht fantastisch aus. Er hat echtes künstlerisches Talent. Aber er ist völlig beschmiert. Er neigt dazu, mit seinen Händen zu sprechen, und er hat die ganze Zeit mit Farbe gespritzt. Sie ist überall – auf dem Boden, an seinen Händen, seiner Kleidung und sogar in seinen Haaren. Er lässt einen weiteren Farbklecks von seinem Pinsel fallen. Sie landet auf seinem Schuh, und er flucht. Ich sollte nicht lachen, da ich weiß, wie sehr er seine Schuhe liebt, aber ich kann nicht anders. Er wirft mir einen gekränkten Blick zu, der mich nur noch mehr zum Lachen bringt. »Du bist so beschmiert wie ein Kindergartenkind«, necke ich ihn.

Er deutet mit seinem Pinsel auf meine Leinwand. »Dafür malst du wie eins.«

Ich kann nicht einmal beleidigt sein. Er hat ja recht. Sein Bild sieht gut aus. Vielleicht nicht so gut wie das von Bob Ross, aber es ist definitiv eine verschneite Bergwiese. Meins sieht aus, als hätte es eine Drittklässlerin gemalt.

Er stellt seine Palette auf dem Tischchen zwischen uns ab und bückt sich, um die Farbe von seinem Schuh zu wischen. Auf dem Weg nach unten stößt er mit der Schulter an den Rand der Palette, und das ganze Ding kippt um, landet auf seinem Rücken und rutscht seinen Arm hinunter. Ich beginne erneut zu lachen. Fluchend richtet sich Noah wieder auf. Er ist von Kopf bis Fuß mit Farbe bedeckt. Ich beuge mich vor, halte mir den Bauch und lache so sehr, dass ich keine Luft mehr bekomme.

»Findest du das lustig?«

»Und wie!«, keuche ich. Als ich mich wieder aufrichte, muss ich mir die Tränen aus den Augen wischen.

Noah schaut an sich herunter auf die Farbe an seinem ganzen Arm, dann sieht er zu mir. Ich bin sauber, und mein Arbeitsplatz ist noch genauso ordentlich wie zu Beginn. Plötzlich blitzt etwas in seinen Augen auf, und bevor ich diesen Blick deuten kann, schnappt sich Noah meine Palette und drückt sie mir gegen die Vorderseite meines Shirts. Meine erste Reaktion ist ein Aufschrei, doch der Schreck hält nicht lange an, und ich muss wieder lachen.

»Echt schlau, Picasso. Das ist deins.« Ich halte ihm das mit Farbe bedeckte Shirt hin. Es ist ein altes Footballtrikot, das er mir vor dem Malen gegeben hat, um meine Kleidung zu schützen.

Lachend wirft er die Hände in die Luft. »Ich gebe auf.« Ich nehme mein feuchtes Handtuch und wische ihm die Farbe aus dem Gesicht. »Du hast etwas Preußischblau auf der Stirn, und deine Haare sind schön titanweiß.«

Er bleibt stehen und lässt mich machen. Während ich versuche, ihn ein wenig zu säubern, legt er seine Hand auf meine Taille und zieht mich an sich heran. Mit der freien Hand nimmt er mir das Handtuch ab. Unsere Gesichter sind nur Zentimeter voneinander entfernt, und wieder hat er diesen intensiven Blick in den Augen. Ich weiß genau, was er möchte. Er will mich küssen. Die Vorfreude lässt meinen ganzen Körper kribbeln. Ich möchte es genauso wie er. Ich lehne mich ein wenig zu ihm hin, als wäre er mein Gravitationszentrum. Er befeuchtet seine Lippen, und sein Blick fällt auf meinen Mund. »Du hast noch nicht gewonnen«, flüstere ich heiser.

Er schaut kurz zu unseren Bildern, dann sind sie wieder bei mir. »Ich bin ziemlich zuversichtlich«, sagt er und bringt seine Lippen auf meine.

Es fühlt sich an wie ein Stromschlag. Meine Arme gleiten um seinen Hals, und er hält mich fest an sich gedrückt. Zuerst ist der Kuss sanft und süß, aber dann vertieft er ihn und küsst mich, als hätte er ein Leben lang auf diesen Moment gewartet. Mir wird schwindelig, aber ich ziehe mich nicht zurück. Das ist der beste Kuss meines Lebens. Schließlich zieht Noah sich zurück, als wir beide nach Atem ringen. Er lehnt seine Stirn an meine, lächelt und küsst mich noch einmal sanft, bevor er mich schließlich loslässt. Ich bin unfähig, ihn anzusehen. Meine Wangen stehen in Flammen. Ich weiß nicht, warum. Bevor er mich geküsst hat, ging es mir gut, aber jetzt, wo es vorbei ist, bin ich irgendwie verlegen. Ich kann nicht glauben, dass ich gerade Noah Trask geküsst habe. Ich kann nicht glauben, dass er *mich* küssen wollte.

Ich zittere leicht, als seine Finger meine Wange berühren. Er hebt mein Kinn an, bis ich ihm in die Augen schaue.

In seinem Blick liegt eine Frage. »Geht es dir gut?«

Ich beiße mir auf die Lippe und nicke. Er schiebt mir eine Haarsträhne hinters Ohr und lächelt sanft. »Ich hab dich sehr, Lily.«

Mein Gesicht wird noch heißer. »Ich mag dich auch sehr«, gebe ich zu.

Er strahlt und küsst mich erneut. Diesmal ist es sehr sanft und zärtlich. Seine Hand umschließt meine Wange und hält mein Gesicht genau so, wie er es will. Ich schmelze dahin. Meine Lippen werden unter seinen ganz weich, und mein Körper entspannt sich so sehr, dass ich befürchte, zu einer Pfütze zusammenzuschmelzen.

Seine andere Hand legt sich auf mein Gesicht, und als sein Daumen über meine Wange streicht, hinterlässt er einen kalten, feuchten Streifen. Ich bin mir ziemlich sicher, dass ich jetzt Farbe im Gesicht habe, aber es kümmert mich kaum. Nichts ist wichtig außer dieser Moment. Diesem Kuss. Noah. Mir.

Während er seine Lippen wieder und wieder und wieder auf meine presst, wird mir klar, dass das, was ich für Noah empfinde, so viel mehr ist als eine bloße Schwärmerei. Die Verliebtheit, die ich Anfang des Jahres für Tyler empfunden habe, war nichts im Vergleich zu dem krampfhaften Gefühl in meiner Brust, das mir jetzt sagt, dass es mich Hals über Kopf erwischt hat. Es fühlt sich an, als könnte mein Herz vor Glück platzen, und ich weiß, wenn

Noah mich je so verletzen würde, wie Tyler es getan hat, wäre ich hundertmal mehr am Boden zerstört.

Das Geräusch der Garagentür lässt Noah von mir zurücktreten. Als ich hier ankam, waren seine Eltern irgendwo essen. Ich bin mir ziemlich sicher, dass sie Noah und mir damit etwas Privatsphäre für unser Date geben wollten. Er grinst mich an. »Mit dem Küssen ist es jetzt wohl erst mal vorbei.«

Ich trete zurück zu meinem Bild, aber er ergreift meine Hand und zieht mich wieder zu sich. »Vielleicht nur noch einen«, sagt er und senkt seinen Kopf zu meinem. Ich erwarte einen kurzen Schmatzer, aber er hält den Kuss aufrecht, bis ich mich von ihm losreißen muss, als seine Eltern das Haus betreten.

Er grinst breit, als ich einen großen Schritt von ihm weg mache, und dreht sich, um seine Eltern zu begrüßen.

»Hey!«, ruft er gut gelaunt. »Wie war ... ähm ...«

»Das Mittagessen war gut«, sagt sein Vater und kommt herüber, um unsere Bilder zu begutachten.

Mein Gesicht scheint in Flammen zu stehen. Kann er erkennen, dass ich gerade seinen Sohn geküsst habe? Ich versuche, mich zu entspannen, während er sich unsere Werke ansieht. »Wow. Das hast du gemacht?«, fragt er Noah. »Es sieht toll aus!«

Noah strahlt stolz. Es ist unheimlich niedlich.

Als Nächstes inspiziert Mr Trask meines und ruft: »Susan! Komm und sieh dir das an. Wir haben hier zwei richtige Monets.«

Wie nett von ihm, mich in sein Lob miteinzubeziehen.

Susan kommt herüber und lächelt dasselbe strahlende Lächeln wie Noah, wenn er sich wirklich über etwas freut.

»Wie ist es gelaufen ... oh wow!« Sie wirkt aufrichtig beeindruckt. »Schatz ... es ist ... es ist ... das hast du wirklich selbst gemacht?«

Sie schluckt den Kloß im Hals hinunter und will ihren Sohn in den Arm nehmen. Noah weicht schnell zurück und hebt seine Hände, damit sie nicht näher kommt. »Vorsichtig, Mom. Ich ... ich ...«

Als er die Worte nicht herausbekommt, gestikuliert er vor sich hin. »Er ist voller Farbe«, sage ich hilfsbereit.

Jetzt bemerkt Mrs Trask es auch und mustert uns erstaunt. »Meine Güte. Ihr zwei seht ja furchtbar aus. Was ist passiert?«

Ich zeige auf Noah. Er zuckt mit den Schultern, ohne auch nur eine Spur von Reue zu zeigen. Noahs Eltern schütteln amüsiert den Kopf. Sie wirken froh und erleichtert darüber, dass sich Noah offensichtlich amüsiert hat. Ich frage mich, ob er zu ihnen anders ist als zu mir. Was für eine Art Sohn war er vor seinem Unfall? Standen sie sich nahe? Oder war er ein launischer, egoistischer Idiot, wie er es zu jedem war, der nicht seinem engsten Freundeskreis gehört hat? Wenn er mit ihnen lacht, sehen sie dann einen neuen Jungen, der aus der Asche eines tragischen Unfalls auferstanden ist, oder sehen sie Spuren des Sohns, den sie verloren haben, der nach einer dunklen Zeit in seinem Leben wieder zu sich selbst zurückkehrt?

»Wenn Lily noch etwas Zeit hat, könnt ihr doch noch was essen gehen.«

Ich werfe einen Blick auf die Uhr. »Meine Mutter muss erst um zwei zur Arbeit. Wenn wir uns was Schnelles besorgen, könnte es klappen.« Ich schaue mich um. »Vorausgesetzt, wir kriegen diese Sauerei hier wieder weg.«

Noah runzelt die Stirn. »So schlimm ist es nicht.«
Susan und ich müssen lachen, und als Noah die Augen verdreht, lachen wir noch mehr.

Einundzwanzig

Noah und ich räumen schnell unser Farbchaos auf und gehen dann zu Taco Bell. Nachdem wir unsere Bestellung aufgegeben haben, gehen wir in den Essbereich und bleiben wie angewurzelt stehen. An ein paar Tischen in einer Ecke sitzen Austin, Brooke und einige ihrer Football- und Cheerleader-Freunde. Ein finsterer Ausdruck blitzt in Noahs Gesicht auf. Ich ziehe an seiner Hand. »Wir sagen einfach, dass wir es zum Mitnehmen haben wollen«, sage ich.

Doch Noah strafft die Schultern, und sein Gesicht verwandelt sich in eine Maske grimmiger Entschlossenheit. »Nein.«

Er verschränkt seine Finger mit meinen und zieht mich zu einem Tisch auf der gegenüberliegenden Seite des Essbereichs. »Wir werden sie einfach ignorieren.«

Klar. Wir können sie ignorieren. Aber werden sie *uns* ignorieren? Ich bezweifle es. Sie bemerken uns erst, als die Dame hinter dem Tresen eine Bestellung für Noah aufruft. Sofort richten sich alle Blicke auf uns. Noah holt unser Essen und geht hoch erhobenen Hauptes zu unserem Tisch zurück. Keiner an Austins Tisch sagt etwas, aber alle starren in unsere Richtung. Noah nimmt neben mir Platz, sodass wir mit dem Rücken zu seinen alten Freunden und meinen Peinigern sitzen.

Er ist während des Essens sehr still. Seine gute Laune von unserer Malaktion ist verflogen, und jetzt grübelt er. Ich fühle mich schrecklich und wünschte, ich könnte etwas tun. Ich weiß, wie es sich anfühlt, von allen Freunden fallengelassen zu werden. Es ist furchtbar. Da ich nicht weiß, wie ich ihn trösten soll, rutsche ich dicht an ihn heran und lehne meinen Kopf an seine Schulter. Er legt seinen Arm um mich. So sitzen wir einen Moment lang schweigend da und genießen die Umarmung, als ob wir sie bräuchten. Uns gegenseitig brauchen. Und wir brauchen einander wirklich. Noah und ich sind füreinander zum Fels in der Brandung geworden.

»Vermisst du sie?«, frage ich plötzlich. Ich will die Stimmung nicht noch mehr verderben, aber ich bin neugierig, und ich denke, dass Noah vielleicht darüber reden muss.

Noah legt seinen Burrito auf den Teller und schweigt so lange, dass ich nicht weiß, ob er noch antworten wird, aber schließlich sagt er: »Ja und nein.«

Ich warte. Er seufzt. »An Brooke gerinne ich mich nicht besonders gut.«

»Du erinnerst dich nicht an sie?«, frage ich nach.

Er schüttelt den Kopf. »Schon, aber gleichzeitig auch irgendwie nicht. Es ist seltsam. Wir sind erst am Anfang des Sommers zusammengekommen, und an diese Zeit habe ich nicht so viele Erinnerungen. In meinem Kopf ist sie da, aber ich fühle mich nicht ... ich ... es ist einfach ...« Er denkt nach und schüttelt frustriert den Kopf, als er die richtigen Worte nicht findet.

Ich versuche zu raten. »Du fühlst dich nicht mit ihr verbunden?«

»Ja. Es ist schwer, sich für sie zu interessieren.«

Brooke mag ihm egal sein, vor allem, weil sie so schrecklich zu ihm war, seit er nach Hause gekommen ist, aber an Austin liegt ihm mit Sicherheit noch was. »Und was ist mit Austin?«, frage ich.

Er atmet tief durch die Nase ein und schaut hinter uns. Ich folge seinem Blick. »Er war mein ganzes Leben lang mein bester Freund, aber jetzt ...«

Austin sieht zu uns, als ob er unsere Blicke auf sich spürt. Er nickt nicht, winkt nicht und sagt auch nichts, aber seine Augen verraten seine Gefühle. Er ist hin- und hergerissen, wenn es um Noah geht. Vielleicht sogar reumütig.

Noah dreht sich wieder zu unserem Tisch um und schließt die Augen. Er beginnt so leicht zu zittern, dass ich es gar nicht merken würde, wenn ich mich nicht an seine Seite drücken würde. Es bricht mir das Herz. Ich weiß, dass er durch seine Hirnverletzung häufiger von seinen Gefühlen überwältigt wird, aber es ist trotzdem seltsam, ihn so emotional zu sehen. Ich drücke seine Hand und führe sie an meine Lippen. Der flüchtige Kuss lässt Noahs Augen schimmern. »Ich weiß nicht, was ... was ...« Er wischt sich ein paar verirrte Tränen von der Wange. »Ich weiß nicht, was ich ohne dich tun würde, Lily.«

Ich kenne das Gefühl. Ich will gar nicht darüber nachdenken, wie es für mich jetzt ohne Noah wäre. Es ist irgendwie unwirklich, aber er hat mir in so kurzer Zeit so viel bedeutet. Noch nie in meinem Leben war ich jemandem so dankbar wie ihm. Normalerweise zeige ich meine

Zuneigung nicht so gern in der Öffentlichkeit, aber jetzt beuge ich mich vor und küsse ihn. Er erwidert meinen Kuss aus vollem Herzen. Seine überwältigenden Emotionen leiten ihn. In dem Kuss liegt Verzweiflung, aber ich spüre, dass es noch um etwas viel Tieferes geht. Es ist noch zu früh, um das Wort Liebe auszusprechen, aber ich kann spüren, wie wichtig ich ihm bin. Hoffentlich versteht er, dass er mir genauso viel bedeutet.

Das Geräusch von quietschenden Turnschuhen lässt uns aufschauen. Vor uns steht Austin mit einer frisch nachgefüllten Limonade in der Hand. In seinem Blick liegt eine Mischung aus Schock und Skepsis.

Noah lehnt sich schnell nach vorne, als wolle er mich vor Austins Blick beschützen. Dann sieht er ihn so feindselig an wie der alte Noah in seinen besten Tagen. »Gibt's ein Problem?«

Austin wirkt verletzt. Er zögert, als wolle er etwas sagen, besinnt sich aber eines Besseren, als Noah nichts weiter sagt. Er lässt die Schultern sinken und kehrt zu seinen Freunden zurück. In dem Moment, in dem er sich hinsetzt, schweift sein Blick wieder zu uns. Sein Bedauern ist unübersehbar. Ich bin überrascht. Es fällt mir schwer, mir vorzustellen, dass Austin überhaupt irgendwelche Gefühle hat.

Ich kann nicht sagen, ob Noah erkennt, wie schrecklich sich Austin fühlt, oder ob er zu wütend und zu verletzt ist, um zu sehen, wie viel seinem Freund noch an ihm liegt. So oder so ist er wieder völlig von seinen Gefühlen überwältigt, nur ist er jetzt nicht mehr den Tränen nahe, sondern kurz davor zu explodieren. Wir brauchen keinen Wutanfall in diesem Schnellrestaurant, also stupse ich ihn an und klaue ihm einen Nacho. »Ich hab unsere Wette zwar verloren, aber ich brauche trotzdem Brownies. Hast du Lust, mit zu mir nach Hause zu kommen und welche zu backen? Die essen wir dann, während wir Mason zu einer Monopoly-Revanche herausfordern.«

Die Wut verlässt Noahs Körper, und sobald er sich beruhigt hat, zieht er mich wieder an sich. »Du bist die ... die ... Gewinnerin.«

Ich bin mir nicht sicher, was er dieses Mal meint, und als ich die Stirn runzle, wird Noah frustriert.

»Nein. Ich meine ... ich meine ... ugh!«

»Lass dir Zeit.«

Ich lehne mich zurück. Er schließt die Augen und atmet tief durch. »Die tollste«, sagt er schließlich. Er nimmt meine Hand und verschränkt unsere Finger ineinander. »Du bist das tollste Mädchen, mit dem ich je zusammen war.«

Mein Herz setzt einen Schlag aus. »Zusammen? Du meinst ... als Paar?«

Seine Hand drückt meine, und er öffnet die Augen. Verlegen fragt er: »Willst du das sein? Ich weiß, ich bin nicht ...«

Ich starre ihn so fest an, dass er nicht weiterspricht. »Wage es nicht, dieses Gespräch mit Selbstzweifeln zu ruinieren, Noah Trask. Es wäre mir eine Ehre, deine feste Freundin zu sein. Wenn du mich wirklich willst.«

Er schluckt, dann schenkt er mir dieses kleine, schiefe Lächeln, das mich immer ins Schwärmen geraten lässt. »Ich will dich.«

Ich erwidere sein Lächeln. »Dann sind wir jetzt wohl offiziell zusammen.«

Ich habe kaum Zeit, rot zu werden, bevor seine Lippen wieder auf meinen liegen.

Wir verlassen das Restaurant Hand in Hand. Ich spüre die Blicke von Austins Clique auf uns, aber ich schaue nicht zurück. Sie können wütend sein oder sich lustig machen. Es ist mir egal. Noah ist es wert.

Auf dem Heimweg schläft Noah langsam ein. Ich will nicht, dass er es übertreibt und Kopfschmerzen bekommt, also sage ich ihm, er soll sich besser zu Hause ausruhen. Er muss wirklich erschöpft sein, denn er widerspricht nicht.

Ich nutze die Zeit, um an Noahs Buch zu arbeiten. Es ist ein großes Projekt, und dieses letzte Schuljahr wird schnell vergehen. Wenn ich etwas für das Stipendium einreichen will, muss ich es so schnell wie möglich fertigstellen. Ich bin so in meine Arbeit vertieft, dass ich von der Türklingel aufgeschreckt werde. Da ich denke, dass es Noah ist, der mit seinem Mittagsschläfchen fertig ist, reiße ich mit einem breiten Lächeln die Tür auf. »Hey! Fühlst du dich be-«

Meine Stimme bricht abrupt ab, denn es ist nicht Noah, der auf meiner Veranda steht. Ich bin so erstaunt, Noahs ehemaligen besten Freund vor mir stehen zu sehen, dass mein Gehirn einen Aussetzer hat. Ich erstarre in der Tür und bringe kein Wort heraus.

Austin wirkt nicht besonders glücklich darüber, hier zu sein, aber er sieht auch nicht feindselig aus. Ich verstehe das nicht.

»Kann ich mit dir reden?«, fragt er.

»Was willst du hier?«, erwidere ich heiser.

Er schaut sich um, als hätte er Angst, jemand könnte ihn sehen. »Ich muss mit dir reden.«

Er verlagert sein Gewicht von einem Fuß auf den anderen, ringt mit den Händen und fährt sich durchs Haar. Er strahlt Verzweiflung aus. »Bitte?«

Alles in mir warnt mich, dass dies eine schlechte Idee ist und ich ihm besser die Tür vor der Nase zuschlagen sollte. Aber meine Neugier und meine guten Manieren siegen, und ich winke ihn herein. Er geht geradewegs auf die Wohnzimmercouch zu und setzt sich hin. Er lehnt sich nach vorne und stützt die Ellbogen auf seine wippenden Knie. Er stützt den Kopf in die Hände und fährt sich wieder mit den Fingern durch die Haare. Er ist ein nervöses Wrack. Ich habe ihn noch nie anders als cool und selbstbewusst erlebt, außer kurz nach Noahs Unfall.

Ich setze mich auf das Sofa und warte darauf, dass er etwas sagt. Ich habe keine Ahnung, was er hier macht oder worüber er mit mir reden will. Ich bin mir nicht einmal sicher, ob er wirklich hier ist. Vielleicht bilde ich es mir nur ein. Es ist einfach zu unwirklich.

Schließlich sieht er mich an. Sein Blick ist intensiv und durchdringend. Er lässt mich den Atem anhalten und auf eine Art verbalen Angriff warten. »Noah und du seid ein Paar.«

Es ist keine Frage, aber er wartet auf eine Antwort.

»Ja«, gebe ich so ruhig zu, wie es meine Nervosität zulässt.

Das Gesprächsthema überrascht mich, aber irgendwie ergibt Sinn. Worüber sollten wir beide denn sonst reden?

»Warum?«, fragt er. »Du hasst ihn.«

Ich habe Angst, ihm zu antworten. Ich warte nur darauf, dass er mir an die Gurgel springt und etwas Grausames sagt. Ich habe schreckliche Angst vor diesem Jungen.

Aber im Moment benimmt er sich, und aus irgendeinem Grund scheint er mich unbedingt verstehen zu wollen. Irgendwie finde ich den Mut, ehrlich zu ihm zu sein. »Ich *habe* ihn gehasst«, korrigiere ich ihn. »Aber jetzt nicht mehr. Er hat sich entschuldigt, und ich habe ihm verziehen.«

Er starrt mich ungläubig an. »Einfach so?«

»Nein. Nicht einfach so. Es war nicht leicht. Es hat gedauert, bis ich ihm vertrauen konnte, aber er hat immer wieder bewiesen, dass er nicht mehr der Idiot ist, der er einmal war. Er hat sich verändert.«

Austins Gesicht wird rot, und er wirft mir einen Blick zu, der mich zurückschrecken lässt. »Natürlich ist er jetzt anders, er hat einen Hirnschaden!«, zischt Austin. »Du nutzt jemanden aus, der geistig behindert ist!«

Sein Kommentar lässt mich rotsehen. Eine noch nie da gewesene Wut erfüllt mich, und ich springe auf. »Ausnutzen?«, schreie ich. »Du bist so ein blindes Arschloch! Noah mag jetzt einige Einschränkungen haben, aber er ist immer noch er selbst. Er ist intelligent und in der Lage, normale Beziehungen zu führen. Das wüsstest du, wenn du nicht so ein verdammter Feigling wärst, der ihn als Freund fallen gelassen hat, als er dich am meisten brauchte!«

»*Ein Feigling?*« Wenn Blicke töten könnten, wäre es um mich geschehen. Austin starrt mich so hasserfüllt an, dass es ein Wunder ist, dass mein Kopf nicht einfach explodiert. Er springt auf und kommt auf mich zu.

Für den Bruchteil einer Sekunde habe ich Angst, dass er mir wehtun wird, aber als ich vor ihm zurückweiche, wirkt er aufrichtig erschrocken. Er kontrolliert seine Wut und tritt zurück. »Du hast keine Ahnung, wovon du redest«, sagt er mit leiser, kaum kontrollierter Stimme.

Es ist mir egal, ob er wütend ist, er muss die Wahrheit akzeptieren. »Ich habe deine halbherzigen Versuche gesehen, dich für ihn einzusetzen, wenn Brooke sich mal wieder wie eine Idiotin aufgeführt hat. Du vermisst ihn, aber du hast zu viel Angst, um noch sein Freund zu sein.«

Das bringt mir einen weiteren bösen Blick ein, aber er widerspricht mir nicht.

»Deine Freunde machen sich jetzt alle über ihn lustig, und du willst nicht, dass sie sich gegen dich wenden. Gerade du weißt doch genau, wie gemein ihr sein könnt. Du mobbst lieber selber jemanden, bevor du selbst noch gemobbt wirst.« Ich schüttle den Kopf. »Das Traurige daran ist, dass du die ganze Macht hast. Alle folgen deinem Beispiel. Wenn du einfach mal deinen Mut zusammennehmen und ihn akzeptieren würdest, würden sich die anderen anschließen. Noah könnte einen Teil seines Lebens zurückbekommen.«

Austin kneift die Augen zusammen. Der verächtliche Ausdruck ist zurück, aber nicht mehr ganz so hart wie zuvor.

»Würdest du ihn nicht lieber für dich behalten? Wenn er zurückkäme, würde meine Clique ihn vielleicht willkommen heißen, aber dich würden sie nie akzeptieren.«

Ich zucke zusammen. Es ist mir nicht wichtig, dass mich Austins Clique akzeptiert, aber es tut trotzdem weh, es so deutlich zu hören. Ich klammere mich an meine Wut, weil es einfacher ist, mit ihr umzugehen als mit der Kränkung. »So egoistisch bin ich nicht. Noah braucht jede Unterstützung, die er bekommen kann. Wenn du irgendwie sein Vertrauen zurückgewinnen könntest, würde er dir sicher verzeihen, dass du ihm die Freundin ausgespannt und ihn im Stich gelassen hast, als er dich am meisten brauchte. Ich glaube, ihr könntet wieder Freunde sein.«

Zwei Dinge blitzen in Austins Gesicht auf – Schmerz und Hoffnung. Ich hatte recht. Austin fühlt sich schuldig und vermisst Noah. Er will sich mit ihm versöhnen, er weiß nur nicht, wie. »Er vermisst dich auch, weißt du«, sage ich leise. »Er fühlt sich verraten und verlassen, aber wenn du ihm nicht mehr wichtig wärst, würde es ihn nicht so sehr verletzen.«

Austin erstarrt und sieht mich einen Augenblick lang an. Dann lässt er sich zurück aufs Sofa fallen, holt tief Luft und fährt sich durch die Haare. Nach einem weiteren langen Moment lehnt er sich nach vorne und stützt die Ellbogen auf die Knie. Er starrt auf den Boden, als ob dort die Antwort auf all seine Probleme wäre. Ich warte ab. Ich habe gesagt, was ich sagen wollte, und nun weiß ich nicht, was ich als Nächstes tun soll.

Er setzt sich aufrecht hin und sieht mich stirnrunzelnd an. »Wie konntest du ihm verzeihen? Nachdem er dich immer so mies behandelt hat?«, fragt er leise und unsicher. Ich bin mir sicher, dass er an seine eigenen Fehltritte denkt und sich fragt, ob Noah jemals darüber hinwegkommen könnte.

Ich möchte etwas Bissiges sagen, aber er bemüht sich, höflich zu mir zu sein, also atme ich tief durch und beantworte seine Frage. »Ich weiß nicht, wie viel Zeit du mit ihm verbracht hast, seit er verletzt wurde, aber er ist nicht mehr derselbe Mensch wie vorher. Er ist immer noch Noah, aber er hat sich auch verändert.«

Austin hält sein Gesicht neutral, aber er schluckt schwer.

»Er ist durch die Hölle gegangen und ist als besserer, stärkerer Mensch daraus hervorgegangen. Ich hoffe, du versuchst aufrichtig, seine Freundschaft zurückzugewinnen. Du könntest eine Menge von ihm lernen.«

Austin sieht in meine Richtung, schaut mich aber nicht wirklich an. Seine Gedanken sind weit weg. Hoffentlich denkt er darüber nach, was ich gerade gesagt habe. Nach einem Moment wird sein Blick wieder scharf und wandert zu meiner Stirn. Er verzieht sein Gesicht. »Tut mir leid, dass ich dir ein Bein gestellt habe«, murmelt er wie aus dem Nichts. »Auf meiner Party. Ich wollte nicht, dass du dich ernsthaft verletzt.«

Ich bin schockiert. Nicht in einer Million Jahren hätte ich gedacht, dass Austin die Verantwortung für seine Taten übernehmen und sogar Reue empfinden würde. Ich sollte es akzeptieren, aber ich kann ihn nicht so einfach vom Haken lassen. »Vielleicht nicht körperlich. Aber du wolltest mich definitiv verletzen. Denn genau das tut ihr. Ihr verletzt andere. Jeden, den ihr für schwach oder weniger wert haltet als euch. Und warum? Weil ihr es könnt? Weil ihr es lustig findet? Weil ihr euch dann stark fühlt?«

Ich weiß nicht, woher das kommt, aber jetzt, wo ich einmal die Schleusen geöffnet habe, kann ich nicht mehr aufhören. Dafür trage ich schon viel zu lange viel zu viel Schmerz und Wut in mir. Ihn hier zu haben, allein und in meinem Haus, gibt mir endlich die Kraft, mich ihm entgegenzustellen. »Wenn du dich bei mir entschuldigen willst, dann sag, dass es dir leidtut, dass du mein letztes Schuljahr ruiniert hast. Entschuldige dich dafür, dass du mich zu einer Ausgestoßenen gemacht hast. Oder dafür, dass die Leute so viel Angst davor haben, mit mir befreundet zu sein, dass sich mir niemand nähern will. Entschuldige dich für die schlaflosen Nächte, die Panikattacken, die Tränen, die ich nur vergieße, wenn mich niemand sehen kann. Für die Depression, die ich dieses Jahr hatte und die eure Schuld ist. Deine und Brookes und die all eurer Freunde, die eurem Beispiel folgen.«

Ich atme tief durch. Austin starrt mich an. Sein Mund steht offen, und seine Augen sind weit aufgerissen. Ich schäme mich nicht, meine Verwundbarkeit zugegeben zu haben. Er muss es wissen. »Deine Handlungen haben Konsequenzen, Austin. Du hast dieses Jahr mein Leben, mein Selbstvertrauen und mein Selbstwertgefühl zerstört. Du scheinst es genossen zu haben.« Ich muss schlucken, und zu meinem Entsetzen steigen mir Tränen in die Augen. Meine Stimme zittert, als ich sage: »Was habe ich euch je getan, um das zu verdienen?«

Austin klappt seinen Mund wieder und sieht weg. Während er auf meinen Couchtisch starrt, sehe ich etwas, das wohl noch nie jemand in der Schule gesehen hat. Ich sehe Bedauern und Verlegenheit. Ich habe ihn gezwungen, sich selbst in einem anderen Licht zu betrachten.

Ich gehe zur Tür, denn ich bin fertig mit diesem Besuch. Austin steht auf und folgt mir, ohne ein Wort zu sagen. Als er draußen ist, sage ich: »Du hast bei Noah die Chance, das Richtige zu tun. Etwas Uneigennütziges. Etwas, das ausnahmsweise mal jemandem helfen könnte, anstatt ihn zu verletzen. Ich hoffe, du ergreifst diese Chance.«

Ich erwarte nicht, dass er etwas sagt, aber er sieht mir in

die Augen. Ich kann die Emotionen, die ich in seinem Gesicht sehe, nicht genau zuordnen, aber er scheint überwältigt zu sein. »Tut mir leid«, murmelt er.

Ich glaube ihm. Aber er kann sich so schlecht fühlen, wie er will. Die eigentliche Frage ist: Wird er aufhören? Das wird die Zukunft zeigen. Trotzdem ist die Entschuldigung etwas wert. »Das weiß ich zu schätzen.«

Er nickt und geht davon. Ich schließe die Tür und lasse mich aufs Sofa fallen, als wäre ich einen Marathon gelaufen. Sobald die Luft rein ist, steckt Mason seinen Kopf um die Ecke. »Bist du okay?«, fragt er fast ängstlich.

Ich kann nicht fassen, dass ich ihn in seinem Zimmer komplett vergessen habe. Ich fühle mich schlecht, weil ich ihn aufgeregt habe. Ich strecke meine Arme aus, und ausnahmsweise lässt er sich von mir umarmen. »Mir geht's gut«, sage ich ihm. Und ich meine es ernst. Ich fühle mich wirklich gut. Besser. All diese Gefühle an der Person auszulassen, die dafür verantwortlich ist, war wie eine Art Abschluss für mich. Ich habe das Gefühl, dass ich es hinter mir lassen kann. Vielleicht kann ich jetzt endlich die gemeinen Mitschüler ignorieren und mich nicht mehr von ihren Kommentaren fertigmachen lassen. Ich wünschte, ich könnte Zoey davon erzählen, aber das ist ein Problem für einen anderen Tag.

Zweiundzwanzig

Als wir am nächsten Tag zur Schule gehen, hat sich bereits herumgesprochen, dass Noah und ich ein Paar sind. Aber das macht nichts. Wir hatten nicht vor, unsere Beziehung zu verheimlichen. Die Leute kichern, starren uns an und machen böse Bemerkungen, aber Noah und mir ist das egal. Für uns ist es einfach, das alles zu ignorieren. Wir sind glücklich miteinander.

Am nächsten Tag, an dem meine Mutter frei hat, besuchen Noah und ich seine Reha-Klinik. Wir haben den Besuch arrangiert, um einige seiner Therapeuten und Ärzte für sein Buch zu interviewen. Schon beim Betreten des Gebäudes werden wir von einem begeisterten Personal begrüßt. Es scheint, als würden alle Pfleger, Therapeuten und sogar die gesamte Verwaltung Noah kennen und lieben. Und Noah grüßt sie mit ebenso viel Energie und Begeisterung zurück.

Sobald wir das Gebäude betreten, verändert er sich. Er ist ein wenig größer, hat mehr Schwung im Schritt, und sein Lächeln ist noch ein bisschen strahlender. Er bewegt sich und spricht mit mehr Selbstvertrauen. Ich bin von dieser Veränderung überrascht, bis mir klar wird, dass dies ein sicherer Ort für ihn ist. Hier wird niemand über ihn urteilen oder ihn hänseln. In dieser Einrichtung hat er immer nur Mitgefühl, Unterstützung und Ermutigung erfahren.

Ich bin froh, dass er während seiner Reha so gute Erfahrungen gemacht hat, aber es macht mich auch traurig, weil es mir vor Augen führt, wie viel Last er in der restlichen Zeit auf seinen Schultern trägt.

Selbst bei mir war er noch nie so sorglos und selbstbewusst.

Kaum sind wir durch die Tür, kommt eine Frau um die dreißig herbeigeeilt und umarmt Noah fest. »Noah! Wie schön, dich wiederzusehen!«

Er drückt sie so fest an sich, dass man meinen könnte, sie seien eine Familie und hätten sich seit Jahren nicht mehr gesehen. »Hi Marie.«

Er umarmt sie noch einen Moment länger, dann wendet er sich strahlend an mich. »Lily, das ist Marie. Sie hat mir beigebracht, wie man wieder ... wieder ... Worte hat.«

»Wie man wieder spricht?«

Er nickt. Sein breites Lächeln ist immer noch da. Unerwartete Gefühle drohen mich zu überwältigen. Er sieht so glücklich aus. Ich habe ihn nur ein paarmal so gesehen. Zum Beispiel während unserer Malstunde. Selbst als er mich fragte, ob ich seine Freundin sein wolle, war da ein Hauch von Unsicherheit, die ihn bedrückte. Ich möchte diese Frau umarmen und alle Mitarbeitenden hier gleich mit. Noah verdient es, die ganze Zeit so glücklich zu sein.

»Sie sind seine Sprachtherapeutin?«, frage ich.

Sie nickt. »Das war ich, bis er das Reha-Zentrum verlassen hat.«

»Ich habe jetzt einen neuen, aber der ist nicht so gut.« Noah grinst die Frau verschwörerisch an. »Er bringt mir keine Kekse mit.«

Ich lache und ziehe eine Augenbraue hoch. »Bestechung funktioniert bei dir also? Gut zu wissen.«

Er verdreht die Augen, legt den Arm um mich und stellt mich seiner alten Therapeutin vor. »Marie, das ist meine ... Blumenfreundin.«

»Lily«, korrigiere ich und halte ihr die Hand hin. »Ich bin seine Freundin, Lily.«

Maries Gesicht erhellt sich. Sie ignoriert meine ausgestreckte Hand und umarmt mich stattdessen ebenfalls.

»Das ist ja wunderbar! Wie schön, dich kennenzulernen!« Sie zieht sich zurück und schaut zwischen uns hin und her. Ihre Augen schimmern. »Sie ist wunderschön, Noah.«

»Innen und außen«, stimmt er ihr zu.

Was für ein Spruch, dennoch bin ich gerührt.

»Du hast echt Glück, weißt du?«, sagt sie zu mir. »Noah ist etwas ganz Besonderes.«

Bei ihren Worten wird mir ganz warm ums Herz. Es ist wieder einer dieser surrealen Momente, denn ich weiß, dass sie recht hat. Noah *ist* etwas ganz Besonderes. Und das liegt nicht an seinem Zustand. Nie hätte ich geahnt, dass er so tiefsinnig ist. Seine Arroganz, die Maske, die er immer aufgesetzt hat, hat so viel von seinem wahren Ich verborgen. Ich bezweifle, dass es vor seinem Unfall viele Menschen kannten. Vielleicht nur seine Eltern und Austin. Es mag schrecklich klingen, wenn ich das sage, aber ich bin froh, dass sein Unfall ihm das Bedürfnis genommen hat, immer der Coolste sein zu müssen. Ich liebe diese neue, bescheidene Version von ihm.

Marie mustert mich einen Moment, dann sagt sie: »Ich kann mich nicht erinnern, dass du schon mal in der Reha-Klinik warst.«

Ich erröte. Ein Teil von mir weiß, dass ich mich deswegen nicht schuldig fühlen sollte, aber ich tue es trotzdem. »Noah und ich kannten uns damals noch nicht wirklich. Wir sind jetzt Partner bei einem Projekt für die Schule.«

»Wir schreiben ein Buch«, platzt Noah stolz heraus.

Marie sieht uns überrascht an. »*Noah* schreibt ein Buch«, stelle ich klar. »Über seine Erfahrungen. Ich helfe ihm nur, die Worte aufs Papier zu bringen.«

Noah legt seinen Arm um meine Taille und zieht mich an sich. »Verkauf dich nicht unter Welt«, sagt er und gibt mir einen Kuss auf die Wange. »Ohne dich könnte ich das nicht.«

Seine beiläufigen Zuneigungsbekundungen lassen mich erröten. Ich habe nichts gegen Zärtlichkeiten in der Öffentlichkeit, aber ich bin sie auch nicht gewohnt. Ich bin es generell nicht gewohnt, einen Freund zu haben. Aber ich mag es. Jedes Mal, wenn Noah mich berührt, mich an sich zieht, meine Hand nimmt, mich küsst, explodiert in meinem Bauch ein Schwarm Schmetterlinge. Wer hätte je gedacht, dass ich ausgerechnet bei Noah Trask mal weiche Knie bekommen würde? Ich schätze, diese unwirklichen Momente haben es heute auf mich abgesehen.

Marie strahlt wie eine stolze Mutter. »Ein Buch! Noah, das ist ja toll!«

»Können wir dich verhören?«, fragt Noah, und ich muss mir ein Lächeln verkneifen.

»Nur, wenn ihr mich nicht zu hart in die Mangel nehmt«, sagt Marie und zwinkert mir zu.

Wir haben ein tolles Gespräch mit Marie. Sie erzählt mir alles über Noahs Erlebnisse und wie weit er seit seinem Aufwachen aus dem Koma gekommen ist, wobei Noah hier und da seine Gedanken miteinfließen lässt. Marie erklärt mir sogar, wie man jemandem mit Aphasie unterstützt, und gibt mir Tipps, wie ich am besten mit ihm reden oder ihm dabei helfen kann, seine Worte zu finden. Ich sauge jedes Detail in mich auf.

Als Nächstes verbringen wir einige Zeit mit seinem Physiotherapeuten und seiner Ergotherapeutin, und wir sprechen sogar mit einigen anderen Patienten, die sich von Hirnverletzungen erholen. Ich bin überwältigt von all der Arbeit, die Noah in seine Genesung investiert hat. Ich wusste, dass er wieder laufen und sprechen lernen musste, aber mir war nicht klar, was das wirklich bedeutet, bis ich gesehen habe, wie viel Arbeit darin steckt. Einfache Dinge wie das Schlucken, die für jeden so selbstverständlich sind, waren für Noah ein Kampf. Dinge, die jeder für selbstverständlich hält, waren für ihn große Meilensteine.

Der Besuch weckt in mir eine ungemeine Ehrfurcht vor Noahs Widerstandskraft. Seine Stärke und Entschlossenheit, sein Leben zurückzubekommen, sind so inspirierend, und ich war noch nie so froh, dass er sich entschieden hat, diese Erfahrung mit der Welt zu teilen. Sein Buch hat das Potenzial, vielen Menschen etwas Gutes zu tun. Ich bin überwältigt von seinem Mut und so dankbar, dass ich das Glück habe, daran teilhaben zu können. Ich war schon vorher engagiert, aber jetzt bin ich fest entschlossen, all meine Energie in dieses Buch zu stecken. Denn das hat Noah verdient.

»Und, wie fandest du es?«, fragt Noah auf dem Weg nach Hause.

Ich weiß nicht, was ich sagen soll. Ich habe so viele Gefühle. So viele Gedanken. »Noah ...« Ich ergreife seine Hand. »Du bist unglaublich.«

Ein kleines Lächeln breitet sich auf Noahs Gesicht aus, bevor er mir einen Seitenblick zuwirft. Er drückt meine Hand, antwortet aber nicht. Wir verfallen in ein angenehmes Schweigen. Als ich in seiner Einfahrt halte, bewegt sich keiner von uns beiden, um auszusteigen. Und Noah lässt auch meine Hand nicht los. Er räuspert sich, bevor er spricht. »Danke, Lily.«

»Für was?«

Er zuckt mit den Schultern. »Dass du so bist, wie du bist.«

Ich muss schlucken. Da ist es wieder, dieses seltsame Gefühl. Das ist kein leerer Spruch. Er versucht nicht, charmant zu sein oder zu flirten. Er will mich auch nicht aufziehen. Er sagt es so schlicht, so aufrichtig, dass es mit der Wucht eines Meteors in meinem Herzen einschlägt. Noch nie hat mir jemand ein solches Kompliment gemacht, und ich bin fast zu Tränen gerührt. »Ich danke *dir*«, erwidere ich emotional, »dafür, dass du mich in deine Welt lässt. Dass du deine dunkelsten Momente mit mir teilst. Dass du mir vertraust. Dass du mir dein wahres Ich gezeigt hast.«

Er schüttelt den Kopf. »Nicht mein wahres Ich, mein neues Ich. Ich bin nicht mehr dieser arrogante Trottel, aber ich war es. Der war nicht nur Show. Ich war ein

Arschloch.« Er hält inne, um seine Gedanken zu sammeln, und ich sitze geduldig da und lasse ihn die Worte finden, die er sagen will. Als er mich ansieht, glänzen seine Augen. »Mein Unfall hat mir eine neue Perspektive auf das Leben gegeben, und dass meine Freunde mich im Stich gelassen haben, hat mir gezeigt, wer ich bin, aber du ...« Er befeuchtet seine Lippen und schüttelt den Kopf. »Du zeigst mir, wer ich sein will. Du machst mich besser.«

Ich kann nicht anders. Tränen füllen meine Augen und laufen mir über die Wangen. Lächelnd wischt Noah sie mit den Daumen weg. Dann beugt er sich vor und gibt mir den süßesten Kuss meines Lebens. Seine Lippen fühlen sich auf meinen unglaublich weich an. Seine Fingerspitzen umschließen mein Gesicht in einem sanften Griff. Der Moment ist so zärtlich, dass es mir den Atem raubt.

Etwas rührt sich in meinem Herzen. Ein Gefühl, das ich noch nicht benennen, aber auch nicht mehr lange leugnen kann. Noah verändert mich. Er spricht davon, dass er wegen mir ein besserer Mensch sein will, aber dieses Gefühl geht in beide Richtungen. Er inspiriert mich. Er bringt mich dazu, meine eigenen Probleme mit mehr Geduld und Verständnis anzugehen. Ich habe das Gefühl, dass ich mit ihm an meiner Seite jeden Sturm überstehen kann. Unser Kuss wechselt von sanft zu leidenschaftlich. Die Wärme in mir verwandelt sich in ein Feuer, und plötzlich keuchen wir beide. »Willst du reinkommen?«, fragt Noah zwischen zwei Küssen. »Ich habe noch eine Stunde Zeit, bevor ich zum Förderunterricht muss.«

Ich wünschte, ich könnte ihn für immer küssen. Es ist der Himmel auf Erden. Ich bin schon oft geküsst worden, aber noch nie so, wie Noah mich küsst. Alles mit ihm ist so tief und persönlich. Unsere Verbindung ist intimer als alles, was ich bisher mit Jungs erlebt habe. Ich will nicht aufhören, aber ich muss. Und das nicht nur, weil ich auf meinen Bruder aufpassen muss. Diese Beziehung, so intensiv sie auch sein mag, ist noch neu. Und so natürlich sie sich auch anfühlt, die Wahrheit ist, sie ist kompliziert. Wir müssen die Dinge langsam angehen, also gebe ich ihm einen letzten Kuss und ziehe mich zurück.

»Mom muss in ein paar Minuten zur Arbeit, weißt du noch? Ich muss auf Mason aufpassen. Aber warum kommst du nicht nach deinem Termin vorbei? Du kannst mir helfen, Abendessen zu machen. Fisch-Tacos.« Ich wackle mit den Augenbrauen, weil ich inzwischen seine Schwäche für mexikanisches Essen kenne.

Er grinst und beugt sich zu einem weiteren leidenschaftlichen Kuss vor. Ich spüre ihn bis in die Zehenspitzen.

»Klingt ... klingt ... mmm«, murmelt er gegen meine Lippen. »So köstlich wie du.«

Ich lache und lehne mich zurück. »Okay, Casanova. Ich gehe jetzt besser rein, bevor meine Mutter noch rauskommt und uns erwischt.«

Er seufzt. Meine Mutter zu erwähnen, dämpft die Stimmung. »Sie kann mich nicht leiden.«

»Das ist es nicht«, erwidere ich. »Sie kennt dich nur nicht. Es gefällt ihr nicht, dass du ein wichtiger Teil meines Lebens geworden bist, ohne dass sie davon wusste. Sie fühlt sich schuldig, weil sie so oft weg ist, und es ist einfacher für sie, das an dir auszulassen, als zuzugeben, dass du mehr für mich da bist als sie. Aber sie wird sich wieder beruhigen, wenn sie sieht, wie glücklich du mich machst.«

Ein kleines Lächeln durchbricht sein Stirnrunzeln. »Ich mache dich Rücklicht?«

Ich erwidere sein Lächeln. »Ja. Verrückt, oder? Wer hätte das je gedacht?«

Er grinst. »Ich nicht. Aber ich bin froh darüber. Danke, dass du mir verziehen hast.«

»Du hast es verdient.«

»Habe ich auch noch einen ... noch einen ... einen ...« Er beugt sich vor und presst seinen Mund auf meinen.

Ich lache. »Ich weiß nicht, ob du dir den verdient oder gestohlen hast.«

Er grinst durchtrieben. »Jedenfalls habe ich ihn bekommen.«

Ich schüttle den Kopf. Noah kann ein echter Schlingel sein. Mein Garagentor geht auf, und ich seufze. Meine Mutter will zur Arbeit. »Ich muss jetzt wirklich los.« Ich greife nach meiner Tasche und öffne die Tür. »Komm später zum Essen. Vergiss es nicht.«

»Wenn doch, ruf mich an.«

Dreiundzwanzig

Noah und ich verfallen in eine Routine, und die Wochen vergehen wie im Flug. Ehe wir uns versehen, ist Valentinstag. Und zufällig ist es auch noch Noahs Geburtstag. Er wird achtzehn. Noah und seine Eltern laden Mason und mich ein, mit ihnen und Noahs Großeltern essen zu gehen. Ich erschaudere innerlich, als wir vor Maria's Bistro halten. Ich hoffe inständig, dass Zoey heute nicht arbeitet, aber wahrscheinlich tut sie es. Das Glück war dieses Jahr nicht gerade auf meiner Seite.

Sie hat seit Bryce' Party nicht mehr mit mir gesprochen, als sie mir gesagt hat, dass sie eine Pause von mir braucht. Wir gehen in der Schule aneinander vorbei, und sie ignoriert mich völlig. Das ist jetzt einen Monat her, und ihre Zurückweisung schmerzt jedes Mal, wenn sie so tut, als würde ich nicht existieren.

»Alles in Ordnung?«, fragt Noah auf dem Weg zum Eingang.

»Alles bestens. Es ist nur so, dass Zoey hier arbeitet.«

Noah wirft mir einen grimmigen, verständnisvollen Blick zu und drückt meine Hand. Er wird meinetwegen immer wütender auf Zoey, je länger sie mich ignoriert.

»Ich komme schon klar«, versichere ich ihm. Ich stelle mich auf die Zehenspitzen und gebe ihm einen Kuss auf die Wange. »Außerdem geht es heute nicht um mich, Geburtstagskind.«

Sein Stirnrunzeln verschwindet. Grinsend zieht er mich an sich. »Tut es doch. Du bist mein Valentinsschatz.«

Ich verdrehe bei diesem Spruch die Augen, aber innerlich liebe ich es. Er gibt mir einen Kuss. Wir brechen auseinander, als wir das Bistro betreten. Noah verschränkt seine Finger in meine, als wir in den hinteren Teil des Speisesaals geführt werden, wo ein paar Tische zusammengeschoben wurden.

Noah zieht einen Stuhl für mich heraus und setzt sich rechts von mir hin. Mason nimmt links von mir am Ende des Tisches Platz. Nachdem sich Noahs Eltern und Großeltern ebenfalls gesetzt haben, bleibt mir gegenüber ein freier Platz. Da taucht Austin auf. »Tut mir leid, dass ich zu spät bin«, murmelt er.

Noah und ich starren ihn erstaunt an. Er wirkt sehr verlegen, aber in seinen Augen liegt so etwas wie eine Bitte um Vergebung.

»Austin!« Susan springt auf und begrüßt ihn mit einer Umarmung. »Wie schön, dich zu sehen. Ich bin froh, dass du es geschafft hast.«

Austin schaut wieder zu Noah, und sein Adamsapfel hüpft nervös. »Danke für die Einladung«, sagt er zu Susan.

Susan wirft ebenfalls einen Blick auf Noah. Sie hat Noah gegenüber nie erwähnt, dass sie Austin eingeladen hat. Darüber bin ich auch nicht überrascht, sondern darüber, dass er wirklich gekommen ist.

»Setz dich doch«, sagt Susan zu Austin und durchbricht

damit die plötzliche angespannte Stille. »Da gegenüber von Lily ist noch ein Platz.«

Das dürfte interessant werden.

Austin setzt sich und wirkt die ganze Zeit über unsicher. An unserem Ende des Tisches herrscht angespanntes Schweigen, aber die Erwachsenen haben angefangen, miteinander zu reden, als ob sie uns absichtlich etwas Abstand geben wollten. Noahs Eltern sind klug. Ich bin sicher, sie wissen, wie unangenehm das für uns ist. Aber sie scheinen entschlossen zu sein, uns alle zu versöhnen, und Austin wirkt ebenso entschlossen, ihre Freundschaft wieder aufleben zu lassen.

Austin räuspert sich und sieht Noah an. »Ich hoffe, es ist in Ordnung, dass ich gekommen bin. Deine Mutter hat mich angerufen und gesagt, sie wolle dich zu deinem Geburtstag überraschen. Ich war mir nicht sicher, ob du mich hier haben willst, aber …« Seine Stimme verstummt, und er schluckt schwer. »Ich vermisse dich«, murmelt er so leise, dass man ihn kaum versteht. Sein Gesicht wird knallrot, und er verzieht das Gesicht. Er wirft mir einen Blick zu, sieht dann aber schnell wieder zu seinem besten Freund zurück.

Noah hat immer noch kein Wort gesagt. Sein Gesicht ist völlig ausdruckslos. Ich kann nicht sagen, was er denkt. Jemand muss das Schweigen brechen, und ich war diejenige, die Austin ermutigt hat, sich mit Noah zu versöhnen. Das Mindeste, was ich tun kann, ist zu versuchen, die Wogen zu glätten. Oder zumindest nett zu sein. »Austin …«

Es ist seltsam, seinen Namen in einem freundlichen Tonfall zu sagen. Ich habe immer noch ein bisschen Angst vor ihm, aber ich bin mir sicher, dass er sich in einem Restaurant voller Leute, einschließlich Noahs Eltern, benehmen wird. »Das ist mein Bruder Mason.«

Austin wirkt sichtlich erleichtert über den Rettungsanker, den ich ihm gerade zugeworfen habe. Er sieht meinen Bruder an, und ich halte den Atem an. Wenn er irgendetwas Unhöfliches oder Gemeines sagt, werde ich auf ihn losgehen, egal in welcher Umgebung wir uns befinden. Mason scheint Angst vor ihm zu haben. Das kann ich ihm nach dem Streit, den Austin und ich vor ein paar Wochen hatten, nicht verdenken. Aber Austin nickt ihm nur freundlich zu. »Hey, wie geht's, Mann? Ich bin Austin.«

Ich merke, dass ich den Atem angehalten habe, und atme aus. Auch Mason entspannt sich sichtlich und sagt leise: »Hi.«

Noah redet immer noch nicht. Zu allem Übel ist es ausgerechnet Zoey, die unsere Getränkebestellungen aufnimmt. Sie beginnt mit ihrer »Willkommen bei Maria's«-Rede, bis sie merkt, mit wem sie es zu tun hat. Sie stolpert durch den Rest ihrer Begrüßung. Noah und mich zu sehen, ist ihr offenbar schon unangenehm genug, aber als sie merkt, dass Austin bei uns sitzt, fallen ihr fast die Augen aus dem Kopf. Einen Moment lang sagt niemand etwas. Es ist super peinlich. Aber dann entdeckt Zoey Mason, und ihr Gesicht hellt sich auf. »Hey, kleiner Mann«, neckt sie ihn, weil sie weiß, dass er diesen Spitznamen hasst. »Lange nicht mehr gesehen. Lass mich raten: Kakao, richtig?«

Mein Bruder verschränkt die Arme vor der Brust und starrt Zoey finster an. Sie verzieht das Gesicht. »Dann also Kakao«, sagt sie kleinlaut.

»Sprite«, knurrt er. Dabei mag er Sprite eigentlich gar nicht. Er sagt das nur, um sie zu ärgern. Seine Loyalität rührt mich, aber ich glaube, es ist mehr als das. Wahrscheinlich fühlt er sich von ihr genauso im Stich gelassen wie ich.

»Okay, Sprite.« Sie wendet ihre Aufmerksamkeit mir zu und hebt fragend eine Augenbraue.

Ich will eine Dr. Pepper bestellen, aber Noah unterbricht mich. »Das ist alles?«, fragt er verärgert. »Nicht einmal ein *Hallo* für sie?«

Er fletscht praktisch die Zähne. Zoey zuckt zusammen, und Susan schnappt entsetzt nach Luft. »Noah!«

Doch er ignoriert seine Mutter. »Sie ist deine beste Freundin!«, brüllt er jetzt und zieht damit die Aufmerksamkeit des ganzen Restaurants auf sich.

Ich lege meine Hand auf seinen Arm. »Noah, es ist okay.«

»ES IST NICHT OKAY! Du hast nichts ... nichts ... du hast nicht ...« Als er die Worte nicht herausbekommt, schlägt er mit der Faust auf den Tisch. »VERDAMMT NOCH MAL!«

Er hat einen Wutausbruch, und ich weiß, dass es nicht nur wegen Zoey ist. Ja, er ist wütend auf sie, seit sie mich abserviert hat, aber ich weiß auch, dass das zum großen Teil an Austins Anwesenheit liegt. Er ist überwältigt und weiß nicht, wie er damit umgehen soll. »Atme tief durch«, erinnere ich ihn. Er schnaubt verächtlich, also wiederhole ich es mit mehr Nachdruck. »Atme tief durch, Noah.«

Er tut es.

»Genau so.« Ich streichle seinen Rücken in kleinen, beruhigenden Kreisen. »Danke«, sage ich leise. »Ich weiß es zu schätzen, dass du dich für mich eingesetzt hast, aber das hier ist weder die richtige Zeit noch der richtige Ort für einen Streit.«

Das scheint zu ihm durchzudringen. Er schließt die Augen und atmet tief durch, um seine Gefühle zu zügeln. Ich schaue mich am Tisch um. Mason hat sich inzwischen an die Ausbrüche gewöhnt, aber Austin ist schockiert, und Zoey ist blass wie ein Geist. Sowohl Noahs Eltern als auch seine Großeltern beobachten mich voller Zuneigung. Susan formt ein lautloses Dankeschön in meine Richtung. Ich lächle und nicke ihr zu. Sie alle haben schon viele von Noahs Wutausbrüchen gesehen und lassen mich, wann immer möglich, zuerst versuchen, zu ihm durchzudringen. Noah reagiert im Allgemeinen besser auf mich, es sei denn, ich bin der Grund, warum er frustriert ist. Dann ist es meist sein Vater, der ihn zur Vernunft bringen kann.

Sobald die Krise vorbei ist, zwinge ich mich zu einem Lächeln für Zoey. »Ich nehme eine Dr. Pepper.« Ich beuge mich vor und gebe Noah einen Kuss auf die Wange. »Du willst eine Coke, oder?«

Er holt noch einmal tief Luft und schafft es zu nicken. Zoey nimmt schnell die restlichen Bestellungen auf und verspricht, in einer Minute mit unseren Getränken zurück zu sein. Noah nutzt diese Minute, um sich zusammenzureißen. Ein bisschen zittert er noch, beginnt aber, sich zu entspannen.

Wir studieren unsere Speisekarten und bestellen unser Essen ohne weitere Zwischenfälle. Noah sitzt wieder ganz still und hat ein erschreckend ausdrucksloses Gesicht. Er versucht, seine Gefühle zu verbergen, aber er kann mir nichts vormachen. Er ist verärgert und fühlt sich wahrscheinlich auch ein bisschen hin- und hergerissen. Noah ist genauso zerrissen über den Verlust seiner Freundschaft mit Austin wie Austin selbst. Und genau wie Austin hat auch er keine Ahnung, wie man die Dinge zwischen ihnen wieder in Ordnung bringen kann. Ich möchte Noah unterstützen, aber ich bin mir nicht sicher, was er von mir braucht. Ich höre auf mein Bauchgefühl und versuche, ein freundliches Gespräch zu führen. »Also Austin ... es ist Valentinstag. Wolltest du den Abend nicht mit Brooke verbringen?«

Erst nachdem die Worte meinen Mund verlassen haben, wird mir klar, dass es wahrscheinlich nicht die beste Idee ist, Brooke zu erwähnen. Aber es sagt schon etwas aus, dass Austin heute Abend Noah Brooke vorgezogen hat. Austin verzieht sein Gesicht und zuckt mit den Schultern. »Ich habe mit ihr Schluss gemacht.«

Ich reiße überrascht die Augen auf. Das ist nicht die Antwort, die ich erwartet habe. »Du hast was?«

Austin starrt mich an. »Jemand hat mich kürzlich darauf hingewiesen, dass meine Handlungen Konsequenzen haben. Ich habe versucht, mich zu bessern.«

Mir bleibt der Mund offen stehen. Ich kann nicht glauben, dass er sich meine Worte zu Herzen genommen hat. Nicht in einer Million Jahren hätte ich erwartet, dass er über meine Worte nachdenkt, geschweige denn, dass er versucht, sich zu ändern. Das ist besser als eine Entschuldigung. Meine Wangen werden heiß, und ich winde mich unter seinem durchdringenden Blick. Er ist nicht feindselig, nur sehr, sehr intensiv.

Mir fehlen die Worte, aber ich brauche gar nichts zu sagen, denn er spricht weiter. »Brooke ist eine verwöhnte

Zicke.« Er sagt es so sachlich, und wieder bin ich völlig erstaunt. »Früher hat es mich nie gestört, aber in den letzten Wochen ist sie mir nur noch auf die Nerven gegangen.« Er sieht wieder zu Noah. »Als ich ihr gesagt habe, dass ich heute Abend zu deiner Geburtstagsfeier will, ist sie sauer geworden und hat gemeint, ich müsse mich zwischen dir und ihr entscheiden, weil sie nicht mit einem Typen zusammen sein wolle, der mit ...« Er hält plötzlich inne. Er will den Satz nicht zu Ende bringen.

»Mit?«, fragt Noah nach. Er starrt Austin an, als würde er mit seinen Augen am liebsten Laserstrahlen auf ihn abfeuern.

Austin zuckt zusammen und zieht die Schultern hoch, aber Noah starrt ihn erbarmungslos weiter an. Austin seufzt. »Nichts, was ich wiederholen möchte.«

Noah wird ganz rot vor Wut. Ich lege meine Hand auf seinen Arm und sage leise seinen Namen. Er schließt die Augen, fängt sich, bevor er wieder herumbrüllt, und legt seinen Arm um meine Schultern. Ich lehne mich an ihn und bin einfach froh, dass ich sein Anker sein kann.

»Es tut mir leid«, sagt Austin, und es klingt aufrichtig. »Ich hasse es, wie sie dich behandelt. Sie war es, die alle gegen dich aufgebracht hat. Ich hätte mehr tun müssen, um sie aufzuhalten. Ich habe ihr gesagt, dass ich mir das nicht mehr gefallen lasse, und hab Schluss gemacht.« Er holt tief Luft und lässt sie mit aufgeblähten Wangen wieder heraus. Er fährt sich mit der Hand durchs Haar und sieht Noah an, in dessen Augen ein Sturm von Gefühlen tobt. »Können wir wieder Freunde sein?«

Noah bewegt sich nicht. Er ist wie erstarrt und kämpft mit seinen eigenen Gefühlen. Ich lege meine Hand auf seinen Oberschenkel und drücke ihn sanft und unterstützend. Er erschrickt bei dieser Berührung, dann zieht er mich fest an sich und gibt mir einen Kuss auf die Schläfe.

Als er mich unsicher ansieht, schenke ich ihm ein ermutigendes Lächeln, aber ich kann ihm diese Entscheidung nicht abnehmen. Ich weiß auch nicht, wie es sich auf mich auswirken wird, wenn er wieder mit Austin befreundet ist. Ich bin nicht so naiv zu glauben, dass Austin und ich plötzlich beste Freunde werden und man mich einfach so in die beliebte Clique aufnehmen wird. Es wird ein holpriger Weg werden, und vielleicht wird mich Austin auch nie akzeptieren. Ich bin mir sicher, dass Noah mich nicht für seine alten Freunde fallen lassen wird, aber vermutlich werde ich meine Zeit mit ihm zukünftig teilen müssen.

»Kannst du nett zu Lily sein?«, fragt Noah Austin. »Wenn du das nicht kannst, will ich nicht dein ... ähm ... dein ... Kumpel sein.«

Austin schaut zwischen Noah und mir hin und her. Ich kann sehen, dass er sich wünscht, ich wäre nicht dabei, aber er sagt es nicht, und ich bin mir nicht sicher, ob Noah es bemerkt. Austin nickt langsam. »Ja. Ich kann nett zu Lily sein.« Die Resignation in seiner Stimme ist ein wenig beleidigend, aber das Gefühl beruht auf Gegenseitigkeit.

Zum Glück kommt kurz darauf unser Essen.

Ein paar Minuten lang essen wir alle einfach nur. Schließlich durchbricht Susan die angespannte Stille, indem sie sich an Austin wendet. »Es ist lange her, dass wir dich gesehen haben. Wie ist es dir ergangen? Was machst du zurzeit?«

»Eigentlich trainiere ich nur.« Er zögert einen Moment, bevor er weiterspricht. »Ich spiele ab nächstem Jahr für die Northern Arizona University in Flagstaff.«

Alle Erwachsenen gratulieren Austin. Noahs Eltern freuen sich aufrichtig für ihn. Und das sollten sie auch. Es ist eine große Leistung, in ein College-Footballteam aufgenommen zu werden. Auch Noah zwingt sich zu einem Lächeln, obwohl mir der Schmerz dahinter das Herz bricht. Noah war auf dem besten Weg, in der Division 1 zu spielen, bevor er den Unfall erlitt, der sein ganzes Leben auf den Kopf gestellt und diesen Traum zerstört hat. Er redet nicht gern darüber. Er hat nicht mal mehr Lust, Football im Fernsehen zu schauen. Es tut zu sehr weh.

Mein Bruder, der heute Abend sehr ruhig war, wird munter. »Das ist so cool. Welche Position spielst du denn? Ich hoffe, dass ich auch mal College-Football spielen kann. Im Moment bin ich Receiver in meinem Flag-Football-Team. Meine Eltern lassen mich noch nicht Tackle spielen.«

Ich hoffe inständig, dass Austin nett zu meinem kleinen Bruder sein wird. Zum Glück lächelt er Mason an und sagt: »Ich spiele Center. Und deine Eltern haben recht. Du solltest mit dem Tackle-Football noch ein paar Jahre warten. Ich habe erst mit vierzehn angefangen.«

Mason blinzelt Austin mit einem Hauch von Bewunderung an. »Center. Wow! Das ist ja so cool. Was ist dein Lieblingsteam?«

Als Austin ihm erzählt, dass er ein eingefleischter Cardinals-Fan ist – genau wie Mason – fangen sie an, über Spieler und Statistiken zu reden, und ich komme schnell nicht mehr mit. Es ist unwirklich, Austin dabei zuzusehen, wie er sich in eine Footballdiskussion mit meinem kleinen

Bruder stürzt – ohne Feindseligkeit oder Herablassung. Aber sie scheinen zufrieden zu sein, also lasse ich sie in Ruhe und drücke Noahs Hand. Er drückt zurück und schenkt mir ein Lächeln, um mir zu zeigen, dass es ihm gut geht. Seine Großeltern müssen sehr aufmerksam sein, denn sie lenken Noah schnell mit einer Frage ab. »Wie geht es mit dem Buch voran?«, fragt seine Großmutter. »Gut, denke ich«, sagt Noah.

Ich nicke. »Es läuft wirklich gut.«

Das weckt Austins Interesse. »Was für ein Buch?«

Bevor sich Noah entschieden hat, ob er Austin davon erzählen will, strahlt seine Großmutter Austin mit einem stolzen Lächeln an. »Lily hilft Noah, ein Buch über seine Erfahrungen zu schreiben.«

Erstaunt mustert uns Austin. Noah zuckt unter seinem Blick zusammen. So viel Freude, wie er an unserem Projekt auch hat, so verlegen ist er deswegen auch. Ich kann es ihm nicht verdenken. Es ist etwas sehr Persönliches, und es gab viele Momente, in denen er beim Schildern seiner Erfahrungen geweint hat. Sein ganzes Herzblut steckt in diesem Buch. Er möchte anderen in seiner Situation helfen, weil sie verstehen werden, was er durchmacht, aber ihm gefällt die Vorstellung nicht, dass es Leute lesen, die er kennt. Es fühlt sich zu privat an, wie ein Tagebuch. Ich denke, gerade die Tatsache, dass es so persönlich ist, wird es zu einem hervorragenden Buch machen. Ich habe keinen Zweifel daran, dass er viele Leben positiv berühren wird, wenn wir es schaffen, es zu veröffentlichen.

»Das ist cool«, sagt Austin vorsichtig, als würde er sich auf gefährliches Terrain begeben und nicht wissen, ob er mit Noah reden darf. Ehrlich gesagt bin ich mir auch nicht sicher, ob Noah weiß, wie er mit dem plötzlichen Wiederauftauchen seines Freundes umgehen soll.

»Habt ihr schon irgendwas davon aufgeschrieben?«, fragt Noahs Großvater. »Gibt es Seiten, die wir lesen können?«

Ich überlasse es Noah, die Frage zu beantworten. Es ist sein Buch. Er nickt. »Ich möchte warten, bis es ... es ... ähm ...«

Er sieht zu mir. »Du willst warten, bis es fertig ist?«, frage ich.

Er nickt und lächelt nervös. »Wir wollen es bis zum Verschluss fertig haben.«

Seine Großeltern sind beeindruckt. »So bald?«

Noah gibt mir mit einer Geste zu verstehen, dass ich antworten soll. Ich nicke eifrig. Es ist schwer, sich nicht für das Projekt zu begeistern. »Wir haben das Ganze kapitelweise umrissen, und der erste Teil ist fast fertig. Darin geht es um sein Leben vor dem Unfall und dann um seine Zeit im Krankenhaus. Jetzt arbeiten wir an seinem Aufenthalt in der Reha-Klinik.« Ich zögere und stelle Noah eine stumme Frage. Er weiß, was ich denke, und gibt mir seine Zustimmung. Wir beide sehen Austin an. »Wir dachten uns ...«, beginne ich genauso vorsichtig, wie Austin zuvor mit Noah umgegangen ist. »Es würde der Geschichte wirklich helfen, wenn wir die Perspektive einiger seiner Freunde bekommen könnten, während er im Koma lag – wie das war, wie es dich beeinflusst hat. Wir wollten schon fragen, aber wir dachten nicht ...« Es spielt keine Rolle, dass ich es nicht fertigbringe, meinen Satz zu beenden. Austin weiß, worauf ich hinaus will.

Zu meiner Überraschung räuspert sich Austin, als ob er

gegen seine Gefühle ankämpfen würde. »Die Zeit, bevor du aufgewacht bist, war die schlimmste Zeit in meinem Leben«, gibt er mit erstickter Stimme zu.

Es verblüfft mich, wie sehr Noah ihm offensichtlich am Herzen liegt und er ihn trotzdem so lange ignorieren konnte. Sosehr ich den Kerl auch hasse, freue ich mich doch für Noah, dass er versucht, ihre Freundschaft zu kitten.

»Können wir dich interviewen?«, fragt Noah.

Austin nickt. »Klar. Ich könnte auch ein paar andere Jungs aus dem Team fragen. Ich wette, sie würden es tun. Vielleicht auch ein paar der Cheerleaderinnen. Brooke allerdings …« Er verzieht sein Gesicht.

Ja, ich denke auch nicht, dass sich Brooke von Noah und mir für das Buch interviewen lassen wird. Das Gute daran ist, dass ich sie dadurch als die böse Ex-Freundin darstellen kann, ohne mich schuldig zu fühlen.

Austin räuspert sich. Er starrt auf mein Kinn und murmelt: »Ist echt cool von dir, Noah bei seinem Buch zu helfen. Ich weiß noch, wie du früher für die Schülerzeitung geschrieben hast. Du bist eine gute Autorin.«

Obwohl es ein bisschen so klingt, als würde es ihn halb umbringen, die Worte auszusprechen, war es trotzdem ein Kompliment. Ich bin verblüfft. »Ähm. Danke.«

Er zuckt mit den Schultern und bekommt es einfach nicht hin, mir in die Augen zu sehen. Ich versuche noch, die ganze Sache zu begreifen, als Noah mich plötzlich fest an sich zieht und über den Tisch hinweg knurrt: »Lily ist fantastisch, und sie ist *meine* Freundin.«

Alle erstarren vor Schock. Augen werden aufgerissen, Münder klappen auf, und Augenbrauen schießen zur Decke. Austin hebt abwehrend die Hände. »Whoa. Hey. Ich hab's nicht böse gemeint. Ich wollte nur nett sein. Ich will dir nicht die Freundin ausspannen.«

Fast muss ich lachen. Darüber braucht sich Noah wirklich keine Sorgen zu machen. Ich bin wohl die letzte Person, mit der Austin jemals etwas anfangen würde.

»Nicht noch mal, meinst du?«, fragt Noah.

Er steht kurz vor einem weiteren Wutausbruch, aber dieser scheint unvermeidlich zu sein. Wenn sie das nicht aus der Welt schaffen, werden sie nie wieder Freunde werden können. Mitten in einem überfüllten Restaurant, in Anwesenheit seiner Familie, ist es wohl nicht gerade der beste Zeitpunkt für diese Konfrontation, aber ich bezweifle, dass es eine Möglichkeit gibt, Noah aufzuhalten.

Austin blickt sich in unserer Runde um und kaut nervös auf seiner Unterlippe herum. Es ist ihm anzusehen, dass er dazu gerade überhaupt keine Lust hat, aber Noah starrt ihn weiter an und hält mich fest, als könnte mich Austin gewaltsam von ihm wegziehen. Er holt resigniert Luft und nickt, um seinen Fehltritt einzugestehen. »Es gibt keine Entschuldigung, die gut genug wäre, um zu rechtfertigen, was ich getan habe. Ich kann mich nur entschuldigen. Ich weiß, dass es nicht genug ist, aber es tut mir leid, Noah, und ich schwöre dir, dass es nie wieder vorkommen wird.«

Noah kocht neben mir innerlich vor Wut. Alle halten den Atem an, während wir auf seine Antwort warten. Er will Austin nicht verzeihen. Ich kann es an der Wut und dem Schmerz in seinen Augen sehen. Aber Noah braucht die Unterstützung seines besten Freundes. Ich lehne mich ein wenig zurück, nehme seine Hände in meine und drücke sie, bis er aufhört, Austin anzustarren, und stattdessen zu mir schaut. »Was er getan hat, war falsch, Noah. Ich will das gar nicht schönreden, aber …« Fieberhaft überlege ich, wie ich am besten sagen kann, was ich denke. Er wird es nicht hören wollen. »Er ist dein bester Freund.«

Wie ich vermutet habe, sieht er mich wütend an. »Das *war* er. Bis … bis …« Er zieht seine Hände aus meinen und verschränkt die Arme vor der Brust. Er macht sich nicht die Mühe zu versuchen, seinen Satz zu beenden. Aber wenigstens hat er seine Wut für den Moment unter Kontrolle.

»Ich verstehe das«, sage ich sanft. »Es tut weh. Meine beste Freundin hat mich auch verraten. Es ist furchtbar. Aber wenn Zoey jetzt auftauchen, sich entschuldigen und mich bitten würde, ihr zu verzeihen, würde ich es auf einen Versuch ankommen lassen.«

Er wendet seinen Blick von mir ab und starrt auf den Tisch. »Das ist nicht das Gleiche. Zoey hat dir nicht den Freund ausgespannt.«

Ich lege meine Hand auf seine Wange und drehe sein Gesicht zu mir. Sein Blick wird ein wenig weicher, aber er ist immer noch finster. »Du hast recht«, sage ich. »Was Austin getan hat, war schlimmer, und ich kann mir nicht vorstellen, wie sich das angefühlt haben muss. Ihm zu verzeihen ist schwer, aber nicht unmöglich.« Ich schenke ihm ein Lächeln und streiche ihm die Haare aus der Stirn. »Dir habe ich doch auch vergeben, oder?«

Noah blickt mir einen langen Moment lang in die Augen, als suche er nach der Kraft, seinem ehemaligen besten Freund zu verzeihen. »Wie hast du das gemacht?«, fragt er.

»Indem ich Zeit mit dir verbracht habe. Indem ich mir von dir hab beweisen lassen, dass du dich geändert hast.«

Ich werfe einen Blick zu Austin. Er runzelt die Stirn und kaut auf seinem Daumennagel herum. Er wirkt nervös, überrascht und verwirrt zugleich aus, als wäre er schockiert, dass ich mich für ihn einsetze, und wüsste nicht, warum ich das tue. Ich schenke ihm ein Lächeln, mit dem er nichts anzufangen weiß, dann werfe ich Noah noch einen ermutigenden Blick zu.

»Du musst ihm die Möglichkeit geben, sich dir gegenüber zu beweisen. Du wirst ihm nie verzeihen, wenn du ihn von dir fernhältst. Das Einzige, was du auf diese Weise festhalten kannst, ist deine Wut. Beginn mit einem ersten Gespräch, und wenn das gut läuft, dann versuchst du es mit einem Treffen in einer Gruppe. Vielleicht fragt er mal ein Mädchen, ob sie mit ihm ausgeht, und wir könnten uns zu viert treffen, oder du hängst mal mit ein paar Jungs aus deinem alten Team ab. Wenn das funktioniert, macht ihr was zu zweit. Irgendwann werdet ihr das schon hinkriegen, und dann hättest du deinen besten Freund zurück.«

Noah versucht, sein Stirnrunzeln zu unterdrücken, aber sein Gesicht verzieht sich zu einem Ausdruck von Stolz, und er grinst, bevor er mich küsst. »Du bist unglaublich, Lily Rosemont.«

»Ich weiß«, scherze ich, um die Stimmung aufzulockern.

»Ich liebe dich«, murmelt er wie aus dem Nichts.

Einen Moment lang bleibt mir das Herz stehen. Dann, zwei oder drei Sekunden später, beginnt es wie wild zu rasen. Das hat er noch nie zu mir gesagt. Es war zwar vor seiner Familie, meinem Bruder und ausgerechnet Austin, aber so wie er mir in die Augen schaut, ist es, als wären wir die einzigen Menschen im Raum. Ich nehme all meinen Mut zusammen. »Ich liebe dich auch.«

Erst als er mich küsst – ein flüchtiger Schmatzer – und sich wieder zurückzieht, fällt mir wieder ein, dass wir beobachtet werden. Hitze schießt in meine Wangen, und auch Noah wird ein bisschen rot. Er hält sich aber nicht lange damit auf, sondern schaut zu Austin. Er denkt lange über meinen Vorschlag nach, bevor er schließlich murmelt: »Ich kann es versuchen.«

Vierundzwanzig

Eine Woche vergeht, bevor wir wieder mit Austin sprechen. Wir interviewen ihn für unser Buch, und es ist sehr emotional. Immer wieder hat Austin Tränen in den Augen, und seine Stimme zittert, als er darüber spricht, wie es war, Noah bewusstlos auf dem Feld liegen zu sehen und instinktiv zu wissen, dass etwas ernsthaft nicht stimmt. Er gibt zu, dass es der schlimmste Moment seines Lebens war, Noah auf der Intensivstation an all den Kabeln und Schläuchen angeschlossen zu sehen und nicht zu wissen, ob er jemals wieder aufwachen würde. Er spricht über den Rest der Footballsaison und darüber, dass es nie wieder dasselbe war. Noahs Abwesenheit hat das gesamte Team belastet. Sie haben versucht, ihr Bestes für ihn zu geben, weil sie wussten, dass er das von ihnen erwarten würde, aber es lag immer eine Traurigkeit in der Luft, die nie ganz verschwunden ist.

Ein paar Wochen später willigt Noah schließlich ein, mit Austin abzuhängen. Eine Gruppe seiner alten Teamkameraden geht zu Austins Haus, um die erste Runde der March Madness zu sehen. Noah ist nervös, aber ich merke, dass er sich auch ein bisschen darauf freut, mit seinen früheren Freunden zusammen zu sein. Ich nutze die Gelegenheit, um einen Haufen Anträge für Stipendien und finanzielle Unterstützung auszufüllen. Es ist Samstagnachmittag, und ich sitze gerade mit meinem Laptop am Esstisch, als Mom und Mason vom Einkaufen nach Hause kommen. Ich helfe beim Einräumen der Lebensmittel, und noch bevor wir damit fertig sind, ist Mom schon wieder zur Tür raus, um zur Arbeit zu gehen.

Sobald alles weggeräumt ist, gehe ich zurück an meinen Computer. Mason holt sich einen Snack und setzt sich neben mich. »Wo ist Noah? Kommt er heute vorbei?«

»Vielleicht später. Er ist bei Austin und sieht sich ein Basketballspiel an.«

Mason kaut auf einem Keks herum und verteilt die Krümel auf dem ganzen Tisch. »Cool. Was machst du denn da?«

Ich lehne mich zurück und reibe mir mit den Händen über das Gesicht. »Ich fülle nur einen Haufen Anträge für Stipendien aus.«

»Stipendien? Ich dachte, dafür müsstet ihr euer Buch fertig haben.«

Ich schüttele den Kopf. Das hatte ich auch gedacht, bis ich mich mit Mrs Alderman getroffen habe. »Die meisten Schreib- oder Englischstipendien verlangen nur Schreibproben, kein vollständiges Manuskript, also kann ich ihnen den Anfang des Buchs und einige der Zeitungsartikel schicken, die ich geschrieben habe. Außerdem bewerbe ich mich auch für Stipendien, die auf Notendurchschnitt basieren. Für die brauche ich überhaupt keine Schreibproben, sondern nur Aufsätze.«

Mason starrt auf den Laptop, seinen Keks vergessen in

der Hand. »Oh«, sagt er so leise, dass ich meine volle Aufmerksamkeit auf ihn richte. »Mase? Was ist denn los?«

Er lässt sich mit der Antwort viel Zeit. »Glaubst du, dass du ein Stipendium bekommst?«

Ich runzle die Stirn, antworte ihm aber. »Ich hoffe es. Ansonsten habe ich keine Ahnung, wie ich das College bezahlen soll, ohne mich zu verschulden, und das auch nur, wenn ich überhaupt ein Darlehen bekommen kann.«

Er schluckt. »Auf welches College willst du denn gehen?«

Er verhält sich echt seltsam. »Ich weiß es noch nicht«, sage ich langsam. »Das hängt davon ab, ob ich ein Stipendium bekomme. Bis jetzt wurde ich an der University of Arizona und der University of Southern California angenommen, aber ich warte noch auf die Zusagen von ein paar anderen.«

»Kalifornien?«, brüllt Mason, und ich zucke zusammen. Er springt von seinem Platz auf und rennt davon, während ich fassungslos sitzen bleibe und mich frage, was gerade passiert ist. Sekunden später knallt seine Tür zu.

Als ich sein Schlafzimmer erreiche, kann ich schon durch die Tür sein leises Schluchzen hören. Ich gehe rein, ohne zu klopfen. »Mase?« Er liegt zusammengerollt und mit dem Rücken zu mir auf seinem Bett. Ich setze mich ans Fußende und lege meine Hand auf sein Bein. »Rede mit mir, Kumpel. Was ist los?«

Er zieht sich das Kissen über den Kopf, und sein kleiner Körper beginnt zu zittern. Der Anblick schnürt mir die Kehle zu. »Mason«, flehe ich heiser. »Bitte sag mir, was los ist.«

Er lässt sein Kissen sinken. »Du wirst weggehen!«

Dann drückt er das Kissen an seine Brust und vergräbt sein Gesicht darin. »Du wirst aufs College gehen, und dann bin ich ganz allein.«

»Mase ...« Meine Stimme bricht. »Du wirst nicht allein sein.«

Er zieht seinen Kopf hinter dem Kissen hervor und blickt mich durch seine Tränen hindurch an. »Doch, das werde ich! Dad hat überhaupt keine Lust mehr, uns zu sehen, und Mom ist die ganze Zeit arbeiten. Wenn du auch noch weg bist, wer soll dann auf mich aufpassen? Mom kann sich keinen Babysitter leisten, und ich werde fast elf. Sie wird mich allein zu Hause lassen.«

Mein Herz blutet für meinen kleinen Bruder. So sehr, dass ich kaum noch richtig atmen kann. Ich weiß nicht, was ich sagen soll, denn ich bin mir nicht sicher, ob er wirklich unrecht hat. Wir waren fast das ganze Jahr über auf uns allein gestellt. Mom bezahlt die Rechnungen, aber wir Kinder erledigen das Kochen, Putzen und alles andere. Wenn ich auf dem College bin, wer wird Mason dann bei den Hausaufgaben helfen oder ihm einfach nur Gesellschaft leisten? Ohne Mom und Dad ist es sehr einsam, aber jetzt gerade haben wir Geschwister ja uns. Ich kann den Gedanken nicht ertragen, dass Mason jeden Tag von der Schule bis zum Schlafengehen allein im Haus ist.

»Hey.« Ich ziehe ihn in eine Umarmung. Sofort schlingt er seine Arme um meinen Bauch und klammert sich an mich, als würde sein Leben davon abhängen. Es ist niederschmetternd. Ich halte ihn und warte, bis ich mit einigermaßen ruhiger Stimme sprechen kann. »Du wirst nicht allein sein, okay? Wir werden uns etwas einfallen lassen, und wenn wir uns nicht einigen können, bleibe ich nächstes Jahr zu Hause und gehe auf ein College in der Nähe. Ich werde dich nicht allein lassen.«

Er schnieft zwar noch, aber allmählich beruhigt sich sein Schluchzen. »Versprochen?«

Ich hebe sein Kinn an, damit er mir ins Gesicht sieht.

»*Versprochen.*« Es ist ein Schwur. Ich werde ihn nicht allein zu Hause lassen. Sosehr ich auch woanders aufs College gehen will, ich kann ihn nicht im Stich lassen. Ich werde nicht wie meine Eltern sein. »Wir sind doch ein Team, Mase, du und ich. Teams halten zusammen, okay?«

Noch mehr Tränen laufen ihm über die Wangen, und ich wische sie weg. Er hat vom Weinen Schluckauf, aber er nickt, weil er darauf vertraut, dass ich die Wahrheit sage. Er vergräbt sein Gesicht wieder an meiner Brust und klammert sich an mich. »Danke, Lily.«

Ich umarme ihn so fest, dass er nach Luft schnappt. Ich liebe diesen Jungen so sehr. Ich würde alles für ihn tun. »Hab dich lieb, kleiner Kerl.«

Mason reißt sich los und wirft mir einen Blick zu, der eigentlich wütend sein soll, aber ich kann das Lächeln sehen, das er zu verbergen versucht. »Ich bin nicht klein.«

Lächelnd zerzause ich ihm die Haare. »Für mich wirst du immer klein sein. Komm, lass uns ein bisschen Call of Duty spielen. Ich lasse dich sogar gewinnen.«

Mason schnaubt empört. »Du verlierst doch sowieso jedes Mal.«

Ich seufze. Es stimmt. Videospiele sind nicht meine Stärke.

Wir spielen eine Weile, aber irgendwann wird es langweilig, also machen wir uns stattdessen einen Film mit Adam Sandler an. Wir sind ungefähr bei der Hälfte, als

Noah auftaucht. »Hey.« Ich bin überrascht, ihn zu sehen. »Ich dachte, du wärst länger bei Austin.« Als er seufzt, weiß ich, dass irgendetwas vorgefallen sein muss. »Alles in Ordnung?«

»Ich denke schon.« Es klingt nicht sehr überzeugend.

Ich ziehe ihn ins Wohnzimmer und zu mir aufs Sofa. »Cool. Ich liebe *Happy Gilmore*.« Er kuschelt sich neben mich und zieht eine Decke über uns.

Ich frage nicht nach seiner Stimmung, denn er scheint im Moment nur die Streicheleinheiten zu brauchen, aber ich bin neugierig. Nach ein paar Minuten wird seine Atmung laut und gleichmäßig. Er schläft. Vielleicht war es nur das. Vielleicht war es einfach zu anstrengend für ihn, und er ist so müde geworden, dass er früher gehen musste. Ich lasse ihn schlafen und schaue den Film zu Ende. Danach stehe ich vorsichtig auf und lege ihn aufs Sofa. Während er schläft, beginnen Mason und ich mit dem Abendessen. Heute gibt es Spaghetti mit Hackbällchen. Ich habe Mason beigebracht, wie man kocht, und das gemeinsame Kochen ist so was wie unser Ding geworden. Er ist ziemlich gut darin. Ich kann nicht sagen, ob er wirklich gern kocht oder ob er es einfach mag, Zeit mit mir zu verbringen. Wahrscheinlich ein bisschen von beidem. Ich koche nicht gern, aber es hat Mason und mich einander nähergebracht, und auch wenn er jetzt erst zehn ist, hilft mir die Beziehung zu meinem Bruder, die Probleme mit meinen Eltern ein bisschen zu lindern.

Wir haben gerade die Fleischbällchen aus dem Ofen geholt und lassen sie zehn Minuten in der Marinara-Sauce köcheln, als Noah müde in die Küche schlurft. Er stellt sich hinter mich und küsst mich auf die Wange. »Irgendetwas riecht gut.«

Ich lehne mich an ihn, und er legt seine Arme um meine Taille. »Muss die Sauce sein«, sage ich ihm.

»Und Hackbällchen!«, zwitschert Mason und rührt die Sauce um. Er hat jetzt viel bessere Laune.

»Mmm.« Noah brummt, tief und kehlig. »Ich liebe Spaghetti mit Hackbällchen.«

Seine Nase streift mein Ohr, und mir läuft ein wohliger Schauer über den Rücken. »Gut. Wir haben nämlich auch genug für dich gemacht.«

»Braucht ihr Hilfe?«

»Du könntest den Tisch decken, während wir hier alles fertig machen.«

»Klar. Wo soll ich … ähm …« Er deutet mit der Hand auf den Tisch, auf dem mein Laptop, mein Notizbuch und ein paar andere Papiere von vorhin noch verstreut liegen.

»Oh, leg es einfach erst mal auf den Couchtisch. Ich muss nach dem Abendessen weiter daran arbeiten.«

Noah sammelt alles ein, während ich die Spaghetti abschütte. »Was ist das alles?«, fragt er.

»Anträge für Stipendien, Zuschüsse und finanzielle Unterstützung. Mrs Alderman hat mir geholfen, einen Plan zu erstellen und eine Liste mit den Sachen, die ich beantragen muss. Ich bewerbe mich jetzt einfach für alles Mögliche. Jeder Betrag, für den ich keinen Kredit aufnehmen muss, ist es wert, auch wenn ich dafür eine Million Aufsätze schreiben muss.«

Wie Mason zuvor verkrampft sich auch Noah bei der Erwähnung des Colleges. »Wo willst du … du … ähm …«

»Wo ich mich bewerben will?«

Er nickt, und ich seufze. »Das ist noch nicht entschieden.« Ich lächle meinen Bruder an, um ihm zu versichern, dass ich meine Meinung nicht geändert habe, seit ich ihm vorhin mein Versprechen gegeben habe. »So langsam denke ich, dass es das Beste ist, hier auf unser Community College zu gehen und später dann vielleicht zur ASU zu wechseln. Auf diese Weise kann ich erst mal eine Menge Geld sparen und muss weder dich noch Mason zurücklassen. Und wenn ich genug finanzielle Unterstützung bekomme, muss ich vielleicht die ersten beiden Jahre des Colleges gar nicht bezahlen.«

Noahs Gesicht hellt sich auf. »Das ist großartig.«

Ich stelle die Spaghetti in einer Schüssel auf den Tisch und gehe zu Noah. Er umarmt mich. »So schnell wirst du mich nicht los.« Wir lächeln beide, als wir uns küssen.

»Wie eklig!«, ruft Mason und tut so, als müsse er würgen. »Ich hab euch schon hundertmal gesagt, dass ihr das nicht machen sollt, wenn ich dabei bin. Das ist ekelhaft.«

Noah und ich lösen uns grinsend voneinander. Als wir alle am Tisch sitzen, stelle ich endlich die Frage, die mir im Kopf herumspukt, seit Noah aufgetaucht ist. »Wie ist es bei Austin gelaufen?«

Noahs gute Laune löst sich in Luft auf, und er sieht mich resigniert an. »Gut.«

Ich verdrehe die Augen. »Du bist wirklich ein schlechter Lügner.«

Er zuckt mit den Schultern. »Es war in Ordnung ... denke ich. Es gab keine ... keine ...« Als er die Worte nicht herausbekommt, formuliert er seinen Gedanken um. »Die Jungs waren alle nett zu mir.«

»Warum wirkst du dann so niedergeschlagen?«

Er dreht seine Gabel in den Nudeln und nimmt einen großen Bissen, bevor er mir antwortet. »Große Gruppen sind schwierig. Ich konnte nicht mithalten mit ... mit ...« Er knirscht mit den Zähnen, bevor er tief einatmet und es erneut versucht. »Bei all den schnellen Gewesen.«

Ich brauche eine Minute, um das zu begreifen. »Schnellen Gesprächen?«

Er nickt. »Ich wusste die meiste Zeit nicht, worüber sie reden.« Er lässt die Schultern hängen. »Das Spiel war auch zu schnell, um ihm zu folgen. Die meiste Zeit saß ich einfach nur da und fühlte mich wie ein Freak.«

Das ist ja furchtbar. Ich wollte wirklich, dass es heute gut für ihn läuft. Er verdient es, sein Leben zurückzubekommen. Ich wollte, dass er erkennt, dass nicht alles anders sein muss. Ich greife nach seiner Hand. »Du bist kein Freak.«

Er starrt auf den Tisch. »Normal bin ich aber auch nicht.«

»Normal ist langweilig«, sagt Mason mit vollem Mund. Er zieht eine Spaghetti hoch, und die Sauce verteilt sich um seinen ganzen Mund.

Ich lache. »Das ist gut, denn du bist auch nicht normal«, scherze ich. »Du hast überall Sauce, du Spinner.«

Er wischt sich mit dem Handrücken über das Gesicht, verteilt damit die Sauce aber nur weiter. Ich schüttle den Kopf und seufze. Er hat überhaupt keine Tischmanieren, aber er ist wirklich süß.

Noah bläst immer noch Trübsal.

»Dann sind die Dinge eben nicht mehr ganz normal«, sage ich. »Das heißt aber nicht, dass du nicht trotzdem Freunde haben kannst. Vielleicht musst du nur mehr Zeit mit ihnen verbringen oder Dinge tun, die für dich einfacher sind. Das Frühjahrstraining ist gerade in vollem Gange. Baseball ist ein langsamerer Sport. Da könntest du gut mithalten. Ich wette, deine Kumpel würden auch mit dir zu einem Baseballspiel gehen.« Ich grinse. »Du müsstest nur dafür sorgen, dass dein Begleiter bereit ist, die Ausbälle zu fangen, die auf dich zukommen.«

Er schenkt mir ein kleines Lächeln, und ich grinse. »Du musst nur an dein neues Ich denken. Ich weiß, dass du das kannst. Wir beide verbringen Zeit miteinander, und das ist doch total entspannt. Das kannst du auch mit deinen Freunden. Sie werden sich schon daran gewöhnen.«

Noah sieht mich skeptisch an, als wäre er nicht ganz überzeugt, aber schließlich seufzt er und sagt: »Du hast recht.«

Um die Stimmung aufzulockern, zwinkere ich ihm zu. »Natürlich habe ich das.«

Er sieht mich zärtlich an. »Ich liebe dich, Lily.«

Ich beuge mich vor und gebe ihm einen Kuss. »Ich liebe dich auch.«

Mason stöhnt und springt vom Tisch auf. »Igitt! Ich gehe in mein Zimmer. Sagt mir Bescheid, wenn ihr mit dem Geknutsche fertig seid.«

Noah und ich küssen uns wieder, nur um Mason zu ärgern.

»IGITT!«

Er stürmt aus dem Raum, und ich rufe ihm hinterher: »Erst noch deinen Teller abspülen!«

Er stapft zurück, holt seinen Teller und murmelt etwas vor sich hin, während er ihn abspült. Kaum ist er wieder weg, müssen Noah und ich lachen. Ich folge Masons Beispiel und bringe meinen leeren Teller zur Spüle. Auf dem Weg dorthin klopfe ich Noah auf die Schulter. »Wenn du mir beim Abwaschen hilfst, können wir noch ein bisschen auf dem Sofa rumknutschen, bevor du gehen musst.«

Sofort folgt mir Noah zum Waschbecken. »Wie könnte ich da nein sagen?«

Fünfundzwanzig

In den nächsten Wochen finden Noah und Austin langsam wieder zu ihrer früheren Freundschaft zurück. Sie fangen an, zusammen zu trainieren und tun, was auch immer Jungs eben so tun, wenn sie zusammen sind. Ich freue mich für Noah. Er scheint glücklicher zu sein.

Austin und ich haben unsere Differenzen Noah zuliebe beiseitegelegt, aber wir verbringen keine Zeit miteinander. Noah wird langsam wieder in den Kreis der beliebten Leute aufgenommen, aber ich werde nicht wirklich akzeptiert, also bleiben wir in der Schule meist unter uns, und Noah sieht seine Freunde nur am Wochenende. Das macht mir nichts aus. Ich bin nicht daran interessiert, mich mit den gehässigen Schülern anzufreunden, die mich die meiste Zeit des Jahres gequält haben. Das Mobbing hat inzwischen allerdings größtenteils aufgehört, und das ist gut so. Abgesehen von abfälligen Kommentaren und Blicken von Brooke werde ich jetzt einfach in Ruhe gelassen.

Am letzten Märzwochenende hat meine Mutter einen seltenen freien Tag, und Noah hat, soweit ich weiß, keine Pläne mit Austin, also gehe ich zu ihm rüber. Als ich klopfe, ruft Mrs Trask: »Herein!«

Ich betrete die Küche. Sie macht gerade den Kühlschrank sauber. »Ich habe dir doch gesagt, dass du nicht klopfen musst, Süße. Du bist jederzeit willkommen.«

Ich zucke lächelnd mit den Schultern. »Die Macht der Gewohnheit. Haben Sie schon irgendwelche Pläne für heute? Ich habe eine ›Du kommst aus dem Gefängnis frei‹-Karte und dachte, vielleicht könnten Noah und ich ein Picknick machen oder so was.«

Sie verdreht die Augen und wischt weiter die Fächer aus. »Bitte tut das. Er könnte heute ein bisschen frische Luft gebrauchen.«

Ich runzle die Stirn über ihren Tonfall. Sie ist genervt. »Alles in Ordnung?«

Sie seufzt. »Er hat schon den ganzen Tag schlechte Laune.« Sie schüttelt ihre Verärgerung ab und lächelt mich an. »Vielleicht kannst du ihm das austreiben. Nimm ihn eine Weile mit nach draußen. Er könnte eine Pause gebrauchen.«

Ihre Worte erfüllen mich mit Sorge. Mrs Trask ist die geduldigste und verständnisvollste Frau, die ich je getroffen habe, und sie hat normalerweise Scheuklappen auf, wenn es um ihren Sohn geht. Wenn sie sagt, er sei schlecht gelaunt, muss er *wirklich* schlecht drauf sein. Gut, dass ich ihn normalerweise aufheitern kann. »Ich werde sehen, was ich tun kann. Ist er in seinem Zimmer?«

»Er putzt es hoffentlich.«

Ich lache. Noah ist alles andere als schlampig, aber ist nicht so ordentlich, wie seine Mutter es gerne hätte. »Ich sorge dafür, dass er damit fertig ist, bevor ich ihn entführe.«

»Danke, Schätzchen. Viel Glück!«

Mrs Trask macht sich wieder an die Reinigung ihres Kühlschranks. Auf dem Weg zu Noahs Zimmer kommt er mir mit einem überquellenden Wäschekorb in den Armen entgegen. »Hey!«, begrüße ich ihn.

Er murmelt ein mürrisches »Hey«.

Ich ignoriere die nicht gerade enthusiastische Begrüßung, lasse ihn vorbei und folge ihm in die Waschküche. »Ich habe heute Abend Zeit. Hast du Lust, etwas zu unternehmen? Deine Mutter hat gesagt, ich kann dich entführen, wenn du mit deinem Zimmer fertig bist. Ich dachte an ein Picknick?«

Er runzelt die Stirn und murrt: »Ich habe keinen Hunger«, während er seine Klamotten in die Waschmaschine stopft.

Oh je. Susan hatte recht. Er ist wirklich schlecht gelaunt.

Er macht sich nicht die Mühe, die weiße Wäsche von der bunten zu trennen, aber ich sage nichts. Ich habe das Gefühl, er würde mir sonst den Kopf abreißen. »Gut. Du brauchst ja nicht zu essen. Du kannst mir einfach Gesellschaft leisten, während ich ein Picknick mache. Oder du sagst mir, warum du so mies gelaunt bist.«

Mit einem finsteren Blick knallt er den Deckel der Waschmaschine zu. Ich ignoriere es. Es fällt mir inzwischen leichter, seine Stimmungsschwankungen nicht persönlich zu nehmen. Er ist nicht auf mich wütend. »Du hast das Waschpulver vergessen«, sage ich ihm sanft, als er die Maschine anstellen will. Das bringt mir einen weiteren bösen Blick ein.

Noah starrt lange auf das Pulver, das Bleichmittel und den Weichspüler, die auf dem Regal über der Waschmaschine stehen, als wüsste er nicht, was er benutzen soll. Ich warte, weil ich möchte, dass er es selbst herausfindet, wenn er es kann. Nach einem Moment legt er den Kopf in den Nacken und schließt die Augen. Als er frustriert aufstöhnt, greife ich wortlos nach dem Waschmittel. Er sieht mich nicht an, als er es nimmt. Er sagt nichts, während er das Seifenfach füllt und das Waschpulver zurück ins Regal stellt. Dann greift er nach einem Trocknertuch. Ich korrigiere ihn nur ungern noch einmal, aber ich lege sanft meine Hand auf seine, bevor er es in die Wäsche wirft. »Die sind für den Trockner«, sage ich leise.

Er ballt das Tuch zusammen und schließt wieder die Augen. Es dauert gut dreißig Sekunden, bis er sich genug beruhigt hat, um seine Aufgabe zu beenden. Er wirft das Tuch in den kleinen Mülleimer neben dem Trockner und schließt den Deckel der Waschmaschine. Dann will er sie einschalten, hält aber inne und starrt auf die Knöpfe. Er liest die verschiedenen Einstellungen und beginnt mit den Zähnen zu knirschen. Er starrt so lange hilflos auf die Waschmaschine, dass seine Augen vor Frustration glänzen. Es ist herzzerreißend.

Wäschewaschen muss eine relativ neue Aufgabe sein, an der er arbeitet, um sie selbstständig erledigen zu können. Wahrscheinlich ist es eine »Hausaufgabe« seiner Ergotherapeutin. Er arbeitet mit ihr an seinen kognitiven Fähigkeiten. Alles, was sie tun, dient dazu, ihm zu helfen, wieder ein möglichst unabhängiges Leben zu führen. Wir haben nie viel darüber gesprochen, aber ich glaube, das frustriert ihn noch mehr als seine Sprachprobleme.

Als er die Augen schließt und eine einzelne Träne über

seine Wange rollt, nehme ich seine Hand in meine beiden. »Soll ich dir helfen?«

Es ist in diesem Moment die absolut falsche Frage. Er reißt seine Hand weg, und der Blick, den er mir zuwirft, ist geradezu feindselig. »Nein!«, blafft er. »Ich will deine Hilfe nicht! Ich bin kein … ein …« Er schüttelt den Kopf. »Hör auf, mich zu bemuttern! Das machst du immer!«

Ich bin schockiert. Das ist schlimm, sogar für ihn. »Ich habe dich nie bemuttert. Ich weiß, dass du …«

Er lässt mich nicht ausreden. »Jetzt machst du es schon wieder!«

Mein Schock schlägt in Wut um. »Ich bemuttere dich nicht. Ich versuche nur zu helfen …«

»Niemand hat dich um deine Hilfe gebeten!« Verbittert sieht er weg. Er wischt sich über die feuchten Wangen. »Geh einfach nach Hause, Lily. Ich will dich jetzt nicht sehen.«

Ich weiche zurück, als hätte man mir eine Ohrfeige verpasst. Es ist unmöglich, das hier nicht persönlich zu nehmen. Noch nie hat er mich so direkt angegriffen. Noch nie hat er mich weggeschickt. Mir wird vor Wut und Schmerz ganz schlecht. »Wenn du nicht willst, dass ich dich wie ein Baby behandle, dann benimm dich auch nicht wie eines«, sage ich mit leiser zitternder Stimme. »Du hast gerade einen Wutanfall wie ein verzogenes Balg. Du lässt deine Wut an mir aus, und das habe ich nicht verdient. Ich werde mir das auch nicht gefallen lassen. Deine Mutter lässt dir diesen Mist nicht durchgehen, und ich auch nicht. Ich bin nicht dein Prügelknabe.«

Als er nicht aufhört, mich anzustarren, schüttle ich den

Kopf und gehe weg.« »Melde dich, wenn du bereit bist, dich zu entschuldigen«, fauche ich über meine Schulter.

Er hält mich nicht davon ab zu gehen. Er läuft mir nicht hinterher. Ich gehe, ohne mich zu verabschieden, und es kostet mich all meine Beherrschung, auf dem Weg nach draußen nicht die Tür zuzuschlagen. Bei unserer eigenen Haustür bin ich weniger zurückhaltend. Als ich das Haus betrete, knalle ich sie mit voller Wucht zu. »Lily?«, ruft Mom verblüfft.

Ich stürme an ihr vorbei in mein Schlafzimmer und knalle auch diese Tür zu. Als ich mich auf mein Bett werfe, klopft Mom. Sie wartet kurz, dann kommt sie herein. »Alles in Ordnung?«

Ich will sie nicht anschnauzen. Ich will sie nicht so behandeln, wie Noah mich gerade behandelt hat, also atme ich tief durch, bevor ich antworte. »Alles in Ordnung. Ich hatte nur einen kleinen Streit mit Noah.«

Mason schiebt sich an Mom vorbei und runzelt die Stirn. »Noah und du streitet doch nie.«

Ich zucke mit den Schultern. »Diesmal schon.«

Masons Stirnrunzeln vertieft sich, und er sagt ganz ernst: »Soll ich ihn verprügeln gehen?«

Diese Ernst gemeinte Drohung entlockt mir ein Lächeln. Ich bin immer noch gekränkt, aber nicht mehr so wütend. »Nicht nötig, aber danke.« Ich setze mich auf, schlinge meinen Arm um meinen Bruder und ziehe ihn zu mir aufs Bett. »Ich muss einfach nur mit dir schmusen.«

Mason beginnt in meinen Armen zu strampeln. »Igitt, lass mich los, du Psycho!«

Ich kitzle ihn, bis er herumkreischt, dann lasse ich ihn los. Er springt vom Bett auf und aus meiner Reichweite.

Dann will er mich böse anstarren, doch es gelingt ihm nicht. Er runzelt die Stirn und beobachtet mich genau. »Alles okay?«

Ich schenke ihm ein warmes Lächeln. Ich habe diesen Jungen so lieb, dass es wehtut. »Ja, alles okay. Danke, Mase.«

Er sieht mich skeptisch an, als würde er befürchten, ich würde zusammenbrechen, sobald er den Raum verlässt. »Lass uns Fortnite spielen.« Es ist fast schon eine Forderung. Er ist einfach zu süß. Mom findet das auch, denn sie sieht ihn mit einem Lächeln an, das zu gleichen Teilen traurig und stolz ist.

»Aber ich bin so schlecht bei Fortnite. Wie wäre es mit Grand Theft Auto?«

Mom stöhnt. »Das Spiel ist schrecklich. Bitte sucht euch was anderes aus.«

Mason und ich sehen uns grinsend an. »Also Minecraft«, sage ich.

Wir sind alle auf dem Weg ins Wohnzimmer, als es an der Tür klingelt. Ich bin zwar nicht mehr wütend, aber auch noch nicht bereit, mit Noah zu reden, also ignoriere ich es. Doch als Mom aufmacht, ist es nicht Noahs Stimme, die ich höre. »Könnte ich bitte mit Lily sprechen?«

Susan kann ich nicht ignorieren, also gehe ich in den Flur. »Lily!« Als sie mich sieht, füllen sich ihre Augen mit Tränen. »Es tut mir so leid!«

Mom starrt mich verblüfft an. Sie und Susan sind sich noch nie vorgestellt worden. »Mom, das ist Susan Trask, Noahs Mutter. Susan, das ist meine Mutter, Heather Green.«

Mom streckt Susan zögernd die Hand entgegen. »Wie schön, Sie endlich mal kennenzulernen.«

Susan nimmt ihre Hand und erwidert die Begrüßung, doch ihre Aufmerksamkeit richtet sich schnell wieder auf mich.

»Schätzchen, es tut mir so leid.«

Sie kommt mit ausgebreiteten Armen auf mich zu, hält dann aber inne, als sei sie sich unsicher, ob ich überhaupt eine Umarmung will. Aber das will ich. Und ich glaube, sie braucht sie mehr als ich, also trete ich in die Umarmung.

»Schon okay, Susan. Es ist nicht Ihre Schuld.«

»Ich weiß wirklich nicht, was in ihn gefahren ist«, sagt sie. »Es fällt ihm schwer, sich zu beherrschen, aber so hätte er sich dir gegenüber auf keinen Fall verhalten dürfen.«

Ich schlucke den Drang hinunter, mich wieder aufzuregen. *Geh einfach nach Hause, Lily. Ich will dich jetzt nicht sehen.* Mein Herz schmerzt, wenn ich nur daran denke, aber Susan hat recht. Frustriert oder nicht, normalerweise redet Noah so nicht. Ich führe Susan zum Sofa und setze mich neben sie. »Ich weiß«, sage ich ihr. »Er war frustriert. Ich konnte es sehen. Ich hätte nicht versuchen sollen, ihm zu helfen. Ich hätte ihm Freiraum geben sollen.«

»Nein«, erwidert Susan nachdrücklich. »Du hast nichts falsch gemacht. Manchmal braucht er Hilfe, sosehr er diese Tatsache auch hasst.«

»Ich hätte aber warten sollen, bis er darum bittet.« Das war eine Sache, die seine Ergotherapeutin erwähnte, als wir sie befragt haben. »Ich muss ihm viel Zeit geben, damit er die Dinge allein schafft. Aber er war kurz davor, in Tränen auszubrechen, und ich konnte es nicht ertragen, ihn so zu sehen. Ich wollte ihm nicht zu nah treten.«

Na toll. Jetzt fühle ich mich auch noch schuldig, weil ich gekränkt bin.

Susan legt ihren Arm um mich und seufzt. »Es war nicht deine Schuld. Mach dir keine Vorwürfe. Noah ist ein Minenfeld. Manchmal werden wir ihn eben zum Explodieren bringen. Das lässt sich nicht vermeiden. Er hatte einen harten Tag. Er macht so viele Fortschritte, aber das kann er nicht immer sehen, weil er eben trotzdem noch seine Einschränkungen hat.«

Ich verstehe, was sie sagen will, aber ich fühle mich immer noch schlecht. »Ich hätte ihn nicht anschreien sollen.«

»Du hast nicht geschrien«, betont Susan. »Du warst streng, aber hast nicht die Beherrschung verloren. Du hast ihn genau richtig behandelt. Du hattest absolut recht damit, dass du nicht sein Prügelknabe bist, und du solltest dich nie von ihm als solchen benutzen lassen. Wenn du dich von ihm herumschuben lässt, wenn er eine seiner Launen hat, wird er es nie lernen, sondern einfach so weitermachen. Und so eine Beziehung dürft ihr nicht führen. So schwer es für ihn auch ist, er muss daran denken, dass es auch für dich schwierig ist.«

Es fühlt sich gut an, Susan auf meiner Seite zu wissen. Ich brauche die Bestätigung, dass ich nicht falschlag, dass ich nicht überreagiert habe.

Susan holt eine Visitenkarte hervor und überreicht sie mir ein wenig verlegen. »Noah geht einmal im Monat zu einer Selbsthilfegruppe, aber Noahs Vater und ich gehen auch zu einer. Sie ist für Freunde und Angehörige von SHT-Patienten. Ich denke, es könnte auch für dich gut sein.«

»Sie braucht eine Selbsthilfegruppe?«, fragt meine Mutter ungläubig. »Für ihre Beziehung?«

Susan räuspert sich und zwingt sich meiner Mutter gegenüber zu einem Lächeln. »Noah kann kompliziert sein, und es ist nicht immer leicht, mit seinem Zustand umzugehen. Es hilft, wenn man seine Erfahrungen mit anderen teilen kann, die mit den gleichen Problemen zu kämpfen haben. Lily ist ein so wichtiger Teil seines Lebens, dass sie genauso lernen sollte, mit der Situation umzugehen, wie mein Mann und ich. Vielleicht gefällt es ihr ja in der Selbsthilfegruppe. Es könnte eine Entlastung für sie sein.«

Ihre Worte treffen mich hart. Ich habe mich nie in der gleichen Kategorie wie Noahs Eltern gesehen. Ich denke ständig daran, wie schwer es für sie sein muss, und frage mich, wie sie es schaffen, damit umzugehen, aber sie hat recht. Ich muss ja auch mit alldem umgehen. Als ich in der Reha-Klinik war und seine Ärzte getroffen habe, haben sie mich über seinen Zustand aufgeklärt, weil ich das wissen muss. Ich gehöre zu seinem Leben. Ich bin Teil seiner Welt und damit auch Teil seiner Kämpfe und seiner Genesung. Ich starre auf die Karte der Selbsthilfegruppe und bin überrascht, dass ich dafür infrage komme, aber ich möchte hingehen.

Mom sieht mich dann stirnrunzelnd an. »Das ist ziemlich heftig für eine Highschool-Beziehung.« Sie schaut in Susans Richtung und verzieht ihr Gesicht. »Nichts gegen Ihren Sohn, er ist bestimmt ein wunderbarer Junge.« Sie sieht wieder zu mir. »Aber bist du sicher, dass es eine gute Idee ist, sich auf so etwas einzulassen? Das ist eine große Verantwortung, und du bist noch so jung. Es ist deine erste richtige Beziehung. Hättest du nicht lieber etwas ... Normaleres?«

Ich verstehe, warum sie sich so verhält, aber trotzdem will ich sie am liebsten anschreien. Vor allem, als ich sehe, wie Susans Unterlippe zu zittern beginnt. »Es ist schwer, Mom. Ich werde dich nicht anlügen und behaupten, dass es das nicht ist. Aber das ist es wert. Noah ist es wert.«

Sie lässt nicht locker. »Aber was ist mit deiner Zukunft? Wird er je wieder gesund werden? Willst du dich wirklich für den Rest deines Lebens damit herumschlagen?«

Ich sehe sie böse an. »Wir sind noch nicht ganz in der Phase, wo es um *den Rest unseres Lebens* geht, aber ja. Das ist es, was ich im Moment will. Egal, ob er jemals wieder komplett gesund wird oder nicht.«

Ich ergreife Susans Hand. Sie wirkt froh über die Unterstützung und drückt fest zu. »Sein Zustand wird sich verbessern«, sagt sie zu Mom. »Es geht ihm jetzt schon viel besser, aber ganz wird er sich nie erholen. Er wird immer auf Hilfe angewiesen sein. Wahrscheinlich wird er nie ganz allein leben können, aber er *kann* ein gleichberechtigter Partner in einer Beziehung sein.«

Tränen laufen ihr über die Wangen. Sie versucht, sie wegzulächeln, was ihr aber nicht gelingt. »Deine Mutter hat recht. Es ist eine große Verantwortung, die du da übernimmst, und ihr werdet nie das haben, was die meisten Menschen als ›normale‹ Beziehung bezeichnen würden. Ich kann nicht von dir verlangen, dass du so viel opferst, nur um mit meinem Sohn zusammen zu sein.«

Wieder drücke ich beruhigend ihre Hand und lächle. »Keine Beziehung ist perfekt. Bis jetzt waren die Höhen die Tiefen immer wert. Solange das so bleibt, werde ich gern mit allem fertig, was sich uns in den Weg stellt. Noah und ich müssen uns nur einspielen, aber wir lernen gemeinsam. Er ist es wert, Susan. Das verspreche ich Ihnen.«

Susan stößt ein leises Schluchzen aus und wirft ihre Arme um mich. »Du bist so ein tolles Mädchen, Lily. Noah hat solches Glück, dich in seinem Leben zu haben. Das gilt für uns alle.«

»Ich bin auch froh, Sie zu haben. Auch wenn er heute ein Riesenblödmann war.«

Susan verzieht das Gesicht. »Wenn er sich erst einmal beruhigt hat, wird es ihm furchtbar leidtun, wie er dich behandelt hat.«

Meine Lippen verziehen sich zu einem Lächeln. »Vielleicht ist das gar nicht so schlecht. Vielleicht erinnert er sich dann daran und kann sich in Zukunft beherrschen.«

Endlich lächelt auch Susan und drückt mich noch einmal fest. »Ganz bestimmt. Er liebt dich, Lily. Ich bin mir sicher, dass er dir nicht wehtun wollte.«

»Das weiß ich doch. Und ich werde ihm verzeihen.«

»Lass ihn aber erst ein bisschen zappeln.«

»Oh, das werde ich.« Kurz darauf verabschiedet sie sich von mir und nickt auch meiner Mutter unbeholfen zu. Mom sagt nicht viel, nachdem sie gegangen ist, aber ich kann sehen, dass sie verunsichert ist. Sie kennt Noah kaum. Sie sieht nicht, was ich in ihm sehe. Sie kann unmöglich verstehen, wie viel er und ich füreinander empfinden. Sie sieht nur das Negative.

Ich folge ihr in die Küche, wo sie anfängt, den Kühlschrank nach Zutaten für das Abendessen zu durchwühlen. Ich setze mich an die Kochinsel und breche das

Schweigen. »Er ist wirklich toll, Mom. Du musst ihn nur kennenlernen.«

Sie seufzt. »Er ist bestimmt ein guter Junge. Ich mache mir nur Sorgen um dich. Du hast keinen leichten Weg vor dir.«

»Da bin ich mir sicher.« Der heutige Tag ist der beste Beweis dafür. Ich darf das einfach nur nicht so sehr an mich heranlassen. »Aber es ist auch ein sehr lohnender Weg.«

Sie stellt ein Pfund Rinderhackfleisch auf den Tresen und sieht mich prüfend an. »Wann bist du so reif geworden?«

»Ich musste dieses Jahr schnell erwachsen werden.«

Sie schenkt mir ein trauriges Lächeln, aber bevor sie etwas sagen kann, klingelt es erneut an der Tür. Ich stehe auf. »Das ist bestimmt Noah. Er dauert nie besonders lange, bis er sich nach einem Wutanfall wieder beruhigt hat, und Susan hat recht. Er ist wahrscheinlich gerade nicht sehr zufrieden mit sich.«

Ihr Lächeln wird ein bisschen aufrichtiger. »Lade ihn zum Abendessen ein. Dann kann ich ihn besser kennenlernen.«

Es ist wirklich Noah, der auf meiner Veranda steht und sich mit der Hand durch sein struppiges blondes Haar fährt, das einen neuen Schnitt vertragen könnte. Sobald er mich sieht, steigen ihm Tränen in die Augen. Ich hasse nichts mehr, als Noah weinen zu sehen. Zum einen bedeutet es, dass er fürchterlich traurig oder frustriert ist, zum anderen fühlt er sich durch das Weinen meist nur noch schlechter. Es ist ihm peinlich, dass er jetzt so emotional ist. In letzter Zeit geht es ihm etwas besser, er hat nicht mehr so viele Gefühlsausbrüche, aber es gibt auch schlechte Tage wie heute, an denen er kurz vor einem Zusammenbruch zu stehen scheint. Mich stört es nicht, wenn er weint. Ich denke deswegen nicht schlecht von ihm. Er ist auch nur ein Mensch, und er macht etwas durch, was ich mir nicht mal im Ansatz vorstellen kann. Es ist doch ganz verständlich, dass er damit zu kämpfen hat. Aber ich habe das Gefühl, dass Noah vor seinem Unfall nicht oft geweint hat. Wahrscheinlich war er eher der Typ, der immer eine Maske getragen und seine wahren Gefühle unterdrückt hat. Er hasst es, wenn seine Emotionen mit ihm durchgehen. Er hasst es unglaublich.

Sosehr mein Herz auch für ihn blutet, so wütend bin ich auch. Diesmal hat er mich wirklich verletzt. Es ist verwirrend, weil ich ihm eigentlich keine Schuld gebe, aber irgendwie doch. Instinktiv will ich ihm sagen, dass ich es verstehe und er sich keine Sorgen machen soll, aber andererseits will ich dieses Mal nicht so leicht nachgeben. Er muss wissen, wie sehr er meine Gefühle verletzt hat. Ich verschränke die Arme und warte darauf, dass er zuerst spricht. Er schuldet mir eine Entschuldigung.

Er bemerkt meine abwehrende Haltung und schluckt nervös. Als er endlich spricht, kommen seine Worte erstickt heraus. »Lily, es tut mir *so* leid.«

Oh nein. Sein Gesicht. Auf dieses Gesicht kann ich nicht lange wütend sein. Seufzend halte ich ihm meine Hand hin. »Sollen wir eine Runde spazieren gehen?«

Er nickt erleichtert, nimmt meine Hand und verschränkt sofort unsere Finger ineinander. Ich trete auf die Veranda hinaus und ziehe die Haustür hinter mir zu. Erst als wir die Auffahrt verlassen und uns von unseren Häusern entfernt haben, spricht er wieder. »Ich hatte einen schlechten Tag, und das habe ich an dir ausgelassen.«

Wir schlendern langsam weiter und starren beide auf den Bürgersteig vor uns. Seine Hand in meiner fühlt sich ein bisschen feucht an, aber das stört mich nicht. Er ist eben nervös. »Ich dachte an eine Million ... viele ... so viele ...«

»Gründe?«, frage ich.

Er schüttelt den Kopf und sucht nach dem richtigen Wort. Es dauert einen Moment, aber schließlich bringt er es heraus. »Ausreden.« Er sieht mir in die Augen. »Keine von ihnen war gut genug. Ich habe dich gekränkt.«

Ich könnte mich jetzt zurückhalten, aber damit würde ich keinem von uns einen Gefallen tun.

»Ja. Das hast du.«

Sein Gesicht verzieht sich. »Es tut mir leid, Lily. Ich wollte dir nie wehtun.«

Ich blicke auf die Straße vor uns. Mir schwirren so viele Gedanken im Kopf herum. Ein paar Kinder fahren mit ihren Skateboards auf der Straße vor ihrem Haus, und ein Mann wäscht einen Oldtimer in seiner Einfahrt. Ein älteres Ehepaar geht mit seinem Hund spazieren. In ein paar Monaten wird die Hitze so überwältigend sein, dass sich niemand mehr freiwillig draußen aufhalten mag, aber im Moment ist das Wetter perfekt. Tief atme ich die frische Luft ein und brauche die Ruhe dieses Moments.

»Ich habe gesehen, dass du aufgebracht warst, und vielleicht hast du heute eher Freiraum gebraucht, aber ich kann nie wissen, ob du meine Hilfe zu schätzen weißt oder sie mir übelnimmst. Wenn du willst, dass ich mich zurückhalte, wenn ich zu viel mache, musst du es mir sagen.

Aber bitte ruhig und respektvoll. Ich gebe wirklich mein Bestes. Es ist schwer für dich, das weiß ich natürlich, aber für mich ist es auch schwer.«

Noah sieht mich nachdenklich an. »Ich werde versuchen, daran zu denken«, sagt er leise. »Ich weiß, dass ich ... egozentrisch sein kann. Es ist leicht, sich einzureden, dass sich alles nur um ... um ...«

»Nur um dich dreht?«

Er nickt. »Ich bin derjenige, der verletzt wurde. Ich bin derjenige, der nichts mehr kann. Ich habe darüber nachgedacht, dass du damit auch keine weiche Zeit hast. Meine Eltern habe ich streiten sehen. Mom weint immer noch viel.« Er bleibt stehen und sieht mir in die Augen. »Aber du bist immer so ... so ... Du bist unerschütterlich. Du bist verständnisvoll und geduldig.«

Ich verdrehe die Augen. »Glaub mir, ich war schon so oft kurz davor, an dir zu verzweifeln. Heute war meine Geduld einfach am Ende. Es tut mir leid, dass ich laut geworden bin.«

Er zuckt mit den Schultern. »Ich habe es gedient.«

Wir erreichen das Ende unserer Straße und kommen zu einem kleinen Park. Ein paar Kinder werfen sich auf dem Feld einen Football zu, aber niemand benutzt den Spielplatz. Ich setze mich auf eine der Schaukeln, und Noah setzt sich auf die andere. Doch keiner von uns beginnt zu schaukeln. Wir sitzen einfach nur da. Ich trete mit meinem Schuh in den Sand und schwinge sanft auf der Stelle.

Wir sind ein paar Minuten lang beide in unsere eigenen Gedanken versunken. Ich bin nicht mehr wirklich wütend, aber der heutige Tag lässt mich an unsere Zukunft denken.

Mom war so skeptisch gegenüber dieser Beziehung, und ich bin wirklich an der Selbsthilfegruppe interessiert, die Susan empfohlen hat. Sie haben beide recht. Es *ist* eine große Verantwortung. Ich habe nie über das Hier und Jetzt mit Noah hinaus gedacht. Ich nehme jeden Moment, wie er kommt. Aber das ist etwas, worüber ich nachdenken muss.

»Ich habe versucht, dir Brownies zu backen«, sagt er plötzlich. Als ich ihn ansehe, sagt er: »Heute Morgen. Ich wollte dich abdrücken.« Ich lächle in Richtung Boden. Noah wollte mich beeindrucken. Er macht immer nette Dinge für mich. Ich habe gelernt, dass er so seine Zuneigung zeigt. Es fällt ihm schwer, sie verbal auszudrücken, also versucht er, sie mir mit kleinen, aufmerksamen Taten zu zeigen. Das liebe ich so an ihm.

»Ist es nicht gut gelaufen?«, frage ich.

Er lässt die Schultern hängen. »Es war eine Katastrophe.«

Ich halte ihm meine Hand hin, und er ergreift sie. »Es ist der Gedanke, der zählt, und du kannst es jederzeit wieder versuchen. Irgendwann schaffst du es.«

»Ich wünschte wirklich, ich hätte jetzt diese Brownies«, murmelt er. »Die würden eine gute Entschuldigung abgeben.«

Ich lache. »Entschuldigungsbrownies wären schön gewesen, aber weißt du, was auch schön ist?«

Er schaut vom Boden auf und sieht mich neugierig an.

Ich grinse. »Entschuldigungs*küsse*.«

Er steht so schnell von seiner Schaukel auf, dass ich wieder lachen muss. Er zieht mich auf die Beine und in seine Arme. »Entschuldigungsumarmungen kann ich.«

Er meint Küsse, obwohl ich auch Umarmungen akzeptieren würde. Ich schlinge meine Arme um seinen Hals und drücke mich an ihn. »Ich weiß«, sage ich. »Du bist wirklich gut im Küssen. Alle Arten, nicht nur Entschuldigungsküsse.«

Er nutzt die Gelegenheit, um mir zu zeigen, wie gut er wirklich ist. Die Antwort ist zum Niederknien. Durch diesen Kuss schüttet er mir sein ganzes Herz aus. Der Kuss ist leidenschaftlich, und Noahs Hände beginnen umherzuwandern. Es ist absolut nicht für die Öffentlichkeit angemessen, aber das ist uns in diesem Moment egal. Als wir uns schließlich wieder voneinander lösen, sind wir beide am Keuchen. Er lehnt seine Stirn an meine. »Das war eine ziemlich gute Entschuldigung«, scherze ich. »Besser als Brownies.«

Aber er lacht nicht. »Ist mir verziehen?«

Ich drücke meine Lippen auf seine, diesmal ganz sanft. »Es sei dir verziehen.«

Dann trete ich zurück und strecke meine Hand nach seiner aus. »Komm. Mom möchte, dass du bei uns zu Abend isst.«

Sechsundzwanzig

Mitte April findet in der Schule nach dem Mittagessen eine College-Messe statt. Es ist schön, mal eine Pause vom Unterricht zu haben, aber Noah und ich sind beide still, während wir von Stand zu Stand wandern. Ich weiß, warum ich keine Lust darauf habe – zu Hause zu bleiben und Kurse am örtlichen Community College zu belegen hat mir die ganze Vorfreude auf das Studieren genommen – aber ich bin mir nicht sicher, warum Noah so bedrückt wirkt.

»Alles in Ordnung?«, frage ich ihn.

Er zuckt mit den Schultern. »Alles gut.«

Das ist es offensichtlich nicht, aber ich dränge ihn nicht. Normalerweise hat er kein Problem damit, mir zu sagen, was ihn bedrückt, und wenn er sich jetzt mir gegenüber nicht öffnen will, respektiere ich das. Er wird reden, wenn er dazu bereit ist.

Wir kommen an einem Stand des Militärs vorbei, und ich stupse ihn mit der Schulter an. »Schon mal überlegt, dich zu melden? Du würdest als Marine echt heiß aussehen.«

Noah verzieht das Gesicht zu einem Lächeln. »Nicht nur ich. Du wärst eine echt heiße G.I. Jane.«

Ich grinse. »Ja, aber nur, bis ich versuche, eine Liegestütze zu machen.«

Wir lachen beide und sind immer noch am Kichern, als Tyler auf uns zukommt. Seit unserem Ausflug zur U of A ist er freundlich geblieben. Manchmal setzt er sich auch beim Mittagessen zu uns. Ab und zu fragt er mich, ob ich mit ihm ausgehen will – nur für den Fall, dass ich es mir anders überlegt habe –, aber er lässt immer locker, wenn ich höflich ablehne. Ich bin froh, dass er das nie an Noah ausgelassen hat. Sie werden nie beste Freunde werden, und ich bin mir nicht mal sicher, ob sie sich auch nur mögen, aber sie tolerieren sich mir zuliebe.

»Hey Leute.« Er wirft einen Blick auf den Stand hinter uns. »Noah, denkst du darüber nach, zum Militär zu gehen?«

Noah runzelt die Stirn. »Ich ... ich kann nicht ...« Er schüttelt den Kopf. »Wegen der Kopfschmerzen, Schwindelanfälle und anderer Dinge.«

Tyler nickt verständnisvoll. »Na klar. Tut mir leid, Mann.«

Noah zuckt mit den Schultern. »Bin sowieso nicht interessiert.«

Wir schlendern langsam weiter. Der nächste Stand ist für ein privates christliches College in Mesa. Keiner von uns schenkt der Schule wirklich Beachtung. »Woran *bist* du denn interessiert?«, fragt Tyler Noah. In seiner Stimme schwingt Neugierde mit. *Das* würde mich ebenfalls interessieren. Noah spricht eigentlich nie darüber, was er nächstes Jahr vorhat. Ich weiß, dass es ihm schwerfällt, denn jahrelang bestand sein einziger Plan darin, auf dem College Football zu spielen, und das ist jetzt nicht mehr möglich. Ich weiß, dass er deswegen immer noch deprimiert ist.

Noah zuckt nur mit den Schultern. Als es offensichtlich ist, dass er die Frage nicht beantworten wird, versucht es Tyler erneut. »Wärst du bereit, dich von mir interviewen zu lassen?«

Noah ist überrascht, ich hingegen bin es nicht. Es wundert mich nur, dass Tyler so lange gebraucht hat, um zu fragen.

»Für die letzte Ausgabe der Schülerzeitung in diesem Jahr werden wir eine Handvoll Absolventen vorstellen, die sich in der Highschool wirklich hervorgetan haben.«

Noah sieht ihn erstaunt an. »Und dafür willst du *mich*?«

»Na klar«, sagt Tyler, als ob es selbstverständlich wäre.

»Ich werde meinen Abschluss nur ganz knapp schaffen.«

»Aber du schaffst ihn. Du bist dieses Jahr auf eine große Hürde gestoßen, aber du hast dich durchgekämpft und dich gegen alle Widrigkeiten durchgesetzt. Die Leute dachten, du würdest vielleicht nicht mal überleben. Du hast einen bleibenden Hirnschaden, aber trotzdem bist du in die Schule zurückgekehrt und machst mit uns anderen deinen Abschluss. Das ist inspirierend.«

Noah klappt der Unterkiefer herunter, aber ich bin einfach nur stolz auf meinen Freund. Tyler hat recht, Noah ist eine Inspiration. Es freut mich, dass das noch jemand außer mir erkennen kann.

»Die Leute sind seit deinem Unfall sehr neugierig, was dich angeht. Es gab eine Menge Gerüchte. Ich dachte, du würdest uns mal gern ein bisschen an deiner Geschichte teilhaben lassen. Vielleicht erzählst du uns auch von deinen Zukunftsplänen.«

Bis jetzt hat Noah interessiert ausgesehen, aber als Tyler die Zukunft erwähnt, macht er dicht und wendet den Blick von uns beiden ab. »Ich habe keine Pläne«, murmelt er. »Ich habe keine Zukunft.«

Seine Traurigkeit bricht mir das Herz, aber gleichzeitig macht mich sein Pessimismus wütend. Ich zwinge Noah zum Stehenbleiben.

»Hey, sag so was nicht. Du hast genauso eine Zukunft wie jeder andere von uns.«

Noah wird vor Wut ganz rot. »Nein, habe ich nicht! Ich werde für den Rest meines Lebens bei meinen … meinen …«

»Eltern?«, fragt Tyler.

Noah zeigt auf ihn und nickt. »Bei meinen Eltern wohnen.«

Ich runzle die Stirn. »Wie kommst du darauf?«

»Ich kann kaum zählen, Lily!« Seine Verbitterung schockiert mich, und ich muss mich daran erinnern, dass seine Feindseligkeit nicht persönlich gemeint ist. Er ist über die Situation verärgert, nicht über mich. »Ich werde nicht in der Lage sein, meine Finanzen zu verwalten oder so etwas. Ich kann doch nicht mal Auto fahren!«

»Du wirst also immer ein wenig Hilfe brauchen. Das ist nicht das Ende der Welt. Du weißt, dass deine Eltern immer da sein werden, um dir zu helfen, wenn du sie brauchst. Und nur weil du nicht alles allein machen kannst, heißt das nicht, dass du nicht eines Tages heiraten und eine Familie gründen kannst. Eine Ehefrau ist eine

Partnerin. So wie wir zusammen ein Buch schreiben, könnte dir deine Frau helfen, all die Dinge zu bewältigen, die du alleine nicht schaffst.«

»Ach ja?« Er schnaubt höhnisch. »Und wie soll ich für sie sorgen? Ich kann nicht ... kann nicht ...« Er fuchtelt mit der Hand im Raum herum auf alle College-Stände.

»Du kannst was nicht, aufs College gehen?«, frage ich. »Einen Job finden?«

Ich bin im Moment etwas schnippisch, aber ich kann nicht anders. Noah traut sich selbst nie genug zu. Er starrt mich an, und ich starre zurück. »Warum kannst du nicht aufs College gehen?«, frage ich. »Weil du kein Mathe kannst? Dann wirst du eben kein Raketenwissenschaftler oder Arzt, aber es gibt viele andere Dinge, die du tun kannst. Du liebst Kunst. Werde Künstler. Du weißt alles über Sport und Ernährung. Du liebst es zu trainieren. Arbeite in einem Fitnessstudio. Werde Personal Trainer.«

Noah sieht mich immer noch stirnrunzelnd an, aber die Feindseligkeit verschwindet aus seinen Augen und wird von einem kleinen Fünkchen Hoffnung ersetzt. Ich beruhige mich wieder und drücke seine Hand. »Du hast viele Möglichkeiten«, versichere ich ihm. »Wenn du aufs College gehen willst, dann geh aufs College. Selbst wenn du nur einen Kurs nach dem anderen schaffst, bekommst du das hin. Und ich werde da sein, um dir zu helfen. Wir können zusammen aufs Community College gehen. Ich kann dir helfen ...«

»Aufs Community College?«, unterbricht mich Tyler.

Ich verstehe den frustrierten Blick nicht, den er mir zuwirft. Warum ist er sauer? »Ja, das ist der Plan.«

»Was ist mit der U of A?«, fragt er. »Was ist mit Südkalifornien? Du hast mir gesagt, dass du weggehen willst, um zu studieren. Dass du auf eigenen Beinen stehen willst.«

Ich zucke mit den Schultern. Bin ich enttäuscht, dass ich nicht die gleichen College-Erfahrung, wie die anderen machen kann? Ja. Ist es das Ende der Welt, wie ich mal dachte? Nein. »Wir kriegen nicht immer alles, was wir wollen. Aber das ist schon in Ordnung. Es ist die klügere Entscheidung.«

Tyler schüttelt den Kopf. »Du verkaufst dich unter Wert, Lily. Du hast ausgezeichnete Noten. Du hast starke außerschulische Aktivitäten. Du hast fast ein ganzes Buch geschrieben! Du kannst Stipendien und finanzielle Unterstützung bekommen. Du kannst das Leben haben, das du dir wünschst.«

»Ich habe mich für all das beworben und hoffe, dass es klappt. Aber selbst wenn es klappt, ist es besser, wenn ich eine weniger teure Schule besuche. Ich muss auch an meinen Bruder denken. Außerdem kann ich so in Noahs Nähe bleiben.«

Ich schenke Noah ein Lächeln, aber er runzelt die Stirn. Ich habe keine Zeit, ihn zu fragen, was los ist, denn Tyler schnaubt höhnisch und sagt: »Darum geht es also? Du gibst die Zukunft auf, die du dir wünschst, um mit *ihm* zu Hause zu bleiben?«

Ich bin schockiert über Tylers Wut und Geringschätzung. Ich weiß aber, worauf es hinausläuft – Eifersucht. Tyler hat meine Beziehung zu Noah immer respektiert – na ja, meistens –, aber er war nie glücklich darüber. Wie es aussieht, hat er nun das Ende seiner Geduld erreicht.

Ich verstehe, dass er verärgert ist. Ich weiß, dass er

wirklich gehofft hat, ich würde mich dafür entscheiden, nächstes Jahr mit ihm an die Universität von Arizona zu gehen. Und wahrscheinlich hat er auch gehofft, meine räumliche Trennung von Noah ausnutzen zu können. Aber seine Einstellung macht mich wütend. »Ich gebe meine Zukunft nicht auf«, erwidere ich nachdrücklich. »Ich habe mich nur für Plan B entschieden. Und es geht nicht nur um Noah. Mein kleiner Bruder ...«

»Deine Eltern werden schon eine Lösung dafür finden, was mit deinem kleinen Bruder geschehen soll. Das ist ihre Verantwortung. Das können sie nicht auf deine Schultern abwälzen. Du gibst dich nur damit zufrieden, weil du bei Noah bleiben willst, und er nirgendwo hingehen kann.«

Pure, weiß glühende Wut steigt in mir auf. »Noah kann alles machen, was er will, und du bist nur eifersüchtig, weil du willst, dass ich mit dir aufs College gehe.«

»Ja, das will ich!«, schnauzt Tyler zurück. Dank unserer erhobenen Stimmen beginnt sich eine Menschenmenge um uns zu versammeln. Ich versuche, mich zu beruhigen, aber Tyler ist noch nicht fertig mit dem Herumbrüllen. »Du verschwendest deine Zeit mit ihm, Lily! Er ist nicht gut genug für dich. Er wird nie eigenständig sein. Willst du dich wirklich für den Rest deines Lebens um ihn kümmern? Du wirst wegen seiner Behinderung immer Zugeständnisse machen müssen. Er wird dich zurückhalten. Willst du ernsthaft für den Rest deines Lebens diese Verantwortung tragen? Du verdienst etwas Besseres als das.«

Ich fühle mich wie geohrfeigt. Mir ist übel. Nicht, weil ich irgendetwas von dem glaube, was er gerade gesagt hat, glaube. Ich bin nur schockiert über diese Feindseligkeit. Dann sehe ich Noahs Gesichtsausdruck und möchte Tyler am liebsten schlagen. Ich drehe mich zu Noah um und nehme seine Hände in meine. Ich drücke sie, aber er drückt nicht zurück. »Hör nicht auf ihn. Deine Einschränkungen sind mir egal. Sie machen dich nur einzigartig. Ich liebe alles an dir. Das weißt du doch. Nichts von dem, was er gesagt hat, ist für mich von Bedeutung.«

Noah antwortet nicht. Er sieht mich kaum an. Es ist, als stünde er unter Schock. Ich schüttle seine Hände und versuche, seine Aufmerksamkeit wiederzuerlangen. »Er ist nur eifersüchtig.«

Noah lässt seinen Blick zu Tyler gleiten. Der hat sich inzwischen etwas beruhigt, ist aber immer noch wütend. »Das mag stimmen, aber ich habe auch recht, und das weißt du. Sie hat etwas Besseres verdient.«

Ich bin eigentlich kein gewalttätiger Mensch, aber in diesem Moment will ich Tyler am liebsten umbringen. Ich will ihn würgen, bis er blau im Gesicht ist. Ich will, dass er alles zurücknimmt, was er gerade gesagt hat, aber ich weiß, dass es nichts bringen würde. Die Worte haben ihren Schaden bereits angerichtet. Noah sieht aus, als wäre er am Boden zerstört. Ich stoße Tyler weg, so fest ich kann. »Lass uns in Ruhe, du Idiot!«

»Lily«, fleht Tyler. »Du weißt …«

»HAU EINFACH AB!«

Es ist mein Schrei, der mehrere Lehrer dazu veranlasst, die Menge zu durchbrechen, die sich versammelt hat, um das Spektakel zu beobachten. »Lily«, sagt Mr Craven und wirft einen überraschten und besorgten Blick zwischen Tyler, Noah und mir hin und her. »Ist hier alles in Ordnung?«

Ich starre Tyler an. »Das ist es. Tyler wollte gerade gehen.«

Tyler funkelt mich wütend an und marschiert ans andere Ende der Turnhalle. Ich bin froh, dass er weg ist, aber jetzt bemerke ich die Menge, die sich um uns versammelt hat. Die meisten Leute wirken schockiert oder fasziniert von dem Drama, aber einige lachen auch, zeigen auf uns und tuscheln miteinander. Es ist wie in alten Zeiten.

Ich entdecke Zoeys Gesicht in der Menge. Ihr mitleidiger Blick macht mich fast so wütend wie Tylers Behauptungen. Sie sieht zwar so aus, als hätte sie Mitleid mit mir, aber offensichtlich nicht genug, um nachzufragen, ob es mir gut geht. Ich kann nicht glauben, dass sie eine lebenslange Freundschaft weggeworfen hat, weil sie meine Beziehung zu Noah nicht mochte. Ich starre sie wütend an, und sie hat die Frechheit, gekränkt zu wirken. Ich richte meine Aufmerksamkeit wieder auf Noah. Jetzt ist nicht der richtige Zeitpunkt, um sich Gedanken um Zoey zu machen. Nicht, wenn Noah so fertig ist.

»Hey«, flüstere ich meinem verzweifelten Freund zu. »Bist du okay?«

Noahs Gesicht bleibt ausdruckslos. Als er nichts sagt, legt ihm meine Vertrauenslehrerin Mrs Alderman eine Hand auf die Schulter und schenkt uns beiden ein Lächeln. »Warum kommt ihr beide nicht mit in mein Büro?«

Es ist mehr als eine höfliche Bitte, und weder Noah noch ich wehren uns. Noah weicht nicht zurück, als ich seine Hand ergreife und Mrs Alderman aus der Turnhalle folge, aber es ist, als wäre er nicht wirklich da. Er ist so in seine eigenen Gedanken versunken, dass er wie auf Autopilot ist. So habe ich ihn noch nie gesehen. Es ist nicht wie einer seiner Wutausbrüche, und das macht mir Sorgen.

Wir verbringen den Rest des Schultages in Mrs Aldermans Büro. Nachdem sie uns dazu gebracht hat, alles zu erzählen, was passiert ist, hält sie uns einen Vortrag darüber, dass wir nicht so viel auf das geben sollten, was andere sagen. Nur wir selbst bestimmen über unsere Zukunft. Sie sagt mir, dass meine Entscheidung, auf ein Community College zu gehen, nicht falsch ist. Die meisten Schüler machen das so. Es zeugt von Reife und einer Liebe zu meinem Bruder, die lobenswert ist. Sie sagt mir auch, dass es egal ist, wo ich meine ersten beiden Jahre am College verbringe und dass ich das Erwachsenenleben auch dann erleben kann, wenn ich noch zu Hause wohne.

Sie hält Noah dieselbe Rede, die ich ihm gehalten habe – dass er alles erreichen kann, wenn er bereit ist, dafür zu arbeiten. Sie sagt ihm, dass er aufs College gehen kann, wenn er das will, und bietet an, ihm bei der Ausarbeitung eines Plans zu helfen. Sie versucht ihr Bestes, aber ich glaube nicht, dass er sie hört. Er nickt und zuckt mit den Schultern, wenn es angebracht ist, aber er nimmt sich ihre Worte nicht zu Herzen.

Auf der Heimfahrt von der Schule schweigen wir. Ich weiß nicht, wie ich Noah dazu bringen soll, sich besser zu fühlen oder mir zu glauben, wenn ich sage, dass seine Behinderungen für mich keine Rolle spielen. Er ist so viel mehr als seine Krankheit.

Mason kann die Anspannung spüren, sobald er ins Auto steigt. Instinktiv bleibt auch er still. Als wir Noahs Einfahrt erreichen und ich den Motor abstelle, macht

Noah keine Anstalten, sich abzuschnallen. Mit einem einzigen Wort bricht er mir das Herz. »Lily ...«

Nur mein Name, geflüstert wie ein Seufzen. Meine Brust beginnt zu Brennen, und mir dreht sich der Magen um. Ich umklammere das Lenkrad so fest, dass sich meine Hände verkrampfen. Ich weiß, was jetzt kommt.

Mason, dieser schlaue Junge, weiß ebenfalls, dass etwas Schlimmes passieren wird. Er schnappt sich seinen Rucksack und flüstert: »Ich fange schon mal mit den Hausaufgaben an.« Er schluckt, und seine kleine zehnjährige Stimme bricht ein wenig. »Ich bin drinnen, wenn du mich brauchst, Lily.«

Ohne ein weiteres Wort steigt er leise aus dem Auto und geht auf unser Haus zu. Noah und ich sehen ihm nach, bis er drinnen verschwunden ist. Noah nimmt eine meiner Hände vom Lenkrad und hält sie in seiner. Ich starre stur auf mein Haus. Ich will Noah nicht ansehen.

»Lily ...« murmelt Noah erneut und drückt meine Hand. Ich kneife die Augen zusammen und versuche, nicht zu weinen. »Es ist besser so.«

»Nein, ist es *nicht*.« Ich wünschte, ich könnte stark sein und meine Tränen zurückhalten, bis ich allein bin, aber ich kann es nicht. Auch meine Nase beginnt zu laufen, und ich muss schniefen.

Erneut drückt er meine Hand, und endlich sehe ich ihn an. Sein Blick schweift über mein Gesicht, und sein Adamsapfel hüpft nervös. Er will es auch nicht, ist aber fest entschlossen, es trotzdem zu tun. »Doch, das ist es«, beharrt er. »Ich kann nicht sein ... was ... sein ...«

Ich schüttle hektisch den Kopf. Ich kann nicht anders.

Ich bin verzweifelt. »Du bist das, was ich brauche. Du bist seit Monaten genau das, was ich brauche.«

»Ich kann dir das nicht antun.«

Wut mischt sich in meine Traurigkeit. Wieso ist er so dumm? Er lässt sich von seinem Pessimismus und seiner Unsicherheit beherrschen. »Du tust mir gar nichts an. Du lässt Tyler gewinnen.«

Er schließt die Augen, als hätte er Angst, seine Meinung zu ändern, sobald er mich ansieht. »Ich halte dich hinten.«

»Das tust du nicht.«

»Und was ist nächstes Jahr, wenn du zu Hause festsitzt und deinen ... deinen ... Plan B lebst, wegen mir?«

»Ich bleibe nicht deinetwegen zu Hause. Du bist nur das, was das Zuhausebleiben großartig machen wird.«

Er schüttelt den Kopf so heftig, wie ich meinen geschüttelt habe. »Ich werde nie für dich sorgen können.«

»Du sorgst genau so für mich, wie ich es brauche.«

Er wendet den Kopf ab und starrt aus dem Beifahrerfenster. »Du hast jemand Besseren verdient. Jemanden wie Tyler.«

Ich blinzle durch meine Tränen hindurch, und mir bleibt der Mund offen stehen. »*Tyler?*«

»Er ist klug. Ihr habt eine Menge gemeinsam. Er ... er ...«

»Er hat was? Er hat keine Behinderungen?«

Noah starrt mich an. Es ist mir egal, ob ich ihn wütend mache. Ich bin auch wütend.

»Ich habe dir schon gesagt ...«

»Er liebt dich!«, schreit Noah.

»*Du* liebst mich!«, schreie ich sofort zurück. Es folgt

eine lange Pause. Als ich wieder spreche, klinge ich verbittert. Denn das bin ich. »Oder hat sich das geändert?«

Noah starrt mich an, ohne etwas zu sagen, aber der Blick in seinen Augen beantwortet meine Frage. Derselbe Blick, der zweifellos auch aus meinem blutet – Herzschmerz. Er liebt mich. Er liebt mich so sehr, dass er bereit ist, mit mir Schluss zu machen, weil er denkt, dass es das Richtige für mich ist. Das ist es zwar nicht, aber ich weiß, dass nichts, was ich sage, seine Meinung ändern wird. Panik steigt in mir auf. »Noah, bitte.« Tränen rollen mir über die Wangen.

Er schluckt, und auch seine Augen werden glänzend. »Tut mir leid«, murmelt er. Er schaut wieder aus dem Fenster und öffnet seine Tür. Bevor er aussteigt, sagt er: »Ich werde Austin bitten, mich morgen zur Schule zu fahren. Du kannst immer noch mein Rad benutzen, aber ich denke, es ist das Beste, wenn wir nicht …«

Er lässt den unvollendeten Satz in der Luft hängen und eilt in sein Haus, ohne sich noch einmal umzusehen. Ich bleibe noch einen Moment lang sitzen und versuche zu verarbeiten, was gerade passiert ist. Nach ein oder zwei Herzschlägen breche ich in unkontrolliertes, herzzerreißendes Schluchzen aus. Ich stolpere aus dem Auto und renne zu meinem Haus. Ich weine so sehr, dass ich die Tür kaum aufbekomme. Dann knalle ich sie hinter mir zu und renne in mein Zimmer. Ich lasse mich auf mein Bett fallen und rolle mich zusammen, als ob meine Knie an der Brust den Schmerz lindern würden.

Es vergehen nur ein paar Minuten, bis sich das Bett hinter mir neigt. Mason legt seinen Arm um mich und hält mich so fest, wie er kann. »Ich hab dich lieb, Lily«, flüstert er.

Seine sanfte Erklärung bringt wieder Leben in mein gebrochenes Herz. Ich atme zitternd durch. »Wir sind ein Team, oder?«, frage ich. Ich kenne die Antwort, aber ich muss sie hören. Ich muss wissen, dass es wenigstens einen Menschen gibt, der mich immer noch liebt, egal was passiert, und der mich nie im Stich lassen wird.

Er drückt mich noch fester an sich. »Ja, Lily. Wir sind ein Team.«

Siebenundzwanzig

Den Rest des Abends verlasse ich mein Zimmer nicht mehr, und Mason weicht kaum von meiner Seite. Er bringt seine Hausaufgaben mit in mein Zimmer und macht sie in aller Ruhe an meinem Schreibtisch. Dann macht er eine Tiefkühlpizza zum Abendessen, die ich aber nicht esse. Ich kann nicht. Mein Magen ist wie verknotet. Mein Bruder hat etwas Besseres verdient, aber ich kann mich nicht zusammenreißen. Erst als unsere Mutter nach Hause kommt, lässt er mich allein, und ich falle in einen unruhigen Schlaf.

Als ich aufwache, bin ich erschöpft und immer noch genauso am Boden zerstört wie am Tag zuvor, aber die Tränen sind versiegt. Es wird wehtun, Noah heute in der Schule zu sehen, aber ich denke, ich werde es schaffen, ohne zusammenzubrechen. Als ich die Treppe hinunterkomme, ist Mom in der Küche und macht Rührei. Das traurige Lächeln, das sie mir schenkt, sagt alles. Mason hat ihr offensichtlich erzählt, was passiert ist. Er kennt zwar keine Details, aber er ist klug genug, um eine Trennung zu erkennen.

Sobald das Rührei auf dem Tisch steht, zieht sie mich

in eine feste Umarmung. Ich schmiege mich an sie und lasse mich von ihr halten. Sie ist zwar dauernd weg – und ich versuche, ihr das nicht übel zu nehmen, denn es ist nicht ihre Schuld –, aber ich hatte nie einen Zweifel daran, dass sie Mason und mich liebt. Sie streicht mir die Haare aus den Augen. »Kommst du heute zurecht?«

Meine Kehle schnürt sich zu, aber ich nicke. »Ich brauche wieder eine Mitfahrgelegenheit zur Schule. Noah wird von nun an von Austin gefahren. Er hat zwar gesagt, dass ich immer noch mit seinem Auto fahren kann, aber ich fühle mich nicht wohl dabei, wenn er nicht dabei ist.«

»Es tut mir so leid, Schatz«, sagt Mom.

Ich versuche, für sie zu lächeln, aber ich weiß, dass es wahrscheinlich nur eine Grimasse ist. »Trennungen gehören zum Leben, oder? Ich werde darüber hinwegkommen und gestärkt daraus hervorgehen. So wie du.«

Mom lächelt traurig und wischt mir eine Träne von der Wange. »Ja, das wirst du«, verspricht sie. »Und jetzt komm und iss etwas, bevor wir losmüssen, denn ich weiß, dass du gestern Abend nichts herunterbekommen hast, und ich will nicht, dass du dich krank machst.« Die Eier schmecken nach gar nichts, aber mein Magen beruhigt sich ein wenig. Ich bin fest entschlossen, den Tag zu überstehen, ohne zu weinen, trotz der Aufmerksamkeit, die sich bestimmt auf mich richten wird. Ich habe Angst davor, dass das Mobbing wieder losgeht. Noah wird versuchen, die anderen davon abzuhalten, gemein zu sein, aber es bleibt abzuwarten, ob er wieder genug Einfluss hat, um sie zum Zuhören zu bewegen.

Die erste Hälfte des Tages verläuft ziemlich genau so, wie ich es mir vorgestellt habe. Die Leute beobachten mich, als ob sie auf einen Nervenzusammenbruch warten würden, aber ich halte durch. Noah und ich sehen uns auf dem Flur und nehmen Blickkontakt auf. Noahs Gesicht ist schmerzverzerrt, und er schaut schnell weg. Auch in Englisch versucht er, mich zu ignorieren.

Nach dem Unterricht, als unsere Trennung für alle mehr als offensichtlich ist, hält mich Brooke auf dem Flur an. »Was ist los, Trash?«, fragt sie und erhebt ihre Stimme, um so viel Aufmerksamkeit wie möglich zu erregen. Ihr böses Grinsen ist nicht überraschend und ihre Beleidigungen auch nicht. »Bist du traurig, weil du nicht mal einen hirngeschädigten Freak dazu bringen kannst, bei dir zu bleiben?«

Ich zucke mit den Schultern und lasse ihre Kränkungen an mir abprallen. »Das kannst du auch nicht. Ich schätze, damit bist du wohl auch eine erbärmliche Verliererin.«

Ein paar Leute lachen. Brooke kneift die Augen zusammen, schnaubt verächtlich und marschiert davon. Wenn ich etwas aus meiner Beziehung mit Noah gelernt habe, dann für mich selbst einzustehen.

Dank meiner Interaktion mit Brooke fühle ich mich ein wenig selbstbewusster, bis ich beim Mittagessen allein die Cafeteria betrete. Ich habe das Gefühl, dass alle Augen auf mich gerichtet sind. Das sind sie nicht, zumindest nicht alle, aber es fühlt sich so an. Die Cafeteria kann ein brutaler Ort sein, und bis heute musste ich dort noch nie ganz allein überleben. Obwohl ich weiß, dass es mir nur Schmerzen bereiten wird, suche ich nach Noah. Er steht mit Austin und ein paar anderen Jungs in der Essensschlange. Sie lachen und scherzen alle, nur Noah ist sehr zurückhaltend und Austin überraschenderweise auch.

Als ob sie spüren würden, dass ich sie ansehe, schauen sie beide in meine Richtung. Noah und ich starren uns an, bis ihm Austin etwas zuflüstert und er mit der Bedienung redet. Bevor sich Austin auch wieder umdreht, wirft er mir einen entschuldigenden Blick zu. Sein Mitleid ist schlimmer, als wenn er mich beleidigen würde. Wenn selbst der größte Mobber der Schule Mitleid mit einem hat, ist man wirklich erbärmlich.

Ich atme tief durch und gehe zu meinem üblichen Tisch, wobei ich versuche, die Tatsache zu ignorieren, dass ich nun ganz allein sitze. Ich konzentriere mich auf mein Mittagessen. Ich schaffe das schon. Ich werde auf keinen Fall der ganzen Schule den Ausraster liefern, auf den sie alle warten.

Ein Schatten fällt über mich. »Lily?«

Ich lege eine emotionslose Maske auf, bevor ich mich zu Tyler umdrehe. Sie zeigt Wirkung, denn er zuckt zusammen und fährt sich mit der Hand durch die Haare, ohne dass ich etwas sagen muss. Und es gibt eine Menge, was ich ihm sagen will.

»Lily ...« Er setzt sich neben mir auf die Bank und versucht, meine Hand zu nehmen. Ich ziehe sie weg. Für den Bruchteil einer Sekunde wirkt er gekränkt, reißt sich aber schnell wieder zusammen. »Komm, setz dich einfach zu uns. Ich bin nicht der Einzige, der das will. Wir vermissen dich alle.«

Ich blicke durch die Cafeteria zu der Gruppe von Leuten, mit denen ich früher zu Mittag gegessen habe, bevor sich Tyler für Nicole statt für mich entschieden und die ganze *Trash*-Sache angefangen hat. Einige von ihnen sehen zu uns und lächeln mich aufmunternd an. Ein Teil von mir möchte sich ihnen anschließen, aber dann sehe ich Tyler an und bin so wütend, dass ich ihn treten könnte. »Nein danke.« Ich wende mich wieder meinem Mittagessen zu.

»Lily ...«

Fast bin ich versucht, mein Essen nach ihm zu werfen. »Noah hat mich deinetwegen verlassen!«

Er wringt mit den Händen und versucht wieder, meine Hand in seine zu nehmen. Ich lasse ihn immer noch nicht, und wieder verzieht sich sein Gesicht bei der Zurückweisung. »Ich weiß, und es tut mir leid.«

Ich schnaube verächtlich. »Schwachsinn. Du hast genau das bekommen, was du wolltest.«

Er hat den Anstand, es nicht zu leugnen. »Aber es tut mir leid, dass du dabei verletzt wurdest.«

Ich starre mein Mittagessen an, als hätte es mich auf irgendeine abscheuliche Weise beleidigt.

»Du bist sauer auf mich, und das verstehe ich. Aber wir sind immer noch Freunde.«

Ich richte meinen Blick auf Tyler. »Ach ja?«, zische ich. »Freunde unterstützen sich gegenseitig. Sie versuchen nicht, einander das Leben zu versauen.«

Er seufzt. »Aber ich versuche ja, dich zu unterstützen. Du bist mir wichtig, und ich will nur das Beste für dich.«

Mir reißt endgültig der Geduldsfaden. »Du hast keine Ahnung, was das Beste für mich ist! Du hast keine Ahnung, was Noah für mich getan hat und wie glücklich er mich macht. Als du gestern seinen letzten Funken Selbstvertrauen zerstört hast, war das nicht aus Sorge um mich. Sondern aus purem Egoismus.« Ich stehe auf und packe den Rest meines Mittagessens ein. Mir ist der Appetit vergangen. »Ich werde nicht mit dir ausgehen, Tyler. Ich bin mir nicht einmal sicher, ob ich noch mit dir befreundet sein will.«

»Lily, warte.«

Ich ignoriere ihn und marschiere auf den nächstbesten Ausgang zu.

Die Bibliothek, so klischeehaft sie auch ist, scheint der perfekte Ort zu sein, um zu entkommen. Es ist ruhig. Ich finde einen leeren Tisch. Ich lege meinen Rucksack ab, bin aber nicht in der Stimmung, um Hausaufgaben zu machen. Und ich will schon gar nicht an Noahs Buch arbeiten. Ich freue mich nicht darauf, den Rest des Jahres mit ihm zusammenarbeiten zu müssen. Es wird eine Qual sein, in seiner Nähe zu sein und nicht mit ihm zusammen sein zu können. Ich lege meinen Kopf auf die Tischplatte, um mich kurz auszuruhen. Bevor ich weiß, wie mir geschieht, rüttelt mich die Bibliothekarin wach. Ich schaffe es gerade noch rechtzeitig zu meinem nächsten Kurs. Nicht, dass es eine Rolle spielen würde. Ich höre eh kein einziges Wort.

Ich bin als Erste in Mrs Porters Klassenzimmer und hole meinen Laptop heraus. Als ich das Manuskript des Buchs öffne, überwältigen mich meine Gefühle. Wir haben den Teil über Noahs Fortschritte in der Reha abgeschlossen und begonnen, über sein Leben nach dem Krankenhaus zu schreiben. Ich soll über das erste Mal schreiben, als Noah zu mir nach Hause kam und wir mit meinem Bruder Monopoly gespielt haben. An diesem Tag, so hat er gesagt, hatte er zum ersten Mal die Hoffnung, ein Leben jenseits der Reha und seiner Eltern haben zu können. Als wir uns Notizen gemacht und jeden Gedanken, den er in den einzelnen Kapiteln seines Buches zum Ausdruck bringen wollte, notiert haben, hat er zugegeben, dass dieser Tag der beste seit seinem Unfall war und sein Leben verändert hat. Doch er weiß nicht, dass dieser Tag auch mein Leben verändert hat.

Ich starre auf den letzten Satz, den ich geschrieben habe, bis meine Sicht so trüb wird, dass ich die Worte nicht mehr lesen kann. Ich schließe die Augen, und die Tränen, die ich nicht weinen wollte, laufen mir übers Gesicht. Ich klappe den Laptop zu und unterdrücke ein Schluchzen. Ich schniefe so laut, dass mir Mrs Porter ein Taschentuch bringt. »Was ist los, Lily?«

Ich putz mir die Nase und wische mir über die Wangen. »Nichts. Alles bestens.«

»Bist du sicher? Du kannst zu Mrs Alderman gehen, wenn du willst.«

Ich schüttle den Kopf. Ich muss mich nicht bei meiner Vertrauenslehrerin darüber ausheulen, dass ich abserviert wurde.

»Mir geht's gut. Ich hatte nur einen harten Tag. Aber ich komme schon klar. Danke.«

Ich schnappe mir noch ein Taschentuch aus der Schachtel in Mrs Porters Hand, bevor sie zu ihrem Pult zurückgeht. Ich habe gerade meine Tränen unter Kontrolle gebracht, als Noah den Raum betritt. Ich starre angestrengt auf den zugeklappten Laptop auf meinem Schreibtisch. Ich brauche einen Moment, um mich zu sammeln, bevor ich mit ihm reden muss. Er ist still, als er sich neben mich setzt. Es dauert eine Minute, bis er das Schweigen bricht. »Ich weiß nicht genau, wie wir das jetzt machen sollen«, murmelt er. »Wenn du nicht mehr mit mir zusammenarbeiten willst, kannst du es auch selbst schreiben, und ich gehe die Kapitel zu Hause mit ... mit ...« Aus dem Augenwinkel sehe ich, wie sich seine Hand zu einer Faust ballt. Er atmet tief durch und versucht es erneut. »Meine Mutter wird mir helfen, Notizen zu machen.«

Ich halte meinen Blick weiter auf den Laptop gerichtet und nicke. »Gut.«

Eine lange Pause, dann seufzt Noah. »Willst du mich nicht wenigstens ansehen?«

Das will ich nicht. Ich weiß, dass es nur wehtun und mich möglicherweise wieder zum Weinen bringen würde. Aber ich kann ihm nicht ewig aus dem Weg gehen. Es sind noch fünf Wochen Schule, und Noah und ich sind wohl oder übel Partner bei einem Projekt, das keiner von uns beiden allein beenden kann.

»Ich will nicht, dass du mich hasst, Lily«, flüstert er mit zittriger Stimme. »Können wir nicht wenigstens ... wenigstens ...«

»Du willst, dass wir Freunde sind?« Endlich schaue ich zu ihm hoch und sehe ihn erwartungsvoll an. Sein Gesicht verzieht sich, als er die Spuren meiner Tränen sieht. »Ich will aber nicht nur mit dir befreundet sein, Noah.«

»Siehst du denn nicht, dass ...«

»Ich sehe, dass du den Märtyrer spielen willst, und damit komme ich nicht klar. Ich werde dich nicht bemitleiden. Du bist durchaus in der Lage, eine Beziehung zu führen. Aber du willst lieber in Selbstmitleid baden.« Ich stecke meinen Laptop zurück in meinen Rucksack. Sobald ich gepackt habe, hebe ich die Hand. »Mrs Porter? Darf ich heute in der Bibliothek arbeiten?«

Mrs Porter muss zwei und zwei zusammengezählt haben, denn sie schaut zwischen Noah und mir hin und her und nickt langsam. »Aber nur heute.«

»Danke.« Ich stehe auf und werfe meinen Rucksack über die Schulter. Noah sieht mir enttäuscht nach. Es tut mir nicht leid, so direkt gewesen zu sein. Selbst wenn er nicht wieder mit mir zusammenkommt, muss er seine Komplexe überwinden. »Weißt du, wenn du dir von deiner Verletzung deine Entscheidungen diktieren lässt, wird sie dich für den Rest deines Lebens kontrollieren.«

Mit diesen Worten verlasse ich den Raum. Ich fühle mich nicht unbedingt gut, aber ich bin auch nicht mehr den Tränen nahe. Jetzt bin ich nur noch genervt. So ist das mit der Frustration.

Später denke ich, dass ich das Klassenzimmer vielleicht nicht hätte räumen sollen. Ja, wenn ich ihn ansehe, bekomme ich Herzschmerzen, aber ich habe die letzte Stunde in der Bibliothek damit verbracht, vor Wut zu kochen. Vor Wut auf Noah und auf Tyler. Warum sollte einer von ihnen meine Entscheidungen bestimmen dürfen? Warum bilden sie sich ein, sie wüssten, was das Beste für mich ist? Sollte nicht ich diejenige sein, die über mein eigenes Glück entscheidet?

Um diesen furchtbaren Tag noch schlimmer zu machen, muss ich auch noch nach Hause laufen. Ich habe nicht vor, Tyler um eine Mitfahrgelegenheit zu bitten, und ich habe keine Ahnung, welchen Bus ich nehmen müsste. Ich bin noch nicht weit von der Schule entfernt, als Zoey neben mir anhält. »Hey.«

Ich bin schon so wütend und frustriert, dass Zoey wirklich die letzte Person ist, auf die ich gerade Lust habe. Ich starre vor mich hin und laufe weiter. »Was willst du?«

Sie seufzt. »Ich will nur reden. Kann ich dich nach Hause fahren?«

Mein Stolz will, dass ich sie ignoriere, aber es ist echt heiß heute, und der Weg ist lang. Ich steige ins Auto, aber ich habe ihr nichts zu sagen, also warte ich, bis sie das Reden übernimmt.

»Es tut mir leid, dass sich Noah von dir getrennt hat.«

Ich schnaube verächtlich. »Na klar. Du warst doch von Anfang an gegen diese Beziehung.«

»Tut mir leid, dass es dir schlecht geht.«

Ich knirsche mit den Zähnen. »Ich wünschte, die Leute würden aufhören, das zu sagen.«

Ein langes Schweigen breitet sich zwischen uns aus.

»Ich vermisse dich, Lily.«

Ich verschränke die Arme und starre aus dem Beifahrerfenster. »Hast du dir bisher nicht anmerken lassen«, murmle ich.

Als sie antwortet, ist ihr Tonfall von Frustration geprägt. »Ich wollte nie, dass wir keine Freunde mehr sind.«

Unfassbar. »Du hast mir ins Gesicht gesagt, ich solle gehen und dich nicht mehr anrufen. Du hast gesagt, du brauchst eine Pause von mir.«

»Du hast mich in Verlegenheit gebracht!«

Ihre Wut überrascht mich, aber sie schürt nur meine eigene. »Warum? Weil ich mich mit jemandem angefreundet habe, der ein bisschen anders ist? Weil ich nicht mit dem Typen ausgehen wollte, den du für mich ausgesucht hast? Weil ich endlich den Mut hatte, Nicole die Stirn zu bieten, als sie gemein war? Ich habe nichts falsch gemacht! Du warst diejenige, die so unbedingt dazugehören wollte, dass es dir egal war, was mit uns passiert. Du bist diejenige, die unsere Freundschaft zerstört hat. Dir ging es nur um deine Beliebtheit.«

Sie hält vor Masons Grundschule und schlägt die Hände auf das Lenkrad. »Ist es wirklich so schlimm, Freunde haben zu wollen? Dazuzugehören?«

»Wenn es dich als Person verändert? Wenn es dich rücksichtslos und unfreundlich macht?«

Bei meinen Worten bleibt ihr der Mund offen stehen, aber ich kann sie nicht zurücknehmen. Es mag hart sein, aber ich glaube nicht, dass ich unfair bin. »Klar, jetzt hast du Freunde, bist mit Jensen zusammen, und du gehörst dazu, aber wenigstens kann ich noch stolz auf mich sein. Ich habe nichts, wofür ich mich schämen müsste. Kannst du dasselbe von dir sagen?« Ich steige aus dem Auto und lasse Zoey in fassungslosem Schweigen zurück. Erst als sie losfährt, fange ich an, mich schlecht zu fühlen. Vielleicht war ich doch zu hart.

»War das Zoey?«

Ich drehe mich um und sehe Mason, der Zoeys Auto hinterherstarrt. »Hey, kleiner Mann.« Ich zerzause seine Haare. »Ja, das war Zoey.«

Er duckt sich vor mir weg, aber er ist zu sehr auf meine ehemalige beste Freundin konzentriert, als dass er sich darüber beschweren würde, dass ich seine Haare durcheinandergebracht oder ihn klein genannt habe. Als wir die Straße entlang nach Hause gehen, muss ich immer wieder an mein Gespräch mit Zoey denken. Ich fühle mich schuldig, aber es war nicht meine Schuld. Sie wollte sich nicht einmal entschuldigen. Es war, als gäbe sie mir die Schuld daran, dass wir keine Freunde mehr sind. Als ob ich die Unvernünftige wäre. Es ist mir nicht entgangen, dass sie erst jetzt versucht hat, mit mir zu reden, nachdem Noah und ich nicht mehr zusammen sind.

Mason reißt mich aus meinem düsteren Gedanken. »Habt ihr euch wieder vertragen?«

»Nein, haben wir nicht. Ich glaube, sie wollte es, aber ich habe alles nur noch schlimmer gemacht.«

Mason runzelt die Stirn. In seinen Augen liegt ebenso viel Enttäuschung wie Verwirrung. »Warum? Willst du nicht wieder mit ihr befreundet sein?«

Ich seufze. »Es ist kompliziert.«

Achtundzwanzig

Die Tage vergehen langsam. Ich kann es kaum erwarten, bis ich meinen Abschluss mache. Ich möchte einfach nur weg von dieser Schule und all ihren Erinnerungen daran, dass ich allein bin. Noah und ich reden nur in der letzten Schulstunde miteinander, und auch da beschränken wir unsere Gespräche auf ein Minimum. Tyler hat aufgehört, mich um Verzeihung zu bitten, und beobachtet mich nur noch aus der Ferne. Und Zoey ... schaut einfach weg, wann immer sich unsere Blicke treffen. Es gibt kein Mobbing mehr, und das ist auch gut so, aber jetzt bin ich völlig unsichtbar. An dieser Schule könnte ich genauso gut gar nicht existieren. Hoffentlich wird es auf dem College anders sein. Dort kann ich von vorn anfangen.

Der zweite Mai kommt, und eine völlig neue Dimension der Traurigkeit überkommt mich. Seit Wochen habe ich mich vor diesem Tag gefürchtet. Es ist Samstag, und wenn meine Mutter nicht mittags in mein Zimmer gestürmt und mich aus dem Bett gezerrt hätte, wäre ich dort geblieben, bis dieser Tag vorbei ist.

Ich stolpere schlecht gelaunt in die Küche, aber der Anblick von Mason mit einer Rührschüssel und Schokoladenkuchenteig überall, einschließlich der Arbeitsfläche, seines Shirts und seines Gesichts, heitert mich ein wenig auf. Er strahlt mich an. »Alles Gute zum Geburtstag, Lily! Mom lässt mich deinen Kuchen ganz allein backen.«

Seine Begeisterung rührt mich. Ich schlucke die Emotionen hinunter und umarme ihn, wobei ich darauf achte, mich nicht auch mit Teig zu beschmieren. »Danke, Mase.« Ich stecke meinen Finger in die Rührschüssel und probiere. »Schmeckt, als ob du gute Arbeit leistest.«

Mason schlägt meine Hand weg. »Hey!«

»Es ist mein Kuchen. Ich kann soviel davon naschen, wie ich will.«

»Lass deine Finger aus der Schüssel, dann darfst du am Schluss den Löffel ablecken.«

»Du bist ein harter Verhandlungspartner, kleiner Mann.«

»Ich bin nicht klein.«

Ich nehme mir ein Glas Saft und schiebe eine Scheibe Brot in den Toaster. »Wo ist Mom?«

Masons Gesicht verzieht sich. »Macht sich fertig für die Arbeit.«

Mir rutscht das Herz in die Hose. »Hat sie nicht frei heute?«

Mason sieht mich traurig an. »Ihr Chef hat angerufen. Der andere Manager ist krank geworden.«

War ja klar. Das wird der traurigste achtzehnte Geburtstag aller Zeiten. Ich lehne meinen Kopf zurück und starre an die Decke, um die Tränen zurückzuhalten. Mason wird sich nur noch schlechter fühlen, wenn ich jetzt losheule. Nach einem beruhigenden Atemzug konzentriere ich mich wieder auf meinen kleinen Bruder. Er ist gerade dabei, den Teig in eine gefettete Kuchenform zu schaufeln. Es sieht so aus, als würde er gleich auch die Rührschüssel in die Form fallen lassen. »Kann ich helfen?«

Er verdreht die Augen. »Du darfst nicht bei deinem eigenen Geburtstagskuchen helfen. Das ist gegen die Regeln.«

Ich muss lächeln. Auch wenn er das nicht gerne hört, ist er einfach verdammt liebenswert.

Nachdem ich etwas Frischkäse auf meinen Toast geschmiert habe, setze ich mich an den Tisch und klappe meinen Laptop auf, während ich frühstücke. Ich habe eine E-Mail von der USC bekommen. Als ich sie öffne, bleibt mir der Mund offen stehen. Ein Stipendium. Ein großes Stipendium. Die Studiengebühren für das gesamte erste Jahr. Ihnen gefiel meine Arbeitsprobe. Sie haben sogar extra angemerkt, dass sie von Noahs Buch beeindruckt waren und wir es unbedingt veröffentlichen sollten, wenn es fertig ist.

Ich kann es nicht glauben. Ich muss zwar immer noch Kredite aufnehmen, um den Rest der Kosten zu decken, aber das ist schon mal eine große Hilfe. Und wenn noch eine weitere finanzielle Unterstützung dazukommt, wäre der Kredit zu stemmen. Ich könnte es schaffen. Für einen kurzen Moment kann ich die Freiheit schmecken. Das ist die Zukunft, die ich mir so lange ausgemalt habe. Aber dann reicht mir Mason einen mit Schokoladenteig überzogenen Holzlöffel, und der Traum zerplatzt. Ich habe mich für dieses Stipendium beworben, bevor ich Mason versprochen habe, zu Hause zu bleiben. Ich kann dieses Versprechen nicht zurücknehmen. Ich werde ihn nicht verlassen.

Mom betritt hinter mir den Raum und legt mir die

Hände auf die Schultern. »Herzlichen Glückwunsch zum Geburtstag, Schatz!« Sie gibt mir einen Kuss auf die Wange. »Was liest du da?«

Sie liest die E-Mail über meine Schulter, dann schnappt sie nach Luft. »Oh, wow. Lily, das ist ... wow.«

Ihre Überraschung erregt Masons Aufmerksamkeit. »Was ist denn los?« Er kommt rüber, um zu sehen, was wir uns ansehen.

Schnell klappe ich den Laptop zu. »Es ist nichts«, sage ich ihm. »Ist der Kuchen schon im Ofen? Ich brauche nämlich dringend Schokolade.«

Mason sieht mich stirnrunzelnd an. Ich hasse es, ihm das zu verheimlichen, aber ich kann ihm das mit dem Stipendium nicht sagen. Er würde sich so schuldig fühlen, wenn ich es seinetwegen ablehnen würde. Er fühlt sich schon jetzt wie eine Last für mich. Ich will nicht, dass er denkt, er würde mich auch davon abhalten.

Er geht zurück zu seiner Kuchenform. Als er weg ist, setzt sich Mom neben mich.

»Lily«, sagt sie mit leiser Stimme.

»Spielt keine Rolle«, flüstere ich. »Ich werde nicht gehen.« Ich klinge verbittert. Ich kann nichts dafür.

»Schätzchen ...« Ihr Gesicht verzieht sich, und sie klingt hin- und hergerissen. Als würde sie sich wünschen, dass ich gehe, und gleichzeitig nicht zugeben wollen, dass sie mich hier braucht.

»Du musst heute arbeiten?«, wechsle ich kühl das Thema. Ich will nicht über das Stipendium sprechen. Was gibt es schon zu sagen?

Mom schließt die Augen. Als sie sich wieder unter Kontrolle hat, begegnet sie meinem Blick. »Es tut mir leid.

Ich wünschte, es wäre nicht nötig, aber es gibt sonst niemanden, der die Schicht übernehmen könnte.«

»Du hättest ihnen sagen sollen, dass es nicht geht. Es ist nicht deine Aufgabe, jedes Mal einzuspringen, wenn sich jemand krankmeldet.«

»Schatz ...«

Ihr beschwichtigender Tonfall strapaziert meine Geduld. »Es ist mein achtzehnter Geburtstag, Mom!«

»Ich weiß. Und wir werden ihn feiern. Fest versprochen. Mit den Überstunden, die ich heute ansammle, können wir an meinem nächsten freien Tag ausgehen und etwas Lustiges machen. Ins Kino, zum Minigolf oder so was.«

Ich schließe meine Augen und atme tief ein. Ich versuche, verständnisvoll zu sein. Ich weiß, dass sie ihr Bestes gibt. Trotzdem tut es weh. »Meinetwegen. Ich hab's verstanden.«

Ihre Hand legt sich auf meine, und als ich meine Augen wieder öffne, sehe ich ihren flehenden Blick. »Es tut mir leid. Es ist nur ...«

»Ich hab doch gesagt, ich verstehe es.«

Mom schweigt einen Moment, dann drückt sie meine Hand und steht auf. »Du solltest deinen Vater anrufen«, sagt sie, während sie ihre Schlüssel und ihre Handtasche zusammensucht.

Und mehr ist nicht nötig, um meinen Geduldsfaden zum Reißen zu bringen. »Auf keinen Fall!«

»Lily, er ist dein Vater. Lass dich von ihm zum Essen einzuladen.«

Ich schnaube verächtlich. »Ich werde ihn nicht zwingen, Zeit mit mir zu verbringen.«

Sie seufzt und klingt erschöpft und wie immer, wenn sie über meinen Vater spricht. »Das habe ich nicht gemeint. Er liebt es, Zeit mit dir zu verbringen. Er hat nur so viel um die Ohren und ist sehr vergesslich. Er wird traurig sein, wenn er deinen Geburtstag verpasst.«

»Dann sollte er sich mehr bemühen, daran zu denken.«

Sie gibt auf. Ich bin wütend, lasse sie aber trotzdem zu mir kommen und mir einen Kuss auf die Stirn geben. »Alles Gute zum Geburtstag«, murmelt sie und geht dann zu Mason. »Hebt mir was vom Kuchen auf.«

Mason lehnt ihren Kuss auch nicht ab, ist aber von diesem Gespräch genauso angespannt wie ich.

»Bis dann, Mom«, murmelt er.

Wir sind still, als sie das Haus verlässt. Nachdem sich das Garagentor geschlossen hat, lehne ich mich zurück. »Da waren es nur noch zwei.«

Mason hebt trotzig sein Kinn. »Mehr Kuchen für uns.«

Ihm zuliebe versuche ich zu lächeln. »Stimmt. Was willst du heute machen?«

Ein Grinsen breitet sich auf seinem Gesicht aus. »Warte kurz!« Er verschwindet den Flur hinunter in sein Büro. Mir bleibt keine Zeit, mich zu fragen, was er vorhat, bevor er mit zwei Geschenken zurückkommt. Eines ist fein säuberlich in Geburtstagspapier eingepackt. Das andere ist ein zerknittertes Durcheinander aus dem Superheldenpapier, das wir im November für Masons Geschenke verwendet haben. Er reicht mir das hübsch eingepackte Geschenk zuerst. »Mom hat vergessen, dir das zu geben, bevor du gegangen bist.«

Ich nehme ihm die Schachtel ab und schüttele sie. Klamotten. »Meinst du, wir sollten warten, bis sie wieder zurück ist?«

Ein düsterer Blick huscht so schnell über sein Gesicht, dass ich ihn fast übersehe. »Nein.«

Der arme Junge ist meinetwegen wütend auf unsere Mutter. Ich könnte ihn einfach nur knutschen, wenn er mich lassen würde.

Ohne eine weitere Aufforderung reiße ich das Paket auf. Darin befindet sich ein supersüßer marineblauer und weißer Badeanzug und ein kurzer weißer Frotteebademantel. Meine Wut verraucht. Mom muss ganz schön viel gespart haben, um mir so einen schönen Badeanzug zu kaufen. Und sie kennt mich gut, denn ich liebe ihn. Es ist genau das, was ich mir selbst aussuchen würde.

»Hier!« Mason schiebt mir sein Geschenk zu. »Das hier ist von mir. Ich habe es von meinem eigenen Geld gekauft.«

Aww. Ich ziehe ihn in eine Umarmung, gegen die er sich nur halbherzig wehrt. »Mach es einfach auf«, stöhnt er und stößt mich weg, als er genug von meiner Umarmung hat.

Ich reiße das Papier auf und finde ein süßes Paar roségoldene Flip-Flops mit Schleifen darauf und zwei Flaschen Nagellack – marineblau und weiß, passend zum Badeanzug.

»Danke, Mason!« Trotz seiner Proteste umarme ich ihn erneut. »Ich liebe sie. Wenn ich mir die Zehen lackiert habe, sollen wir dann ins Freibad? Es waren die ganze Woche über 30 Grad. Das Wasser ist bestimmt nicht kalt.«

Er grinst. »Ich hatte gehofft, dass du das sagen würdest.

Ich gehe mich umziehen! Wir können los, sobald der Kuchen aus dem Ofen ist.«

Lächelnd sehe ich zu, wie er wegrennt. Seine Energie und Freude vertreiben meine düstere Stimmung. Mein Blick fällt auf den Laptop, der unter dem Stapel zerknüllten Geschenkpapiers auf dem Tisch vor mir steht. Ich öffne noch einmal mein E-Mail-Konto und starre auf den Brief von der USC. Mir wird ganz flau im Magen, als ich die E-Mail beantworte. Ich bedanke mich, muss das Angebot aber leider ablehnen, weil sich meine familiäre Situation geändert hat und ich den Staat nicht verlassen kann.

Ich habe das Gefühl, dass ich kotzen muss, nachdem ich auf Senden gedrückt habe. Habe ich gerade unnötigerweise meine Zukunft weggeworfen, von der ich immer geträumt habe? Hatte Tyler recht? Lasse ich zu, dass meine Eltern mir zu viel aufbürden, obwohl es doch ihre Aufgabe ist, sich um Mason zu kümmern? Ich schaue mir das Chaos auf der Küchentheke an, nachdem mein zehnjähriger Bruder darauf bestanden hat, meinen Geburtstagskuchen ganz allein zu backen, und ich weiß, dass ich die richtige Entscheidung getroffen habe. Ich wünschte nur, ich wäre deswegen nicht so deprimiert.

*

Die zwei Wochen nach meinem Geburtstag sind hart. Alle Schüler der Abschlussklasse freuen sich wahnsinnig darüber, dass sie fertig sind. Ich nicht. Ich bin erleichtert, dass es fast vorbei ist, aber ich freue mich nicht. Es gibt in letzter Zeit nicht viel, worüber ich mich noch freue. Ich kann mich für keine der traditionellen Abschlussaktivitäten begeistern. Ich lasse sogar den Abschlussball aus.

Es ist der Montag vor den Abschlussprüfungen, der an unserer Schule inoffiziell als Senior Skip Day bekannt ist. Ich bin wahrscheinlich die Einzige meiner Stufe, die in die Schule kommt. Nicht einmal Noah ist hier. Ich habe ein Gerücht über eine riesige Poolparty in Austins Haus gehört. Angeblich ist sie für die gesamte Abschlussklasse, aber dort werde ich mich auf keinen Fall blicken lassen. Das habe ich alles schon mal durchgemacht, und die Narbe auf meiner Stirn beweist es.

Als ich zum Selbststudium in der letzten Stunde komme, hole ich das Buch heraus, das ich in den meisten meiner Kurse gelesen habe. Ich habe es heute Morgen angefangen und bin fast fertig. Es ist die faszinierende Autobiografie von Ellamara Rodriguez. Sie hatte einen Unfall, bei dem sie körperliche Behinderungen und schreckliche Narben davontrug. Es geht darum, wie ihr Leben auseinanderfiel und sie es Stück für Stück wieder zusammengesetzt hat, bis sie ein völlig neuer Mensch war – wie ein Phönix, der aus seiner eigenen Asche wiedergeboren wurde. Ich wollte Noah davon erzählen, weil ihre Geschichte so inspirierend ist, und ich glaube, er würde die Ähnlichkeiten zwischen ihrer und seiner Geschichte zu schätzen wissen. Aber wir sprechen kaum noch miteinander.

Ein ganzer Monat, und ich bin immer noch nicht über ihn hinweg. Ich glaube, er auch noch nicht über mich. Ich ertappe ihn dabei, wie er mich in der Schule fast genauso oft ansieht, wie ich ihn beobachte. Ich kann die Sehnsucht in seinen Augen sehen. Ich weiß, dass sie meine eigene widerspiegelt. Ich verstehe nicht, warum er so auf diese Trennung besteht.

Mrs Porter kommt ein paar Minuten zu spät zum Unterricht, aber das macht nichts, da ich ohnehin die einzige Schülerin hier bin. Sie kommt in den Raum und schenkt mir ein mitfühlendes Lächeln, das für meinen Geschmack ein wenig zu sehr in Richtung Mitleid geht. »Weißt du, ein einziges unentschuldigtes Fehlen würde dich nicht von deinem Abschluss abhalten«, scherzt sie. »Ich habe gehört, dass es eine große Party gibt. Hattest du keine Lust hinzugehen?«

Ich zucke mit den Schultern. »Ich bin nicht so der Party-Typ.«

»Na ja, gut, dass du trotzdem hier bist. Ich habe etwas für dich.«

Sie geht zu ihrem Pult und kommt mit zwei spiralgebundenen Notizbüchern zurück. Als sie eines auf meinen Tisch legt, stelle ich fest, dass es keine Notizbücher sind, sondern gedruckte Exemplare von Noahs Memoiren. »Ich weiß, es ist nicht so richtig professionell, aber ich wollte, dass ihr beide ein Exemplar habt, also habe ich es drucken und binden lassen. Ich habe auch eins für mich gemacht.«

Mit einem Gefühl der Ehrfurcht nehme ich eines der Bücher in die Hand. Jetzt, wo ich dieses Projekt, das in diesem Schuljahr praktisch mein ganzes Leben in Anspruch genommen hat, in greifbarer Form sehe, fühlt es sich so real an. Es ist überwältigend.

»Wow. Danke, Mrs Porter. Und ich danke Ihnen für diese Gelegenheit. Dieses Buch hat mir mehrere Stipendiatsangebote eingebracht, darunter ein wirklich großes von der Arizona State, das ich letzte Woche angenommen habe.«

»Das ist ja fantastisch, Lily! Herzlichen Glückwunsch. Obwohl es mich nicht überrascht. Ihr habt dieses Schuljahr etwas Erstaunliches geleistet. Ich bin sehr stolz auf euch beide.«

Ihre Erwähnung von Noah deprimiert mich nur. Als ich die E-Mail erhielt, in der mir mitgeteilt wurde, dass ich ein Stipendium für die ASU erhalten hatte und auch meine finanzielle Unterstützung bewilligt worden ist, wollte ich nur noch nach nebenan rennen und Noah die gute Nachricht mitteilen. Ich wollte, dass er sieht, dass ich nicht nur seinetwegen zu Hause geblieben bin. Er hat mich nicht von irgendetwas abgehalten. Die ASU ist eine großartige Schule, und sie ist nahe genug, dass ich dort studieren und trotzdem zu Hause wohnen bleiben kann. Ich würde weder ihn noch Mason verlassen müssen. Aber als ich endlich den Mut aufgebracht hatte, um nach nebenan zu gehen, hat Noah gerade mit Austin und ein paar ihrer Freunde das Haus verlassen. Er hat meinen Blick erwidert, als ob er nicht anders könnte, dann aber schnell weggeschaut und ist in Austins Auto eingestiegen, ohne auch nur zu winken.

Als ich Mrs Porters Begeisterung nicht teilen kann, wird ihr Lächeln schwächer, und sie setzt sich neben mich. »Noah und du, ihr habt dieses Jahr beide viel durchgemacht, und ich weiß, dass es im Moment nicht so gut zwischen euch läuft, aber ich hoffe, ihr kriegt das wieder hin – zumindest als Freunde. Die Art und Weise, wie ihr euch gegenseitig geholfen habt, war etwas Besonderes. Es wäre sehr traurig, eine so bedeutungsvolle Beziehung enden zu sehen.«

Erschrocken blicke ich von dem Buch auf meinem Pult zu meiner Englischlehrerin auf. Sie schenkt mir ein wissendes Lächeln, das meine Wangen heiß werden lässt. »Was?«

Meine *Englischlehrerin* gibt mir Beziehungsratschläge? Wie erniedrigend. Und es macht mich wütend. Sie versteht es. Warum nicht auch Noah?

Sie legt das zweite Buch auf das Exemplar, das sie mir gegeben hat. »Würdest du das Noah geben? Nutze die Gelegenheit, um mit ihm zu reden. Versöhne dich mit ihm. Wirf seine Freundschaft nicht weg, nur weil eure Beziehung nicht funktioniert hat.«

Ich möchte sterben. Im Ernst, sie ist meine *Lehrerin*. Aber so unangenehm dieser Moment auch ist, hat sie doch recht. Noah hat gesagt, er will nicht, dass ich ihn hasse. Er wollte, dass wir Freunde bleiben. Damals war mein Herz zu gebrochen dafür. Aber jetzt? Könnte ich meinen verletzten Stolz beiseiteschieben und einfach für ihn da sein, wenn er mich braucht? Wäre es besser, seine Freundschaft zu haben, als nichts? Ganz ehrlich? Ich weiß es nicht.

Neunundzwanzig

Ich atme tief durch und klingle an der Tür der Trasks. Die aufmunternden Worte von Mrs Porter haben mir den Mut gegeben, mich mit Noah zu versöhnen – oder es zumindest zu versuchen. Jetzt, wo ich hier bin, bin ich mir allerdings nicht sicher, ob ich es schaffe. Ich drehe mich um und will wieder gehen, aber in diesem Moment wird die Tür geöffnet, und Susan umarmt mich, bevor ich fliehen kann. »Lily! Wie schön, dich zu sehen! Komm rein, komm rein!«

Sie gibt mir keine Chance abzulehnen. »Ich fange gerade mit dem Abendessen an. Willst du bleiben? Wo ist Mason?«

Ich schlucke nervös. Sie ist so froh, mich zu sehen. Vielleicht war das hier ein Fehler. Ich möchte nicht, dass sie sich Hoffnungen macht, nur um enttäuscht zu werden, wenn es mit Noah nicht klappt. »Mason ist zu Hause. Ich kann nicht bleiben. Ich wollte nur das hier vorbeibringen. Es ist eine Kopie von Noahs Buch. Mrs Porter hat es für uns drucken und binden lassen.« Susan nimmt das Buch und streicht ehrfürchtig mit der Hand über den Einband.

Sie drückt es an ihre Brust und schenkt mir ein tränenerfülltes Lächeln. »Vielen Dank.«

Ich verschränke die Arme und versuche, mich kleiner zu machen. »Dafür müssen Sie sich bei Mrs Porter bedanken. Ich bin nur das Liefermädchen.«

Susan schüttelt den Kopf. »Das hab ich nicht gemeint, Lily. Du hast ihm geholfen, dieses Buch zu schreiben. Ohne dich hätte er es nicht geschafft.«

Ich zucke mit den Schultern. »Kein Problem. Ich habe eine Note dafür bekommen, und die Arbeit daran hat mir Spaß gemacht. Ich bin froh, dass ich helfen konnte. Jetzt sollte ich aber wirklich gehen.«

»Bleib doch noch etwas.«

Sie zieht mich zum Küchentisch und setzt sich zu mir. Ohne zu fragen, stellt sie einen Brownie vor mich hin. Sie kämpft mit unfairen Mitteln. Sie weiß ganz genau, dass ich ihren Brownies nicht widerstehen kann. Ich knabbere kleine Stücke davon, während sie mir ein Glas Milch einschenkt. Nachdem sie das Glas vor mir abgestellt hat, zieht sie den Stuhl neben meinem hervor und setzt sich mir gegenüber. Sie mustert mich, als würde sie versuchen, ein großes Geheimnis zu ergründen. Ich möchte am liebsten in mich zusammenschrumpfen. »Was ist passiert, Lily?«, fragt sie. Sie ringt mit den Händen und kaut nervös auf ihrer Unterlippe herum. Es erinnert mich an den Moment, als ich sie im Krankenhaus sah. Sie ist verzweifelt.

»Hat Noah es Ihnen nicht gesagt?«

Sie schluckt und schüttelt den Kopf. »Er meinte nur, dass ihr euch getrennt habt, dass es so am besten ist, und dass er nicht darüber reden will. Ich habe mehrfach versucht, es aus ihm herauszubekommen, aber er hat immer sofort dichtgemacht.« Sie legt ihre Hand auf meine. »Ich verstehe das einfach nicht. Ihr wart doch so glücklich miteinander. Das weiß ich. Was du für ihn getan hast, grenzt an ein Wunder. Er hat seine Verletzung überlebt, aber du hast ihn erst wieder zum Leben erweckt. Er redet zwar wieder mit Austin und trifft sich mit seinen Freunden, aber seit eurer Trennung ist er nicht mehr derselbe. Er gibt sich Mühe, aber er ist unglücklich. Was ist passiert?«

Ich bin froh, dass sie nicht mir die Schuld gibt. Ich kann es ihr nicht verübeln, dass sie wissen will, wie es dazu gekommen ist. »Da ist dieser andere Junge an der Schule, der mich mag. Er war eifersüchtig auf meine Beziehung mit Noah und hat viele schreckliche Dinge gesagt. Zum Beispiel, dass Noah mich zurückhalten würde. Dass er mir nie eine normale Beziehung bieten könnte. Dass ich mich immer um ihn kümmern müsste und dass er nie in der Lage sein würde, allein zu leben oder so für mich zu sorgen, wie ich es verdiene.«

Entsetzt reißt Susan ihre Augen auf. Sie schlägt sich die Hand vor den Mund und schüttelt den Kopf.

»Das ist nicht wahr. Natürlich gibt es Dinge, die er nicht schafft, aber er kann trotzdem eine normale Beziehung führen. Er kann immer noch ein gleichberechtigter Partner sein. Er würde dich nie zurückhalten.«

Ihre Stimme wird mit jedem Wort verzweifelter, bis ihr Tränen über die Wangen laufen. Ich ergreife ihre Hand und drücke sie, bis sie sich ein wenig beruhigt hat. »Das weiß ich«, versichere ich ihr. »Genau das habe ich Noah gesagt, aber er wollte nicht zuhören. Tyler war absolut gnadenlos. Er hat den Finger genau in Noahs Unsicherheiten gelegt. Er hat ihn völlig zerstört. Und Noah hat es

geglaubt. Jedes Wort. Es war, als wäre er von all diesen Dingen bereits überzeugt gewesen, und Tyler hätte es nur bestätigt. Sobald wir wieder allein waren, hat er mit mir Schluss gemacht.« Ich habe einen Kloß im Hals, egal wie sehr ich mich bemühe, meine Gefühle im Zaum zu halten.
»Natürlich hat er das. Er liebt mich. Er würde mich nie zurückhalten wollen.«

Meine Brust schnürt sich zusammen. »Ich war diejenige, die ihn nicht zur Einsicht bringen konnte. Er hat mich nicht zurückgehalten, im Gegenteil: Er war das Beste, was mir je passiert ist. Er war nicht der Einzige, der wieder zum Leben erweckt werden musste. Ich war ein Wrack. Ich war deprimiert. Ich konnte mich kaum noch auf den Beinen halten. Er hat mich wachgerüttelt. Er hat mich gelehrt, in allem das Gute zu sehen und mich nicht mit Dingen aufzuhalten, die ich nicht kontrollieren kann. Er hat mir beigebracht, wie ich für mich selbst einstehen kann, und dass es nicht wichtig ist, was andere denken. Er hat dafür gesorgt, dass ich mich so annehmen kann, wie ich bin. Er hat mir Freude geschenkt.«

Tränen rollen mir über die Wangen. Ich wische sie weg, aber schnell nehmen weitere ihren Platz ein. »Ich konnte ihn nicht dazu bringen, es zu verstehen. Er hat mir so sehr geholfen, aber ich konnte nicht dasselbe für ihn tun. Ich konnte ihm nicht klarmachen, dass er es wert ist. Die ganze Zeit, die wir zusammen waren, habe ich so sehr versucht, es ihm zu zeigen, aber ich konnte einfach nicht zu ihm durchdringen.«

Susan beugt sich vor und umarmt mich fest. Ich schlinge meine Arme um sie, weil ich diese Zuneigung brauche. »Oh, Schätzchen, es war nicht deine Schuld.«

Ich weine gegen ihre Schulter. »Ich liebe ihn, Susan. Ich liebe ihn so sehr.«

Sie hält mich und tätschelt meinen Rücken. »Das weiß ich doch, Liebes.«

Ich sauge ihren Trost in mich auf, bis ich meine Gefühle wieder unter Kontrolle habe. »Tut mir leid«, sage ich, ziehe mich zurück und atme tief ein. »Ich wollte nicht ...«

Meine Worte verlieren sich, als ich Noah und Austin hinter uns stehen sehe. Austin wirkt schockiert. Noah ist blass und starrt mich mit großen Augen an. Entsetzen überkommt mich. In seinem Gesichtsausdruck liegt so viel Schmerz, und mir wird klar, dass er gerade meinen kompletten Zusammenbruch gehört haben muss. Genau wie Austin. Ich darf nicht weiter darüber nachdenken.

»Ich dachte, eure Party endet erst um sechs«, fragt Susan Austin.

Beide Jungs richten ihre Aufmerksamkeit von mir auf Noahs Mutter. »Tut sie auch«, murmelt Austin. »Ich wollte Noah nur schnell nach Hause bringen. Er fühlt sich nicht gut.«

Susan eilt zu ihrem Sohn, drückt ihm die Hand auf die Stirn und prüft, ob er Fieber hat. »Geht es dir gut? Was ist los?« Noah winkt sie ab. »Alles okay. Ich bin nur müde. Mein Kopf ...«

Susan nickt und ist sichtlich erleichtert, dass es nur seine normale Erschöpfung ist und nichts Schlimmeres.

»Ich hole dir etwas gegen die Kopfschmerzen.« Sie verschwindet und lässt mich am Tisch sitzen.

Noah und Austin sehen mich sofort wieder an. Keiner von uns sagt etwas, bis ich die Nase hochziehe. Ich wische mir die Tränen von meinen geröteten Wangen und schaue weg. »Ich sollte gehen.«

»Lily ...«, beginnt Noah.

Ich ignoriere es. Ich werde das nicht mit ihm ausdiskutieren, während Austin hier steht. Das kann ich nicht. Es ist schon schlimm genug, dass er mich hat weinen sehen. Ich nehme das Buch vom Tisch und drücke es Noah in die Hand. Ich kann ihm dabei nicht in die Augen sehen. »Hier. Das ist von Mrs Porter.«

Er nimmt das Buch entgegen, und ich eile zur Tür. Wieder sagt er meinen Namen, und seine Stimme klingt dabei so unsicher. Ich kann es nicht ertragen. Ich renne praktisch zurück in mein eigenes Haus, schlage die Tür hinter mir zu und lehne mich dagegen. Ich schließe die Augen gegen all die außer Kontrolle geratenen Gefühle, die in mir toben, und atme tief und zitternd ein.

»Lily? Alles okay?«

Ich öffne die Augen und zwinge mich für Mason zu einem Lächeln. »Alles bestens, versprochen.«

Meine Lüge ist nicht überzeugend, aber ich habe nicht die Kraft, meine Traurigkeit vor Mason zu verbergen. Ich bin am Ende meiner Kräfte. »Ich fühle mich nicht so gut. Ich glaube, ich gehe ins Bett.«

Mason runzelt die Stirn. »Es ist vier Uhr nachmittags.«

»Ich bin wirklich müde. Im Gefrierschrank sind noch Chicken Nuggets, die du dir zum Abendessen machen kannst. Weck mich auf, wenn du etwas brauchst, okay?«

»Lily, was ist denn los?«

Ich zerzause seine Haare. »Nichts. Mir geht's gut, Mason.«

Ich gehe in mein Zimmer und lasse mich aufs Bett fallen. Ich bin nicht körperlich müde, aber emotional bin ich so ausgelaugt, dass ich trotzdem sofort einschlafe. Ein paar Stunden später weckt mich ein leises Klopfen an meiner Zimmertür. »Lily?«

Ich bin so erschrocken, die Stimme meines Vaters zu hören, dass ich vergesse, ihm zu antworten. Er klopft erneut und steckt seinen Kopf in den Raum. »Lily? Bist du wach?«

Ich drehe mich um und blinzle ihn erstaunt an. Er ist nicht mehr im Haus gewesen, seit er ausgezogen ist. »Was machst du denn hier?«

Er setzt sich an das Fußende meines Bettes. »Mason hat mich angerufen. Er macht sich Sorgen um dich.«

Ich weiß nicht, was ich darauf sagen soll. Ich fühle mich schrecklich, weil ich so neben der Spur war, dass Mason unseren Vater um Hilfe gebeten hat. Aber so schuldig ich mich auch fühle, so sehr überrascht es mich auch, dass Dad wirklich aufgetaucht ist. Er legt seine Hand auf meinen Fuß. »Was ist denn los? Rede mit mir.«

Meint er das ernst? »Mit dir reden? Du machst Witze, oder?«

Ich lache so verbittert auf, dass mein Vater zusammenzuckt. »Was soll das denn heißen?«

»Das heißt, dass du nicht einfach hier reinkommen, besorgt tun und erwarten kannst, dass ich dir all meine Probleme erzähle.«

Er blinzelt, verblüfft über meine Wut. »Natürlich kannst du mit mir reden. Ich bin dein Vater.«

Dieses Gespräch wird zu einer Katastrophe, und es ist mir völlig egal. »Ach ja?«

Er starrt mich an. »Was?«

»Ich bin mir ziemlich sicher, dass du dich von Mason und mir hast scheiden lassen, als du Mom verlassen hast.«

»Lily, du weißt, das ist nicht ...«

»Doch, ist es!«, brülle ich. Plötzlich explodieren der Schmerz und die Wut all der vergangenen Monate aus mir heraus. »Wie oft hast du uns gesehen, seit du weg bist? Viermal? Du lädst uns nie zu dir ein. Du rufst nie an, um zu hören, wie es uns geht. Ich hatte Geburtstag. Hast du das gewusst? Ich bin vor zwei Wochen achtzehn geworden. Nicht einmal ein Anruf, Dad.«

Mein Vater wird kreidebleich. »Lily«, stößt er hervor. »Ich weiß, wann du Geburtstag hast, ich habe nur die Zeit aus den Augen verloren. Es tut mir so leid.«

Ich schüttele den Kopf und schnaube verächtlich. »Ich brauche keine Entschuldigung. Ich war nicht besonders traurig, weil ich sowieso nicht erwartet habe, dass du dich daran erinnerst.«

Er zuckt zusammen, als hätte ich ihm gerade einen Schlag ins Gesicht verpasst. Ich weiß, dass ich verletzend bin, aber ich kann nicht aufhören. Das hat sich in mir aufgestaut, seit er gegangen ist. »Wir sind dir doch völlig egal!« Wütende Tränen füllen meine Augen. »Du hast Mom verlassen und vergessen, dass wir überhaupt existieren! Du denkst nur an dich. Du bist gegangen und hast keine Verantwortung übernommen für ...«

Dad runzelt die Stirn. »Ich zahle Unterhalt.«

»Wir brauchen nicht dein Geld, wir brauchen unseren Vater. Seit du weg bist, muss Mom die ganze Zeit arbeiten. Sie hat keine andere Wahl, aber du ... du könntest helfen, aber es ist dir egal. Du hast dir wahrscheinlich nicht einmal überlegt, wie es für uns ist, seit du weg bist.

Mason und ich waren das ganze Jahr auf uns allein gestellt. Er hat *schreckliche* Angst, dass ich ihn nächstes Jahr verlasse und er dann ganz allein ist. Ich habe ein Stipendium für meine Traumuni aufgegeben, weil jemand für ihn da sein muss. Es ist nicht fair von dir und Mom, all diese Verantwortung auf meine Schultern zu legen, Dad. Er ist *dein* Sohn, nicht meiner.«

Ein Keuchen an der Schlafzimmertür reißt mich aus meiner Tirade. Masons Augen füllen sich mit Tränen, und er rennt davon. Fluchend klettere ich aus dem Bett. »Mase, warte!«

Ich finde ihn schluchzend auf seinem Bett und nehme ihn in die Arme. »Mason, ich hab dich furchtbar lieb. Das weißt du doch.« Er schlingt seine Arme um meinen Hals und drückt so fest zu, dass es schmerzt. Ich halte ihn fest, als hätte ich Angst, dass er verschwinden könnte. »Wir sind ein Team. Ich habe es dir versprochen. Ich werde mein Versprechen nicht brechen. Du weißt, dass ich hier zur Schule gehen werde. Du weißt, dass ich nächstes Jahr noch hier sein werde.«

»Aber das willst du doch gar nicht!«, brüllt er. »Du musst immer auf mich aufpassen. Du sitzt mit mir fest. Es ist meine Schuld, dass du nicht auf das College gehen kannst, das du willst. Es ist meine Schuld, dass du keinen Job bekommst. Es ist meine Schuld, dass Zoey nicht mehr deine Freundin ist. Es ist meine Schuld …«

»Hey.« Ich halte seine feuchten kleinen Wangen fest, damit ich ihm in die Augen sehen kann. »Das alles ist nicht deine Schuld. Hast du mich verstanden? *Nichts davon.* Und ich will nie wieder von dir hören, dass ich dich nicht will. Du bist mein Bruder. Ich würde alles für dich tun. *Alles.*«

Wieder klammert er sich an mich, als würde sein Leben davon abhängen. Er vergräbt sein Gesicht an meinem Hals. Sein ganzer Körper zittert, während er herzzerreißend schluchzt. Ich bin bereit, ihn so lange zu halten, wie es nötig ist. Ich küsse seine Schläfe und lege meine Wange auf seinen Kopf.

Eine Bewegung aus dem Augenwinkel lässt mich zu Masons Zimmertür schauen. Dort steht mein Vater und beobachtet uns mit einem entsetzten Gesichtsausdruck. Seine Schuldgefühle und Reue zu sehen und meine ganze Wut an ihm ausgelassen zu haben beruhigt mich nicht so, wie ich es mir vorgestellt hatte. Es löst das Problem nicht. Wir sind immer noch eine kaputte Familie.

Dad kniet sich vor das Bett, legt jedem von uns eine Hand auf die Schulter und sagt: »Ihr wisst doch, dass ich euch liebe, oder?«

Weder Mason noch ich antworten ihm. Tief im Inneren bin ich mir sicher, dass er uns liebt, aber das reicht nicht aus. Wenn man jemanden liebt, muss man es durch seine Taten zeigen. Seine Taten haben keine Liebe gezeigt, sondern Gleichgültigkeit.

Als Dad keine Antwort erhält, seufzt er. »Ich liebe euch beide aus tiefstem Herzen. Ihr seid meine Kinder. Ich hatte viel zu tun, aber das heißt nicht, dass ich euch nicht liebe.«

Ich starre ihn an. »Du warst zu beschäftigt, um uns anzurufen, dich mit uns zu treffen oder auch nur an uns zu denken? In neun Monaten? Das ist keine Liebe.«

»Ich werde mich bessern. Wir werden mehr Zeit miteinander verbringen. Ihr könnt bei mir übernachten, wann immer ihr wollt.«

Ich schnaube verächtlich. »Genau die gleiche Rede hast du uns am Tag nach deinem Auszug gehalten.«

Mason, der sein Gesicht noch immer nicht von meinem Hals gelöst hat, um unseren Vater anzusehen, drückt mich wieder fest an sich, als wolle er sich vor Dads Worten schützen. Und mehr sind sie nicht – nur Worte.

»Du solltest gehen. Wir brauchen nicht noch mehr leere Versprechen von dir, die du nicht halten kannst.«

Dad bleibt einen Moment lang vor dem Bett hocken, als würde er darauf warten, dass wir es uns anders überlegen und ihn umarmen oder so. Als wir das nicht tun, steht er wieder auf. »Ich werde mich bessern«, sagt er und verlässt das Haus.

Dreißig

Die letzten drei Tage unserer Schulzeit vergehen wie im Flug. Ich schaffe meine Abschlussprüfungen mit Bravour. Nicht, dass das wichtig wäre, denn ich würde meine Kurse auch bestehen, wenn ich durchgefallen wäre, und ich bin bereits am College angenommen worden. Aber es ist schön zu wissen, dass ich mein Bestes gegeben habe. Dass ich mich trotz aller Probleme, die ich in diesem Jahr hatte, nicht vom Leben habe unterkriegen lassen. Und als ich zur Abschlussfeier gehe, fühlt sich das richtig gut an. Als Noah nach mir nach vorne geht, um sein Diplom abzuholen, beginnen mir die Augen zu brennen. Er hat es geschafft. Allen Widrigkeiten zum Trotz hat er seinen Abschluss gemacht. Und ich bin so stolz auf ihn. Ich wünschte nur, ich könnte ihm das auch sagen. Ich wünschte, ich könnte diesen Sieg mit ihm und seiner Familie genießen. Ich hoffe, er weiß, wie sehr ich mich für ihn freue.

Nach der Zeremonie warten Mom und Mason auf mich, aber zu meiner Überraschung ist auch mein Vater dabei. Und alle drei lächeln. Es ist schon seltsam. Ich habe meine Eltern nicht mehr im gleichen Raum gesehen, seit uns mein Vater verlassen hat. Und selbst davor kann ich mich nicht daran erinnern, wann sie das letzte Mal zusammen waren und glücklich wirkten. »Lily!«, ruft Mom, umarmt mich heftig und gibt mir einen Kuss auf die Wange. »Wir sind so stolz auf dich!«

Dad überreicht mir einen Rosenstrauß und umarmt mich ebenfalls. Seine Umarmung ist etwas gedämpfter, aber genauso herzlich. »Herzlichen Glückwunsch, Lily.«

»Danke, Dad.«

Mason ist der Nächste, und als ich mich vorbeuge, um den Jungen zu umarmen, hebe ich ihn vom Boden auf und drücke ihn so fest ich kann. Ich lache, als er versucht, sich aus meinem Griff zu befreien. »Lily, komm schon. Lass mich runter.«

Ich darf ihn wohl nur umarmen, wenn uns niemand sehen kann. Pech für ihn. »Auf keinen Fall, kleiner Mann. Das ist mein großer Tag, und du musst dich von mir umarmen lassen, soviel ich will.«

»Ich bin nicht klein!«

Meine Eltern und ich lachen. Ich bin gnädig und setze ihn ab, zerzause aber seine Haare, bevor er entkommen kann. Er stößt mich weg und wirft mir einen nicht wirklich überzeugenden bösen Blick zu. »Du bist so eine Nervensäge.«

Danach beginnt der Fotomarathon. Es dauert eine ganze Weile, weil Mom und Dad jeweils ein eigenes bekommen müssen. Als beide zufrieden sind, klatscht Dad in die Hände und sagt: »Also, Lily, deine Mutter und ich haben beschlossen, dass wir alle zusammen essen gehen. Du darfst entscheiden. Wohin möchtest du? Du kannst dir aussuchen, was immer du willst.«

Ich schaue zwischen ihm und Mom hin und her. Hat er gerade gesagt, dass wir alle zusammen essen gehen? Ich schaue zu Mason. Er strahlt über beide Ohren und wirkt so unbeschwert, wie ich ihn seit der Scheidung nicht mehr gesehen habe. Sein Lächeln ist ansteckend, und ich erwische mich dabei, wie ich zurückgrinse. Ich weiß, dass sie nie wieder zusammenkommen werden, aber wenn sie lernen, sich uns Kindern zuliebe zu vertragen, wird alles besser werden. Zumindest ist es ein Schritt in die richtige Richtung.

»Also wohin, Lily?«

Halblaut souffliert Mason: »Ins Outback.«

Ich verdrehe die Augen, aber ich liebe ein gutes Steak, und wer kann schon einer frittierten Zwiebelblüte widerstehen? »Also ins Outback.«

Dad lächelt. »Kinder nach meinem Geschmack. Es gibt Steak.«

Die Stimmung bleibt locker und fröhlich, als wir ins Restaurant gehen und das Essen bestellen. Als wir es uns schmecken lassen, schenkt mir Dad, der mir gegenüber und neben Mason sitzt, ein breites Lächeln. Ich warte die ganze Zeit darauf, dass etwas schiefgeht, aber bis jetzt gab es keine Spannungen. »Deine Mom hat mir erzählt, dass du im Herbst auf die ASU gehst?«

Das ist ein heikles Thema, aber ich will mir diesen Tag nicht mit einem unnötigen Drama verderben. Außerdem habe ich mich mit meinen Collegeplänen abgefunden. Zu Hause zu bleiben ist wirklich nicht so schlimm. Ich schenke ihm das Lächeln, auf das er gewartet hat. »Go, Sun Devils!«

Dad verzieht sein Gesicht – seine Mannschaft sind die

Wildcats der U of A –, aber es ist nicht ganz ernst gemeint. »Dann muss ich mich wohl an ein neues Team gewöhnen.«

Ich lache. »Schon okay. Das musst du nicht. Gegen ein bisschen gesunde Rivalität ist nichts einzuwenden.« Dad tut so, als würde er sich den Schweiß von der Stirn wischen. »Uff. Das war knapp.« Ich verdrehe die Augen, aber ich kann mir ein Lächeln nicht verkneifen. »Und was höre ich da von einem Stipendium?«, fragt er.

Sein Interesse ist echt, und zum ersten Mal freue ich mich aufrichtig, meine Neuigkeiten mitzuteilen. »Ja. Es ist fürs Schreiben. Mein Hauptfach ist das Schreiben und Veröffentlichen von Sachbüchern. Mit dem Stipendium und der finanziellen Unterstützung ist der größte Teil meiner Studiengebühren abgedeckt.«

Dad setzt sich aufrecht hin und strahlt, als wäre er noch nie so stolz gewesen. »Das ist ja großartig! Erzähl mir von diesem Buch, für das du das Stipendium bekommen hast. Bekomme ich es zu lesen?«

Überrascht halte ich inne. »Du willst es lesen?«

»Natürlich.«

Zur Abwechslung glaube ich ihm. »Okay. Ich denke schon. Wenn du willst. Aber es ist kein Roman oder so was. Es ist eine Biografie.« Er blinzelt mich verwirrt an. »Du hast eine Biografie geschrieben?«

Ich lache. »Nicht meine eigene. So spannend ist mein Leben nicht. Es ist die Biografie unseres Nachbarn. Noah.«

»Ist das der Junge, der letzten Herbst bei einem Footballspiel verletzt wurde?«

Ich bin überrascht, dass er von Noah weiß, aber es war

in den Nachrichten, als es passierte. »Er wollte seine Geschichte erzählen, aber er hat bleibende Schäden in seinem Gehirn davongetragen. Er konnte das Buch nicht allein schreiben, also haben wir es zusammen geschrieben.«

Dad sieht mich an, als würde er gerade merken, dass sein kleines Mädchen erwachsen wird. Aber glücklicherweise sagt er nichts Kitschiges, sondern sieht mich einfach nur an. Die Aufmerksamkeit ist schön. Ich mag immer noch wütend auf ihn sein, aber ich habe ihn auch lieb. Ich möchte, dass unsere Beziehung besser wird. Wenn er sich anstrengt, dann werde ich meinen Stolz herunterschlucken und das auch tun, um zu reparieren, was zwischen uns zerbrochen ist.

Mom räuspert sich. »Lily, Mason, euer Vater und ich hatten diese Woche ein langes Gespräch über euch Kinder.«

Mason und ich tauschen einen angespannten Blick aus, und ich weiß, dass wir das Gleiche denken. Dieser Abend ist bis jetzt so gut gelaufen. Wir wollen ihn nicht ruinieren. Misstrauisch sehe ich zu meinen Eltern. »Okay …?«

Mom schenkt uns beiden ein Lächeln. »Lily, du hattest absolut recht. Dein Vater und ich haben euch zu viel Verantwortung auferlegt. Wir haben nicht genug darauf geachtet, wie sich diese Scheidung auf euch beide auswirkt, und das tut uns sehr leid.«

Dad legt seinen Arm um Mason. »Erwachsene sind nicht perfekt«, sagt er. »Wir machen genauso viel Mist wie Kinder.«

Ich bin immer noch misstrauisch. Worauf wollen sie damit hinaus?

Mom und Dad sehen sich an, Mom nickt und lässt

Dad die Neuigkeiten verkünden, auf die sie hingearbeitet haben. »Lily, du wolltest eigentlich auf dem Campus wohnen, und wir wollen dir das ermöglichen. Ich habe mir meine Finanzen angesehen, und ich kann es mir leisten, dir bei den Kosten für Unterkunft und Verpflegung zu helfen, wenn du nächstes Jahr im Wohnheim leben willst.«

Ich schnappe überrascht nach Luft. Ich würde so gerne nächstes Jahr auf dem Campus wohnen. Ich will das so sehr, dass ich es fast schmecken kann. Aber ein Blick auf meinen Bruder lässt mich den Kopf schütteln. »Ich weiß das Angebot zu schätzen, aber ich möchte bei Mason bleiben.«

Dad mustert mich einen langen Moment. »Wenn du zu Hause bleiben willst, ist das in Ordnung. Aber das musst du nicht. Deine Mutter und ich haben für das nächste Jahr Vorkehrungen getroffen, damit du gehen kannst, wenn du willst.«

Ich spüre eine überraschende Menge Hoffnung in mir aufkeimen. Aber es klingt zu schön, um wahr zu sein. Es muss einen Haken geben. »Was für Vorkehrungen?«

»Ich werde anfangen, tagsüber zu arbeiten«, sagt Mom. »Ich werde nicht mehr im Management arbeiten, aber immer noch Vollzeit, und mein Chef hat mir versprochen, dass ich die Erste bin, die befördert wird, sobald eine Stelle frei wird.«

Mir klappt überrascht der Kiefer herunter. Sie hat sich freiwillig herunterstufen lassen? »Mom ...« Ich weiß nicht, was ich sagen soll.

Sie drückt meinen Arm. »Schon gut. Ihr seid wichtiger. So kann ich arbeiten, während Mason in der Schule ist. Nachmittags und abends bin ich dann mit ihm zu Hause.«

»Wir werden uns in Zukunft auch das Sorgerecht teilen«, sagt Dad, was mich noch mehr erstaunt.

Ich starre ihn sprachlos an. Die Schuldgefühle und die Reue, die ich während meiner Tirade vor ein paar Tagen in seinem Gesicht gesehen habe, sind wieder da, aber er lächelt trotzdem. »Ich liebe euch Kinder wirklich. Ich weiß, ihr glaubt mir wahrscheinlich nicht, aber ich habe euch vermisst, seit ich ausgezogen bin. Ich habe seit der Scheidung mit Depressionen zu kämpfen und habe mich in meine Arbeit gestürzt, um damit fertig zu werden, aber ich hätte mich mehr bemühen sollen, an eurem Leben teilzunehmen. Ich werde jetzt einen Therapeuten aufsuchen und mehr Verantwortung für euch Kinder übernehmen. Von nun an wird Mason unter der Woche bei eurer Mutter bleiben, aber an den Wochenenden ist er bei mir. Lily, du bist jetzt achtzehn, also hast du die Wahl, aber du kannst jederzeit bei einem von uns bleiben.«

»Ist das dein Ernst?« Mason zerrt aufgeregt an Dads Ärmel. »Ich darf jedes Wochenende bei dir bleiben?«

Mein kleiner Bruder strahlt über beide Ohren und windet sich auf seinem Platz, als würde er jeden Moment vor Freude platzen.

Das Lächeln, das Dad ihm schenkt, ist so voller Liebe, dass ich einen Kloß im Hals bekomme. Ich kann es nicht fassen. Sie werden sich wirklich ändern. Mom legt ihren Arm um meine Schultern und zieht mich in eine Umarmung. »Nächstes Jahr kannst du wirklich auf dem Campus wohnen. Du musst dir keine Sorgen um Mason machen. Aber selbst wenn du ausziehst, bist du immer noch nah genug dran, um nach Hause zu kommen und ihn zu sehen, wann immer du willst.«

Meine Augen fangen an zu brennen, und ich lehne mich an meine Mutter. Mason schenkt mir über den Tisch hinweg das strahlendste Lächeln, das ich je gesehen habe. Mein Herz ist so voller Dankbarkeit und Erleichterung, dass ich vor lauter Emotionen kaum ein Dankeschön herauswürgen kann. Mom umarmt mich noch fester. »Wir lieben dich, Lily. Es tut mir leid, dass wir so lange gebraucht haben, um zu erkennen, was wir euch Kindern angetan haben.«

Wir genießen den Rest des Abendessens, und es gibt sogar noch Nachtisch. Wie durch ein Wunder streiten Mom und Dad nicht ein einziges Mal. Nach dem Essen verspricht uns Dad beim Abschied, uns nächstes Wochenende wiederzusehen. Auf dem Heimweg sind Mason und ich beide ganz still. Er ist wahrscheinlich genauso verwirrt wie ich. Es ist gerade viel passiert, und wir brauchen Zeit, um es zu verarbeiten.

Als wir nach Hause kommen, sitzt Noah auf unserer Veranda. Und noch eine Überraschung. Nicht dass ich mich darüber beschweren würde. Als unser Auto in der Einfahrt hält, steht er auf. Mason sieht ihn zur gleichen Zeit wie ich und springt aus dem Auto. »Noah!« Er rennt zu ihm und überrascht ihn mit einer Umarmung. »Herzlichen Glückwunsch!«

Noah grinst ihn an. »Danke, kleiner ...«

»Wehe!«, warnt Mason.

Noah lacht und zerzaust ihm die Haare. Ich erreiche sie gerade noch rechtzeitig, um zu sehen, wie Mason die Augen verdreht und sich wegduckt. Noah sieht kurz zu mir. »Hey Mase, meinst du, ich könnte eine Minute allein mit deiner Schwalbe reden?«

Mason grinst. »Wenn eine vorbeifliegt.«

Diesmal verdreht Noah die Augen. »Ab mit dir, Kleiner.«

Mason hüpft zur Haustür. »Ja, ja. Wie auch immer. Knutscht nicht vor der ganzen Nachbarschaft herum. Das ist eklig.«

»Mason!«, zische ich entsetzt. Er grinst mich nur an und verschwindet im Haus.

Mein kleiner Bruder scheint genau zu wissen, warum Noah hier ist. Ich wünschte, ich wäre mir so sicher wie Mason, aber mein Herz rast, und meine Hände werden feucht. Sobald Noah und ich allein sind, wird die Spannung zwischen uns immer stärker.

Eine heftige Sehnsucht zerrt an meinem Herzen. Ich brenne darauf, ihn zu berühren. Dass er mich auf seine preisverdächtige Art umarmt und mich küsst, bis ich von Sinnen bin. Er sieht so gut aus. Er trägt immer noch seine Anzughose, sein weißes Hemd und seine Krawatte von der Abschlussfeier. Ich habe ihn noch nie so herausgeputzt gesehen. Es passt zu ihm.

Schweigen breitet sich zwischen uns aus. Vielleicht sehe ich nur, was ich sehen will, aber auf mich wirkt es, als müsse er genauso wie ich darum kämpfen, auf Abstand zu bleiben. Mein Mund wird ganz trocken. Ich muss das Schweigen brechen, bevor es mich umbringt. »Glückwunsch zum Abschluss. Du hast es geschafft.«

Er lächelt zaghaft. »Du auch.«

Ich kann fühlen, wie Noah von seinen Emotionen überwältigt wird. Sein Brustkorb hebt und senkt sich schneller, seine Augen glänzen, und sein Adamsapfel hüpft nervös. Er streckt die Hand aus und ergreift meine.

Die Berührung wärmt mich von innen heraus, und auf meinen Armen bildet sich eine Gänsehaut. Er tritt näher und murmelt mit zittriger Stimme: »Ohne dich hätte ich es nicht geschafft.«

Ich schlucke schwer, und meine Antwort kommt genauso leise heraus. »Natürlich hättest du das.«

Er schüttelt den Kopf. »Hätte ich nicht.«

Es entsteht eine weitere lange Pause. Wir schauen uns in die Augen, beide auf der Suche nach den richtigen Worten. Ich will wissen, was er hier macht. Was hat das zu bedeuten? Ist er nur hier, um sich für meine Hilfe in der Schule zu bedanken? Ist es mehr als das? Könnte es sein, dass mein Glück heute anhält?

Er holt tief Luft, als ob er den Mut zum Sprechen aufbringen müsste. »Lily ...« Er schüttelt den Kopf und versucht weiter, die richtigen Worte zu finden. Aber das braucht er gar nicht, denn ihm stehen seine Gefühle ins Gesicht geschrieben.

Ich verschränke unsere Finger ineinander und sage, was er so verzweifelt herauszubekommen versucht. »Ich liebe dich auch.«

Mehr braucht es nicht, um seine Zurückhaltung zu überwinden. Er sieht mich an, als wäre ich ein Engel, als könne er nicht glauben, dass ich seine Gefühle erwidere. Mit einer so schnellen Bewegung, dass mir schwindlig wird, nimmt er meine Wangen zwischen seine Hände und gibt mir einen leidenschaftlichen Kuss. Meine Hände krallen sich in sein Hemd und ziehen ihn näher zu mir. Seit Wochen habe ich auf diesen Kuss gewartet. Darauf, dass Noah endlich erkennt, dass wir uns gegenseitig brauchen.

Er zieht sich zurück, um Luft zu schnappen, aber ohne mein Gesicht loszulassen. »Es tut mir so leid.«

In dieser Entschuldigung steckt so viel Leidenschaft, dass ich nur lächeln kann.

»Ich liebe dich, Lily. Ich hätte nicht ... ich hätte nicht ...« Er lässt die Hände an die Seiten sinken, schließt die Augen und schüttelt den Kopf, frustriert über seine Wortfindungsstörungen.

Aber das macht nichts. Ich verstehe ihn auch so. »Nein, das hättest du wirklich nicht«, scherze ich.

Wieder schüttelt er den Kopf, und dieses Mal glaube ich nicht, dass er wegen seiner Aphasie frustriert ist. Als er endlich spricht, ist es langsam und sorgfältig, als ob er fest entschlossen wäre, genau das zu sagen, was ihm durch den Kopf geht. »Du hattest recht. Ich habe mich von meiner Verletzung beherrschen lassen. Ich war so besorgt ... dass ... ich dich nicht verdient haben könnte, dass ich niemals ...« Er hält inne, holt tief Luft und fängt wieder an. »Ich habe nie in Betracht gezogen, dass ich auch gut für dich sein könnte.«

Ich merke, dass ich mich immer noch an ihn klammere. Ich löse meinen Griff und streiche die Falten in seinem Hemd glatt, die ich verursacht habe. Unter meiner Handfläche spüre ich sein Herz schlagen. Es hämmert regelrecht. »Du hältst mich nicht zurück. Durch dich bin ich ein besserer und glücklicherer Mensch.«

Er befeuchtet seine Lippen und konzentriert sich wieder auf meinen Mund. Ich lehne mich vor, und mehr Aufforderung braucht er nicht. Als sich seine Lippen diesmal auf meine legen, ist es nicht so verzweifelt wie beim ersten Kuss. Dieser hier ist langsam und zärtlich, und ich liebe ihn. Ich schlinge meine Arme um seinen Hals, und er legt seine um meine Taille. Noch nie habe ich mich so wohl gefühlt. Als er den Kuss unterbricht, lehnt er seine Stirn an meine. »Verzeihst du mir?«

»Ich weiß nicht«, sage ich gespielt nachdenklich. »Vielleicht musst du mich erst noch einmal küssen.«

Er lacht auf, dann küsst er mich erneut. Diesmal lächeln wir beide und trennen uns lachend. »Ich vergebe dir«, sage ich.

»Danke.« Er lässt mich los und tritt einen Schritt zurück. »Kommst du mit nach nebenan? Ich habe Leute zu Besuch.«

Er nimmt meine Hand in seine. Ich habe das Gefühl, dass er nicht vorhat, sie so schnell wieder loszulassen.

»Eine Abschlussfeier?«, frage ich erstaunt.

Er nickt. »Eine kleine.«

»Klar. Ich sage nur schnell meiner Mutter Bescheid.«

»Bring sie mit. Mason auch.«

Ich renne hinein und schnappe mir meine Familie. Nachdem Mom Noah zu seinem Abschluss gratuliert hat und er sich durch eine peinliche Entschuldigung gequält hat, mich verletzt zu haben, gehen wir alle zum Haus der Trasks. Drinnen angekommen, geht Mason direkt zu seiner Mutter. »Mason!«, ruft sie und umarmt ihn. Mom beobachtet das Geschehen verblüfft. »Sie ist dieses Jahr ein bisschen wie zu einer zweiten Mutter geworden«, erkläre ich.

Mom lächelt, aber ich kann die Anspannung dahinter sehen. »Es tut mir leid, dass ihr eine gebraucht habt.«

»Schon gut, Mom. Vergeben und vergessen. Wir sind einfach froh, von nun an euch beide zu haben.«

Susan deutet auf den Snacktisch und sagt etwas über Kuchen, dann umarmt sie mich ganz fest. »Herzlichen Glückwunsch, Lily!«

»Danke, Susan.«

Ohne mich loszulassen, flüstert sie mir ins Ohr: »Ist mein Sohn denn wieder zur Vernunft gekommen?«

Ich stoße ein ersticktes Lachen aus. »Ja, ist er.«

Sie zieht sich zurück und grinst mich an. »Gut.« Sie dreht sich zu Mom und überrascht sie ebenfalls mit einer Umarmung. »Wie schön, Sie wiederzusehen.«

Mom, sichtlich überwältigt, nimmt die Umarmung an und schenkt Susan ein Lächeln. »Es ist auch schön, Sie zu sehen. Wir sollten uns wirklich mal zum Essen treffen oder so etwas.«

Susan strahlt über das Angebot. »Das wäre schön.«

Susan schleppt Mom fröhlich plaudernd davon. Noah und ich sehen ihnen amüsiert nach. Am Ende des Abends werden sie beste Freundinnen sein und nächste Woche unsere Hochzeit planen.

Noah nimmt meinen Arm, und wir machen gemeinsam die Runde, um alle Gäste zu begrüßen. Die Menge ist nicht allzu groß, aber viele von Noahs Ärzten und Reha-Therapeuten sind hier, um ihn zu unterstützen. Einige von ihnen habe ich schon kennengelernt, als wir sie für unser Buch interviewt haben, aber es sind auch ein paar neue Gesichter dabei und sogar ein paar Leute aus Noahs Selbsthilfegruppe. Nachdem wir fast alle begrüßt haben, gehen wir in den Garten, wo sich die meisten Teenager versammelt haben. Austin und ein paar von Noahs ehemaligen Mannschaftskameraden samt Freundinnen sitzen an langen Klapptischen, die in den Schulfarben dekoriert sind. »Hey!«, jubelt einer der Footballer, als wir uns zu ihnen gesellen. »Noah ist wieder mit Mü... äh ... ich meine ...« Er unterbricht sich selbst, bevor er das böse Wort aussprechen kann. Er wirft mir einen gequälten Blick zu und zuckt mit den Schultern. »Eigentlich weiß ich gar nicht, wie du heißt.«

Ich schnaube innerlich. Aber da ich seinen Namen auch nicht weiß, sind wir wohl quitt. »Lily.«

»Ah ja.« Er sieht unsere ineinander verschränkten Hände. »Ihr seid also wieder zusammen?«

»Ja«, sagt Noah. Er streckt die Brust raus und starrt die Gruppe an, als würde er jeden von ihnen herausfordern, etwas zu sagen.

Doch niemand sagt etwas Unhöfliches. Schließlich klopft Austin auf die freien Plätze neben sich und sagt, dass wir uns zu ihnen setzen sollen. Noah zieht den Stuhl für mich heraus. »Ich hole uns etwas zu essen.«

Er küsst mich auf die Wange und wartet, bis ich mich gesetzt habe. Dann bin ich plötzlich mit Austin und seiner Clique allein. Ich schenke ihm ein verlegenes Lächeln. Er erwidert es und sieht genauso unsicher aus wie ich. Alle starren mich an, bis Austin eines der Mädchen nach ihrer morgigen Abschlussfeier fragt. Das bringt die Gruppe zum Reden und lenkt sie von mir ab. »Danke«, murmle ich ihm zu.

Er nickt, und wir verfallen in ein weiteres unangenehmes Schweigen. Er lehnt sich zurück, verschränkt die Arme und wirft mir einen Blick zu. »Hör zu, es tut mir leid«, sagt er. »Ich hab mich dir gegenüber wie ein Riesenidiot aufgeführt, und das hast du nicht verdient.«

Überrascht drehe ich mich zu ihm um. Seine Wangen

sind knallrot. Die Entschuldigung ist aufrichtig und verdient eine aufrichtige Antwort. »Ich weiß die Entschuldigung zu schätzen«, sage ich leise und versuche, nicht die Aufmerksamkeit der anderen zu erregen.

Ich denke, dass unser Gespräch damit beendet ist, aber Austin überrascht mich erneut. »Danke«, sagt er und sieht aus, als wolle er am liebsten im Boden versinken. Auf meinen fragenden Blick hin erklärt er: »Dafür, dass du für Noah da warst. Ich habe ihn im Stich gelassen und bin froh, dass er dich hatte.«

Ich weiß einfach nicht, was ich davon halten soll. Heißt das, wir haben einen Waffenstillstand? Ich muss irgendwas sagen, aber das Einzige, was mir einfällt, ist schnippisch oder sarkastisch. Andererseits, warum nicht? Austin scheint so was abzukönnen. Immerhin war er mit Brooke zusammen. Ich nutze die Gelegenheit. »Ich bin froh, dass du endlich deinen Kopf aus deinem Hintern gezogen hast und wieder sein Freund bist.«

Ihm fällt der Unterkiefer herunter, und ich grinse ihn an. Er blinzelt ein paarmal, dann schließt er den Mund wieder. Seine Mundwinkel zucken, und ich weiß, dass zwischen uns alles in Ordnung ist. Wir werden nie beste Freunde werden, aber immerhin sind wir keine Feinde mehr.

Noah kommt mit einem Teller voller Häppchen, Obst und zwei Limonaden zurück. Er setzt sich neben mich und stellt den Teller zwischen uns. Dann legt er einen Arm um meine Stuhllehne und hält mir eine mit Schokolade überzogene Erdbeere an den Mund. Ich schnaube. »Weißt du noch, was das letzte Mal passiert ist, als du versucht hast, mich zu füttern?«

Er hält inne und fängt an zu grinsen. »Du hast recht.« Also schiebt er sich stattdessen das ganze Ding selbst in den Mund.

Ich kann mir ein Kichern nicht verkneifen.

Jemand aus der Gruppe spricht uns an. Ich sollte wirklich ihre Namen lernen. »Noah, Lily, und ihr?«

Noah hebt die Augenbrauen. »Und wir was?«

»Wie sehen eure Pläne fürs nächste Jahr aus?«

Noah zuckt mit den Schultern und versucht, lässig zu wirken, aber etwas an ihm lässt mich vermuten, dass er aufgeregter oder stolzer ist, als er es sich anmerken lässt. »Ich habe mich am Mesa Community College eingeschrieben.«

Ich schnappe überrascht nach Luft. »Wirklich?«

Er schenkt mir ein schiefes Lächeln. »Jemand, den ich kenne, hat mir gesagt, ich könnte einen Kurs nach dem anderen machen. Es klang, als wäre es einen Versuch wert. Ich werde ... werde ... ewig brauchen, aber ich studiere Kunst.« Ich freue mich so sehr für ihn, dass ich meinen Mund auf seinen presse und es mir egal ist, dass alle seine Freunde zusehen. Er lacht gegen meine Lippen, bis ich den Kuss unterbrechen muss. Er gibt mir einen letzten Schmatzer und lehnt sich wieder zurück. »Was ist mit dir?«, fragt er. Wieder sieht er nur halb so lässig aus, wie er denkt, nur wirkt er dieses Mal eher nervös als stolz.

Ich grinse ihn an. »ASU.«

Noah seufzt erleichtert, und einer seiner Freunde jubelt: »Yeah! Go, Sun Devils!« Als der Typ mir seine Faust über den Tisch entgegenstreckt, stoße ich mit meiner dagegen und nehme an, dass er nächstes Jahr ebenfalls auf die Arizona State gehen wird.

»Du willst also wirklich nicht woanders studieren?«, fragt Noah, und in seiner Stimme schwingt Hoffnung mit.

Ich schüttle den Kopf. »Vielleicht ziehe ich ins Wohnheim, aber selbst dann bin ich nur fünfzehn Minuten entfernt. Ich gehe nirgendwohin.«

Diesmal ist er es, der mich küsst.

Hinter mir höre ich ein Räuspern, dann sagt eine sehr vertraute Stimme zögernd: »Brauchst du fürs Wohnheim vielleicht zufällig eine Mitbewohnerin? Ich bin nämlich auf der Suche.«

Ich bekomme ihre Worte gar nicht richtig mit, weil ich zu überrascht darüber bin, dass Zoey hier ist und mit mir spricht. Sie klammert sich an Jensens Arm, sieht mich unsicher an und kaut auf ihrer Unterlippe herum. »Hey«, sagt sie leise.

»Was machst du denn hier?«

Noah drückt meine Schulter. »Ich habe sie eingeladen.«

Ich starre ihn an.

»Sie ist deine beste ... deine beste ...« Er schnaubt. »Du weißt, was ich meine. Geh und vertrage dich mit ihr.«

Als ich ihn nur weiter anstarre, gibt er mir einen sanften Schubs. »Du hast gesagt, wenn sie auftaucht, würdest du ihr sofort verzeihen.« Er deutet auf sie, als wolle er sagen *Da ist sie.*

Mein Schock verwandelt sich in Dankbarkeit. Noah belohnt mein Lächeln mit einem sanften Kuss. »Geh schon.«

»Danke.«

Ich stehe auf und begrüße Zoey und Jensen sehr unbeholfen. Jensen gibt seiner Freundin einen aufmunternden Kuss. »Geh ruhig. Ich warte hier auf dich.«

Die beiden trennen sich, und Jensen setzt sich zu Noah an den Tisch. Zoey und ich beobachten ihre freundliche Begrüßung, bevor wir uns wieder ansehen. »Können wir reden?«, fragt sie.

Ich nicke und führe sie in Noahs Zimmer, wo es ruhig ist. Ich lasse mich auf sein Bett sinken. Zoey schaut sich neugierig um, bevor sie sich an seinen Schreibtisch setzt. Sie kommt direkt zur Sache. »Es tut mir leid«, sagt sie. »Du hattest recht.«

Ich muss schmunzeln. Es ist das dritte Mal, dass ich das heute höre. Es gefällt mir.

»Ich war so darauf fixiert, mich an meine neue Clique anzupassen, dass ich die einzige wahre Freundin, die ich je hatte, im Stich gelassen habe.«

Sie nimmt zwar die ganze Schuld auf sich, aber so ganz stimmt das nicht. »Ich war auch gemein. Ich war so wütend und habe schlimme Dinge gesagt.«

Sie zuckt mit den Schultern und wendet den Blick von mir ab. »Eigentlich nicht. Es war mir peinlich, dass du mit Noah zusammen warst. Ich habe das Gerücht geglaubt, dass er ein Freak ist, und ich wollte nicht mit ihm in Verbindung gebracht werden.«

Ich zucke zusammen.

»Ich war genauso schlimm wie Nicole. Ich war noch nie in meinem Leben so gemein zu jemandem.«

Ich hebe Noahs Kissen auf und drücke es an meine Brust. »Aber ich kann dich verstehen. Es ist scheiße, wenn man gemobbt wird und keine Freunde hat.«

Endlich sieht sie mich an. »Ich hatte eine Freundin«, sagt sie leise. »Ich habe dich für eine Gruppe von Leuten im Stich gelassen, die ich, abgesehen von Jensen, wahrscheinlich nie wieder sehen werde. Ich habe die gesamte zweite Hälfte unseres gemeinsamen Abschlussjahres weggeworfen.«

»Ich habe ja auch nicht gerade versucht, das wieder hinzubiegen. Wir waren beide Idioten, aber ich bin bereit, dir zu verzeihen, wenn du mir auch verzeihst. Ich bin es leid, nicht mehr mit dir befreundet zu sein.«

Zoey schenkt mir ein kleines Lächeln. »Geht mir auch so.«

Es folgt eine aufgeladene Pause, dann steht Zoey auf und streckt ihre Arme aus. »Umarmen wir uns?«

Und so einfach lösen sich all meine Wut und mein Schmerz in Luft auf. Ich habe Zoey schrecklich vermisst. Ich springe auf und stürze mich in ihre wartenden Arme. Wir drücken uns so fest aneinander, dass wir kaum noch atmen können. Als wir beide zu schniefen anfangen, müssen wir lachen. Ich ziehe sie zur Tür. »Hast du das mit dem Zusammenwohnen ernst gemeint?«

»Ja. Wenn du willst. Jensen und ich gehen im Herbst beide auf die ASU.«

»Ich will auf jeden Fall.« Ich kann nicht glauben, wie sich dieser Tag entwickelt hat. Ich habe Eltern, die sich gut verstehen, ich habe meinen Freund zurück, und ich werde mit meiner besten Freundin auf dem College zusammenwohnen. Ich kann mein Glück kaum fassen, als wir uns wieder zur Gruppe im Garten gesellen. Noah küsst mich, als hätte er mich eine Woche lang nicht gesehen. »Alles klar bei euch?«

»Ja. Danke, Noah. Alleine hätte ich mich nicht bei ihr gemeldet.«

»Ich war es dir schuldig. Ich hätte mich auch nicht wieder mit ...« Er nickt in Richtung Austin. »Nicht, wenn du mich nicht dazu überredet hättest.«

»Dann sind wir jetzt wohl quitt.«

Er legt seinen Arm um meine Schulter und drückt mich an sich. Glücklich schmiege ich mich an ihn.

»Während du weg warst, haben wir über unser Buch gesprochen. Ich glaube, es braucht noch ein Kabel.«

Ich hebe die Brauen. »Noch ein Kapitel? Warum?«

Er ergreift meine Hand und verschränkt unsere Finger ineinander. »Es braucht ein ... ein ...«

Ich warte ab, weil ich keine Ahnung habe, worauf er hinauswill.

»Ein Happy End«, sagt er. »Ich will am Schluss damit angeben, dass ich meinen Abschluss gemacht, mich fürs College angemeldet und meine Freundin zurückbekommen habe.« Er hält inne, runzelt die Stirn und fügt hinzu: »Vorausgesetzt, du willst wieder meine Freundin sein.«

Ich werfe ihm einen Seitenblick zu und tue so, als würde ich darüber nachdenken. »Ich weiß nicht so recht. Solange du mich dieses Mal nicht wieder abservierst?«

Er legt die Hand aufs Herz. »Verschwörung.«

Ich lache und drücke ihm einen Kuss auf die Wange. Passt schon.